南昌航空大学博士科研启动基金"德意志文人论民族（1784—1857）"成果
（项目编号：EA202105238）

德意志的世界，世界的德意志

——启蒙至浪漫时期德意志文人民族思想研究

曾悦◎著

九州出版社

JIUZHOUPRESS

图书在版编目（CIP）数据

德意志的世界，世界的德意志：启蒙至浪漫时期德意志文人民族思想研究 / 曾悦著 . -- 北京：九州出版社，2022.8

ISBN 978-7-5225-1111-5

Ⅰ.①德… Ⅱ.①曾… Ⅲ.①文学思想史－研究－德国 Ⅳ.① I516.09

中国版本图书馆 CIP 数据核字（2022）第 149778 号

德意志的世界，世界的德意志
——启蒙至浪漫时期德意志文人民族思想研究

作　者　曾　悦 著
责任编辑　王文湛
出版发行　九州出版社
地　　址　北京市西城区阜外大街甲 35 号（100037）
发行电话　（010）68992190/3/5/6
网　　址　www.jiuzhoupress.com
印　　刷　武汉鑫佳捷印务有限公司
开　　本　787 毫米 ×1092 毫米　16 开
印　　张　17.5
字　　数　260 千字
版　　次　2022 年 8 月第 1 版
印　　次　2022 年 8 月第 1 次印刷
书　　号　ISBN 978-7-5225-1111-5
定　　价　86.00 元

★ 版权所有　侵权必究 ★

前　言

　　本书脱胎于我在北京大学完成的博士学位论文。我在北大攻读硕士和博士学位期间所修的专业是德语文学，然而比起小说、戏剧和诗歌等传统意义上的文学作品，我更愿意关注德国思想的历史。德国一直被视为诗人与哲人的国度，德语文学最显著的特点莫过于作家热爱在作品中展开思想领域的探讨甚至是思想的游戏，由此看来，我的研究旨趣与所攻读的专业并不冲突。就这样，我开始将研究重心放在了德语作家的思想论著上。这样做有一个好处，那就是一些原本不被国内德语文学研究界关注的重要作家的非文学作品可以被纳入德语专业研究视角中，此外还有一些本身没有进行过多文学创作、但却对德语文学及德意志文化思潮走向起到举足轻重作用的文人也能够被关注到。得益于北京大学德语系文史哲兼修的优良传统，以及老师们课上课下的言传身教，我那稍显"不务正业"的研究兴趣不仅没有遭到否定，反而在这里得到了极大的支持和鼓励。

　　我的硕士论文以德国大文豪歌德的自然科学著作为研究对象，在深入研究歌德的过程中，我逐渐注意到了曾对青年歌德及德国狂飙突进运动产生了深远影响的德国思想家约翰·哥特弗里德·赫尔德，并对其产生了浓厚的兴趣，于是在开始攻读博士学位后我便初步将赫尔德定为了我的研究课题。然而赫尔德是一位无法被简单定义的全才，其论著洋洋洒洒三十余卷，内容涵盖哲学、美学、神学、历史、文学、人类学等诸多专业领域，如不寻找到一个合适的支点，研究起来必然会无的放矢。思路尚不清晰的我在师门讨论会上向导师谷裕教授表达了自己的困惑，谷裕教授直接建议：要不你就做赫尔德的民族观吧！导师的建议与我在阅读过程中的体验不谋而合，也同我这些年来在北大德语系所接受的学术训练颇为契合，18 至19 世纪的德语文学及文学中的哲学与政治思想一直都属于我的学术关注点。赫尔德的民歌搜集工作对 18 世纪德意志民族文学的发展起到了指向性作用，并透过民歌（Volkslied）窥见了"民族之心灵"（Volksseele），也顺势提出了"民族精神"（Volksgeist）概念。18 世纪中叶，仍处于四分五裂状态中的德意志尚不知民族国家为何物，赫尔德提出的"民族精神"概念可以说开启了"民族"这一颇具现代性的词汇在德意志文人学术话语体系中的历史。考虑到博士毕业后还有更长的学术道路要走，谷裕教授认为既然已经确定了民族观念为论题，那就可以以赫尔德为研究起点，将视角拓展到其他德意志文人的民族观念上。就这样，我便结合自己的研究兴趣，将博士论文选题定在了 18 世纪下半叶至 19 世纪上半叶德意志文人就德意志民族问题所做的思考上，而从德意志思想史来看，这一时期跨越了启蒙主义晚期至浪漫主义这一异彩纷呈的时代，在这个时期的德意志民族议题上，除了赫尔德之外，还有几位作家值得注意并被我纳入了研究的框架下：哲学家约翰·戈特利布·费希特、小说及剧作家海因里希·冯·克莱斯特以及德国浪漫主义代表人物约瑟夫·冯·艾兴多夫；而在选取研究的文本时，我并未局限于传统意义上的文学文本（如戏剧或诗歌等），历史哲学著作、演说、政治文章及文学史著作也被我选择为研究对象，这些文献更好地呈现了这一时期的德意志民族话语。就这样，将一些原本未能被国内德语语言文学界关注到的文人及文本作为研究对象，是我的博士论文的一个重要尝试。

经过四年的研究，我如期完成了博士论文，顺利从北京大学毕业，结束了漫漫二十余载求学路，并进入了南昌航空大学德语系成为一名德语专业教师，并能够继续从事德语文学方面的研究工作。于是我萌生了将这篇倾注了数年心血的博士论文出版的念头，也算是给我漫长求学生涯一个交待。当然，受制于毕业时间的压力，本书还存在着许多的不足，许多问题我尚未能思考清楚。本书研究的每一位德意志文人都值得单独拿出来做个案分析，而与他们存在着思想交流的其他一些重要文人（尤其是浪漫派）都或多或少地参与到了德意志民族话语的建构之中。另外，随着后来德语文学教学工作的开展，我愈渐感觉到重新回归德语文学原典的紧迫性和必要性，而德语文学中的民族形塑及民族国家建构问题在德语文学研究界尚是一片待开发的处女地。因此本书的出版既是对上一个研究阶段的小小总结，也可以敦促我在这个领域继续深耕，不断拓展。

本书的出版得到了南昌航空大学博士科研启动基金"德意志文人论民族（1784—1857）"（项目编号：EA202105238）的资助，在此我要向我的单位南昌航空大学表示感谢。此外，我还要衷心感谢我在北大攻读硕士和博士学位期间的恩师谷裕教授，在她的悉心指导下，我得以顺利完成学业，并初步取得一些自己的研究成果。北京大学德语系的黄燎宇教授、罗炜教授、王建教授、胡蔚教授、毛明超助理教授，北京外国语大学的王炳钧教授和任卫东教授，以及中国社会科学院的徐畅研究员也给本书提出了不少宝贵意见，另外我在德国柏林自由大学访学期间的外方导师 Janz 教授更是密切关注着我的研究进展，不断帮助我找准研究方向，在此一同致以最诚挚的谢意。最后我要感谢我的丈夫、同门也是同事史敏岳博士，他不仅是我生活上的好伴侣，更是我学术和事业上的好战友。

感谢本书未来的读者，希望我的工作可以提供一些小小的启发，也请各位学人不吝赐教。

曾 悦

2022 年 8 月于南昌航空大学外语楼

目　录

第一章　导　言

一、德意志民族身份：新时代背景下的旧问题

在经济层面上已高度全球化的当今社会，民族话题看似渐行渐远，世界发展的走向似乎是各民族、各文化逐渐走向融合，你中有我、我中有你。然而从现实层面看，近年来，世界范围内的民粹主义势力再次抬头。具体到政治、经济、文化一体化程度最高的欧洲，随着移民及难民潮涌入欧洲，民族这一话题又一次被提上了日程，欧洲一体化也随着英国宣布脱欧而遭遇挫折。在同样面对这一复杂背景的欧洲诸国中，德国再一次吸引了全世界的目光。作为欧盟中的重要力量，德国已然成为各方势力就难民问题进行博弈的舞台。德国政府高调宣布接受难民，并积极呼吁欧盟各国参与进来，大多数德国普通民众起初也表示支持政府接收难民的决定；然而随着难民人数不断增多，再加上随之而来的财政、治安、文化冲突等一系列问题，右翼势力开始借机煽风点火，普通德国民众的立场也开始有些摇摆，反对难民的右翼政党在德国的崛起、联盟党在德国的支持率逐渐走低正是对此的一个明证。

看着近年来德国政府和民众在难民问题上的表现，人们很难不回想起，历史上的德国曾经对犹太民族犯下了怎样的种族主义罪孽。甚至有人会由此认为，德国之所以会当仁不让地投身难民救助工作，其实是为了洗刷自己身上的纳粹种族主义历史耻辱。单凭一个赎罪的理由或许难以充分解释

德国人对难民的宽容态度，但从这一点可以看出，二战结束后，即便是暂时摆脱了种族主义的阴霾，战后的德国依然难以回避民族话题带来的影响。除却外来民族带来的压力，德意志民族内部也是充满张力。二战结束后，比起西面无时无刻不充满着民族自豪感的法兰西邻居，背负种族主义罪责的德国人似乎有些羞于强调自己的民族身份。而到了 20 世纪末两德统一后，表面上一团和气的东西部实则矛盾重重。所以不论是从外部还是内部来看，德意志民族身份认同都是很成问题的，"德意志民族"（das deutsche Volk）这一概念甚至带有某种历史负担。在这样的现实背景下，若要了解今后德国的政治走向及思想倾向，民族都是一个重要的切入点。这也是为什么二战后的德国内外学界从各个角度对德意志民族问题进行了探究。除了着眼当下，立足现实政治，要真正理解当今德国民族思想的现状，还需要把握其历史形态演变，因此，有必要将目光转向德意志民族思想形塑的早期历史。

自近代以来，德国的历史始终都与民族这一概念绑在一起，特别是到了 18 世纪下半叶，德意志文化上的崛起正是与德意志民族意识的觉醒基本同步。与英法等欧洲传统民族国家不同，德意志民族身份的产生及其自我认同的开始是以文化为载体，文化认同先于政治认同，"文化民族"（Kulturnation）的诞生先于"国家民族"（Staatsnation）[①]的诞生。所以，如果考虑到文化认同，德意志民族意识的觉醒就不应当是目前普遍认为的 19 世纪，即拿破仑大举入侵德意志之后，而至少应当前推至 18 世纪中叶至下半叶。若要为德意志民族思想的发展作具体的时间划分，人文主义时期德意志的民族意识开始萌芽，而近代早期（以马丁·路德宗教改革以及将圣经译成德语为代表性事件）至巴洛克时期（以诸语言协会纯洁德语运动为标志）是德意志民族在文化上开始有了自觉意识，而 18 世纪下半叶至 19 世纪初则是德意志民族意识的全面成型期。具体而言，18 世纪下半

---

① 关于"文化民族"（Kulturnation）和"国家民族"（Staatsnation）的界定，详见［德］弗里德里希·梅尼克. 世界主义与民族国家［M］. 孟钟捷，译. 上海：上海三联书店，2007：4.

叶不仅有莱辛（Gotthold Ephraim Lessing）等启蒙主义作家为建立德意志民族剧院而努力，还有歌德（Johann Wolfgang Goethe）等人创作的《少年维特之烦恼》等享誉欧洲的现象级作品为德意志文化在欧洲赢得了一席之地，更有赫尔德等人的民歌搜集活动对本民族文化遗产的发掘，更不用提拿破仑战争爆发后，以浪漫派为代表的德意志文人为了从思想上教育民众作出的种种努力。所以说，在谈到德意志民族思想的形成时，18 世纪下半叶至 19 世纪初是一个异彩纷呈的时代，而从思想史上看，这一阶段恰好涵盖了启蒙主义晚期至浪漫主义时期。据此，以启蒙主义至浪漫主义这一时期德意志民族思想为入口，来探查德意志民族意识，可谓是题中应有之义。

二、启蒙至浪漫主义德意志民族思想代表人物与文本

在德国，启蒙主义至浪漫主义思潮横跨数十年时间，中间经历数个重大历史时期——法国大革命、拿破仑战争、复辟时期等，民族正是在这一时期成为被广泛讨论的话题，当时几乎所有的德意志文化名人都参与到了德意志民族话语建构的过程中。但若要追根溯源，真正开启德意志民族思想的先驱当是德国思想家及文学家约翰·戈特弗里德·赫尔德（Johann Gottfried Herder，1744—1803 年）。赫尔德主要活跃于 18 世纪下半叶、法国大革命爆发前：他上承启蒙运动晚期，深受孟德斯鸠、卢梭、莱辛、托马斯·阿伯特（Thomas Abbt）等启蒙思想家影响；中领狂飙突进运动，被誉为这场"德意志运动"①的旗手；下启浪漫主义，他 1769 年的远航被德国当代思想史作家萨弗兰斯基视为"浪漫主义的开端"②。前文已谈到，

---

① Regine Otto. Von deutscher Art und Kunst. Aspekte, Wirkungen und Probleme eines ästhetischen Programms［C］//Walter Dietze, Peter Goldammer（eds.）. *Impulse. Aufsätze, Quellen, Berichte zur deutschen Klassik und Romantik（Folge 1）*. Berlin/Weimar：Aufbau-Verlag，1978：67–88，此处第 68 页。

② ［德］吕迪格尔·萨弗兰斯基. 荣耀与丑闻：反思德国浪漫主义［M］. 卫茂平，译. 上海：上海人民出版社，2014：19.

赫尔德对德意志文学影响最大的实践便是 1764 年柯尼斯堡求学期间起至 1803 年去世前的民歌搜集工作[①]，其最重要的成果便是 1778 年至 1779 年先后出版的两部《民歌集》（*Volkslieder*）。除此之外，赫尔德还撰写了大量论说文，从文学、艺术、宗教、政治等各个角度表达了自己对于民族话题的看法。但要论及集赫尔德民族思想之大成的作品，还应属赫尔德 1784 年至 1791 年撰写并出版的历史哲学著作《人类历史哲学的观念》（*Ideen zur Philosophie der Geschichte der Menschheit*，后文简称《观念》）。该著作是赫尔德的未完成稿，共分为四部分二十卷。该书虽说以历史哲学为名，探究了自宇宙形成至中世纪的自然历史和人类历史，视野开阔，内容庞杂，但其中最引人注目的还是赫尔德对生活在不同历史条件和不同地理及气候条件下世界各地民族的描写，并重点考察了影响不同民族外貌、风俗、文化、民族性格的内外因素，这部分内容差不多占了全书篇幅的四分之三。历史哲学作为赫尔德研究民族的方法论，为德意志民族思想开启了一个全新的维度，从历时 / 历史和共时 / 整体的角度立体地展现了作为一个人类共同体的具有五彩斑斓多种形态的世界各民族。赫尔德在这部作品中展现出的立场，即用同情的目光关照各个时期各个地区的不同民族及其个性化的文化，代表了法国大革命前的一种民族思想倾向。法国大革命爆发不久，赫尔德《人类历史哲学的观念》一书的写作进程亦随之中断。

随着法国革命形势的发展，革命影响逐渐蔓延至德意志境内。拿破仑称帝后，更是加紧了向德意志境内的扩张。1806 年，拿破仑击败第四次反法同盟，越过莱茵河，入侵德意志，扶持莱茵邦联（Rheinbund），奥地利哈布斯堡家族放弃帝国皇位，存在了近千年的神圣罗马帝国瓦解，军事上遭遇惨败的普鲁士也丧失大片领土，沦为欧洲的二流国家，德意志民族面临空前的政治危机。正是在这一背景下，赫尔德尚带有宽容意识和文化倾向的民族思想开始呈现出新的政治维度，代表事件便是哲学家约翰·戈特

---

① Johann Gottfried Herder. *Werke in 10 Bänden*（*Bd.3*）［M］. Frankfurt am Main：Deutscher Klassiker Verlag，1985–2000：848.

利布·费希特（Johann Gottlieb Fichte，1762—1814 年）于 1808 年发表的《对德意志民族的演讲》（*Reden an die deutsche Nation*，后文简称《演讲》），意图为德意志民族在文化和政治上全面复兴指出一条道路。费希特紧承赫尔德的民族个性观，进一步在《演讲》中从地缘、语言、精神、历史等角度定义了德意志民族的特性，指出了德意志民族在世界民族中所处的特殊地位，凸显出德意志民族的历史使命。虽说费希特在《演讲》中建立理性王国的主张尚带有哲学思辨色彩，但文中随处可见的共和主义倾向说明此时的德意志民族思想已突破了文化领域，发生了政治转向。此外，费希特认为尘世理性王国的建立有赖于德意志民族的兴旺，只有这样世界各民族才会获得福祉，德意志民族由此获得了比文化民族更高的地位，在世界范围内肩负起了特殊的历史使命。

同样面对拿破仑率领的法军的入侵，前普鲁士军官海因里希·冯·克莱斯特（Heinrich von Kleist，1777—1811 年）则从另一个角度表达了自己的民族观。在费希特发表《对德意志民族的演讲》同年，克莱斯特以历史上日耳曼切鲁西部落首领阿尔米尼乌斯（Arminius）在条顿堡森林击败罗马将领瓦鲁斯（Varus）这一历史事件为题材，写出五幕剧《赫尔曼战役》（*Die Hermannsschlacht*）；次年，克莱斯特又撰写了一批带有爱国倾向的政治文章，原计划发表于自己正在筹备的爱国杂志《日耳曼尼亚》（*Germania*）上，最终未果。在政治上，克莱斯特比费希特更为激进，他在这批作品中提出的民族策略是以战争的手段正面对抗外族的侵略和压迫，并辅以敌后百姓的全力支援及战时宣传策略。正是因为克莱斯特的一系列所谓"爱国"作品，以及他本人的普鲁士古老贵族出身和军官背景，他曾一度被德意志官方奉为"普鲁士诗人"[①] 和"我们民族作家中最德意志的之一"[②]。虽然《赫尔曼战役》在克莱斯特生前没能上演，1809 年政

---

① Curt Hohoff. *Heinrich von Kleist mit Selbstzeugnissen und Bilddokumenten* [M]. Hamburg/März：Rowohlt Taschenbuch Verlag，1958：7.

② Ingo Breuer. *Kleist-Handbuch：Leben-Werk-Wirkung* [M]. Stuttgart/Weimar：Verlag J.B.Metzler，2013：415.

治文章集结为期刊出版的计划也未能实现，但克莱斯特在这批作品中表达出的民族反抗意识，在拿破仑战争背景下的怀有激进思想的德意志文人中很具有代表性。但从另一个角度看，克莱斯特在《赫尔曼战役》中对情节编排及人物刻画采取的非常规策略，却大大超越了一般的"政治倾向剧"（Tendenzstück）^①的范畴。而1809年政治文章作为戏剧的理论佐证，除了紧扣时代主题和历史事件外，本身也借用了反讽、隐喻等文学化写作技巧，作者政治思想的表达也由此有了更加丰富的层次。因此，用于承载克莱斯特民族思想的《赫尔曼战役》及1809年政治文章，应当被剥离掉长期影响作者本人及其作品接受的意识形态化外衣，从一个更加广阔的层面进行解读。

随着1814年拿破仑战败，欧洲各强国召开维也纳会议，致力于重建革命前的旧制度，欧洲进入复辟时期。相应地，原本深受法国革命和拿破仑鼓舞的浪漫派文人也纷纷经历了思想上的"复辟"，转而回到传统中寻求庇护。中世纪文化，特别是在中世纪欧洲的精神和政治领域占统治地位的天主教会，成了部分浪漫派文人为德意志民族描画的精神家园。可即便如此，德意志各方依然从不同的政治立场出发谋求统一，也由此引发了数次革命。1848年革命失败后，普鲁士与奥地利开始在中东欧范围内

---

① 学者Hermann Reske在他1969年出版的专著《海因里希·冯·克莱斯特作品中的梦境与现实》（*Traum und Wirklichkeit im Werk Heinrich von Kleists*）中将《赫尔曼战役》一剧定性为"彻头彻尾的煽动及政治倾向剧"（*Hetz-und Tendenzstück reinsten Wassers*），这一评价带有一定的消极色彩，一度影响了学界对《赫尔曼战役》的评价。参见Stefan Börnchen. Translatio imperii. Politische Formeln und hybride Metaphern in Heinrich von Kleists Hermannsschlacht［C］//Günter Blamberger, Ingo Breuer, Sabine Doering, Klaus Müller-Salget（eds.）. *Kleist-Jahrbuch 2005*. Stuttgart/Weimar：Verlag J. B. Metzler，2005：267-284，此处第271页。

进行力量的博弈，争夺对"第三个德意志"① 以及德意志民族统一的主导权。在这一过程中，新教的普鲁士逐渐占据上风，并加紧对国内天主教势力的控制，教派斗争日趋尖锐化。正是在这一背景的影响下，晚期浪漫主义作家约瑟夫·冯·艾兴多夫（Joseph von Eichendorff，1788—1857 年）在 1846 年的底稿《德意志现代浪漫文学史》（Zur Geschichte der neueren romantischen Poesie in Deutschland）的基础上 ②，于 1857 年写出了《德意志文学史》（Geschichte der poetischen Literatur Deutschlands）。出身于上西里西亚地区天主教贵族家族的艾兴多夫所撰写的《德意志文学史》从天主教立场出发，以天主教派的标准重新建构了德意志民族文学的历史。他笔下的德意志民族文化特征似乎已褪去了大革命时期的锋芒，变得更加内敛和虔诚。艾兴多夫的德意志民族观看似不问政治，只关注文学与文化，但事实上他的这部天主教文学史是为了回应新教阵营的民族文化建构，尤为值得注意的是，他一反当时的主流观点，给宗教改革影响下的近代早期德意志文学以极低的评价。艾兴多夫的《德意志文学史》反映了在德意志统一以及复辟与革命交织这一背景下，天主教文人在面对普鲁士新教国家同化压力时，建构符合天主教心目中民族文化的努力。艾兴多夫的《德意志文学史》从另一个维度解释了德意志天主教阵营的民族思想，是被强势的新教统一势力遮蔽的一股暗流。

通过上文的简要梳理可以看出，启蒙主义至浪漫主义时期德意志民族思想主要代表人物大多不是单纯意义上的纯文学家，集中探讨民族的文本

---

① "第三个德意志"（Das dritte Deutschland），指除奥地利和普鲁士之外的其他各德意志小邦国，它们是拿破仑战争结束后普奥重点争夺和控制的对象。在普奥两大势力的压力之下，其他各邦国有时会结为一个势力与之抗衡，但更多情况下，各邦国之间无论是宗教、经济状况还是政治立场，都存在较大的差异。对 1814 年至德意志统一前"三个德意志"背景下的历史及政治局势有深入论述的，参见 Heinrich Lutz. *Zwischen Habsburg und Preußen: Deutschland 1815–1866* [M]. Berlin：Siedler Verlag，1985.

② Freiherr Joseph von Eichendorff. *Geschichte der poetischen Literatur Deutschlands* [M]. Regensburg：Verlag Josef Habbel，1970：503.

德意志的世界，世界的德意志
——启蒙至浪漫时期德意志文人民族思想研究

也大多不是狭义上的纯文学，正因为如此，这类文本往往容易被日耳曼语言文学界所忽视。然而这类文本中往往体现了包括文学、文化、哲学、历史、政治等多个学科的话语，从多个维度就民族概念展开了论述，并且由于18至19世纪尚未出现真正意义上的学科划分，即使是文人撰写的学术论说文本身也往往极富文学性。所以，在探讨启蒙至浪漫主义时期德意志民族思想时，如果忽略了对上述文本的关照，难免会有失偏颇，使得对18至19世纪德意志民族思想的研究脉络出现断层。因此对这一类文本使用文学分析的方法，将其纳入"大文学"的范畴中，对于勾画出德意志民族思想早期发展的线索十分必要。本研究试图做的就是要尽力填补这一空缺，因此本书将选取上文所述的这一时期较有代表性的四位文人集中探讨民族话题的思想及文学文本，即：赫尔德《人类历史哲学的观念》（1784—1791年）、费希特《对德意志民族的演讲》（1808年）、克莱斯特《赫尔曼战役》（1808年）及1809年政治文章、艾兴多夫《德意志文学史》（1857年）。这四位代表性文人活跃的时代及其作品跨越了法国大革命前、法国大革命及拿破仑战争、复辟与统一革命交织时期这三个欧洲重大历史阶段，他们的作品中体现出的民族思想在当时的德意志具有一定的代表性，并且本身也构成了一条清晰的发展脉络，彼此之间形成了鲜明对比。启蒙至浪漫主义这一漫长历史时期中的德意志民族思想可以通过这四位作家得到一个较为清晰的反映。

另外，需要指出的是，本书在探讨四名德意志文人所持有的民族思想时，并不意在讨论"什么是德意志"，即并非将重点放在德意志民族性的内涵上，也不打算讨论"什么是民族"，即无意对"民族"这一概念进行界定，而是试图去了解德意志文人是如何看待德意志民族与他者，也即与其他民族之间的关系，以及他们如何看待德意志民族在世界的地位，试图勾勒出他们在思想上的发展趋势，因为本书认为，无论这四名作家从哪个角度探讨民族这一话题，他们都一直在以其他民族为参照系，其中最重要的参照系便是他们心目中的敌对民族——拉丁/罗马/法兰西民族，这一点尤为清楚地表现在拿破仑战争期间。当然，费希特、克莱斯特和艾兴多夫更加聚焦于德意志民族本身，因为这三个人所处的时代或者是德意志民族的存在岌岌可危，或者是德意志民族国家统一再次被提上日程。赫尔德则不同，他仍身处于思想史上的启蒙时代晚期，虽然启蒙时代的德意志文人在文化上开始强化对本民族的关注和推崇，但是依然还在关注世界上的各种不同的民族，并对他们怀有一颗宽容和好奇之心，并且赫尔德探讨民族概念的作品也依然处在启蒙主义历史哲学写作的传统中；即使在民族文化方面，当时文化尚不发达的德意志民族尚未形成自己鲜明的文化风格与特色，仍需要从其他民族身上汲取养分，例如赫尔德搜集的民歌就包含了大量其他民族的民歌，并且他早期撰写的许多文论也提出了类似的主张，所以也无怪乎赫尔德更为关注世界民族了。所以在这个意义上，这四名德意志文人的民族思想构成了一个完整的脉络，有待人们去进一步挖掘。

三、研究现状概述

通过上文可知，本研究选取的四名文人不局限于狭义的文学家，即便是文学家本人也著有思想论著，部分拟研究的文本也并非纯文学作品，因此本书将立足文化学，从哲学、历史、政治、文化等多个学科入手，探究文本中体现出的立足于多学科视角的民族思想。例如，赫尔德《人类历史哲学的观念》以历史哲学为框架，展现了一幅早期人类学及民族学的画卷，作品为了实现对世界各民族的展现，调动了当时可以算是最为前沿的历史学、生物学、语言学、美学、地理学、人类学、民俗学等知识，使作者的民族思想具有了多学科维度，作品本身也成为18世纪晚期人类知识的展示。费希特的《对德意志民族的演讲》始于政治学（演讲以《论马基雅维利》为开端，探讨马基雅维利时期的新闻出版自由），理论基础是费希特将世界历史划分为四个阶段的历史哲学思想，核心问题是德意志民族的教育问题，其中穿插了费希特对历史、语言、教育的哲思，而且我们绝不能忽视的一点是，费希特本人以自我哲学体系享誉学界。克莱斯特的《赫尔曼战役》中的赫尔曼/阿尔米尼乌斯及瓦鲁斯战役母题则突出反映了17世纪以

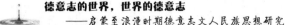

降直至 18 世纪末 19 世纪初德意志文人对"赫尔曼神话"的文化记忆和文学演绎，特别是对罗马人这一作为敌对势力的"他者"的描绘，为文本的解读提供了跨文化视角，展现了作为德意志人的作者在拿破仑侵略时期对罗马／法国的"他者经验"（Fremderfahrung）^①。艾兴多夫的《德意志文学史》更是以教派斗争为出发点，其文学史书写的背后隐藏的是不同教派在意识形态领域的斗争，我们更是能通过对天主教文学史书写模式的解读，从另一个侧面揭示 1848 年革命前后德意志乃至欧洲境内的政治斗争格局，文学史成为作者政治立场的传声筒。

此外，结合上文可知，四位生活在不同历史时期的文人，在特定历史背景下都通过自己的作品表达了自己对"民族"这一社会问题的感受与思考，个人体验与他们"生活的世界"都一直处于不断的互动关系中，而这正是历史人类学的研究领域。^②这也引出了本书拟采用的第二个研究方法，即社会历史视角。四位文人的文本产生时间跨越数十年，而这一时期正是欧洲历史的剧变期，历史学家科塞雷克将 1750 年至 1850 年这一长达一百年的时间段定义为"鞍型期"（Sattelzeit），^③ 基本涵盖了四位文人生活及写作的时代，他们的民族思想正是欧洲由近代早期进入现代转型期的产物。所以本研究所必然要面对的一个问题是：出身不同背景、有着不同经历的四位文人在面对不同社会历史状况时，各自的民族思想会有何种不同。具体而言，本研究面对的是三个历史时期：法国大革命前、革命爆发及拿破仑战争期间、复辟与革命交织时期，思想史上从启蒙晚期至浪漫主义结束。所以本书将从社会历史的角度出发，揭示这四位文人在民族思想上的异同，以及可能存在的相互影响及传承关系。

---

① 文化学视角下自我与他者之间的关系，参见 Claudia Benthien, Hans Rudolf Velten. *Germanistik als Kulturwissenschaft: Eine Einführung in neue Theoriekonzepte* ［M］. Reinbek：Rowohlt Taschenbuch Verlag，2002：325.

② 同上，第 39—40 页。

③ 方维规 . "鞍型期"与概念史——兼论东亚转型期概念研究［J］. 东亚观念史集刊，2011（1）：85-116，此处第 89—90 页。

此外，根据上部分所述，本研究需要引入话语分析方法。本研究发现，四位文人的民族思想不仅在思想史意义上对后世德意志民族思想产生了深远影响，他们的民族话语还进入了后来的一些学科或思潮中。启蒙至浪漫主义时期关于民族的讨论与后世的一系列民族话语构成了一组"会话"（Conversation）①。体现最为明显的有：1. 赫尔德基于自然环境及民族精神（Volksgeist）的民族自然有机生成论，与19世纪初以亚当·米勒（Adam Müller）为代表的政治浪漫派及19世纪末地缘政治学中国家有机体思想之间的传承关系；2. 费希特对德意志民族历史使命的论述，与德意志统一后在世界舞台上施展拳脚的野心；3. 克莱斯特反法宣传与政治哲学中的敌我关系划分、对全民战争的呼吁及两次世界大战中总体战思想之间的对应。值得注意的是，上述几类民族话语在传播过程中都走向了反动，最终汇聚到两次世界大战时期民族沙文主义思想中。这究竟是因为这些民族话语遭到了曲解和滥用，还是因为话语在传播的历史过程中与新的因素组合，抑或它们本身就存在着有问题的一面？这就需要话语分析方法来还原四位文人笔下的民族话语的本来面目。

关于本论题的研究现状，目前国内外学界对德意志民族思想研究的主要趋势是将"民族"这一抽象概念作为大的社会历史思潮来进行考察，如刘新利的《德意志历史上的民族与宗教》②，或是将德意志民族与民族主义问题放置在欧洲史乃至全球史视野下论述，德意志民族问题只是被论者当作解释民族和民族主义概念史和发展模式的案例，如民族主义的经典论

---

① 吉（James Paul Gee）对"会话"（Conversation）的定义是：一个特定社会群体中或整个社会中围绕着一个主要话题、争论或主旨所进行的一切谈话和写作。在这个意义上，"民族"自18世纪下半叶起至少一直到两次世界大战期间，都是一个广泛为德意志乃至欧洲社会讨论的连续不断的"会话"。参见［美］詹姆斯·保罗·吉. 话语分析导论：理论与方法［M］. 杨炳钧，译. 重庆：重庆大学出版社，2011：23.

② 刘新利. 德意志历史上的民族与宗教［M］. 北京：商务印书馆，2009.

著：安德森的《想象的共同体》①、凯杜里的《民族主义》②、盖尔纳的
《民族与民族主义》③以及霍布斯鲍姆的《民族与民族主义》④。此外另
一个显著的特点是研究视角主要集中于 19 世纪以后的民族思想，即便关
涉 18 世纪末至 19 世纪初，学科定位也多为历史学、政治学和哲学，例如
布洛姆等人出版的论文集《启蒙时期的君主制：自由、爱国主义与公共利
益》⑤，克罗嫩贝格的《爱国主义在德意志：一个世界民族的展望》⑥，以
及凯泽的《浪漫主义、美学与民族主义》⑦。相比之下，文学领域的研究
较少，目前最新一部研究德语文学与民族之间互动关系的是费德勒于 2018
年出版的专著《民族的建构与虚构：19 世纪下半叶的德国、奥地利及瑞
士文学》，该书的重点也是落在 19 世纪中期以后，⑧ 相比之下，直接探究
18 世纪下半叶至 19 世纪上半叶德意志民族思潮及其流变，以及这一时期
民族思想与文学之间关系的研究没有那么丰富。直接与本论题相关的研究
则有奥尔格于 2006 年出版的英文专著《文化与认同：德语文学与思想中
的历史性，1770—1815 年》，该书主要研究了赫尔德与席勒文论、费希特

---

① ［美］本尼迪克特·安德森. 想象的共同体：民族主义的起源与散布［M］. 吴叡人，
译. 上海：上海人民出版社，2011.

② Elie Kedourie. *Nationalism*［M］. Oxford：Blackwell，1998.

③ ［英］厄内斯特·盖尔纳. 民族与民族主义［M］. 韩红，译. 北京：中央编译出版社，
2002.

④ ［英］埃里克·霍布斯鲍姆. 民族与民族主义［M］. 李金梅，译. 上海：上海人民出版社，
2000.

⑤ Hans Blom，John Christian Laursen，Luisa Simonutti. *Monarchisms in the Age of Enlightenment：Liberty，Patriotism，and the Common Good*［C］. Toronto/Buffalo/London：University of Toronto Press，2007.

⑥ Volker Kronenberg. *Patriotismus in Deutschland：Perspektiven für eine weltoffene Nation*［M］. Wiesbaden：Springer VS，2013.

⑦ David Aram Kaiser. *Romanticism，Aesthetics，and Nationalism*［M］. Cambridge：Cambridge University Press，1999.

⑧ Juliane Fiedler. *Konstruktion und Fiktion der Nation：Literatur aus Deutschland，Österreich und der Schweiz in der zweiten Hälfte des 19. Jahrhunderts*［M］. Wiesbaden：J. B. Metzler，2018.

等德国唯心主义哲学思想、施莱格尔和费希特演说以及歌德部分文学作品中历史性、现代性与德意志身份认同之间的关系。①

具体到四位文人及其作品的专项研究，首先需要说明的是，与本研究相关的目前只有费希特的《对德意志民族的演讲》和克莱斯特的《赫尔曼战役》有中译本。② 研究文献方面，目前国内外涉及较多的作家是赫尔德与费希特，例如前文所述的奥尔格的研究。关于赫尔德，最为经典的研究有以赛亚·伯林的《启蒙的三个批评者》，他在该书中将赫尔德的民族思想定义为"文化民族主义"，并指出了赫尔德民族思想中的"民粹主义"和"多元主义"特征。③ 国内对赫尔德的研究基本遵循了这一路径，例如李宏图1997年出版的专著《西欧近代民族主义思潮研究——从启蒙运动到拿破仑时代》。④ 国外研究中，与本论题直接相关的有巴纳德的《赫尔德论民族性、人性与历史》，将赫尔德的民族主义思想与人性之间存在的张力，以及民族思想与历史思想之间的关系进行了深入剖析。⑤ 另外，埃格尔、利比希和曼奇尼－格里佛利合著的《赫尔德是不是民族主义者》一文立足于政治学科，系统梳理了2007年以前与赫尔德民族主义思想有关

---

① Maike Oergel. *Culture and Identity：Historicity in German Literature and Thought 1770–1815*［M］. Berlin/New York：Walter de Gruyter，2006.

② 《对德意志民族的演讲》收录于梁志学主编的五卷本《费希特文集》第五卷，此外商务印书馆还在2010年出版了该文的单行本。参见［德］费希特. 对德意志民族的演讲［M］. 梁志学，沈真，李理，译. 北京：商务印书馆，2010；［德］费希特. 费希特文集：第5卷［M］. 梁志学，编译. 北京：商务印书馆，2014.［德］克莱斯特译本参见克莱斯特. 赫尔曼战役［M］. 刘德中，译. 上海：上海文艺出版社，1961.

③ ［英］以赛亚·伯林. 启蒙的三个批评者［M］. 马寅卯，郑想，译. 南京：译林出版社，2014.

④ 李宏图. 西欧近代民族主义思潮研究——从启蒙运动到拿破仑时代［M］. 上海：上海社会科学院出版社，1997.

⑤ Frederick M. Barnard. *Herder on Nationality，Humanity，and History*［M］. Montreal/Kingston：McGill-Queen's University Press，2003.

的重要研究成果，最终得出赫尔德的民族思想与国家无涉的结论。^① 而与赫尔德民族思想具有紧密联系的历史主义方面，在国内外影响最为深远的是梅尼克的《历史主义的兴起》，他在该书中将赫尔德与默泽尔（Justus Möser）和歌德并列为历史主义这一"德国运动"的三位代表人物。^② 除此之外还有一些探讨赫尔德历史哲学思想的研究，例如伊格尔斯所著《德国的历史观：从赫尔德到当代历史思想的民族传统》^③ 以及李秋零的《德国哲人视野中的历史》^④ 中关于赫尔德的部分，其中也论及了赫尔德历史哲学与其民族思想之间的关系。弗雷泽则从 18 世纪启蒙哲学中的情感主义出发，探究了赫尔德情感主义中体现出的多元主义，并揭示了赫尔德多元主义情感论对其同情性的民族立场产生的影响。^⑤

费希特方面，由于《对德意志民族的演讲》中清楚地体现了作者的爱国热忱，因此早在民国时期该文就有了中译本^⑥，研究方面则有贺麟在 1934 年出版的《德国三大哲人处国难时之态度》中的费希特部分，该著作在研究费希特的同时，还传达了中国的爱国文人在日军侵华的背景下不屈不挠的民族气节。^⑦ 建国后，对费希特爱国演讲及其爱国思想首次进行全

---

① Dominic Eggel, Andre Liebich, Deborah Mancini-Griffoli. Was Herder a Nationalist? [J]. *The Review of Politics*，2007，69：48-78.

② ［德］弗里德里希·梅尼克. 历史主义的兴起［M］. 陆月宏，译. 南京：译林出版社，2009.

③ ［美］格奥尔格·G·伊格尔斯. 德国的历史观：从赫尔德到当代历史思想的民族传统［M］. 彭刚，顾杭，译. 南京：译林出版社，2014.

④ 李秋零. 德国哲人视野中的历史［M］. 北京：中国人民大学出版社，2011.

⑤ ［美］迈克尔·L·弗雷泽. 同情的启蒙：18 世纪与当代的正义和道德情感［M］. 胡靖，译. 南京：译林出版社，2016.

⑥ 《对德意志民族的演讲》首个节译本由张军劢发表于日军占领东北后，后在 1942 年又有江天骥出版的两个由英文转译的全译本。参见梁志学、沈真《费希特在中国》（费希特文集：第 5 卷［M］. 梁志学，编译. 北京：商务印书馆，2014：713-727，此处为第 715 及第 717 页）。

⑦ 贺麟的这部著作后来在 1989 年由商务印书馆改名为《德国三大哲人歌德、黑格尔、费希特的爱国主义》再次出版，参见贺麟. 德国三大哲人歌德、黑格尔、费希特的爱国主义［M］. 北京：商务印书馆，1989.

面介绍与研究的是梁志学所著的《费希特柏林时期的体系演变》①，以及
梁志学主编的《演讲》中译文单行本前言。前文所述的梅尼克对费希特也
有重要研究，即《世界主义与民族国家》中关于费希特的部分，该书的重
要观点是指出了世界主义与民族思想之间的渊源，值得本研究借鉴。全面
解读费希特《对德意志民族的演讲》中体现的民族思想则有赖斯的专著《费
希特的〈对德意志民族的演讲〉或从我到我们》，该书将《演讲》放置在
拿破仑战争及费希特生平的大背景下，从民族的概念、语言、历史等角度
出发，揭示了费希特政治思想在拿破仑战争前后发生的变革。② 国外对《对
德意志民族的演讲》较新的研究有布雷齐尔与洛克摩尔 2016 年出版的论
文集《费希特〈对德意志民族的演讲〉再思考》，文集中的论文不仅关注
费希特的政治思想，主要还从哲学、经济学等其他不同的学科立场出发，
全面解读了《演讲》。③ 詹姆斯的《费希特的社会及政治哲学：财富与美德》
则从经济和社会角度解读了《对德意志民族的演讲》。④

　　此外国内外还有一些将赫尔德与费希特并列研究的成果，如前文所述
的奥尔格和李宏图。奥尔格认为赫尔德通过古今结合来构建德意志新文论，
而费希特则是通过将现代性定为德意志民族性，进而使德意志的民族身份
获得了国际化色彩，但奥尔格归根结底还是遵循了梅尼克的研究路径，即
主张无论在赫尔德还是费希特那里，德意志民族都是一个"文化民族"；
李宏图则在梅尼克的基础上有所推进，他认为赫尔德尚属于"文化民族主
义"，到了费希特则已经发展为"政治民族主义"。与李宏图有着相似研
究思路的还有 2016 年出版于国内的美国学者维罗里著作的中译本《关于

　① 梁志学. 费希特柏林时期的体系演变［M］. 北京：中国社会科学出版社，2003.

　② Stefan Reiß. *Fichtes Reden an die deutsche Nation oder: Vom Ich zum Wir*［M］. Berlin：
Akademie Verlag，2006.

　③ Daniel Breazeale，Tom Rockmore. *Fichtes Addresses to the German Nation reconsidered*［C］.Albany：
State University of New York Press，2016.

　④ David James. *Fichte's Social and Political Philosophy: Property and Virtue*［M］.
Cambridge：Cambridge University Press，2011.

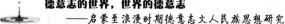
爱国：论爱国主义与民族主义》，该书从概念上厘清了爱国主义与民族主义之间的差别，并将赫尔德与费希特的爱国主义和民族主义置于古典以降的思想史中进行考察。他将赫尔德的爱国主义定义为一种非政治的、关注特殊民族文化的民族主义，而费希特是有政治倾向的爱国主义，并与共和主义存在话语上的结合，①在某种程度上是李宏图观点的一种细化和深入。

　　相比起赫尔德与费希特，国内对克莱斯特的民族思想几乎没有研究，研究对象也只局限于少数几部戏剧和中篇小说，关注重点则集中在克莱斯特的现代性以及作品中体现的暴力问题。虽然《赫尔曼战役》中译本已出版五十多年，但几乎没有关于该戏剧的研究，目前仅有赵蕾莲在2007年出版的专著《论克莱斯特戏剧的现代性》中研究《赫尔曼战役》的章节，遵循的依然是上文中所述的现代性问题；②而关于克莱斯特1809年政治文章，国内不论是文学史还是论文，都没有任何介绍，更勿谈专项研究。相较之下，国外研究《赫尔曼战役》的相关文献已有不少，其中就有关于《赫尔曼战役》的"爱国转向"③，以及其中体现出的政治哲学思想④，还有

　　① ［美］毛里齐奥·维罗里. 关于爱国：论爱国主义与民族主义［M］. 潘亚玲，译. 上海：上海人民出版社，2016.

　　② 赵蕾莲. 论克莱斯特戏剧的现代性［M］. 哈尔滨：黑龙江教育出版社，2007.

　　③ Lawrence Ryan. Die "vaterländische Umkehr" in der Hermannsschlacht ［C］//Walter Hinderer（ed.）. *Kleists Dramen：neue Interpretationen*. Stuttgart：Reclam，1981：188–212.

　　④ Eva Horn. Herrmanns "Lektionen". Strategische Führung in Kleists Herrmannsschlacht ［C］// Günter Blamberger，Ingo Breuer，Klaus Müller–Salget（eds.）. *Kleist-Jahrbuch 2011*. Stuttgart/Weimar：Verlag J.B.Metzler，2011：66–90，以及 Michael Neumann. "Und sehn，ob uns der Zufall etwas beut". Kleists Kasuistik der Ermächtigung im Drama Die Hermannsschlacht ［C］//Günter Blamberger，Ingo Breuer，Sabine Doering，Klaus Müller–Salget（eds.）. *Kleist-Jahrbuch 2006*. Stuttgart/Weimar：Verlag J.B.Metzler，2006：137–156.

克莱斯特及该戏剧在纳粹时期的接受 [①]，主要集中地出版于《克莱斯特年鉴》，以及部分论文集中，例如萨蒙斯的《对克莱斯特〈赫尔曼战役〉再思考》[②]。与本研究有直接关系的有居讷蒙德 1953 年出版的专著《阿尔米尼乌斯或文学中一个民族象征的崛起》，该书系统梳理了阿尔米尼乌斯 / 赫尔曼作为德意志民族象征的历史，从德意志民族对赫尔曼的接受视角出发，解读了人文主义以降德语文学中的赫尔曼形象。[③] 对《赫尔曼战役》中的主人公赫尔曼的另一个专项研究，还有里夫的专著《追逐权力：克莱斯特的马基雅维利式主人公》，该书以《君主论》为标尺，将克莱斯特笔下的赫尔曼解读为马基雅维利式的阴谋家。[④] 克莱斯特 1809 年政治文章方面，目前最为经典且较为集中的应属纳粹统治期间流亡英国的德裔学者塞缪尔 1938 年发表的博士论文《1805—1809 年间克莱斯特对政治活动的参与》，1995 年又出版了该论文的德文版。[⑤] 该文在民族沙文主义泛滥的背景下致力于修正纳粹对克莱斯特沙文主义的曲解，对克莱斯特在拿破仑战

---

① Martin Maurach. Vom Kosmopolitismus zum Nationalismus? Der Freimaurer und Vorsitzende der Kleist-Gesellschaft 1933-1945, Georg Minde-Pouet, und das Kleist-Bild des Nationalsozialismus [C] // Günter Blamberger, Ingo Breuer, Sabine Doering, Klaus Müller-Salget（eds.）. *Kleist-Jahrbuch 2008/09*. Stuttgart/Weimar: Verlag J. B. Metzler, 2009: 373-389, 以及 Niels Werber. Kleists "Sendung des Dritten Reichs". Zur Rezeption von Heinrich von Kleists Hermannsschlacht im Nationalsozialismus [C] //Günter Blamberger, Ingo Breuer, Sabine Doering, Klaus Müller-Salget（eds.）. *Kleist-Jahrbuch 2006*. Stuttgart/Weimar: Verlag J. B. Metzler, 2006: 157-170.

② Jeffrey L. Sammons. Rethinking Kleist's Hermannsschlacht [C] //Alexej Ugrinsky（ed.）. *Heinrich von Kleist-Sudien/Heinrich von Kleist Studies*. Berlin: Erich Schmidt Verlag, 1981: 33-40.

③ Richard Kuehnemund. *Arminius or the Rise of a National Symbol in Literature* [M]. Chapel Hill: The University of North Carolina Press, 1953.

④ William C. Reeve. *In Pursuit of Power: Heinrich von Kleist's Machiavellian Protagonists* [M]. Toronto/Buffalo/London: University of Toronto Press, 1987.

⑤ Klaus Müller-Salget. *Kleist und die Folgen* [M]. Stuttgart: J. B. Metzler, 2017: 34, 以及 Richard Samuel. *Heinrich von Kleists Teilnahme an den politischen Bewegungen der Jahre 1805-1809* [M]. Übers. v. Wolfgang Barthel. Frankfurt an der Oder: Kleist-Gedenk- und Forschungsstätte, 1995.

争时期的政治活动及思想进行了客观的解读。综上所述我们会发现，当下的国外学界较少有对克莱斯特民族思想的直接研究，特别是没有像赫尔德及费希特那样对克莱斯特民族思想进行直接定性的论断，但考虑到在德意志帝国建立后克莱斯特一度成为"德意志民族神话"的一部分，第三帝国时期甚至被曲解为民族社会主义的"建国诗人"①，民族思想必然会是解读克莱斯特及其作品的一个重要维度，因此本研究对于国内外的克莱斯特研究或许会是一种补充。

无论是国内还是国外，对艾兴多夫民族思想以及《德意志文学史》的研究都很不充分。国内目前只有陈曦 2014 年发表的论文《文学史书写中意识形态的对垒——评晚期浪漫派诗人艾兴多夫的〈德意志文学史〉（1857）》以及 2020 年的《重构德意志文学史——艾兴多夫〈德意志文学史〉与 19 世纪德意志的宗派问题》这两篇文章对艾兴多夫的这部作品有评介，而这两篇文章关注的重点都是德意志文学史书写中新教与天主教阵营意识形态的冲突。② 国外对艾兴多夫文学史最重要的研究是弗尔曼的《德意志文学史项目：人文主义至德意志帝国民族文学史书写的兴起与失败》，该研究系统梳理了 16 世纪至德意志第二帝国时期的德意志民族文学史书写情况，从中揭示出了不同时代不同宗教及政治立场的文人写作文学史的目的，其中艾兴多夫的天主教民族文学史试图从宗教的维度构建德意志民族发展史。③ 与前三位文人相比，艾兴多夫的相关研究可以说是较为单薄。

根据前述，我们会发现，目前国内外对四位文人民族思想的研究存在

---

① Werber，2006，S.160.

② 陈曦. 文学史书写中意识形态的对垒——评晚期浪漫派诗人艾兴多夫的《德意志文学史》(1857)［J］. 比较文学与世界文学，2014（2）：114-123，以及陈曦. 重构德意志文学史——艾兴多夫《德意志文学史》与 19 世纪德意志的宗派问题［J］. 安徽大学学报（哲学社会科学版），2020（4）：50-57.

③ Jürgen Fohrmann. *Das Projekt der Deutschen Literaturgeschichte：Entstehung und Scheitern einer nationalen Poesiegeschichtsschreibung zwischen Humanismus und Deutschem Kaiserreich*［M］. Stuttgart：Metzler，1989.

几个特点：第一，研究所立足的学科一般都是哲学、历史学及政治学，以文学为出发点的研究较少。这就引出了第二个特点：由于缺乏文学领域研究者的介入，势必会导致文学研究方法的缺位，即研究很容易脱离文本，浮于表面，甚至导致对作家思想的研究最终会服务于研究者已有的观点；反过来，正是因为较少文学研究者（主要是国内研究者）关注这一时期德语文学中的民族思想研究，才导致了作为纯文学家的克莱斯特和艾兴多夫在这一领域的研究遇冷，而赫尔德与费希特由于本身是历史学家或哲学家，更容易得到其他学科领域研究者的关注。所以本研究就是要打破这一局面，一方面将赫尔德与费希特论述民族的文本拉回到文学视域下，更多地立足文本，另一方面以民族这一话题为切入点，丰富克莱斯特和艾兴多夫的研究，从文学史和思想史中的民族思想流变出发，使赫尔德、费希特、克莱斯特、艾兴多夫的民族思想连成一根有机的线索，进而揭示启蒙至浪漫主义这一社会历史及思想大变革时期德意志代表性文人的民族思想。

四、结构概述

本书的主体部分拟分为五个章节，按照时间顺序，以各个作家为线索编排本书的整体框架。

本书第二章对"民族"概念的两个德语原文——"Volk"和"Nation"进行了辨析。该部分首先对"Volk"和"Nation"这两个词进行概念史梳理，并结合内涵的流变对二者进行一定程度上的区分和界定。在概念的辨析后，本章结合四位作家在文本中对"Volk"和"Nation"这两个概念的具体运用（需要注意的是，不同作家对两者的使用有不同的倾向），进而初步得出它们在不同文本中可能体现出的具体内涵。

本书第三章分析了赫尔德《人类历史哲学的观念》以及文本中体现的历史主义民族思想。首先本章从"弱势民族的同情者及德意志爱国者"的角度论述赫尔德的生平经历，展示赫尔德的虔敬主义家庭环境及东普鲁士历史状况，并强调赫尔德早年活跃的波罗的海沿岸地区存在德意志与斯拉夫文化并存的特殊现象，而欧洲各国冒险家对世界的探索实践，以及在这一过程中形成的研究记录和报告，也对赫尔德的创作产生了重要影响，最终使赫尔德成长为热爱德意志文化的弱势民族的同情者。接着本章将集中论述赫尔德的历史主义哲学观，即"人的幸福处处是个人的财富"①，以及其中存在的自然法残余，也即"人性"（Humanität）作为人类发展的最终目的。从启蒙主义自然法到浪漫历史主义的哲学转向正是赫尔德民族思想的理论背景和基础。在分析完哲学基础后，本章将以外在的自然地理环境、内在生长力、传统、语言等因素为标尺，揭示赫尔德历史主义民族思想的具体表现，同时又指出，赫尔德秉持历史主义民族思想的同时，却一直无法抛弃目的论及线性发展观，坚信人类历史的发展处在不断的进步中，这就是普遍存在的"人性"的作用。也正是人性中包含的对自由的渴望，使得赫尔德对亚洲东部民族和古罗马民族以及这些民族建立的专制政体作出消极评价，对斯拉夫及殖民地弱小民族心怀同情，这一评价模式也反映在赫尔德对普鲁士统治下的德意志民族怀有的复杂情感中。他一方面抬高以下层民众为主导的民族文化，在欧洲乃至世界范围内为德意志文化争取独立地位，另一方面又反对普鲁士专制国家，反对带法兰西色彩的上层精英文化。这在某种意义上是赫尔德历史主义民族思想试图达成的政治目标。本章最后则单独用了一节的篇幅，对比赫尔德民族自然有机生成论与19世纪末地缘政治学中的国家有机体思想之间可能存在的话语传承关系，进而得出这样一个结论：两次世界大战时期的国家有机体及生存空间论，实际上具有悠久的历史传统，是18世纪民族话语在19世纪末的转移、更新和再运用。

本书的第四章分析费希特的《对德意志民族的演讲》以及文本中体现的世界主义民族思想。本章首先梳理《对德意志民族的演讲》发表的历史背景，即拿破仑入侵，神圣罗马帝国瓦解，在战争中元气大伤的普鲁士意图全面改革。费希特本人身为哲学家也参与到了普鲁士的教育改革探索中，

---

① Herder, Bd.6, 1989, S.327.

《对德意志文学的演讲》是他在民族危亡之际对德意志民族教育问题的思考。接着，本章深入分析了爱国主义和世界主义这一对看似是矛盾体的概念，在费希特政治思想中如何兼容，费希特心目中的世界主义具有何种内涵。具体说来，费希特认为，爱国主义是世界主义的前提，只有振兴本民族，即德意志民族，方能在尘世建立起带有共和倾向的理性王国，从而真正实现世界主义。随后本章从语言、历史、教育等角度说明费希特对德意志民族的界定，进而说明费希特心目中振兴后的德意志民族是世界各民族福祉的承载者，是理性在尘世的代表人，同时也是共和思想的践行者，费希特的世界主义民族思想将普世的话语权交给了德意志民族，在某种程度上折射出了德意志文人的世界抱负，因此本章最后指出，费希特在民族危难之际为德意志民族安排的历史使命，到了德意志民族统一、第二帝国建立后，转化为德国意图在世界舞台上施展拳脚、争夺政治主导权的野心，世界主义的民族话语亦发生了转变。

本书的第五章将分析克莱斯特的《赫尔曼战役》及1809年政治文章，以及文本中体现出的战时民族思想。同样身处拿破仑战争旋涡中的克莱斯特不同于费希特，他出身古老的普鲁士军官家族，少年时期就入伍参军，曾亲身经历过大革命期间的反法战争。对战争有着直观感受的克莱斯特更热衷于借助战争来表达自己的民族观，因此本章首先叙述了克莱斯特在法国大革命爆发早年的生活经历，以及拿破仑战争爆发后克莱斯特的政治及文学活动，由此笔者意图说明，克莱斯特在战争期间的活动对于他《赫尔曼战役》的创作，特别是1809年政治文章的写作具有直接的影响。接着本章简要梳理了戏剧主人公赫尔曼/阿尔米尼乌斯自人文主义以降承担的德意志民族神话角色，进而说明克莱斯特之所以选择赫尔曼作为戏剧主人公，正是看中了该历史人物所承载的民族文化记忆，以及他在战时被重新塑造为德意志民族代言人的可能性。随后本章借用了卡尔·施米特的敌我划分模式（Freund-Feind-Schema），来揭示克莱斯特对罗马人代表的法兰西民族和日耳曼人代表的德意志民族所作的敌我界定，同时借助1809年政治文章中的类似言论来对文学作品中这一内涵进行佐证。由于克莱斯特的民族思想产生于民族最危亡之际，所以从头至尾都笼罩着末世论氛围，不仅在对待敌对民族时要抛却一切，不择手段，甚至本族的亲人也要被牺牲，以服务战争的需要。这也就是为什么克莱斯特的民族思想容易遭到后世沙文主义的曲解和滥用，因此本章还将说明，克莱斯特战时民族思想话语预现了宿敌观（Erzfeind）和总体战话语，从而表明克莱斯特民族话语中暴力的一面也给自身遭到曲解提供了可能性。

本书的第六章分析了艾兴多夫《德意志文学史》中体现的普世教会民族思想。本章首先概述《德意志文学史》成书时的历史背景，也就是1814年拿破仑战败后欧洲特别是德意志境内的政治及宗教格局。进入复辟阶段后的德意志虽然开始将统一提上日程，但内部各方势力斗争不断。特别是1848年革命失败后，普鲁士、奥地利和"第三个德意志"之间展开了激烈的力量博弈，这一点突出体现在德意志新教和天主教阵营就德意志统一问题展开的政治和意识形态的对垒。艾兴多夫一方面是保守的西里西亚天主教贵族，另一方面又在新教普鲁士政府中担任官职，身处教派政治斗争的夹缝之中，同时他早年又有抗击拿破仑的战争经历，因此不同于天主教越山主义派别心向罗马，片面放弃德意志民族独立和统一，艾兴多夫的德意志文学史书写是为了塑造天主教的德意志民族文化。所以本章随后简要梳理了当时新教阵营的文学史书写情况，以及浪漫派发掘中世纪民间文学，组建日耳曼语文学系的实践，说明当时文人从历史和文化上界定和统一德意志民族的潮流，并指明艾兴多夫的文学史书写要针对的靶子。接着本章从宗教性（Religiösität）、大众性（Volkstümlichkeit）、多样性（Mannigfaltigkeit）等维度出发，揭示艾兴多夫在对抗或宣扬自由主义和市民阶层意志、或传播新教伦理的新教派别文学史书写模式的同时，设法在天主教普世性与德意志独特民族属性中寻找合题的努力，从而进一步说明艾兴多夫的普世教会民族思想最终目的是要将天主教价值观纳入德意志民族性的范畴，使天主教囊括一切的普世属性成为德意志民族性的内核。在某种意义上，原本身处另一个教派思想范式之中的艾兴多夫实际上接受了赫尔德追求多样性大众民族文化的做法，也继承了以费希特为代表人物的世界主义普世传统。

通过对上述四位德意志文人民族思想的分析，本书最终试图得出这样一个结论：从启蒙到浪漫时期，德意志文人的民族思想经历了期盼德意志民族从文化上崛起，意图与各民族平等地屹立于世界，到宣扬德意志人在政治上引领世界，做世界民族的领导者和教育者，但与此同时面对民族危难，却又胸怀绝望之感，感受到其中暗含末世危机，最后到试图将德意志民族打造为包孕一切的普世价值体，使其成为世界的同义词，以至于单方面宣布自己代表整个世界这样一个发展脉络。虽然最终德意志走上了由单一政治势力自上而下实施武力统一的道路，但经过启蒙至浪漫时期近一百年民族话语的锻造，德意志原本多样性的文化最终趋于合一，德意志民族政治上的统一由此成为可能。然而我们不能忽视的是，德意志民族话语中亦包含着危机，经过历史的浸染后，德意志这样一个自诩接受一切、宽容一切的开放民族，却在实际上走上了民族沙文主义歧途。这或许也是德意志民族话语本身所具有的诸多可能性之一。本书要做的，就是还原德意志民族思想早期形塑期的面貌，为全面认识德意志民族及其民族心理提供一个可能的路径。

第二章 流变中的"民族" （Volk/Nation）概念

一、血缘／文化共同体与政治共同体：词源学探讨及历史演变

在展开论述之前，首先有必要辨析两个德语概念，即"Volk"和"Nation"，这两个德语词在中文中都可译为"民族"。不过，由于这两个概念的词源不同，并且在历史发展中经历了不同的演变过程，因此在具体运用时两者内容多有交织，往往辨析起来较为困难。

"Nation"一词源于拉丁文"natio"，派生自动词"nasci"（"nasci"意为"被生下来"）①，因此"natio"隐藏着血缘性出身的含义，其最原始的意义是来源于同一家族的人，进而可引申为具有某种出身的人。由于拥有同样出身者往往具有某种共性，如共同的祖先、地域、语言和习俗等，因此"natio"又可引申为一个具有某种认同的共同体。不过古罗马人并不自称"nation"，而是用它来指代罗马帝国境内的其他族群，

---

① *Der Große Brockhaus*（*Bd.15*）［Z］. Wiesbaden：F.A.Brockhaus, 1983：144.

他们在自称时采用的是"populus"，也就是罗马公民。① 所以此时的"nation"尚有"异族"的含义。16 世纪以后，法语的"nation"和意大利语的"nazione"进入德语，变成德语化的词汇"Nation"。② 中世纪晚期，修道院中的僧侣往往来自不同的方言和文化区，所以修道院神职人员大会中来自不同地区的僧侣团也被称为"nation"。此外"nation"也可指代朝圣旅途中不同地区的朝圣者。③ 欧洲进入近代早期后，人员的流动性加强，近代城市逐渐开始兴起，有着不同地域出身、操不同语言的人群开始混居在一座城市中。也正是在这一时期，近代大学和行会开始产生。在这样的背景下，"nation"的概念再次得到扩大，除了继续指代僧团（后来还包括宗教骑士团），还被用于区分大学中不同地域的学生群体和城市中来自不同地区的商人团体④。由上可知，"Nation"的原始含义不具有过多的政治意味，它是一个群体在客观共性的基础上彼此认同后的结果。但随着欧洲进入启蒙时代，特别是法国大革命爆发后，"Nation"作为一种群体认同，其主观意志方面的内涵得到凸显，同时还获得了更多的政治意涵。狄德罗等法国百科全书派认为，"nation"是"生活在一个地区、受一个政府或立法机关管辖的人群"，因而他们开始突出这一概念的政治属性。⑤ 与法国百科全书派不同，德国百科全书派学者谢德乐（Johann Heinrich Zedler）则认为，"Nation"应当是"市民"（Bürger）的集称，"享有共通的民风、道德与法律"，这一定义

---

① Otto Brunner, Werner Conze, Reinhart Koselleck. *Geschichtliche Grundbegriffe: historisches Lexikon zur politisch-sozialen Sprache in Deutschland*（Bd.7）［Z］. Stuttgart：Klett-Cotta, 1992：146.

② Jacob Grimm, Wilhelm Grimm. *Deutsches Wörterbuch*（Bd.13）［Z］. München：Deutscher Taschenbuch Verlag, 1984：425.

③ Dirk Richter. *Nation als Form*［M］. Wiesbaden：Springer, 1996：166.

④ Steffen Mau, Nadine M. Schöneck. *Handwörterbuch zur Gesellschaft Deutschlands*［M］. Wiesbaden：Springer VS, 2013：161-162.

⑤ Kedourie, 1998, S.6-7.

使 "Nation" 脱离了原有的 "领土的涵义"，① 更加强调的是不具有物质实体的文化因素。到了法国大革命爆发，"nation" 概念真正发生了政治转向。它成了 "国民的总称"，而国家是全体国民的集合体，是 "主权独立的政治实体"②，"nation" 也就成了在一个国家内享有一国公民权的人。革命浪潮下的 "nation" 与共和主义及自由主义融合在一起，已经基本剥离了原始意义上的血缘及地域基础，成为一种抽象的、在民主政体框架下方能实现的政治认同。随着革命理念在欧洲范围内的蔓延，"Nation" 的全新内涵也被德意志人所接受。

与 "Nation" 这一拉丁词源的概念不同，"Volk" 是德语本土词汇，其最原始的含义是 "固定的作战部队"，进而引申为接受一人领导的群体，例如一个家庭，特别是家族中的全体仆役。③ 由作战部队含义可引申出 "一个通过语言、出身、政治组织等因素决定的、同其他类似群体相隔绝的人群"④，如此看来，在内—外关系上，"Volk" 与 "Nation" 的内涵存在交叉之处。除了文化、血缘和政治因素外，"Volk" 本身还带有宗教色彩，不过这一层含义主要是通过 "Volk" 在希腊语和拉丁语中的同义概念得到体现，而这主要是因为在中世纪结束之前教会一般不使用德语等民族语言。例如在罗马帝国后期的教会语言中，后来常被用作 "Volk" 同义词的 "plebs" 常被用来指称教区的信众⑤；而随着时间的推移，罗马帝国时期圣经的希腊语及拉丁语译本越来越趋向于使用类似于 "Volk" 含义的概念来区分基督教信众与异教民族，即将基督徒称为上帝或基督的 "λαός" / "populus"，而将异教徒称为 "ἔθνη" / "nationes" / "gentes"，以便从信仰上将自身

---

① 霍布斯鲍姆，2000，第 20 页。

② 同上，第 21 页。

③ Jacob Grimm, Wilhelm Grimm. *Deutsches Wörterbuch*（*Bd.26*）［Z］. München：Deutscher Taschenbuch Verlag，1984：455–456.

④ 同上，Sp.461.

⑤ Brunner/Conze/Koselleck，1992，S.161.

同其他非基督教群体进行区分。[1] 从另一个维度看，也就是从上—下关系上看，由于"Volk"受到军事领袖或家长式的领导，因此"Volk"逐渐具有了被统治的下层民众的含义，而事实上，在实际运用时，"Volk"往往会带有贬义，作"平民"甚至"群氓、暴民"之意。所以在分层社会中，"Volk"便成为与上层统治阶级对立的大众，而源自拉丁文的"Nation"一词，在中世纪时期的德意志境内，基本上只在文人贵族等上层社会使用，[2] 两个概念因指称对象在社会层级上的不同，本身隐含了阶级对立的因素。但是与"Nation"类似，"Volk"在启蒙主义之后也经历了内涵的转向。18世纪下半叶，随着理性主义遭到动摇，部分德意志文人逐渐背离理性文化以及与此相适应的上层修养文化，转而对风格清新质朴的下层文化产生了越来越浓厚的兴趣。[3] 在这一过程中，赫尔德作出了重要贡献，他的民歌搜集工作，以及"民族精神"（Volksgeist）概念的提出，极大地提高了"Volk"一词的地位。大约到了法国大革命爆发后，特别是从1800年起，"Volk"除了继续泛指民众外，还开始被用作罗曼语词汇"nation"的德语对应概念，从而具有了"Nation"概念中的国民意涵（如"Staatsvolk"），所以在某种意义上大革命时期的"Volk"也成为"Nation"的平行概念。[4] 因此，无论是"Nation"还是"Volk"，在欧洲处于社会转型时期的大革命前后，其内涵都经历了一个民主化（Demokratisierung）、政治化（Politisierung）、意识形态化（Ideologisierung）和时间化（Verzeitlichung）。[5]

浪漫主义时期，"Volk"概念继续沿袭启蒙之后的定义，充当纯真质朴的下层民众的代名词，比起矫揉造作的上层人士，"Volk"被认为同自

[1] Brunner/Conze/Koselleck，1992，S.167–168.

[2] 霍布斯鲍姆，2000，第19页。

[3] J.Grimm/W.Grimm，Bd.26，1984，Sp.463–464.

[4] Brunner/Conze/Koselleck，1992，S.143–144.

[5] 关于转型时期"Nation"和"Volk"意涵经历的转型，参见上书，S. 147–149. 此处的"时间化"具体指的是18世纪末德意志无论从政治还是文化层面上看，都未形成一个固定的民族，此时"das deutsche Volk"或"die deutsche Nation"的说法，都是一种对未来的期许和预现。

然的联系更为紧密。与此同时，身处大变革漩涡中的德意志文人深感无力改变现实，于是他们将"Volk"视为寄托理想的对象，正如诺瓦利斯所言，"Volk"成了一个"理念"（Idee）①，所有理想中的因素都被浪漫派投射到了"Volk"上：自然、逝去的黄金时代、宗教虔诚、反外族入侵的力量等。总体而言，不同于在法国大革命话语中被反复锤炼的"Nation"，浪漫派视域下的"Volk"更多地还是一个文化符号，但在大革命期间已经经历了政治转型的"Volk"概念，随时在政治领域有被运用的可能性，特别是在反抗拿破仑的解放战争期间。到了复辟时期，政治的浪漫派开始将"Volk"看作是"承载生命和历史发展的力量"②，这实际上就是在遵循"Volk"文化传统的同时，也为浪漫主义的国家思想寻求历史保障。但正如前文所述，由于"Volk"本身具有的底层色彩，加之在大革命期间逐渐与共和国（Republik/res publica）③这一国家形式相结合，所以使用"Volk"这一概念时本身可能隐含着民主要求。正因为如此，君主制的代言人在指代国民全体时，往往更倾向于使用"Nation"一词而非"Volk"。④尤其值得注意的是，1848年三月革命前，政府甚至对"Volk"一词进行了审查。1848年革命时期，部分参与议会论辩的政客也尽量避免从宪法意义上使用"Volk"概念，转而使用"Nation"。这充分表明当时人们普遍对"Volk"一词中带有的自由民主因素十分敏感。⑤

综上可知，"Nation"同"Volk"主要在两个方面存在内涵上的交叉：

---

① 转引自 Helmut Schanze. *Romantik-Handbuch*［M］. Stuttgart：Alfred Kröner Verlag，1994：257.

② *Der Große Brockhaus*（*Bd.23*）［Z］. Wiesbaden：F.A.Brockhaus，1983：178.

③ "共和国"（Republik）一词由拉丁语"res publica"而来，即"公众事务"，而"publica"源于"populus"，用于指代罗马共和国有公民权的人，进而引申为民众。"populus"随后进入法语和英语中，分别写作"peuple"和"people"，"Volk"也成了"populus"的德语对应词。所以从这个意义上说，"Volk"与"共和国"有着天然的联系。

④ J. Grimm/W.Grimm，Bd.26，1984，Sp.468.

⑤ 同上。

其一是二者都可用于指称一个有共同血缘、出身、语言或文化习俗的群体；其二是二者都可以同民主共和诉求相结合，代表一国之公民。主要在法国大革命前后，"Nation"同"Volk"时常被用作同义词。可即便如此，两者依然存在适用范围上的差别："Volk"更多地被用于指代下层民众，而"Nation"往往被统治阶层所青睐。加之"Volk"作为德语本土词汇，更易于被德意志文人赋予丰富的历史及文化内涵，甚至被视为自身价值的承载，这一点是"Nation"所无法比拟的。"Nation"因其语言学上的拉丁起源，在以英法两国为代表的西欧国家语境下与作为政治形式的"国家"（Staat）有着更好的融合，[①]但这也并不意味着，正如部分论者所区分的那样，"Volk"代表国家形成以前语言、出身、历史及文化上的共同体，"Nation"则是民族国家形成后政治上的共同体。[②]然而这样的区分方式已经深入人心，这也是为什么在国内学界，无论是大写还是小写的、英法语还是德语的"Nation"，在部分文献中都会被译为"国族"，譬如陈玉瑶译19世纪法国哲学家及历史学家厄内斯特·勒南（Ernest Renan）政治演说《国族是什么？》（Qu'est-Ce Qu'une Nation?）。[③]国内对"Nation"持"国族"译法的学者较多，这主要是受到1924年孙中山提出"国族"概念（nation）及"国族主义"（nationalism）的影响。[④]在"Nation"被译为"国族"的同时，"Volk"也就自然被译为"民族"。但若是考虑到"Volk"所具有的下层色彩，"Volk"又时常被译为"人民"，而被译为"民族"的就又变成了"Nation"，例如刘新利的著作。[⑤]另外还有加拿大学者叶礼庭在《探寻新民族主义之旅》一书里讨论浪漫派种族民族主义的章节中，德国浪漫主义知识分子口中的"人民"（Volk）被看作是法国"民族"（la nation）的一个变种，是"一

[①] Brockhaus，Bd.15，1983，S.144.

[②] Kronenberg，2013，S.38.

[③] ［法］厄内斯特·勒南，陈玉瑶. 国族是什么？［J］. 世界民族，2014（1）：59–69.

[④] 参见夏引业. "国族"概念辨析［J］. 中央民族大学学报（哲学社会科学版），2018（1）：31–38，此处为第32页。

[⑤] 刘新利，2009，第466页，以及第470页。

个不快乐的知识界的快乐的投影"，^① 书中一个重要概念"Volksnational"
也被译为"'人民'民族主义的"^②。霍布斯鲍姆《民族与民族主义》中
"Volk"与"Nation"并立时也是类似情况。^③ 尤其值得注意的是，在涉及
赫尔德笔下的"Volk"概念时，以张玉能为代表的部分学者会将赫尔德著
作中的"Volk"译为"人民"^④。此外受到苏联解读模式影响的"Volk"翻
译也会呈现出这样的面貌，例如苏联学者古留加所撰《赫尔德》中译本。^⑤

　　本书不打算过多地探讨"Nation"与"Volk"的翻译问题，因为通过
前文对两个概念的词源及流变史的梳理会不难看出，无论是"Nation"还
是"Volk"，在不同的历史时期，被不同人群使用时，都代表不同的含义。
但在笔者看来，不管是"Nation"的"国族"，还是"Volk"的"人民"，
都免不了抛弃了这两个概念最原初的含义，两种译法首先就无法体现出二
者相互交叉的第一个内涵，即前国家时期的血缘及文化共同体。其次，从
二者交叉的第二层含义上看，在法国大革命影响下宣扬自由民主的德意志
"Nation"尚未构成统一的国家，"国族"的译法似乎有年代错乱之嫌，
该译名更适合指代民族统一时期的"Nation"；而带有下层意味的"人民"
也将"Volk"概念狭窄化了，事实上，无论是强调平民文化的赫尔德，还
是搜集古日耳曼民歌及神话的浪漫派，抑或德意志建国时期的普鲁士上层
贵族，都在不同范畴下使用过甚至自称过"Volk"，这个意义上的"Volk"
指的是不同于其他族裔的德意志人（当然在赫尔德那里该词也指其他族
群）。因此，综合以上考虑，本书暂且将"Nation"和"Volk"都译为民族，

---

　　① ［加］叶礼庭. 血缘与归属：探寻新民族主义之旅［M］. 成起宏，译. 北京：中央编
译出版社，2017：107.

　　② 同上，第110页。

　　③ 霍布斯鲍姆，2000，第20页。

　　④ ［德］约翰·哥特弗里特·赫尔德. 赫尔德美学文选［M］. 张玉能，译. 上海：同济大
学出版社，2007：94-142.

　　⑤ 例如论述"Volk"对艺术和文学的影响时，都译为"人民"。参见［苏］阿·符·古留加. 赫
尔德［M］. 侯鸿勋，译. 上海：上海人民出版社，1985：137，175.

这一方面是为了行文时论述方便，另一方面是因为"民族"这一译法更符合本论题所关注的重点，即作为前国家时期的启蒙至浪漫时期德意志民族与他者之间的关系，只在个别语境下将"Volk"定义为"民众""大众"或"百姓"。此外，具体到本书要考察的赫尔德、费希特、克莱斯特和艾兴多夫这四位作家，"Nation"与"Volk"这两个概念往往是平行出现的，"民族"这一译法更能涵盖这两个概念在文本中的具体运用方式。不过本书在实际论述过程中会注意兼顾两者丰富的历史及社会维度，并借由它们在内涵上的多层次性来多角度揭示四名德意志文人笔下的民族思想。

二、"Nation"还是"Volk"：文本中的概念

如前一节所述，赫尔德因为提出并发扬了"民歌"（Volkslied）以及"民族精神"（Volksgeist）等概念，使"Volk"的地位有了前所未有的提升。赫尔德在不同时期的作品中对"Volk"和"Nation"概念的使用倾向发生了一定的变化。在创作早期，例如《论当代德意志文学之断片集》（*Über die neuere deutsche Literatur, 1767*）中，赫尔德大多使用"Nation"一词[1]，仅有在少数情况下才会用"Volk"替换[2]，同时文中还出现了诸如"民族自豪感"（Nationalstolz）以及"民族天才"（Nationalgenie）[3]等表达爱国情怀的字样。到了70年代，"Volk"的使用频率开始增加，在这一时期的许多作品中，"Volk"与"Nation"皆有出现，并往往被混合使用，他在《论语言的起源》（*Abhandlung über den Ursprung der Sprache, 1770*）中将"Volk"（"古老或野蛮的民族"）[4]和"Nation"（"生活在亚马孙河流域的一支

---

[1]　Herder, Bd.1, 1985, S.167, 170, 177.

[2]　同上，S.171.

[3]　同上，S.170.

[4]　同上，S.701.

小型民族"）①混用，以指代生活在不同地区、处于不同发展阶段的族群或族裔。再比如 1774 年出版的第一批《民歌集》第一卷前言中，"Volk"与"Nation"频繁地相互替换 ["一个粗犷民族（Volk）粗犷的歌！一个民族（Nation）沉淀下来的野性声响和传说"]②，其意义依然是指族裔。但正是在《民歌集》前言中，赫尔德引入了"Volkslied"，即"民歌"这样一个全新的概念，原本常见的族群的含义仍然保留，同时又增加了一个新的内涵，即与受过教育的学者相对立的群体："不为学者，不为那些对民族一无所知的书斋学者（Volksunwissende Stubengelehrte）中最讨厌之人，不为学究，不为批评家，而是为了民族（Nation）！民族（Volk）！"③此时的"Volk"和"Nation"在赫尔德的笔下基本上是同义词，它们都具有双重内涵，一是族裔，二是无知无识的下层群众。不过人们明显可以看出，"Volk"在赫尔德作品中的使用频率有变高的趋势。现在再来看本书主要研究的写于 1784 至 1791 年的《人类历史哲学的观念》。由于这部著作中的民族概念主要涉及的是族裔，因此在该著作论述生活在各地不同民族的章节中，大多使用"Volk"一词以及它的复数形式"Völker"，但在许多情况下依然使用"Nation"及其复数进行互换："库克在美洲接触过的诸民族（Nationen），身材中等，最高可达六英尺（即 1.83 米）。"④虽然在《观念》一书中"Volk"作为下层民众的含义不再突出，但指代族裔的"Volk"的使用频率已经非常高，特别是各章节的标题只使用"Volk"而非"Nation"。由此可以初步得出如下结论：早期赫尔德在进行具有爱国倾向的表达，如呼唤德意志发展自己的优秀文学时，倾向使用有政治色彩的"Nation"来表达民族之意，同时这一概念也是当时欧洲上层知识分子常用的概念，如文学史上启蒙时期莱辛等人主张建立的德意志"民族剧

---

① Herder, Bd.1, 1985, S.703.

② Herder, Bd.3, 1990, S.17.

③ 同上，S.20.

④ Herder, Bd.6, 1989, S.240.

院"（Nationaltheater）。随着赫尔德找寻到了发展德意志新文学的途径，也就是从流传在下层民众中间的古老民歌中汲取养分，他逐渐开始转向更具底层色彩的"Volk"，但有时会用"Nation"来进行替换。而当赫尔德论述具有不同文化传统的族裔时，无论是"Volk"还是"Nation"都被较多地使用，但总体上复数形式的"Völker"使用频率更高。在与本研究直接相关的民族话题上，"Volk"与"Nation"基本是同义词，复数形式使用频率与之前的作品相比明显增加，这在某种程度上反映了赫尔德逐渐由最初关注单一的德意志民族逐渐转向对多民族的关照。而由"Nation"逐步转向二者通用，则说明下层弱势群体（无论是一个民族内部的受统治压迫阶层还是世界范围内的弱势民族）逐渐走进了赫尔德的视野。

　　相比赫尔德"Volk"和"Nation"两词并用，从而导致意义上的不同侧重点及思想倾向，以及在部分作品中更多使用"Volk"一词的做法，费希特则更倾向于使用"Nation"一词，这一点可以从演讲的标题上看到，费希特演讲的对象是"德意志民族"（die deutsche Nation），在行文中也基本使用"Nation"一词，或者直接使用特指德意志人的"Deutsche"。在整篇《对德意志民族的演讲》中，"Nation"的含义通常都应被理解为作为文化和政治共同体的"民族"，梁志学等人的中译本也都是这样处理这一概念的。至于"Volk"的使用，虽然使用频率不及"Nation"，出现在行文中时也不及"Nation"显眼，但"Volk"会集中出现在部分章节中，最为明显的便是第四讲《德意志民族与其他日耳曼民族的主要差别》（*Hauptverschiedenheit zwischen den Deutschen und den übrigen Völkern germanischer Abkunft*）、第五讲《上述差别造成的结果》和第七讲《再论一个民族的本原性和德意志精神》（*Noch tiefere Erfassung der Ursprünglichkeit，und Deutschheit eines Volkes*）以及第八讲《什么是较高意义上的民族？什么是爱国主义？》（*Was ein Volk sei，in der höhern Bedeutung des Worts，und was Vaterlandsliebe*）中，此外还有第六讲《德意志人的特点在历史中的表现》也有所涉及。上述几个涉及"Volk"概念的讲话主要论述的是德意志作为一个文化及历史的共同体，与其他日耳曼民族的区别，也就是说，"Volk"概念被用来区分自我与他者，并且往往是从语言等文化视角以及宗教改革等历史视角来对德意志民族的特性进行解读。例如费希特在第八讲中对较高意义上的民族（Volk）给出了定义，即一种服从于自身所体现出的特殊规律的整体①。需要注意的是，在这一语境下费希特也同赫尔德一样，将"Volk"及"Nation"混用，但二者的指称范畴并不相同。例如在第四讲和第七讲中，费希特为了强调及论证德意志民族不同于其他欧洲日耳曼民族的特性甚至是优越性，提出了"本原民族"（Stammvolk/Urvolk）的概念②，借以论证德意志民族是最为活生生的纯粹的民族，从而将自身与他者进一步隔离开，这一点也表明了"Volk"概念中蕴含的历史性；而出现在第四讲中的"民族形成"（Völkererzeugung）以及"民族特点"（Nationalzüge）③则更加清楚地表明，在二者都表示历史与文化共同体时，"Volk"更侧重于动态的历时性，而"Nation"则偏重静态的现时性。除去前述的历史与现实层面，"Volk"与"Nation"在费希特那里也有不同的本体指向，即在部分语境下"Volk"意为有下层色彩的"民众"，"Nation"则代表国民全体，例如费希特在区分活生生的德意志民族与其他日耳曼民族时，强调前一种民族（Nation）的广大民众（das große Volk）"都是可以教育的"，而在后一种民族中，"有教养的阶层（die gebildeten Stände）则与民众分离"。④这种区分方式，即将"Volk"作为大众与知识阶层的对立，二者共同构成一个名为"Nation"的共同体，与赫尔德有相似之处。在涉及《演讲》中的关键问题，也就是教育时，费希特区分了面向下层的"民众教育"（Volks-Erziehung）和扬弃一切阶层差异的"民族教育"（National-Erziehung），并进一步将民族教育的范畴

---

①　Johann Gottlieb Fichte. *Werke* 1808–1812［M］. Stuttgart/Bad Cannstatt：Frommann-Holzboog, 2005：201，以及费希特，2010，第124页。

②　同上，S.144，S.183.

③　同上，S.145，以及第57页。

④　同上，S.156，以及第70页。

扩大到各民族、全人类。① 现在回到《对德意志民族的演讲》中的核心概念"Nation"。据前文所述，费希特区分了"民众教育"和"民族教育"，然而仔细考察会发现，教育领域的"民族"与"民众"实际上具有更为深层的联系："民族教育"因为抹去了民众和有教养阶层之间的一切差别，实现了民族内部的民主化，作为国民全体的"Nation"由此获得了"民主化"的特征（demokratisierende Züge）②，作为民众的"Volk"也被囊括其中。这也是为什么费希特一方面对二者进行了区分，另一方面却又在第三讲《再论新教育》中将民众教育等同于有限意义上的民族教育。③ 在讨论宗教改革的历史时，费希特又提出了德意志君主与"民族"这一组对立，前者曾因"对外国的模仿"（Ausländerei）而背离了民族，但后来又成功"与民族保持一致"，"同情自己的民众"④，"Nation"由此成为有教养阶层和广大下层民众在面对统治上层时的身份认同标志。而在论述德意志精神时，费希特更是直接指出德意志民族（die Deutsche Nation）与共和体制之间的天然联系，⑤ 此时的"Nation"是费希特所身处的解放战争时期的现代民族，他对"Nation"提出了民主化和共和化的要求。因此，在《对德意志民族的演讲》中，同为历史文化共同体的"Nation"和"Volk"还在民主共和的层面实现了意涵上的交叉；另一方面，原本作为身份标志的"民族"及其教育还被扩大至全人类的范畴，这表明身处民族解放战争中的费希特并没有因为反法而完全背离法国大革命的传统，也传达出费希特民族观对人类命运的关照。

　　不同于赫尔德和费希特这两位理论家，作为文学家的克莱斯特没有过

---

① Fichte，2005，S.218 以及费希特，2010，第 145—146 页。

② Cristiana Senigaglia. Der Begriff der Nation am Scheideweg: Fichtes Reden und ihre Bedeutung [C] //Christoph Binkelmann（ed.）. *Nation-Gesellschaft-Individuum: Fichtes politische Theorie der Identität*. Amsterdam/New York：Rodopi，2012：69-86，hier S.78.

③ Fichte，2005，S.139.

④ 同上，S.175，以及费希特，2010，第 92 页。

⑤ 同上，S.181.

多地在"Nation"和"Volk"的使用上做文章，这两个概念并非克莱斯特重点处理的对象，他更关注的是"Nation"和"Volk"的具体表现形式——解放战争中可以被动员起来的德意志人本身。在戏剧《赫尔曼战役》中仅出现了"Volk"一词，代表了两种含义：一、不同的族裔，典型的是德意志人和拉丁 / 罗马人这组对立民族，如第一幕第三场①，此外还出现了形容罗马人的复合概念"暴君民族"（Tyrannenvolk）②；二、民众、百姓，如"（我的）百姓的好君主"（meinem Volk ein guter Fürst）③，在某些具体情境下亦可理解为"人群"，如第四幕第四场开头哈莉被强暴后骚乱中的人们④。乍一看去，克莱斯特的用法与赫尔德和费希特没什么明显不同，但若要细究我们会发现，在第二重含义，即"民众"这一含义中，克莱斯特并未像赫尔德和费希特那样过多凸显民众与上层统治者及知识分子之间的差别与对立，"Volk"更多是以一个模糊的群体面貌出现，因此在某种程度上，即使在具体上下文中的译名不同，"Volk"的第二重含义仍有同第一重含义汇合的趋势。可到了1809年政治文章中，"Volk"已基本不用来指称"民族"，取而代之的是"Nation"，而"Volk"彻底成为民众的代称，最突出的表现便是《法国新闻学教程》（*Lehrbuch der französischen Journalistik*）中，"Volk"被视为法国官方和非官方新闻媒体宣传甚至蒙蔽的对象，因此这里的"Volk"无疑是非统治阶层的广大民众，不仅有未受过教育的下层百姓，还包括有财富和教养、却无政治话语权的知识阶层。"Volk"，也即"民众"，被确定为统治阶层的对立面。"Nation"主要出现在《在这场战争中什么最重要？》（*Was gilt es in diesem Krieg?*）和《论拯救奥地利》（*Über die Rettung von Österreich*）中。不过值得注意的是，在《在这场战争中什么最重要？》一文中还出现了另一个概念，即"共同

---

① Heinrich von Kleist. *Sämtliche Werke und Briefe in 4 Bänden*（*Bd.2*）［M］. Frankfurt am Main：Deutscher Klassiker Verlag，1987–1997：459.

② 同上，S.477.

③ 同上，S.464.

④ 同上，S.506.

体"（Gemeinschaft）[1]。克莱斯特在文中大量铺陈这一概念，以求借助磅礴的气势来论证战争中最重要的是"德意志共同体"，其使用频率大大超过了"Nation"，但这个共同体具有"Nation"的绝大部分特征：共同的历史、美德和精神硕果（克莱斯特在文中洋洋洒洒地抛出了一连串哲学、科技、宗教、政治及艺术领域的德意志名人[2]），并与其他民族以兄弟相称（Brüder-Nationen）[3]。虽然克莱斯特不多使用"民族"一词，但读者依然能确定这就是他所指的对象，这再一次说明克莱斯特不太关注概念本身，而更关注"民族"概念背后的具体意涵。《论拯救奥地利》中谈到的一个重要问题是：君主应向民族发出呼召，民众（Volk）是"民族力量的源泉"（Quelle der Nationalkraft）[4]，他们应接受君主的呼召，配合君主主导的战争，发动大规模的"民族起义"（Nationalerhebung）[5]。在此我们会发现，作为民族的"Nation"与作为民众的"Volk"再次合为一体，只是不同于费希特文本中二者共同具有的民主和共和特征，克莱斯特的"Nation"与"Volk"更多的是面对来自外部的压迫而结成的战斗族群，族群结合的合理依据是1806年以前的德意志帝国政治版图，以及以历史的形式扎根于民族成员心底的共同文化与精神成就。"民族"内部的分层已逐渐模糊，"民众"也因民族起义而开始与上层统治者合体，"Volk"的民众属性也由此弱化，在一致对外的局面下成为"Nation"的替换概念。

艾兴多夫的《德意志文学史》，在"Nation"与"Volk"的概念使用问题上没有过多地超越前人的传统。他在指代德意志等具有不同文化背景的族裔时，仍把"Nation"与"Volk"用为同义词，例如他在开篇就写道："德意志民族（Nation）是欧洲各民族（Nationen）中，最细致、内心最为丰富，因此也是最善于沉思的，它更多的是一个思想的，而非行动的民

---

① Kleist，Bd.3，1990，S.478.

② 同上，S.479.

③ 同上，S.478.

④ 同上，S.499.

⑤ 同上，S.501.

族（Volk）。"①除此之外，艾兴多夫在前言中对文学中的"大众元素"（das volkstümliche Element）和"学者的艺术创作"（Kunstdichtung der Gelehrten）的区分②，以及在第二章《古老的民族异教》（Das alte nationale Heidenthum）中对民众（Volk）和贵族（Adel）的划分③，都表明艾兴多夫继续遵循了中世纪以降直至启蒙时代的概念使用传统，也会从阶层属性上对"Volk"进行界定。与赫尔德类似，艾兴多夫使用得最多的还是"Volk"，且格外钟爱"Volksthümlichkeit"这一概念，这一概念被视为知识分子性质的对立面，所以此处的"Volk"应被理解为大众，艾兴多夫也在重点批判宗教改革时期文学的相应章节中集中阐发了这一问题，例如他评价巴洛克作家格里美豪森（Christoffel von Grimmelshausen）时，称："遗憾的是，他要向世人证明自己不仅是通俗的（volksthümlich，也即具有大众性——笔者注），还可以和他人一样博学"④。这一点符合浪漫主义文人将自身的愿景投射到理想之中民众身上的普遍做法。虽然从总体上看，艾兴多夫的概念运用没有过多创新，但他为"Volk"增加了新的维度，即以天主教意识形态为特征的宗教维度。在艾兴多夫那里，"Volk"与教会（Kirche）、与诗意的非理性、与浪漫主义站在了同一阵营，只有这样，才能在德意志"发展出健康的民族性"（zu einer gesunden Nationalität entfaltet）⑤。此时的"民族"在某种意义上出现了分化：一方面强化赫尔德的传统，突出了知识分子与大众的对立；另一方面以教会为纲，在德意志民族内部形成启蒙理性及新教同非理性天主教之间的宗教意识形态对立。"Volk"与"Nation"成为特定宗教意识形态群体的代言人。

综上所述，更关注文化层面的赫尔德与艾兴多夫在概念使用时多倾向于"Volk"，更具政治倾向的费希特则倾向于使用"Nation"，克莱斯特

---

① Eichendorff, 1970, S.5.

② 同上, S.7.

③ 同上, S.26.

④ 同上, S.120.

⑤ 同上, S.463.

在戏剧中主要涉及"Volk"，但在政治文章中对"Nation"的使用增多。在概念的内涵上，四名作家在涉及德意志以及其他文化、历史或政治共同体时，都会将"Nation"和"Volk"通用，此时两个概念都应被译为"民族"。同时，"Volk"在赫尔德、费希特和艾兴多夫的作品中也会被视为与知识阶层对立的未受过教育的大众，而克莱斯特更突出"Volk"与君主等统治当局的区分，这种情况下的"Volk"则应被理解为"民众 / 大众 / 百姓"。除去共性，"Nation"和"Volk"的意涵在四名作家那里依然呈现出一定的差别。主要活跃在法国大革命之前的赫尔德，他在《人类历史哲学的观念》中更多地使用"Nation"和"Volk"的复数形式，并取二者"族裔"之意，来凸显自身对世界各民族，特别是弱势民族的关照，而且赫尔德并不过多地关注德意志民族与其他各族的界定与区分，"Nation"或"Volk"并非德意志民族的专有物，指涉对象极广。而直接面对拿破仑入侵的费希特，当他在《对德意志民族的演讲》中谈到"Nation"和"Volk"时，他一方面揭示了前者的现代性以及后者的历史性，另一方面致力于将二者民主化和共和化，脱胎于历史概念"Volk"的"Nation"作为民族，是一个囊括所有阶层的统一群体，它显然是费希特更为关注的对象，且与赫尔德不同，费希特开始区分德意志民族与其他民族，而两个概念的重点指涉对象都是德意志。同样身处拿破仑战争旋涡中的克莱斯特并不关注概念本身，也无意与费希特一样从各个角度来定义一个民族，但他继续强化作为共同体的德意志与异族的区分甚至敌对，无论在戏剧《赫尔曼战役》还是在 1809 年政治文章中，他更期待的是作为民众的"Volk"与民族"Nation"合二为一，成为统一的战斗族群，并最终将统治阶层囊括进来，形成一致对外的共同体，从而在战争层面消除"Volk"概念中隐含的阶层差异，在战争中塑造出统一的民族"Nation"。1848 年革命之后的艾兴多夫则面临着全然不同的局面，他在《德意志文学史》中处理的"Nation"与"Volk"已与异族无涉，观察民族的视角由外部转向内部，主要突出了共同体内部的宗教意识形态分化，看似未超出传统窠臼的概念使用倾向，实则隐含了新的维度，同时又有回归中古时期语言使用习惯的趋势，即凸显出"Volk"的教会色彩，"民

族"或"大众"被定义为特定的教派群体。

通过上文对不同作家具体文本中"Nation"和"Volk"概念运用的梳理，我们可以清楚地看到，"Nation"和"Volk"这两个概念的"民族"意涵是主流，即便"Volk"在很多情况下应当从阶层划分的角度被理解为具有下层意味的"大众"，这一内涵最终还是会汇合到更大范围的"民族"意涵之中，因为从不同血缘、文化、历史乃至政治角度出发，进而得到界定的共同体乃是本研究涉及的所有作者及文本进行讨论的大前提。"Nation"与"Volk"的概念运用某种意义上在四名作家的文本中具有一定的共性，并且遵循了固定的传统，但不同作家的不同思想立场以及所面对的不同历史背景，使得这两个概念无论是内涵还是外延都一直处于流变中，呈现出多样的色彩，也为后世文人和研究者的反复讨论和生发提供了诸多可能性。

第三章　赫尔德的《人类历史哲学的观念》：历史主义民族思想

一、赫尔德其人：德意志爱国者与弱势民族的同情者

赫尔德1744年8月25日生于普鲁士东部边陲小城莫龙根（Mohrungen），此地在维斯瓦河（波兰语 Wisła，德语 Weichsel）以东，即今天波兰北部城市莫拉格（Morąg）。该城坐落于高原地区，根据赫尔德的说法，这是一座"贫瘠之地的区区小城"，但事实上在赫尔德出生的时候，此地的农牧业与手工业已初具规模，有上千余人口。[1] 赫尔德出身于一个虔敬主义（Pietismus）氛围浓厚的新教手工业市民家庭，父亲曾从事织布行业，后因经济拮据，又转行当了小学教员，并兼任教堂敲钟人及唱诗班领唱，母亲则是一名兵器制造师之女（还有一说是鞋匠之女）。赫尔德最重要的两卷本传记作者鲁道夫·海姆（Rudolf Haym）特别指出，赫尔德的父亲一支来自西里西亚地区，母亲一支则是莫龙根本地居民，因此赫尔德本人混合了东普鲁士与西里西亚的血统，[2] 不过另一位赫尔德传记作者卡岑巴赫认

---

[1]　Friedrich Wilhelm Kantzenbach. *Herder*[M]. Reinbek bei Hamburg: Rowohlt Verlag, 1970, S.8. 另参阅本书中译本：［德］卡岑巴赫. 赫尔德传［M］. 任立，译. 北京：商务印书馆，1993：3.

[2]　Rudolf Haym. *Herder（Bd.1）*［M］. Berlin：Aufbau-Verlag Berlin，1954：19.

为这一点无法得到证实，但他也认同了赫尔德具有西里西亚人"活泼乐观、可塑性强，且善于辩论"的特征，而更为缺乏东普鲁士人"坚强、冷静"的特性。[①]无论关于赫尔德家族血统的说法如何，有一点可以肯定的是，赫尔德少年时期的成长环境远离当时的普鲁士政治中心，并且更加值得注意的是，莫龙根这座小城本身就是德意志与斯拉夫这两股民族势力博弈的舞台。

1327年，莫龙根由德意志骑士团建立，[②]是德意志东部殖民（Ostkolonisation）浪潮的产物，并接受了基督教化。从15世纪中叶起，德意志骑士团成为波兰的臣属，莫龙根也就顺理成章地成为波兰王国的领地。1618年，勃兰登堡选帝侯从波兰获得了普鲁士公国，勃兰登堡与普鲁士正式合并，但直到1660年，也就是赫尔德出生前八十四年，这一地区才真正摆脱了波兰的宗主权。[③]可即便直到17世纪末霍亨索伦家族的统治才在普鲁士地区得到稳固，1701年普鲁士王国建立时，王国在东部地区的领土，也就是后来常说的"东普鲁士"（Ostpreußen）地区，却成为勃兰登堡—普鲁士王权的基础，因为东普鲁士地区不属于神圣罗马帝国管辖区域，是霍亨索伦家族唯一一块独立领地，这一点从霍亨索伦家族建立王国的定名便可见一斑。[④]不过在此之后，普鲁士还要不断地和当地各方势力进行斗争，以巩固自身在东欧地区的统治，这一情况一直持续到19世纪。[⑤]

---

① Kantzenbach, 1970, S.9.

② Günter Arnold. *Johann Gottfried Herder* [M]. Leipzig: VEB Bibliographisches Institut Leipzig, 1988: 6.

③ 参见 Johann Gottfried Herder. *Herders Werke in 5 Bänden*（Bd.1）[M]. Berlin/Weimar: Aufbau-Verlag Berlin und Weimar, 1982: Ⅵ，编者 Regine Otto 所著前言。

④ 勃兰登堡—普鲁士将王国命名为普鲁士时在法律方面的考量，参见 Ulrich Scheuner. Der Staatsgedanke Preußens [C] //Otto Büsch, Wolfgang Neugebauer（eds.）. *Moderne Preußische Geschichte: 1648-1947; eine Anthologie*（Bd.1）. Berlin/New York: de Gruyter, 1981: 26-72，此处为第41页。

⑤ Otto, 1982, S. Ⅵ.

　　1756 年，七年战争爆发，普鲁士在东欧地区逐渐受到俄国牵制，1758 年，莫龙根地区被俄国占领，少年时期的赫尔德亲历了俄国对家乡的统治。然而随着 1762 年俄国女皇伊丽莎白一世病逝，普鲁士一方迎来了转机。新登基的彼得三世是普鲁士国王腓特烈二世的狂热崇拜者，甫一上任，便立刻与普鲁士缔结和约，将业已占领的普鲁士领土归还。正是借着这一契机，同年 1 月，赫尔德借老师特雷舍（Trescho）将自己的稿子寄给柯尼斯堡书商康特（Kanter）之机，把一首自己创作的诗歌附在其中，这首诗题为《献给居鲁士之歌》（*Gesang an den Cyrus*），赞颂了彼得三世将自己的故土归还普鲁士的善举。[1] 康特将诗歌在柯尼斯堡匿名出版，引起了巨大轰动。在这之后不久，赫尔德的才华引起了一位俄国军医的注意，后者提出将赫尔德带往当时东普鲁士的文化重镇柯尼斯堡学习，赫尔德的命运也由此改变。通过上述对莫龙根历史以及赫尔德人生第一阶段的梳理可以看出，无论是赫尔德生活了十八年的故乡，还是赫尔德本人早年的经历，都可以说是反映了东普鲁士地区政治、民族乃至宗教复杂状况的一面镜子，并且也表明了赫尔德在同时面对德意志民族和斯拉夫民族时可能存在一定的矛盾心理，而这一心理同样贯穿于赫尔德随后在柯尼斯堡乃至里加的时光。

　　在开始论述赫尔德离开家乡之后的生涯之前，还有必要说明一下赫尔德成长环境中的宗教氛围。如前文所述，赫尔德的家中具有虔敬主义氛围，父亲因为在教堂任职，持"严肃的新教思想"，母亲则怀有"受虔敬主义影响的柔和的虔诚态度"[2]，每个夜晚，家人齐唱宗教歌曲、阅读圣经的活动给予了赫尔德以宗教和文学上的启蒙，[3] 而根据赫尔德成人之后的描述，他的父亲是"一位六十来岁的爱国者"[4]。赫尔德专门点明了父亲的"爱国者"属性，似乎有意识地强调自己在爱国方面受到了父亲

---

[1]　Kantzenbach，1970，S.13，以及卡岑巴赫，1993，第 8 页。

[2]　Arnold，1988，S.5.

[3]　Haym，Bd.1，1954，S.20.

[4]　同上，S.19.

的影响。虔敬主义是兴起于 17 世纪中后期、壮大于 18 世纪中叶的德意志地区的一项反对正统路德派的宗教运动。[①] 受虔敬主义影响的地区主要位于德意志东部地区，大多为普鲁士领土。到了 18 世纪初，青岑多夫伯爵（Nikolaus Ludwig von Zinzendorf）在萨克森建立亨胡特兄弟会（Herrnhuter Brüdergemeine，又称"摩拉维亚兄弟会"），对后来的歌德等德意志文人产生了深远影响。在政治层面，早在腓特烈二世之父"士兵王"腓特烈·威廉一世（Friedrich Wilhelm I）在位时，虔敬主义就已经逐渐成为普鲁士王室的精神支柱。[②] 美国历史学家平森（Koppel S. Pinson）将虔敬主义视为德意志民族主义兴起的一个重要因素，他在《作为德意志民族主义兴起因素的虔敬主义》（*Pietism as a Factor in the Rise of German Nationalism*）一书中指出，虔敬主义与启蒙运动联手，一同对正统宗教进行抨击，在"人们头脑与心灵中创造了一处真空地带，这片真空反过来由民族这一群体来填补"，民族主义由此与基督教发生统一，进而升格为"现代人的宗教"。[③] 但到了 18 世纪中后期，虔敬主义与启蒙主义在宗教宽容的问题上分道扬镳，而造成两股思潮出现如此分立的一个重要原因，便是二者对待一与多的态度不同，而这也是早期民族运动诸领袖面临的问题。虽然如同启蒙主义一样，虔敬主义强调个人情感，从而促进了个人主义的发展，同时又以宗教团体的形式，在正统信仰缺失的时代，将原子化的个人重新组织为一个集体，从而促成了民族这一新的群体的产生，但在对待不同形式的宗教时两股思潮却有了本质的不同：启蒙主义逐渐开始强调理想化的自然宗教，正如卡西尔（Ernst

---

① 通常所说的虔敬主义主要指德意志地区的运动，但这并非德意志地区特有的现象，其他重要的虔敬主义运动还包括法国的寂静主义和詹森主义、英格兰的贵格会和卫斯理宗等，类似的运动也发生在北欧地区。参见 Koppel S. Pinson. *Pietism as a Factor in the Rise of German Nationalism*［M］. New York：Columbia University Press，1934：13.

② Gerhard Oestreich. Calvinismus，Neustoizismus und Preußentum［C］//Otto Büsch，Wolfgang Neugebauer（eds.）. *Moderne Preußische Geschichte：1648–1947；eine Anthologie（Bd.3）*.Berlin/New York：de Gruyter，1981：1268–1293，此处为第 1288 页。

③ Pinson，1934，S.120.

Cassirer）所言，德意志启蒙运动之父沃尔夫（Christian Wolff）将莱布尼茨（Gottfried Wilhelm Leibniz）思想体系中的多样性局限为"尽可能简单而又齐一的排列"[1]，个人主义不再有个人，而更多地突出理性指导下的普遍主义；而虔敬派则认为，每个宗教都在普遍意义上表达了宗教的一个特殊理念，正如每个个人、每个民族都表达了人性（Humanität）的一个特殊的面，[2] 这自然促使虔敬主义以更加宽容的态度对待其他宗教，乃至其他民族和文化，也就是说，虔敬主义更好地将一与多进行了统一，并更加突出了个体性。正是虔敬主义浓重的个人主义色彩以及由此导致的宽容心态，促成赫尔德后来在文化问题上同启蒙主义分道扬镳，作为一名持多元论的情感主义者和同情者[3] 走上了历史主义的道路，这似乎意味着原本促成民族主义兴起的虔敬主义在民族问题上最终又会导向与之相矛盾的历史主义立场，这一点将在第二节得到进一步探讨。

关于赫尔德在柯尼斯堡的学习经历，特别是他在神学、哲学、语言研究、文学等方面受到哲学家康德和哈曼（Johann Georg Hamann）的影响，目前已有较多文献进行了相应的分析。但我们还需要知道的是，历史、地理、物理以及其他一些实践性学科也属于赫尔德的学习内容，[4] 并且康德本人也一直在柯尼斯堡大学从事自然科学及人类学方面的教学，赫尔德无疑在那里吸收了自然历史与人类历史领域最初的知识。同莫龙根一样，柯尼斯堡作为普鲁士在东部的文化重镇，在七年战争期间一度被俄国所占领和统治，直到彼得三世登基后，才与其他普鲁士领土一起被归还给普鲁士。因此，虽然当赫尔德1762年来到柯尼斯堡时普俄已经缔结和约，但俄国官员及军队直到1763年才完全撤离，因此赫尔德也有足够多的机会接触本城的俄国人。柯尼斯堡重归普鲁士后，大学也依然在为里加等周边俄国统

---

① ［德］E·卡西勒. 启蒙哲学［M］. 顾伟铭，杨光仲，郑楚宣，译. 济南：山东人民出版社，1988：32.

② Pinson，1934，S.74.

③ 弗雷泽，2016，第171页。

④ Haym，Bd.1，1954，S.41.

治区输送文化人才，其影响甚至辐射至俄国首都圣彼得堡。不过赫尔德本人在柯尼斯堡并不愉快，因为在他心目中普鲁士就是一个"奴性的国度"，并且据称赫尔德有意逃脱普鲁士征兵。① 于是 1764 年 11 月，赫尔德得到了一所教会学校的职位，离开柯尼斯堡，前往里加。

　　第二次北方战争（1700—1721 年）结束后，原属瑞典的里加被让给俄国。作为古老汉萨同盟成员的里加依然保有相对独立的政治权利，当地经济及文化精英都是德意志人，因此赫尔德很容易便进入了上层社会。由于里加德意志精英在政治上享有较大的自由，因此里加人都对俄国皇权充满爱戴之情，而赫尔德早在莫龙根和柯尼斯堡时就是一名"俄罗斯爱国者"②，这一点正符合里加当地德意志上层人士的喜好。可即便如此，也不妨碍赫尔德与里加人成为"好德意志人"。昔日汉萨城市的古老记忆，使得里加人在面对当地经济文化相对落后的斯拉夫民众时怀有较强的优越感，加之作为自治共和国的里加一直享有较为独立的政治地位（特别是在俄国统治期间），使得里加在先后经历了波兰、瑞典和俄国数百年统治后，依然较好地保留了德意志的语言和风俗，并且当地教育也极大地依赖于东普鲁士地区的柯尼斯堡大学。因此，所谓的"俄罗斯爱国者"主要是政治层面上，在精神文化方面，里加人更多的是"德意志爱国者"。赫尔德正是以这样的身份来到里加。③

　　除了在里加所受的影响，还有一个重要因素使得赫尔德更为关注以语言为代表的德意志精神文化。正如前文所言，赫尔德在政治上并不认同腓特烈二世统治下的普鲁士，反而更加亲近叶卡捷琳娜二世的沙皇俄国。如果说他亲近同属君主国的俄国是因为受到里加上层的影响，那么对普鲁士的反感则首先是出于个人情绪，即对普鲁士穷兵黩武的厌恶。其次，早年的赫尔德是法国启蒙哲学家孟德斯鸠和狄德罗的信徒，在某种程度上是共

　　① Arnold, 1988, S.14.

　　② Haym, Bd.1, 1954, S.124.

　　③ 同上，S.128.

和主义者，普鲁士作为专制君主国显然不会得到赫尔德的支持。^①最后，对于赫尔德这位文化上的"德意志爱国者"而言最为重要的一个原因是，腓特烈二世治下的普鲁士宫廷热烈追捧法国文化，对德意志本土文化及语言充满鄙夷，国王本人也拒绝使用德语，并写下《论德意志文学》（*De la littérature allemande*，1780 年），攻击德语文学水平低下、风格粗鄙。历史学家梅林（Franz Mehring）曾不无轻蔑地称腓特烈二世为"法兰西的封臣"（französischer Vasall）^②。以腓特烈二世为首的普鲁士宫廷贵族的倾向无疑会伤害到深爱德意志语言和文化的青年赫尔德。当老师哈曼责难自己"放弃了普鲁士，代之以德国"^③时，赫尔德并不以为然，在他身上少有普鲁士人的影子，他更多的是德意志文化的旗手。对于 18 世纪中叶德意志文化衰微的现实，赫尔德自然再清楚不过，但他认为，正确的态度并不是予以嘲笑和贬低，而是应当奋起直追，促进本土文化的发展，对德意志文化的热爱才是正确的出发点。在法兰西文化占统治地位的 18 世纪欧洲，德意志民族可以算是"文化上的弱势民族"，因此赫尔德的德意志爱国主义实质上也是一种对弱势民族的同情。

　　本书对于赫尔德 1776 年到达魏玛之前在文学、艺术及神学方面的研究工作将不再赘述，此处仅需要指出，赫尔德对历史哲学的研究始于 1774 年的《关于人类形成的又一种历史哲学》（*Auch eine Philosophie der Geschichte zur Bildung der Menschheit*）。在这部作品中，赫尔德已经逐渐超越早期单纯关注德意志民族文化的做法，转而抨击启蒙主义哲学家秉持的历史线性发展观及进步观，开始将视角转移到不同历史时期乃至不同民族，以更加同情的态度看待其他文化。正如赫尔德在《又一种历史哲学》

---

　　① 在政制问题上，共和主义者赫尔德显然忽略了俄国的君主国属性，这或许是因为赫尔德早年生活的里加本身类似于一个相对独立的共和国，俄国在政治上给予里加相当大的自由度，赫尔德由此获得了俄国相对于普鲁士更为开明的幻象。

　　② Franz Mehring. *Zur deutschen Geschichte von der Zeit der Französischen Revolution bis zum Vormärz（1789 bis 1847）*［M］. Berlin：Dietz Verlag，1965：24.

　　③ 伯林，2014，第 332 页。

中断言："人们若想共同感受一个民族的喜好和行为中的任何一样，感受其中的一切，都必须首先同情（sympathisieren）这个民族。"① 而在另一部美学著作《论人类心灵的认知与感受》（*Vom Erkennen und Empfinden der Menschlichen Seele*）一文中，赫尔德更是主张："人类是高贵的尺度，我们依照他来认知和行动：自我感受与同感（Selbst- und Mitgefühl）是……我们意志活力的两种表现。""在我们自我感受的深处也存在着对他人的同感：因为只有通过感受我们自身，才能感受到他人的内心世界（in andre ... hinein fühlen）。"② 由此可见，在赫尔德看来，对自我的理解是理解他人的有效途径，爱自我与爱他人本身并不冲突，这才是人类的特征。对他人的理解和同情随后被转移到了其他民族和文化上，对其他民族，特别是弱势民族的同情脱胎于对德意志民族文化的同情，这是赫尔德从关注本民族转向研究整个人类的必由之路。《人类历史哲学的观念》正是赫尔德探寻人类历史的野心的产物。

近代地理大发现后，欧洲人意识到，自己并非世界的中心，可直到 18世纪，欧洲才真正开始对世界的探索。许多欧洲国家，或为了宣扬基督教信仰，或为了谋求经济利益，纷纷组织探险活动。探险家们也将自己在旅途中的所见所闻记录下来，在欧洲整理出版，引发了欧洲人对外部世界的强烈兴趣，欧洲人对自然与人类社会的知识呈现出爆炸式的发展。正是在这一背景下，赫尔德在撰写《人类历史哲学的观念》一书时参阅了大量新近出版的游记，例如瑞士探险家恩格尔（Samuel Engel）、法国探险家帕热斯（Vicomte de Pagès）、德意志博物学家帕拉斯（Peter Simon Pallas）、格梅林（Johann Friedrich Gmelin）、格奥尔基（Johann Gottlieb Georgi）和历史学家施洛策尔（August Ludwig von Schlzer）③ 等人的作品，此处仅举

---

① Herder, Bd.4, 1994, S.33.

② 同上，S.360, 361.

③ 需要指出的是，此处最后列出的四位德国学者，他们都活跃于俄国，赫尔德所参阅的他们的作品也皆出版于圣彼得堡。

几例。不过当时最为声势浩大的探险活动莫过于由英国王室资助的库克船长（James Cook）环球航行，他曾先后三次探索南太平洋（1768—1771 年，1772—1775 年，1776—1779 年），发现澳洲和夏威夷群岛。但与赫尔德本人及其创作关系更为密切的是参加了库克第二次环球航行的德意志博物学家赖因霍尔德·福斯特（Johann Reinhold Forster）和格奥尔格·福斯特（Georg Forster）父子。赫尔德在《观念》一书中主要参阅了父亲赖因霍尔德·福斯特的日记以及对南太平洋及东南亚诸民族风俗习惯的记载。[①]儿子格奥尔格·福斯特则主要同赫尔德私交甚笃。关于小福斯特，赫尔德曾在 1796 年的《关于促进人性的通信》（*Briefe zu Beförderung der Humanität*）中称（那时福斯特已去世两年），小福斯特是那根受到威胁的"线"的化身，"这根线将我们同其他民族所思所想连结在一起"[②]。福斯特在完成同库克的探险后于 1777 年出版了《环球旅行记》（*A Voyage Round the World*）一书（德文版出版于 1778 年和 1780 年）。在这部游记中，福斯特尽力谋求以不偏不倚的态度看待其他民族，叙述中时常流露出世界主义及文明批判的立场。[③]赫尔德与格奥尔格·福斯特存在密切的思想交流，两人在美学领域相互促进和影响，并在许多方面观点一致。[④]1787 年，已在维尔纳（Wilna，今立陶宛首都维尔纽斯）任职的福斯特为了摆脱生活的逼仄，有意接受俄国政府的委托，组织一次为期四年的探索南太平洋和北太平洋的航行活动。[⑤]在这之前福斯特前往魏玛拜访了赫尔德。赫尔德得知福斯特的计划后，准备了"一大堆问题"，请求福斯特在此次探险活动中帮忙搜

---

① 例如 Herder，Bd.6，1989，S.221，237，等等。

② Helmut Peitsch. *Georg Forster: Deutsche "Antheilnahme" an der europäischen Expansion über die Welt*［M］. Berlin/Boston：De Gruyter，2017：XI.

③ Gert Ueding. *Klassik und Romantik：Deutsche Literatur im Zeitalter der Französischen Revolution 1789–1815*［M］. München/Wien：Carl Hanser Verlag，1987：781.

④ Peitsch，2017，S.146–195.

⑤ Gerhard Steiner. *Georg Forster*［M］. Stuttgart：Metzler，1977：38.

集更多资料，以便从科学的角度为自己的民族研究提供支持。① 可遗憾的是，由于第六次俄土战争（1787—1792 年）的爆发，航行计划流产。② 不过人们由此可以看出，赫尔德一直紧跟地理探险和自然及民族研究的最新进展，同探险家及博物学者保持着最为密切的联系和交往，正是这样开放积极的态度才打开了赫尔德的视野，让他能以更加宽容的心态看待世界各民族以及人类发展的不同历史阶段。不过我们依然要看到，历史和民族学材料仅仅是外因，真正促使赫尔德突破早年单一的民族观，进入多民族百花齐放之花园的，是赫尔德的历史哲学立场，这才是让赫尔德将德意志爱国者与弱势民族同情者两重身份合而为一的内在动因。

二、历史哲学的观念：从启蒙的自然法到浪漫的历史主义

在探究赫尔德的历史哲学立场之前，首先有必要介绍一下历史哲学这一学科概念。历史哲学（英文 philosophy of history，德文 Philosophie der Geschichte 或 Geschichtsphilosophie），即对历史本质或历史观念的思考。③ 这一概念首先出现在伏尔泰 1765 年的《历史哲学》（*La Philosophie de l'histoire*）一文中，其本意是要反对只知堆砌史实的"事实的历史"④，重现"人类精神的历史"⑤。随着启蒙运动的深入，过去通过宗教启示获得的认知，变为由理性来赋予。理性要求人们从纷乱的历史现象中抽离出一条清晰的人类历史发展，特别是人类精神史的发展脉络，从而更加清晰地揭示世界的本质。在这一背景下，历史哲学成为当时最为潮流的学科之

---

① Friedrich Döppe. Johann Gottfried Herder: Sein Leben in Bildern［M］. Leipzig: VEB Bibliographisches Institut Leipzig，1953：36.

② Steiner，1977，S.46–47.

③ ［英］布莱克波恩. 牛津哲学词典［Z］. 上海：上海外语教育出版社，2000：174.

④ ［法］伏尔泰. 风俗论（上册）［M］. 梁守锵，译. 北京：商务印书馆，2000：4.

⑤ 同上，第 2 页。

一，[1] 例如康德就曾在 1784 年发表了历史哲学论著《世界公民观点之下的普遍历史观念》（*Idee zu einer allgemeinen Geschichte in weltbürgerlicher Absicht*）。以康德为代表的德国古典历史哲学的目标是赋予历史以研究的"导线或模式"，其本质是对历史现实"曲折而抽象的反映"。[2] 如上节所述，赫尔德也有将自己的研究扩展至哲学领域的野心，加之受到托马斯·阿伯特影响，赫尔德认为，哲学是真正的"德意志民族学科"，将哲学与人类及政治进行调和是一项"爱国主义的课题"[3]。但纯粹抽象的哲思并非赫尔德的兴趣所在，他更加关注的是现实世界的经验，这也是赫尔德后来与恩师康德产生争执的焦点之一，他对人类的思考主要借助的是对现实的人类，特别是世界民族历史的考察。由此看来，历史哲学无疑最能实现赫尔德认识世界、认识人类的愿望。历史哲学成了赫尔德的终生事业，《人类历史哲学的观念》不仅承载着赫尔德的学术抱负，更是赫尔德民族思想的寄托。

　　通过追溯历史哲学的诞生，人们可以看到，历史哲学脱胎于启蒙哲学，但由于启蒙主义者对理性高度强调，18 世纪被定性为哲学世纪（达朗贝尔语），使得后世的一些启蒙的批判者，特别是 19 世纪的哲人，将 18 世纪贬为"非历史的世纪"[4]，历史与哲学仿佛成了一对矛盾，即使这一观点在当代被证明是谬误。赫尔德顺应启蒙时代的潮流，选择了历史哲学作为认识世界的工具，但他（借用其 1799 年写作的驳斥康德《纯粹理性批判》一文的标题）最终对启蒙时代的哲学实施了"元批判"（Metakritik）[5]。那么赫尔德究竟在何种意义上克服了启蒙哲学？而这种克服又与赫尔德在民族思想方面的创举有何种关系？

　　凯利指出，19 世纪的哲人称 18 世纪的启蒙主义者为"自然法的拥护

---

① Haym, Bd.1, 1954, S.573.

② 李秋零，2011，第 21 页。

③ Haym, Bd.1, 1954, S.129.

④ ［美］唐纳德·R. 凯利. 多面的历史：从希罗多德到赫尔德的历史探询［M］. 陈恒，宋立洪，译. 北京：生活·读书·新知三联书店，2003：415.

⑤ 同上，第 459 页。

者"①。相应地，为了反拨18世纪，19世纪锻造了另一件比启蒙历史哲学更为锐利的思想武器——历史主义。而众所周知，自19世纪，特别是拿破仑战争爆发后，欧洲出现了一股反启蒙主义的思潮——浪漫主义，浪漫主义可以说是贯穿了大半个19世纪。如果说18世纪是启蒙的时代，那么19世纪便可以说是浪漫的时代。而历史作为一种思维方式，在19世纪进入了大多数主要学科。在德意志，19世纪诞生了关注古代民族文学的日耳曼语言文学和以印度学为代表的东方学，法学领域则有主张恢复日耳曼习惯法的历史法学派，最重要的是在历史学科出现了兰克学派与普鲁士学派争鸣的盛况，更不必说在哲学领域，黑格尔为历史哲学奠定了牢不可破的基础。几乎所有推崇历史的文人，黑格尔、施莱格尔兄弟、诺瓦利斯、格林兄弟、萨维尼、兰克、德罗伊森等等，都属于浪漫派圈子。由此我们便获得了一组思想对立：启蒙的自然法—浪漫的历史主义。正如自然法被认为是启蒙时代的立场，历史主义自然也就成为浪漫主义的旗帜。在此有必要对自然法和历史主义两个概念进行简要梳理。

自然法（德文 Naturrecht，英文 natural law）原则从广义上说是将道德与法律秩序同宇宙本质或人类本质相结合的一种尝试。②在自然法原则的指导下，人们认为自然的法则高于人类立法者创制的法则而存在，背后隐藏的是基督教世界观中的神秩。由于自然法，或曰神法，不受人类活动及意志所转移，因而自然法是由一系列客观原则组成。但在持自然法思想的中世纪经院神学看来，正是因为自然法是客观存在的，因而可以为人类理性所认知。在经院神学的调和下，理性成为自然法原则的基本组成部分。自然法谱系真正始于斯多葛主义（Stoizismus），斯多葛学派学者最早开始对自然法进行阐述，③此时的自然法成为一种所有人乃至宇宙万物都必须

① 凯利，2003，第415页。

② 布莱克波恩，2000，第256页。

③ 张云雷. 为战争立法：格劳秀斯国际关系哲理研究［M］. 北京：中央编译出版社，2017：60.

遵守的律法，全体人类由此被作为一个整体统摄到自然法之下。进入中世纪后，自然法原则被基督教神学所接受，只不过自然法需要依赖于最高的律法，即神法。对于现代自然法思想影响最为深远的思想家莫过于英国哲学家霍布斯（Thomas Hobbes），他对自然法的定义基本为后世启蒙主义政治哲学家所接受。霍布斯创造了一个新概念"自然状态"（state of nature）来取代自然法，他认为人类的一个自然特质是身体和智识意义上的平等，但这种平等主要指的是所有人都很弱。正因为如此，第二个自然特质便是激情，即由于人的普遍弱小，从而对他者不信任且恐惧自己的暴死，所以人必须为了自保而先发制人。因此，自然状态就是人与人之间的战争状态，[1] 正如霍布斯在《利维坦》中所言："这种战争是每一个人对每个人的战争。"[2] 在霍布斯之后，由于神学维度被弱化，启蒙哲学家越来越多地开始强调人的"自然权利"，人与人之间的平等，即人的权利被日益凸显，最终在法国大革命之后，天赋人权、人人平等的观念便在欧洲深入人心。可即便如此，对自然法理论做出重要贡献的另一位略早于霍布斯的荷兰哲学家——格劳秀斯（Hugo Grotius）的观点中隐含着一个与启蒙哲学视角下的自然法略显矛盾、且让人惴惴不安的内容。格劳秀斯曾这样阐述什么是"自然"："某事物在所有民族或者那些更文明的民族中被认为是符合自然法的，那么它就是符合自然法的。"[3] 自然法由此隐含了两重维度：一重是制约一切人类的普适性或普遍性，另一重是以人类中更为先进与文明之民族为准绳的个性甚至狭隘性，具体在启蒙时代便是理性作为评判自然与否的标准，两个看似矛盾的层面却被有机地统一在了自然法原则中。后来在洛克（John Locke）的政治哲学影响下，自然法追求的"内在善的理性标准"逐渐被一种"功利主义的有关道德、政治和经济的价值论"所取代，[4]

---

① 张云雷，2017，第66页。

② ［英］霍布斯. 利维坦［M］. 黎思复，黎廷弼，译. 北京：商务印书馆，1986：94.

③ 张云雷，2017，第70页。

④ ［美］乔治·萨拜因. 政治学说史（下卷）［M］. 邓正来，译. 上海：上海人民出版社，2008：226.

原本普遍的理性自然法愈渐成为某一个民族或是某一个阶层的代言人，自然法原理开始在逻辑方面从自身瓦解。法国启蒙哲学对于理性自然法更为发扬光大，特别在法国大革命前夕，自然法与天赋权利相结合，以一种不证自明的优越姿态进入德意志。德意志学者一方面接受了自然法的理性及权利平等的立场，另一方面却敏锐地觉察到自然法看似开明的理性背后实际上隐藏着霸权，即法兰西依照格劳秀斯的精神，以强势民族之态，试图将自身的"文明"价值观，以"自然""天赋"的名义强加给弱势的德意志民族。于是，政治上出于对法兰西的反抗，思想上致力于对启蒙主义的反拨，部分德意志哲人成为"启蒙的批评者"，而历史主义则成为抗击自然法原则的有力武器。

　　历史主义在德语或英语中有两种写法，一种是 Historizismus/historicism，另一种是 Historismus/historism。Historizismus/historicism 这一概念主要由波普尔（Karl Popper）的《历史主义的贫困》（*The Poverty of Historicism*）一书传播开来。波普尔理解的历史主义所指的是一种社会科学研究的方法，这种方法"通过揭示隐藏在历史演变之中的'节奏''类型''规律'和'趋势'"[①]，实现对未来的历史预言，主要面向的是未来。波普尔笔下的历史主义实质上是一种历史决定论，是他的批判对象，而这种意义上的历史主义不是本研究探讨的对象。Historismus 则不同，它是由德意志思想家提出的概念。目前可以证实"历史主义"最早由浪漫派思想家弗·施莱格尔（Friedrich Schlegel）在 1797 年的一些关于语言学的笔记中提出，[②]此时的历史主义用以指称温克尔曼对古代文化的特殊态度，借此反对当代哲学家站在自己作为当代人的立场，罔顾历史事实，歪曲古代面貌的做法。后世的思想家基本遵循了施莱格尔对历史主义的理解路径。到了

---

　　① ［英］卡·波普尔. 历史主义的贫困［M］. 何林，赵平，译. 北京：社会科学文献出版社，1987：47.

　　② ［美］格奥尔格·伊格尔斯. 历史主义的由来及其含义［J］. 王晴佳，译. 史学理论研究，1998（1）：71–88，113，此处第 72 页。

19世纪下半叶，历史学家德罗伊森（Johann Gustav Droysen）和布克哈特（Jacob Burckhardt）敏感地注意到思想界开始出现一种"史学化"的倾向，并可能引发哲学或科学在性质上"令人意想不到的嬗变"[①]。随后狄尔泰（Wilhelm Dilthey）等人的历史化哲学开始成为当时的潮流，但在一战后遭到特勒尔奇（Ernst Troeltsch）的反抗。纳粹上台后，为了回应特勒尔奇对历史主义的克服，梅尼克出版《历史主义的兴起》（*Die Entstehung des Historismus*），将历史主义歌颂为西方思想界"曾发生过的最伟大的精神革命之一"[②]，并将历史主义的两大基本思想总结为个体观念和发展观念。随着二战德国战败，历史主义转而在犹太裔英国哲学家伯林的"自由多元论"和剑桥学派的"历史语境"获得了新形式。[③]通过上述简要梳理可以看出，历史主义并非仅局限于历史学科，它发端于浪漫主义时代，是一种思维方式，是一种哲学，主张以历史的眼光看待不同时期和不同的人，强调人因受到所经历的历史传统影响，因而具有自己的特殊性。历史主义在文化领域主张文化特殊性和多样性，在政治领域则认为国家或民族并非是理性选择（例如社会契约）的结果，而是如同自然界的植物一般，根植于历史传统的土壤之中有机地发展出来的，因此历史主义者不能接受自然法主张的人具有共同的本质属性，以及价值、文化、法律和政体具有普适性等观点。德语学界通常使用Historismus来表达具有上述含义的历史主义，但有时英语世界也会使用historicism来表达类似的含义，例如凯利的《历史的宝藏：从赫尔德到赫伊津哈的历史探询》[④]，还有埃格尔等人《赫尔德是不是民族主义者》一文在阐述赫尔德对民族自治的讨论与历史主义主张之间的关系时也是如此。[⑤]从历史主义思潮的发展历程中我们不难看出，历史主义

---

① 刘小枫. 以美为鉴［M］. 北京：华夏出版社，2017：400.

② 梅尼克，2009，第1页。

③ 刘小枫，2017，第403页。

④ Donald R. Kelley. *Fortunes of History：historical inquiry from Herder to Huizinga*［M］. New Haven/London：Yale University Press，2003.

⑤ Eggel/Liebich/Mancini-Griffoli，2007，S.74.

在德意志的兴起与启蒙运动在德意志地区的衰败同步，亦伴随着德意志民族从文化和政治上反对理性自然法代言人兼军事入侵者法兰西的运动。而历史主义最为壮大的 19 世纪下半叶正是德意志民族思潮在政治上最为高涨的时代，即德意志帝国建立之后。还需要注意的是，对历史主义的演化史进行最为全面论述的学术实践——《历史主义的兴起》一书——正是伴随着纳粹在德国的掌权一同诞生，即便是政治上对纳粹持反对态度的梅尼克，也深信德意志民族具有特殊性。因此也无怪乎德裔犹太学者伊格尔斯称历史主义为"使德国民族主义的反民主特征得以合法化的历史观"，"其要旨在于拒斥启蒙运动的理性和人道主义的观念"。[①]

虽然作为概念的历史主义发端于浪漫主义时期，但无论是历史主义信徒还是自然法追随者都达成了一个共识，即德意志历史主义的真正起源是赫尔德。赫尔德的《又一种历史哲学》以反讽的口吻批驳了启蒙主义片面推崇进步的线性历史发展观，在德国首次对历史主义原则进行了全面表述，[②]《人类历史哲学的观念》则是历史主义思想的集大成者，通过对各历史阶段不同民族历史文化的正面叙述，充分展现出了历史主义的主要特征——多元化的个体主义以及非线性发展观。此外，如上一节所述，赫尔德早年深受家中虔敬主义氛围影响，虔敬主义对个人信仰及情感的强调促进了 18 世纪下半叶个人主义的兴起，而对不同宗教形式的宽容态度亦推动了多元主义的发展。另一方面，虔敬主义团体又因为具有极强的组织能力，能够赋予个人归属感，使得在正统教会思想愈渐瓦解的背景下原本趋于原子化的个人重新组织为民族集合，在有普遍主义倾向的正统教会和启蒙运动的夹缝中宣示民族集体的存在；与此同时，历史主义本身就是一种为了反抗法国启蒙思想普适霸权而诞生的具有多元化个体化倾向的思潮，它主张的历史性和个体性，本质上是要服务于德意志民族宣示自身特殊存在这一目的。所以虔敬主义思潮不仅是现代个体思想的先驱、德意志民族

---

① 伊格尔斯，2014，第 3 页。

② 同上，第 41 页。

运动的先导，更是历史主义思潮产生的前提条件，[①] 这也从某种程度上解释了在 18 世纪下半叶虔敬主义、德意志民族运动与历史主义交织在一起，共同反抗正统教会、法兰西政治文化强权与启蒙主义的现象。赫尔德民族思想正是诞生于这样大的思想背景下，无论从历史沿革方面还是思想特征方面看，尤其考虑到赫尔德本人在历史领域的所作所为，赫尔德的民族思想都应当被总结为一种历史主义的民族思想。

对历史主义推崇备至的梅尼克曾自信地断言，赫尔德的思想本质上与自然法相反，[②] 持自由主义多元论的伯林也将赫尔德定性为"启蒙的批判者"，但正如平森指出，"早期民族主义者面对的核心问题是人性（一）与各民族（多）之间的关系；这是统一性与多样性的难题"[③]，赫尔德作为德意志民族思想的早期开拓者，也处在从启蒙自然法转向浪漫历史主义思潮的时代转折点。如何处理复数的民族（Nationen）和文化（Kulturen）同单数的人性（Humanität）之间的辩证关系，成为赫尔德在《观念》中着力解决的问题。简而言之，就是当赫尔德在描画纷繁多样的世界民族画卷时，背后隐藏着一抹相同的底色：虽然人类的幸福处处是个人的财富，每个民族受到环境、内在动力、传统和习俗所制约，会经历或处在不同的历史发展阶段，但归根结底人类发展的最终目标还是人性，最终还是趋向理性、正义和善，这是上帝为人类安派好的命运。人性事实上正是神为人设定的自然法。赫尔德阐述人性的第十五卷，恰好位于第三部分对古代东方（包括中国、印度、两河流域）、希伯来、古埃及和古希腊罗马等历史叙述的结尾，对中世纪欧洲各民族历史叙述之前，在古代历史和中世纪历史之间起到了一个承上启下的作用，似乎是在提醒读者不要迷失在纷乱多样

---

① Carl Hinrichs. Der Hallesche Pietismus als politisch–soziale Reformbewegung des 18. Jahrhunderts［C］//Otto Büsch, Wolfgang Neugebauer（eds.）. *Moderne Preußische Geschichte*：*1648–1947*；*eine Anthologie（Bd.3）*. Berlin/New York：de Gruyter, 1981：1294–1306，此处为第 1295 页。

② 梅尼克，2009，第 340 页。

③ Pinson，1934，S.77.

的历史事件之中。由此可见，赫尔德的历史哲学思想正处在启蒙的自然法与浪漫的历史主义的交汇点，他的民族思想也受到两种思潮交叉影响，只不过历史主义的影响更为强劲，也更为引人注目，因为正是赫尔德历史主义的一面，才使得他从前辈的启蒙哲人中脱颖而出，不论在文学艺术方面还是文化政治方面，都被后世奉为浪漫派民族思想的先导。

三、历史主义民族思想：多元的世界民族发展史

个人早年在东欧地区的成长教育和社会交往经历，使得赫尔德渐渐开始对多民族现象进行思考；而赫尔德在历史哲学领域的抱负，又让他的关注点从最初的文学、艺术与神学问题转向了人类的历史。赫尔德在经历了数年旅途辗转，结束了青年时代为德意志文化摇旗呐喊的阶段后，于1776年应好友歌德之邀来到魏玛担任宫廷牧师。进入壮年的赫尔德逐渐沉静下来，开始构思自己的历史哲学著作，意图通过自然史与世界民族发展史来认识世界历史特别是人类的历史，进而揭示神为自己的造物——人设定的终极目标，最终于1784年至1791年写出了《人类历史哲学的观念》这部最具分量的代表作。哲学家哈里希（Wolfgang Harich）在海姆所作赫尔德传记的前言中将这部著作誉为"启蒙主义历史哲学的巅峰之作"[①]，这一评价在赫尔德的思想史定位方面可能有些意识形态先行的嫌疑，但却正确地指出了这部作品的高水准以及在历史哲学领域不可替代的地位。但是历史哲学只是赫尔德的理论基础，他关注的实质还是以民族形式存在的人类，历史的进程则通过不同历史阶段的不同民族得以展现，世界的法则通过丰富的人类形态得以彰显。赫尔德笔下的民族呈现出多元化的面貌，多样化的外部环境和内在动力则是塑造民族丰富形态的动因。也正因为如此，赫尔德在评价各民族时，通常都会从具体历史条件出发，站在这些民族所处

---

①　Wolfgang Harich. Einleitung［M］//*Rudolf Haym. Herder*（*Bd.1*）. Berlin：Aufbau-Verlag，1954：IX–CVII，hier S. LXXII.

的立场上，尽力去理解和同情他们。对世界民族多样发展史的动态叙述展现了赫尔德民族思想的历史主义立场，但人们依然不能忽视，赫尔德历史主义民族思想的背后依然隐藏着自然法的残余，这一点从他的"人性"观中可以看出，在他看来人性是上帝为人类发展设立的终极目标。正因如此，一些在赫尔德看来背离了人性的民族，都会被给予消极的评价，这在某种意义上是赫尔德对自身历史主义民族观的自我瓦解。

1. 多元民族的形成

感官世界的形成：气候与生长力

赫尔德对各民族形成的分析始于感官世界（Sinnlichkeit）。赫尔德认为，各民族感官世界之所以不同，是因为各民族生活所在地的气候各异，加之民族内在的生长力各具特色，作为外因的气候和作为内因的生长力二者相互斗争，使得民族处于动态的发展进程之中。赫尔德笔下的所谓"气候"（Klima）并不仅指温度和湿度等大气物理特征，还包括人类居住地的海拔及海陆山地的分布情况，土壤的性质与物产，各民族不同的衣食住行、生产劳动形式和生活方式，所从事的娱乐和艺术形式，甚至还包括居住地生长的动植物以及人类与其他生物之间的互动关系，等等，[①] 总之一切人类生活的外部环境，甚至是由人类本身创造的事物（如经济和艺术形式等），只要是在人类躯体之外有形的、与人类生活息息相关的物质条件，都可被归类为"气候"。赫尔德的气候影响论很可能来源于法国启蒙哲学家孟德斯鸠所作《论法的精神》（De l'esprit des lois）中的气候决定论。在这部政治哲学经典著作中，孟德斯鸠总体上认为气候的影响是一切影响中最强有力的，"不同气候的不同需要产生了不同的生活方式；不同的生活方式产生了不同种类的法律"[②]，气候决定了一个国家的法律和政体形式。孟

① Herder, Bd.6, 1989, S.265–269.
② ［法］孟德斯鸠. 论法的精神（上册）［M］. 张雁深，译. 北京：商务印书馆，1995：235.

德斯鸠的气候决定论具有二元论倾向，他简单地将气候分为冷热两种，并以此为据，将世界划分为充满美德的北方地区和邪恶放纵的南方地区（不过南北方之间也存在反复无常的温暖的中间地带），以及君主国或共和国体制的欧洲和专制压迫之下的亚洲。孟德斯鸠过于夸大气候的决定性作用，忽视了同样气候条件下不同民族受到的影响可能会存在不同，气候因素的影响方式实际上还要复杂得多，对此赫尔德也在《观念》中提出了批评。① 此外孟德斯鸠的分类方式过于简单，没能看到世界民族的存在形式更为多样，绝不能仅以二元的方式被划分为南与北、邪恶与道德、专制与共和，并且他笔下的气候主要还是集中于温度的冷热，忽视了更多的自然及其他物质因素，这一点赫尔德要比他开放得多。而赫尔德最为超越孟德斯鸠的地方是，他坚持的并非气候决定论，而是气候影响论："气候不会强制，而是引导。"② 对民族形成起决定作用的是内部因素，也就是"生长力"（Genesis）。

赫尔德提出了这样的论点：生长力（genetische Kraft）是"地球上一切形态（Bildungen）之母"，"气候只不过是通过或敌对或协助的方式来影响它的作用"③。这种力是活生生的（lebendig）、有机的（organisch）并且内在的（einwohnend），依据其内在天性"启示自身"（sich offenbaren）。④ 生长力并非灵魂及理性本身，它只是与灵分立的躯体的一部分，但一切思想都与躯体的组织和健康，一切心灵的欲望都同生命的热度息息相关。⑤ 虽然生长力只属于人类乃至整个生物世界的物质范畴，但它是生命的内在动因。正因为如此，人类绝不会被动地承受气候的改造，内在的生长力会从内部发生作用，应对外部的气候影响；而外部气候必须首先作用于内在生长力，才能间接地影响人类不同民族在外形上的差异。

---

① Herder, Bd.6, 1989, S.265.

② 同上，S.270.

③ 同上。

④ 同上，S.271–272.

⑤ 同上，S.273.

内在因素对人种外形的影响大于外在气候的影响，即使是畸变，也必须是内在的畸变方能遗传，人为的穿鼻孔或裹脚行为并不会影响人的外形。毫无疑问，赫尔德已具备了现代遗传学的初步知识。此外赫尔德还意识到，单纯改变人的生活环境并不会让人的外形产生变化，只有改变内在，例如通过异族通婚的方式，下一代的外形方能有所改变，并且得到改变的绝不只是某个单一部位，而是包括颅骨、下巴、脖颈和鼻梁的外形整体。这充分表明外部环境对各民族形成的影响远不如各民族内在所固有的力量，生长力发生作用的速度也远大于气候。

　　赫尔德将气候与生长力之间的关系总结为争斗（Zwist）。气候的影响缓慢而多样，使人类趋于多元化；生长力的作用持久而深刻，令各民族保持作为人类的同一性。但最终气候与生长力会在争斗中相互作用，从而共同作用于人类，使原本具有类似形态的人类逐渐变形为外形各有千秋、本质上却同属人类大家庭的多元民族。在承认气候对多元民族形成的重要作用的同时，赫尔德突然话锋一转，开始抨击欧洲殖民背景下欧洲人对世界其他地区环境的大肆改造："一切过于迅速地朝另一个半球或另一种气候的过渡，都很难对一个民族有什么好处：因为自然在彼此相距甚远的地区之间划下的界线绝不是毫无用处。"[1]赫尔德以欧洲殖民者对世界的政治经济征服以及传教进程等血淋淋的历史为例，说明强行违背气候作用不仅造成殖民地人民的悲惨命运，还给欧洲人自己带来了种种恶习。并且即便欧洲人不遗余力，改变殖民地环境的努力也是徒劳的，反而导致了欧洲殖民者自身的早衰。在这一前提下赫尔德进一步得出结论：一切按照祖先昔日的方式生活的民族（尤指那些生活在美洲丛林中的印第安人），都勇猛强壮，如树木一般茁壮生长；[2]被剥夺了故土的民族（例如被贩卖到欧洲的奴隶），会像失去了根基的植物一样枯萎。通过讲述发生在殖民者与被殖民者之间的故事，赫尔德肯定了气候与生长力二者对于人类生存有着不

---

[1]　Herder, Bd.6, 1989, S.281.

[2]　同上，S.283.

可或缺的作用。气候的多样促使民族形态的多元，而内在生长力对人的决定作用制约了气候不可被任意改变，否则最终会损害民族有机体的健康。

精神世界的形成：传统与语言

结束了感官世界后，赫尔德随后进入了人类精神世界的领域。赫尔德在第八卷主要探讨了四种人类精神现象：想象力（Einbildungskraft）、实践理性（praktischer Verstand）、感受与欲望（Empfindungen und Triebe）和幸福（Glückseligkeit）。赫尔德承接上一卷的观点，指出这些精神现象同样受到气候环境（包括人类的物质需求和生活方式）的影响，并且精神现象同感官一样，也具有生物属性，是有机生成和发展的。但赫尔德还提出了决定精神世界的另一个重要因素：传统（Tradition）或习惯（Gewohnheit），这一因素恰好同赫尔德的历史主义观念相呼应。例如赫尔德在论述人类想象力的一个重要表现——神话时，便指出：任何民族的神话并不是自己发明的，而是"继承而来的"[①]，换言之，人类精神的果实是代际历史传承的结果。而所谓实践理性，是不同民族彼此不同、代代相传的生产方式，以及由此演化出的政治体制：习惯猎人生活的民族难以适应园丁、牧人或农民的生活，[②]也无法适应脱胎于农业生产方式的聚落生活和财产私有制，以及由此延伸出的法律、警察制度、专制体制。感受与欲望方面，赫尔德重点关注的是"爱"，并以此为出发点阐述了不同民族风俗对待女性的不同态度，以及不同民族中男性美德与历史传统之间的关系。例如各族民歌以多元的形式传达了恋人、亲人与友人之爱，进而实现了情感乃至荣誉与美德的代际传承。最后，赫尔德提出了他最重要的论点："人的幸福处处是个人的财富；……是风俗、传统与习惯的孩子。"[③]幸福绝不能由他人强加于自身，因为这是一种内在的状态，是内心的感受，幸福的尺度只能存在于个体的内心。也正因如此，幸福绝非是经过深思熟虑的理性的结果，

---

① Herder, Bd.6, 1989, S.298.

② 同上，S.311.

③ 同上，S.327.

任何生物、任何民族、任何人都满足于自己的生命，而不会去就此刨根问底，"它的存在本身即它的目的"①。这一论点同康德的历史哲学观针锋相对。康德在《世界公民观点之下的普遍历史观念》中主张："个别的人甚至于整个的民族……不知不觉地是朝着他们自己所不认识的自然目标作为一个引导而在前进着，是为了推进它而在努力着；……"② 而人类每一个世代都将自己的禀赋传给下一代，进而作用于整个人类，而非单个的人、单个民族或单个世代，人作为一个种属成为所有个体应努力追寻的目标。康德的历史哲学立场无疑是目的论的，这在赫尔德看来有些理性得不近人情，因此他在《观念》中重点批驳了康德为人类设定的唯一目标——国家共同体（Staatskörper）以及世界公民观点所承载的目的论。康德提出了这样的命题："大家就都这样在遥遥地准备着一个……伟大的国家共同体。……大自然以之为最高目标的东西——那就是作为一个基地而使人类物种的全部原始禀赋都将在它那里面得到发展的一种普遍的世界公民状态……"③ 对此，赫尔德反驳道：

　　……人是为了国家（Staat）这个人类的目标，人类所有世代只是为了最后一代才被造出，而这最后的一代就这样屹立在所有前代人的幸福那业已坍塌的废墟之上？看一看我们在地球上的兄弟吧，即便是任何单个人的生活经验也都在反驳这种强加给造物主的计划。我们的头脑无法理解，我们的心也无法体会这种漫无边际的思想和感受；我们的手也做不到，我们的生命也无法预料到。④

　　需要注意的是，赫尔德对启蒙主义理性目的论的反驳、对个人幸福的强调，使得他更看重当下的时代，看重与亲人乃至本族的情感，甚至得出了这样的结论："无用的世界主义者（Kosmopolit）那充溢的心灵是一座无

---

① Herder, Bd.6, 1989, S.330.

② ［德］康德. 历史理性批判文集［M］. 何兆武，译. 北京：商务印书馆，1996：2.

③ 同上，第18页.

④ Herder, Bd.6, 1989, S.332.

人之舍（Hütte für Niemand）。"① 这个结论看似出乎意料，但却是合乎逻辑的：赫尔德对世界民族的同情与宽容，最终落脚点依然是多样性，是历史主义，而非启蒙自然法及目的论要求的同一性，因此我们不能通过赫尔德的多元民族观得出他是世界主义者的结论，② 否则会抹杀赫尔德对纵向历史阶段以及横向多元民族并存的强调。

　　另一个对人类精神世界起到深刻的塑造作用的因素是语言（Sprache）。众所周知，早在 1770 年，赫尔德便写出了语言学经典论著《论语言的起源》，并因此拔得了普鲁士皇家科学院组织的论文竞赛头筹。语言一直在赫尔德思想体系中占据举足轻重的地位，虽然在《观念》中关于语言的篇幅不多，但赫尔德认为它在人类形成中起到了特殊的作用。赫尔德的语言观受到哈曼的极大影响，哈曼曾指出，语言是民族的象征，是一个民族从事一切精神活动和维持社会联系的必要基础；一个民族的语言，记录着该民族走过的漫长的历史道路，③ 因此语言是一个民族历史的产物。赫尔德接受了哈曼的这一观点，同样认为多种民族语言并立的现象展现了"一幅人类精神多样化发展的动态的绘画"④，并进一步明确语言产生自传统，产生自"对父辈言语的信仰"⑤。而语言对于人类形成的重要意义在于，语言使人类获得了理性，语言使人得以成为人，"没有语言的纯粹理性是地球上的乌有之乡"。⑥ 最终，语言促成的内在理性，同对外部世界的模仿（Nachahmung）一起，创造出了科学与艺术这些人类精神的最高形式，人类语言的多元化也造就了人类精神形式的多样性。正是由于语言对民族

---

　　① 同上，S.333.

　　② 例如伊格尔斯将赫尔德的民族思想定义为"世界主义的文化导向的民族主义"。参见伊格尔斯，2014，第 35 页。

　　③ 转引自姚小平. 洪堡特——人文研究和语言研究［M］. 北京：外语教学与研究出版社，1995：143.

　　④ Herder，Bd.6，1989，S.354.

　　⑤ 同上，S.352.

　　⑥ 同上，S.347.

精神乃至整个人类精神具有重要作用，赫尔德的民族思想体系中才会如此强调语言的特殊地位，对母语的热爱也就意味着对民族的热爱。

然而需要注意的是，上述赫尔德关于外部感官世界和内在精神世界共同导致了不同民族特征的主张隐含了这样一个陷阱，即对于一个特定民族而言，一旦外部环境和内在心境发生变化，其原本的民族特性自然也会消亡，某一单个民族的特性并非永恒的。当然，赫尔德也意识到了这一点，他提出的民族特性是有条件的，民族的存在也是历史的，并且他要求在评价不同民族时也要根据具体的历史条件。

2. 民族评价：宽容与偏见交织的矛盾心态

由前文可知，赫尔德认为，气候与生长力影响到人类感官世界的形成，传统与语言促进了人类精神世界的形成，由于气候、生长力、传统及语言等因素各不相同，人类也由此获得了不同的形态，分化为不同民族。由于各民族的外貌、生产生活方式、风俗习惯及政治制度受到上述多样因素的制约，呈现出不同面貌，因此赫尔德主张，在评价这些民族时，必须让自己置身于他们的位置，以同情与宽容的心态看待他们。正因为如此，《观念》一书中评价世界民族的章节也展现了赫尔德的历史多元化倾向，他对绝大多数世界民族的评价，例如对印度、非洲、美洲等地区的这些弱势民族，基本做到了从历史主义立场出发的理解与同情。但人们依然不能忽视，赫尔德在看待某些民族及历史时期时，尤其是在评价亚洲的中国、日本、蒙古等民族，以及古代的罗马时，会满怀偏见，大加贬斥，这似乎有违赫尔德本人宣称的同情态度以及多元化历史主义立场（虽然在批评的同时，赫尔德会试图通过强调气候或传统等因素的做法，以保持自己逻辑上的自洽）。赫尔德的民族评价展现了他宽容与偏见交织的矛盾心态。

非洲、美洲诸族：受奴役的"高贵的野蛮人"

赫尔德宽容与同情的评价主要针对的是非洲及美洲诸民族。自地理大发现起，欧洲人向世界各地进发，无论是古老的非洲，还是新发现的美洲

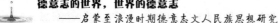

大陆，都沦为欧洲的殖民地，当地的人民也遭到奴役。欧洲殖民者以文化上更为先进的民族自居，大肆贬低非洲美洲诸民族的文化，甚至从外貌上将他们贬低至动物的行列。与殖民者不同，赫尔德从历史发展阶段以及多样的气候等因素出发，力求对非洲美洲诸族的外貌及民族性格做出客观的评价。赫尔德认为，非洲民族完全有权利将欧洲来的"强盗"贬斥为"白化病人和白色的撒旦"，将自己的黑色皮肤看作是"生命的源泉"——太阳的标志，而将自己看作是"原初民族"和"生命力的中心"。① 黑色皮肤一直都是欧洲人证明非洲人在种族上更为低劣的标志，但赫尔德却援引科学家坎佩尔（Peter Camper）的研究，证实世界上所有民族，包括欧洲人，都有"变成黑人的体质"②，用今天的术语说就是任何民族都有黑皮肤的基因，这实际上都是在解构欧洲白人优越论。对于美洲民族，赫尔德花了大量篇幅描述美洲的地形气候，以此推论出美洲民族的成因。比起描述非洲民族外貌时的情感充沛，赫尔德总体上以更加冷静客观的口吻来描述美洲诸族的外貌，重点落在不同地区不同部族在面相与体格上的差别。与之相对，赫尔德更加关注的是美洲民族性格以及他们受到的压迫。赫尔德将美洲民族性格总结为：充满野性自豪感，崇尚自由，却又战斗情绪高昂；心地善良，怀着孩童般的无辜。③ 虽然赫尔德一再强调自己对美洲各民族的知识引用自探险家及博物学家的研究记叙，但我们依然可以看出，对美洲民族的性格总结并不具有很强的现实性，更多体现的是欧洲异域叙事时传统的"高贵的野蛮人"（edle Wilde）母题，这一点也体现在了对非洲民族性格的描述中。赫尔德对非洲美洲民族性格的非现实总结，一方面是要让现代欧洲人回想起人类被逐出伊甸园、走向堕落的历史，体现了欧洲异域叙事的宗教传统。另一方面赫尔德要借此控诉欧洲殖民者压迫非洲美洲诸民族的暴行，正如他在介绍居住在非洲"月亮山"河谷的一支幸福安宁

---

① Herder, Bd.6, 1989, S.228.

② 同上，S.233.

③ 同上，S.241, 249.

的民族时，忍不住情绪流露道："欧洲人不配看到他们的幸福，因为他们在这片大陆上犯下了不可饶恕的罪过，并且还会继续犯下去。"[①] 而新墨西哥地区的民族在西班牙人到来之前，"衣着体面，勤奋整洁，将田地操持得很好，用石头建起了城市"，如今却为了自救逃到深山之中；他们的双眼"大而充满活力，闪耀着光芒，感官灵敏，双腿有力"，可灵魂却"因为遭受奴役而疲惫不堪"。[②] 赫尔德对非洲美洲诸民族的正面评价，流露出他对受压迫的弱势民族的怜悯，然而这种怜悯很大程度上并非全情投入的赞许，赫尔德作为欧洲人本身具有的"历史性"，使得他无法看到这些民族的真正生活状态，他能做到的仅是从环境、历史和"人"的角度来尽力理解这些"兄弟"，以历史多元的价值观来反抗欧洲将自身价值体系强加给弱势民族，把他们纳入欧洲自然法体系的暴行。

希腊：逝去的美丽

与非洲美洲等诸民族相比，希腊人才是赫尔德全情赞美的对象。首先在外貌上，赫尔德不惜报以最高的赞美，称希腊人使"人类的美貌与精神联姻"，他们的美"在一切尘世与天堂之美的吸引中既能够被双眼看到，也能够为灵魂所感受到"；在希腊，"人类的形象走进了奥林匹斯山，被覆盖上了神之美"。[③] 外貌的美也同样带来了文化上的美，因此赫尔德使用了整个第十三卷的篇幅来介绍希腊在精神领域取得的成就，如文学、艺术、伦理、治国术及自然科学。被赫尔德放在首位的是希腊的语言、神话与诗歌，对此他这样评价道："希腊语是世界上最精巧的，希腊神话是世界上最丰富和动人的，希腊诗歌或许是同类别中最完美的。"[④] 并且他也不无遗憾地叹息，世界上已不再有其他语言如希腊语这一"缪斯的语言"[⑤]

---

① Herder，Bd.6，1989，S.232.

② 同上，S.244.

③ 同上，S.226.

④ 同上，S.522.

⑤ 同上，S.523.

那般精巧灵活、充满乐感。而希腊神话中最为难能可贵的是，它使人与神比肩，歌颂的是"人的主题"①。不过上述积极评价有其前提标准：希腊所处的地理位置和时代。换言之，赫尔德在高度赞扬希腊文明的同时，依然没有忘记自己的历史主义立场。他甚至断言："我们要学会赞许它们（指的是希腊戏剧——笔者注），而不是自己变成希腊人。"② 同样的结论也出现在对希腊艺术的论述中："它（指艺术品位——笔者注）无法单纯通过规则习得；……可我们永远无法实现希腊艺术的整个生长方式：这些时代的守护神已经远去。"③ 从这些言论中我们能够读出赫尔德流露出的自信，不同于后世的歌德、席勒等古典主义者，他没有受制于"希腊对德意志的暴政"，即便他再三肯定希腊取得的精神成就，也认定希腊诸神已然死去，④ 后世的北欧民族，特别是日耳曼诸族的诗歌，决不会逊色于希腊；而以北欧诸原始民族后代自居的德意志人，赫尔德断言："我们能够超越他（即希腊人）。"⑤

斯拉夫与德意志：忍耐的民族 VS 反抗的民族

此处之所以将斯拉夫与德意志民族放在一起探讨，而未将斯拉夫与同为弱势民族的非洲美洲诸族一同论述，是因为赫尔德的《观念》以大洲为叙述单位，斯拉夫作为欧洲民族，在行文上正位于德意志诸族之后，并且根据赫尔德的说法，在他所生活的 18 世纪下半叶，德意志的一半领土已为斯拉夫人所占据，两个民族在地理上处于对抗之势，如本章第一节所述，两大民族的对抗与共生关系对赫尔德本人的思想产生了深刻影响。另一方面，从赫尔德的论述可以看出，斯拉夫与德意志在民族性格方面呈现出鲜

① Herder, Bd.6, 1989, S.524.

② 同上，S.529.

③ 同上，S.537.

④ ［英］伊莉莎·玛丽安·巴特勒. 希腊对德意志的暴政：论希腊艺术与诗歌对德意志伟大作家的影响［M］. 林国荣，译. 北京：社会科学文献出版社，2017：329.

⑤ Herder, Bd.6, 1989, S.537.

明的对照。根据赫尔德的说法，斯拉夫民族虽然在欧洲广大地区活动频繁，但他们在历史上从未扮演过主导性角色，一直都是"被裹胁的、协助性的或扮演服务性角色的"民族，绝非"进取式的战斗型和冒险型民族"[①]。斯拉夫民族一直在强大民族的夹缝中生存，在其他民族放弃的土地上定居，不知不觉占领了欧洲的大部分地区，形成了不同的支系。他们喜爱从事农业、商业、矿业及手工业，唯独不喜征战，加之他们生活的地方都水草丰美，因此形成了善良、好客、热爱乡村生活并崇尚自由的民族性格。[②]但缺陷也由此产生：正因为斯拉夫人不好征伐劫掠，使得他们中间无法诞生锐意进取的王侯，这些王侯宁愿向强者称臣（steuerpflichtig），以换取短暂的平静生活。[③]因此历史上的斯拉夫人一直背腹受敌，受其他民族奴役，长此以往变成了善于忍耐服从的民族，奴性已经深深铭刻在他们身上。斯拉夫人最主要的奴役者不是别人，正是历史上的日耳曼诸族，例如查理大帝时期的法兰克人、之后的萨克森人、波罗的海沿岸的北方日耳曼人以及丹麦人等等。在对斯拉夫人抱以深切同情的同时，赫尔德又对他们未来的命运满怀希望，他断言，如果斯拉夫人能够充分利用自己得天独厚的地理环境，勤于生产和贸易，和平终将降临欧洲，斯拉夫人必会从睡梦中醒来，摆脱奴役的枷锁，重获新生。赫尔德论述斯拉夫民族的篇幅虽然不大，但他对斯拉夫人光明未来的预言极大地激励了斯拉夫民族知识分子，他也因此被奉为19世纪泛斯拉夫民族主义的倡导者，[④]成为斯拉夫民族解放运动的精神领袖。

相比之下，德意志人则是另外一幅面貌。根据赫尔德的叙述，德意志诸族身材高大，身强力壮，他们怀着"锐意进取且不屈不挠的战斗情绪（Kriegsmut）"，跟随着统帅四处征伐，夺取土地，极富"英雄气概"

---

① Herder, Bd.6, 1989, S.696.

② 同上，S.697.

③ 同上。

④ ［英］罗伯特·M.伯恩斯，［英］休·雷蒙-皮卡德.历史哲学：从启蒙到后现代性［M］.张佳羽，译.北京：北京师范大学出版社，2008：90.

（Heldenmut），[1] 与不喜战事的斯拉夫民族形成了鲜明对比。德意志人的掠夺给世界带来了灾难，但他们的制度也给世界带来福祉。在赫尔德看来，德意志人的善恶两面性远超于其他任何民族，因此赫尔德对德意志民族的评价十分矛盾：一方面赫尔德控诉历史上的德意志民族曾压迫斯拉夫人，并且他们的穷兵黩武也给本民族和整个欧洲带来动乱；但另一方面他也指出，正是因为德意志人富有战斗精神，才能在同斯拉夫人一样陷入罗马帝国奴役的危险之际，成功进行抵抗，维护本民族的自由。除了战斗精神，赫尔德还认为，德意志人的文学，例如北欧神话《埃达》（*Edda*），并不逊于希腊文学，因为它反映的是本民族自己的精神和情感。[2] 值得注意的是，赫尔德还在讨论希腊语的时候特别指出，德语在很大程度上继承了希腊语的内在灵活性以及词语屈折变化时的准确性，曾经的德语是"希腊语亲密的姐妹"[3]。如上一节所述，赫尔德认为希腊语是世界上最为精巧的语言，所以对德语的这番评价无疑大大抬高了德语在世界民族语言中的地位，德语由此成为近乎理想的语言。赫尔德将德语与希腊语相提并论的做法，启发了后世德意志文人对德语的崇拜，也间接促成了德意志文人以希腊文化继承者自居的心态。总体上赫尔德对古代德意志民族持赞许态度："他们在其他民族中的位置，他们的战斗联盟和部落精神变成了欧洲文化、自由和安全的基石。"[4] 然而就在两卷篇幅之后，赫尔德在叙述中世纪日耳曼诸国历史时，话锋一转，开始叹息德意志在接受罗马帝国冠冕后陷入了无尽灾难：中世纪的德意志名义上是帝国，却长年战乱，为他国事务流血，国力被大大消耗。赫尔德敏锐地指出，分封制造成的小邦分立以及罗马教会插手德意志事务是德意志衰落的缘由。为了改变这一局面，赫尔德要求各方势力团结统一，实现民族的共同财产、共同防御、共同自由，[5]

---

① Herder, Bd.6, 1989, S.690.

② 同上，S.695.

③ 同上，S.523.

④ 同上，S.696.

⑤ 同上，S.805.

这无疑是在要求构建统一的德意志民族。如果说早年搜集民歌、撰写《论当代德意志文学之断片集》（*Fragmente über die neuere deutsche Literatur*，1766—1768 年）等文论的赫尔德还只是在文化上鼓吹德意志共同体，那么这里的赫尔德便已经开始从政治上呼唤德意志民族的诞生。但正如诸多研究者指出，赫尔德并非狭隘的民族主义者，他对德意志民族的期待一方面是出于拳拳爱国之心，另一方面是有更为崇高的抱负："德意志民族的共同体制还是那层坚固的外壳，保护残存的文化免遭时代浪潮的冲刷，欧洲的共同精神在其中生长，缓慢而隐秘地成熟，最终影响到世界的各个地方。"① 由此我们可以看到，赫尔德的最终目的是要造福人类，但前提是要让德意志民族继续奋起反抗，摆脱来自内部与外部的奴役，结合成为一个具有共同精神的牢不可破的民族。

亚洲诸族与罗马：批评的对象

与上述民族得到的同情乃至赞许相比，有两类民族可以算是遭到了赫尔德的鄙夷，这就是亚洲诸族与罗马。赫尔德给予消极评价的亚洲各族主要分布在现在的中亚、东亚、东北亚以及东南亚地带，包括蒙古人、中国人（西藏被赫尔德单独列出）、越南和老挝等东南亚民族、朝鲜、日本等，而在谈到文化及政治体制时还涉及受种姓制度统治的印度。赫尔德的消极评价始于对蒙古人外貌的描述：

除了中等身材，他们的外形特征还有平面孔、稀胡须、北方气候造成的棕肤色；但其重要特征是朝着鼻子斜长着的扁平的眼角，还有细长、黑色、不太弯的眉毛，小而塌、相对于额头又过大的鼻子，竖起的大耳朵，弯曲的双腿，以及那副洁白强劲的牙口，和整个面孔搭配起来，显得他们就像人类中间的掠食动物一般。②

很明显，赫尔德对蒙古人的外貌并无好感，并且可以说是充满了偏见；而当赫尔德引用博物学家帕拉斯的材料，称蒙古人身单力薄时，甚至可以

---

① Herder，Bd.6，1989，S.805.

② 同上，S.217.

说是在歪曲事实了。即使赫尔德强调蒙古人具有如此外形条件是受其马上民族生活方式所决定，依然无法掩盖他对蒙古民族的反感。

对于中国人的外貌，赫尔德的论述重点放在了外貌品位上，专门指出中国人穿耳缠足的陋习，并称之为"最丑陋的美感"[①]。赫尔德将中国人的恶劣品位归因于五官四肢比例不佳，并将其同专制的政治体制相提并论。文化方面，赫尔德首先肯定了中国论功行赏、宽容的宗教环境以及基于伦理的法制，但他随后又尖锐地指出，中国人的修养数千年来没有进步。中国人的语言因为声调音节繁多，表明他们缺乏想象力，只专注于细枝末节；精致的服饰、奢华的节庆、复杂的仪式及礼节，甚至于对龙的想象，都体现出中国人缺乏对真实自然的品味能力，不具备内心的安宁、美感和尊严。[②]赫尔德用一个词总结了中国文化的特点：奴隶文化（Sklavenkultur），一切美德的基础是"幼稚的服从"（kindlicher Gehorsam），"暴政"（Despotismus）是政治体制的根基。在此我们不难看出，赫尔德笔下的中国，恰恰是身处启蒙时代的欧洲的反面，中国人尚未摆脱"自己所加之于自己的不成熟状态"[③]，精神得不到自由发展。深受中国文化影响的东南亚、日本和朝鲜民族也得到了同样消极的评价。

尤为出人意料的是，在世界史上通常与古希腊相提并论、文化上同样光辉灿烂的罗马，在赫尔德笔下并没能获得希腊那般崇高的地位。在这个问题上，赫尔德事实上继承了德意志人文主义以降扬希腊贬罗马的传统，该思想传统的动机是要贬低继承了罗马文化衣钵的罗曼语民族，同时将德意志人抬高为古希腊文化的继承者，进而证明德意志文化相对于拉丁文化的优越性。不同于希腊，赫尔德只用了不多的篇幅来介绍罗马人在科学艺术方面取得的成就；相反，他将重点放在了罗马的政治及军事体制，并尤为关注罗马人的扩张及衰亡史。赫尔德花费了大量笔墨来描写罗马人的好

---

① Herder, Bd.6, 1989, S.219.

② 同上，S.434–435.

③ 康德，1996，第 22 页。

战性格，他如此定义作为国家的罗马："罗马元老院，正如罗马人民一样，早年是由战士组成；从身居最高位者，一直到紧急状态下最底层的成员，都表明罗马是一个军事国家。"[1] 对于战争的重视自然影响到罗马人对下一代的教育，使得罗马人拥有了重视国家、积极行动、勇武阳刚，却又狡黠老练，且不失市民风雅的民族性格。[2] 罗马人好战的性格直接导致罗马在世界范围内的扩张，众多民族在罗马的奴役下"为罗马而非自己的利益和荣耀抛洒热血"[3]，丧失了自我发展的机会；而沉湎于征服之战的罗马也因此走向衰落。由于扩张的领土过大，罗马统治的领土根基并不稳固，无法控制住各方势力及被囊括入帝国疆土的各民族；加之罗马人将自己的语言、价值及法制强加给其他民族，不仅导致了罗马文化本身的变质，也激起了其他民族的不满。最终，曾经用来奴役他人的征服欲变成了自相残杀，葬送了罗马的未来。罗马艺术在赫尔德看来也体现出了相同的特点：罗马艺术的守护神绝非"万民自由及人道主义的精灵"，因为建成那些恢宏的艺术品的代价是大批奴隶的血汗，远方的民族也因此饱受掠夺；豪华的罗马浴场和宫殿展示的是罗马人残酷、狂妄而野蛮的品位，是"对人类充满敌意的恶魔"。[4]

赫尔德对亚洲民族及罗马的贬低性描述，看似有违他在民族思想方面同情与宽容的历史主义理念，这些消极评价中不乏赫尔德本人的偏见甚至错误。但究竟是什么造成赫尔德这种自相矛盾的态度呢？

3. 隐含的标准：人性作为人类发展的终极目标

赫尔德对殖民地受奴役民族的怜悯，对默默忍耐的斯拉夫人的叹息，对勇于反抗的德意志人的歌颂，对反映人类之美的希腊的赞叹，对奴性的

---

① Herder，Bd.6，1989，S.586.

② 同上，S.586–587.

③ 同上，S.594.

④ 同上，S.620.

东方民族的不屑，对侵略扩张的罗马的控诉，使人不得不怀疑：在他历史主义的立场背后，是否还隐藏着另一个标准，指导着他对世界各民族和不同的世界历史阶段作出如此评价？实际上，早在《观念》第一部分第四卷处，赫尔德便给出了答案："人被塑造得趋向人性。"[1] 而在叙述完罗马历史、即将开始对欧洲各民族的叙述前，赫尔德用了整整一卷的篇幅来进一步论证这样一个命题：人性是人类本质的目的，上帝凭借这一目的，将我们人类自己的命运交到我们手中。[2] 那么什么是人性？对于这个概念，赫尔德这样写道：

> 我希望，我能将到目前为止用于描述塑造高贵人类的一切都囊括到"人性"（Humanität）中——理性与自由，细腻的感官和欲望，最柔和却又最强健的体魄，填满并统治大地；因为人没有比自身更高贵的词汇来形容人的禀赋，我们这个世界的造物主的形象被印刻在，并且存活在人的身上，正如我们在这个世界上可以看到的那样。[3]

可见，赫尔德试图将一切他所认为的优良品性都归于"人性"的范畴。随后，赫尔德总结了人性的七大特征：崇尚和平（Friedlichkeit）、性欲（Geschlechtstrieb）、同情心（Teilnehmung）、社会性（Gesellschaft）、正义与真理（Gerechtigkeit und Wahrheit）、体面（Wohlanständigkeit，这里的"体面"指的是保持上帝创造的自然的身体面貌）和宗教（Religion）。[4] 通过人性的七大特征可以清楚地看到，赫尔德对世界民族的评价的确会依赖上述标准，因此也无怪乎赫尔德会同情受压迫的弱势民族，推崇希腊艺术的崇尚自然，呼吁德意志民族共同体的建立，抨击亚洲民族上层文化对人类躯体的摧残，控诉罗马人在世界范围内的征伐，特别是最后二者，他们的文化在赫尔德看来正是对人性的背离；而被赫尔德几乎视为古代精神

---

① Herder, Bd.6, 1989, S.154.

② 同上，S.630.

③ 同上，S.154.

④ 同上，S.155–160.

高峰的希腊，可以说充分呈现了人性的典范。

　　从世界历史阶段看，赫尔德的历史主义民族观强调各个民族都有自己不同的发展阶段，每个民族都有自己的幸福标准，他们并非为整个人类而存在，而是自己本身的目的。但赫尔德的上述观点有一个前提：虽然人类注定要经历某些文化发展阶段，但人类福祉的永恒状态在根本上看是以理性和正义（Billigkeit）为基础。^①这就意味着无论各民族当下的历史发展阶段为何，各民族的风俗习惯有何不同，人类最终都要走向理性，走向道德正义，这是人类的共同之处，也就是人性。违背人性标准的民族文化只是暂时的，因而只能以历史主义的眼光暂时对这些文化抱以宽容的态度，从微观上看，各民族自身则应满足于个人化的幸福观，以获得内心的平静。但从宏观上看，最终这些文化必将消亡，人类必将一同走向人性。同样在民族特性问题上，赫尔德所秉持的必然的人性论实际上也否定了民族特性的永恒性，多彩的民族特性最终会趋同、会消亡，最终都变成永恒的"人性"。由此可见，人性论便是赫尔德历史主义民族观背后那抹自然法的底色，它与历史主义民族观的并立致使赫尔德民族思想呈现出矛盾的状态，使得赫尔德亲自瓦解了自己的历史主义民族观。

四、地缘政治话语的雏形：民族生物学类比与民族/国家有机体

　　赫尔德《人类历史哲学的观念》中体现出的历史主义民族思想的一个重要内容，就是呈现为多种民族形态的人类，与自然环境（也即"气候"）之间存在的紧密联系。赫尔德将人类与整个自然界，包括无机物、植物与动物，结合起来进行探讨，并且在论述人类乃至民族生成时，不断强调自然环境对民族形态的塑造作用，人类由此和自然环境结合为一个统一的整体。由此，我们很难不会注意到赫尔德叙述中的一个特殊现象，

---

① Herder, Bd.6, 1989, S.647.

即将人类/民族与自然物（主要是植物）进行的生物学类比（biologische Analogie）。赫尔德在书中多次将人类与植物等生物体作比，例如：

　　显而易见，人类的生命，只要他在生长阶段，也会拥有植物的命运。如同植物，人与动物也是诞生于一粒种子，这粒种子也以一棵未来树木的萌芽的形式，要求母亲的裹护。他的第一个形体如同植物一般在母体中生长；我们的纤维组织在嫩芽初露、力量羸弱的时候，在母体之外不也是如同含羞草一般吗？我们的生命阶段也是植物的生命阶段；我们发芽，生长，绽放，凋谢，最后死亡。[1]

　　在这段话中，赫尔德将人类作为整体，按照植物的生长来描述人类的成长过程。人类理性的物质基础——大脑，也被赫尔德比喻为植物的花冠，赋予人体"最细腻最丰富的汁液"[2]。甚至人类发展的终极阶段，引导人类不断接近神性的"人性"，也被冠以"未来之花的蓓蕾"[3]。

　　将植物与人类作比，这在今天看来并不新鲜，但在18世纪下半叶的欧洲，这一比喻可以说令人耳目一新。在这之前，启蒙时代的欧洲以笛卡尔、拉·美特里（Julien Offray de La Mettrie）等法国哲学家为代表，推崇的是以驳斥心灵决定作用为出发点的机械论（Mechanismus），拉·美特里更是主张"人是机器"（L'homme Machine），更不必说莱布尼茨的"前定和谐"（prästabilierte Harmonie）理论将世界形容为一架被上帝事先设定好的运行状况完美的钟表。相应地，对于启蒙主义者而言，由于国家是社会成员为了寻求自保，彼此之间相互签订社会契约的产物，因而也是一架由单个人作为零件组成的机器。但到了18世纪下半叶，这一认识世界的原则遭到了颠覆。生命体与无生命体之间开始被区分开来，而被感知到的世界中有生命的部分被描述成有机体（Organismus）。到了19世纪，这种泛生物学倾向开始进入其他学科，启蒙时代以无生命的机械形容生命体的做法，转

---

[1]　Herder, Bd.6, 1989, S.59.

[2]　同上，S.131.

[3]　同上，S.187.

而被以有生命的有机体形容非生命的存在的做法所替代，例如政治的浪漫派代表亚当·米勒的国家有机体思想。对世界的认知由机械主义转向了生物学主义（Biologismus）。① 赫尔德在人类问题上对机械论的摈弃，凸显出人的自然生物属性，无疑是站在了 19 世纪下半叶生物学主义转向的开端。

　　将人类类比为同为生物体的植物尚无可厚非，人类历史本应以自然史为开端，但赫尔德的生物学类比并没有止步于人类整体。对于本论题更重要的是，赫尔德笔下的民族（或曰不同种类的人），也如同植被一样，必须依托于自然环境，以便生长出不同的形态：

　　一切植物都在世界上野蛮地四处生长；我们的人工植被也同样生发于自由的自然的怀抱，它们在自己的天空下充分生长。动物与人类也并无不同之处：因为每个种类的人都在自己的土地上按照自己最自然的方式形成。②

　　就这样，不同种类的人同样被类比为不同种类的植物。如果说上文没有十分清晰地说明赫尔德所指的是民族，那么赫尔德在论述人类的自然状态——社会状态时，则表达得更为清晰。赫尔德将各种社会状态统称为"统治"（Regierung），第一层次的自然统治为具有血缘纽带的家庭，第二层次为民选的首领，第三层次统治则为世袭统治，而第三层次这已经不属于自然统治的范畴，因此是赫尔德反对的统治形式。由此看来，"自然形成"的统治在赫尔德看来才是好的形式，而所谓的"自然"更多的是自发形成而非外部强加的。在驳斥康德"人是一种动物，需要有一个主人"③ 的观点后，赫尔德断言：

　　自然培育了家庭；最自然的国家也是一个民族（Volk）④，拥有一个

---

　　① Vgl. Harald Kleinschmidt. Mechanismus und Biologismus im Militärwesen des 17. und 18. Jahrhunderts: Bewegungen-Ordnungen-Wahrnehmungen [C] //Daniel Hohrath, Klaus Gerteis (eds.). *Die Kriegskunst im Lichte der Vernunft: Militär und Aufklärung im 18. Jahrhundert Teil I*. Hamburg: Felix Meiner Verlag, 1999: 51-73, hier S.52.

　　② Herder, Bd.6, 1989, S.63.

　　③ 康德, 1996, 第 10 页。

　　④ 着重号处在原文中为斜体。

民族性格（Nationalcharakter）。数千年来，国家在民族中保存自身，如果诞生于国家中的君主重视民族，那它便可以被塑造成最自然的国家：因为一个民族既是自然的一株植物，也是一个家庭；只不过民族拥有更多的枝丫。没有什么比非自然地扩大国家，放肆地将多个种类的人和民族杂糅在一根权杖之下更明显地违背统治的目的了。人类的权杖过于虚弱和渺小，无法将如此相悖的部分注入自身；于是它们被黏合成一架易碎的机器，人们将它称为国家机器（Staats-Maschine），但它没有内在的生命，各部分也没有对彼此的同情。这种类型的帝国令最好的君主都无法承受祖国之父的名号，而这些帝国如同现身于先知幻梦中的那些君主国的象征物一般，以如下面貌出现在历史之中：狮子头搭配着龙尾巴，鹰翼搭配着熊掌，统一成了一个非爱国主义的国家形象。这些机器如同特洛伊木马般被组装起来，相互保证对方的不朽，因为没有民族性格，它们身上就不会有生命，只有命运的诅咒方能维持这些被强行组装在一起的部分的不朽：这架机器生产的治国术，也是将诸民族和人视为无生命的躯壳来玩弄的艺术。然而历史足以证明，这种人类傲慢制造出的陶土工具和世间所有陶器一样将会碎裂或熔化。[1]

通过上述引文可以清楚地看到，赫尔德推崇的国家形式是自然生成的，其最重要的标准便是统一的民族性，也就是说，自然的国家形式必须是单一民族国家，多民族的帝国在他看来是一架无生命力的机器，未来必将消亡。赫尔德在这里的抨击对象非常明显，正是前文述及的机械国家论以及多民族的帝国思想。自然的国家形式是单一民族的扩展，而单一民族又是家庭的扩展。如果说家庭是一棵草，那么民族便是一株枝繁叶茂的大树，自然的国家正是依附于民族这棵大树方得以存在和不朽。由此，不仅民族被赫尔德类比为生物，国家的生物学类比也初具苗头。植物或生物类比、生命力、有机、生长等语汇成为赫尔德民族话语的固定搭配，并伴随着赫尔德对单一民族的自然国家形式的论述，进入了国家思想的话语中。

---

① Herder, Bd.6, 1989, S.369–370.

通过上文可以看出，即便《观念》一书整体上更关注民族的文化属性，被类比为植物的民族在赫尔德的笔下仍然获得了更多的生物属性，再结合赫尔德描述民族形成时对外部气候和内在生长力作用的反复强调，以及花费大量笔墨描画不同民族的外貌特征（这种描画有时不乏刻板印象），读者/接受者自然会得出如下结论：与人类整体一样，民族群体也是自然的产物，是一种自然有机体。然而民族（Volk/Nation）不同于种族（Rasse）[①]，它并非一个生物学概念，作为一个抽象的集合体，其成员绝非实体的、有血有肉的个人，他们的面目更为模糊，具体的个人特征消失在群体性特征中，而被抽象总结出的群体性生物特征是以剥离了个人生物特征为代价的，所谓的民族的群体性生物特征并不总是能移置到具体成员身上。因此将民族与植物这样的生命体类比，以描绘植物生长的方式呈现民族的产生，并不像赫尔德所扬言的那样理所当然，这种类比更多是一种诗意的对应，追求的是植物、动物、人类王国在自然领域的整体化，人们并不能期待民族具备某种真实的生物属性，至少对于赫尔德是如此。从近了说，在现今，民族这一概念越来越多地成了文化或政治概念，成了被建构的概念，更有甚者被安德森等学者视为"想象的共同体"（imagined community），民族本身越来越同自然以及生物属性剥离开来；从远了说，如本书第二章所述，《观念》一书写作期进入后期，法国大革命爆发，"民族"在欧洲基本成为具有民主自由内涵的政治概念，并且这一现象一直持续到19世纪。不过民族作为自然有机体的论断并未消亡，在后来的拿破仑战争以及德意志统一期间仍反复被提及，最终在政治的浪漫派笔下转变为国家有机体观念。到了19世纪下半叶，随着以达尔文进化论为代表的生物学领域出现重大突破，社会学等思想领域出现生物学主义思潮，赫尔德对民族的生物学类比获得了新的面貌：地缘政治学（Geopolitik）。

　　与赫尔德的民族生物学类比不同，地缘政治学的主要探讨对象是国

---

① 值得注意的是，赫尔德本人非常反对使用"种族"的概念。

家，因为在地缘政治学诞生的 19 世纪末的欧洲，民族国家已经基本形成，民族与国家紧密结合，几乎成为一体，或至少在学者的理念中应当成为一体，这也呼应了赫尔德的单一民族自然国家论。地缘政治学起源于德国地理学家及博物学家拉采尔（Friedrich Ratzel）和瑞典政治学家契伦（Rudolf Kjellén），后者是"地缘政治学"这一术语的提出者，而前者提供了一种将生物学、地理学和政治学结合在一起的思路。拉采尔的基本观点是，国家是如同自然物一样的有机体，因此要借用达尔文进化论的理论武器，用解释有机体的方式来解释国家的行为。但国家不同于其他生物体的特征在于它是空间，也是人类的统一体，地理空间和人类是国家有机体的重要组成部分，而地理空间中最重要的是空间（Raum）和位置（Lage），这二者决定了国家的成就。因此，拉采尔认为，国家的发展建立在领土的基础上，国家要想进一步发展壮大，就必须使领土优势最大限度地增长，必须确保合适的生存空间（Lebensraum），这样国家才能成长为有权力的大国。① 契伦接受了拉采尔的国家作为空间有机体的理论，进一步细化了国家有机体的地理特征，主张以科学的方法考量国家的形态特征，从而确保国家的成功发展。②

　　拉采尔与契伦的地缘政治理论无疑继承了赫尔德的民族 / 国家生物学类比以及之后的浪漫主义国家有机体思想，将其内化为不言而喻的固定话语，同时进一步凸显出赫尔德民族思想中的地理因素，并将赫尔德没能系统化、术语化的地理因素进行了科学的总结，这一思想趋势符合 19 世纪末欧洲列强在世界范围内谋求世界霸权的目标。赫尔德的自然民族话语从此与地缘政治话语勾连在一起，在某种意义上是地缘政治话语的雏形：赫尔德的自然民族话语使民族甚至国家有机体成为一个固定概念，而他在民族形成问题上强调的更为复杂的自然环境，在诞生于 19 世纪末瓜分世界

---

　　① ［英］杰弗里·帕克. 地缘政治学：过去、现在和未来［M］. 刘从德，译. 北京：新华出版社，2003：23-24.

　　② 同上，第 25—26 页。

背景下的地缘政治学中被缩减到了作为生存空间的领土之上，民族或国家的存在完全依托于领土，其壮大乃至不朽亦取决于领土的扩张；原本只是单纯影响民族形态的地理位置和空间，转而成了民族和国家需要主动占有的对象，地理与民族/国家的主客体次序被颠倒。然而地缘政治学在接受赫尔德民族有机体话语的同时忽略了一个前提：有机体的生命力只能存在于单一民族构成的国家之中，人为主动扩大的国家并不具备自然物的不朽生命力。地缘上追求大空间的国家如果在扩大领土的同时将多民族也囊括进领土，则会成为赫尔德笔下无生命力的"机器"或"怪兽"。而若是遵照赫尔德的民族思想，寻求由单一民族组成的大国，那么这个大国很可能走向一个更加危险的未来：从其他民族手上夺取更大的生存空间，却将原住民排除在领土之外；国家初始领土内的多民族则要么被同化为一个具有同一民族性的统一民族共同体（赫尔德已论证了这一点无法实现），要么被驱逐到故土之外，甚至遭到屠杀，即使这一必然结果并不是赫尔德历史主义民族思想的初衷。正如柯林武德所认为，一旦赫尔德的民族理论，或曰种族理论为人采用，就逃不脱纳粹婚姻法的结局。[①]赫尔德的历史主义民族思想中的自然类比本身是哲人诗意的想象，体现的是赫尔德对自然中的人类的质朴的爱，却在被地缘政治理论吸收后，以话语的形式服务于现实政治考量，其本意则有意无意地被选取、被遮蔽。随着世界历史进程的发展，特别是18世纪下半叶欧洲政局对德意志的震撼，赫尔德笔下生活在不同历史时代、不同自然环境中的"复数的民族"逐渐被抛弃，德意志文人对世界民族的好奇心开始转为对本身的关注，只不过那放眼世界的胸怀尚未被关闭。

---

① ［英］柯林武德. 历史的观念［M］. 何兆武，张文杰，译. 北京：商务印书馆，1997：145.

第四章 费希特的《对德意志民族的演讲》：世界主义民族思想

一、民族危亡之际的呼号：拿破仑战争与费希特的《演讲》

早在赫尔德出版《人类历史哲学》第四部分时（即1791年10月至11月），欧洲局势便已发生了急剧变化：1789年法国大革命爆发，1792年波旁王朝被推翻，路易十六及王后也于次年被处死，革命浪潮极大地冲击了欧洲的旧秩序。欧洲各国封建君主，特别是邻近的德意志各邦国，皆如临大敌，于是各国纷纷联合起来组成反法同盟，试图武装干涉革命。与德意志封建君主及贵族如临大敌的态度相反，许多德意志文人却为法国革命喊出的"自由、平等、博爱"的口号所倾倒，他们认为大革命的爆发标志着新时代的到来，大革命催生的自由与人权的种子应当被播撒在世界范围内，使欧洲乃至整个世界人民都能享受到这一福祉。德意志文人对法国大革命的高度评价中最著名的莫过于弗·施莱格尔的《雅典娜神殿断片集》第216号断片："法国大革命、费希特的《知识学》和歌德的《迈斯特》，是时代最伟大的倾向。"[①]虽然施莱格尔本意是要将思想上的革命抬高到

---

① [德]施勒格尔.雅典娜神殿断片集[M].李伯杰,译.北京:生活·读书·新知三联书店,2003:87.

与政治变革同样的历史高度，但这一论断无疑也从侧面表明法国大革命在德意志思想界引发了剧烈震荡，它或影响、或塑造了一代德意志文人的观念，施莱格尔在断片中提到的费希特便是其中一员。自革命爆发以来，费希特便一直享有（也可以说是"受累于"）大革命支持者的名声，甚至曾经数次考虑过举家迁往新建立的法兰西共和国。[①] 作为具有浪漫主义倾向的自我哲学的提出者，青年时代的费希特却是沐浴着启蒙主义的思潮成长起来的，这一点从其早年与康德的交往中可见一斑。法国大革命作为启蒙思想在政治上的巅峰体现，宣扬的自由及平等主义情怀和共和主义思想正是费希特一生所热烈追求的目标。

　　然而随着拿破仑在法国掌权，并于 1804 年成为法兰西第一帝国皇帝，情况便急转直下，原本以自由、民主和平等为旗号的革命，逐渐转变为帝国主义性质的侵略扩张。虽然拿破仑继承了法国大革命的政治诉求，继续推进法国的去封建化进程，例如颁布了保障人权及私有财产权的《拿破仑法典》，大力发展科学教育事业，传播了启蒙主义精神。此外在法军进入莱茵河左岸的德意志领土后，还将改革措施推行到了德意志地区：1803 年，为了对割让领土给法国的莱茵河左岸地区德意志世俗君主作出补偿，[②] 在拿破仑的授意下，神圣罗马帝国通过《帝国代表重要决议》（Reichsdeputationshauptschluss），将德意志教会的财产转移到了德意志世俗君主手上。此举一方面帮助德意志完成了世俗化运动（Säkularisierung），极大地削弱了天主教会在德意志地区的势力，新教势力开始在帝国内占据了优势地位[③]；另一方面由于撤销了大批昔日的教会诸侯领地（包括众多独立教区和帝国直属修道院）以及帝国直属自由市，德意志的邦国数量锐减，改善了德意志境内小邦分立的局面，客观上为后来的统一扫清了障碍，

---

① Daniel Breazeale. Introduction. On Situating and Interpreting Fichte's *Addresses to the German Nation*［C］//Breazeale/Rockmore, 2016, S. 1–20, hier S. 4.

② Vgl. Schanze, 1994, S. 17.

③ Vgl. Horst Möller. Fürstenstaat oder Bürgernation：Deutschland 1763–1815［M］. Berlin：Siedler Verlag, 1989；576–577.

但同时《帝国代表重要决议》也意味着"古老的德意志帝国开始瓦解"①。由于天主教势力遭到削弱，"普遍的天主教帝国"理念逐渐衰落，德意志神圣罗马帝国的精神基础开始动摇，也正因为如此，头戴神圣罗马帝国皇冠的哈布斯堡奥地利渐渐被排挤出德意志，取而代之的是新教普鲁士的崛起，从而预示了德意志最终将走向小德意志新教民族国家的道路。②

然而对于费希特这样的德意志文人而言，激起他们心中民族热忱的并非主要是拿破仑为德意志带来的进步思想，而是拿破仑发动的侵略德意志的战争以及他在政治上对德意志帝国的削弱和瓦解。虽然客观上拿破仑在莱茵河左岸推行的改革措施促进了这些地区的发展，还将启蒙进步思想进一步传播到德意志境内，拿破仑本人也获得了歌德和黑格尔等德意志文化名人的赞誉，但他对德意志发动的战争不仅对帝国，也对奥地利和普鲁士等德意志邦国造成了毁灭性打击。首先是第二次反法同盟失败后，法国与奥地利于 1801 年签订了《吕内维尔和约》（Frieden von Lunéville），承认法国对莱茵河左岸的所有权，并削弱了奥地利在意大利北部的势力。紧接着，1805 年由俄国和奥地利组成的第三次反法同盟又在奥斯特里茨（Austerlitz）遭遇重大失败，奥地利与法国签订了毁灭性的《普雷斯堡和约》（Frieden von Preßburg），这份和约使奥地利丧失了大片领土，更重要的是，奥地利在和约中同意在拿破仑的保护下成立由德意志诸邦国组成的联盟。很快，1806 年 7 月，德意志中西部及南部共 16 个邦国宣布脱离帝国，在法国的保护下成立莱茵邦联；一个月后，弗朗茨二世便宣布放弃神圣罗马帝国皇位，神圣罗马帝国宣告瓦解。帝国以及奥地利被削弱的同时，像普鲁士这样的德意志强国也未能幸免。1806 年 10 月，由普鲁士及其盟友组成的第四次反法同盟在耶拿—奥尔施泰特（Jena-Auerstedt）遭遇惨败，整个普鲁士宫廷仓皇逃往东普鲁士的柯尼斯堡避难；次年 7 月，普鲁士与法

① Detlef Kremer, Andreas B. Kilcher. *Romantik*［M］. Stuttgart：Verlag J.B.Metzler, 2015：22.

② Möller, 1989, S.577.

国签订了《提尔西特和约》（Frieden von Tilsit），普鲁士丧失了易北河以西的所有领土，以及波兰的大部，整个国家体系都遭到了重创，[1] 昔日的强大邦国沦落到蜗居欧洲东部一隅。至此，德意志各邦几乎已无力摆脱法国的控制，拿破仑达到了权力的顶峰。

　　普鲁士兵败耶拿—奥尔施泰特前夕，正在普鲁士埃尔朗根大学任教的费希特受到战争形势的鼓舞，毅然上书普鲁士国王，请求担任随军宣讲师激发战士们的斗志，然而未能获得许可。[2] 普鲁士战败后，费希特亦追随普鲁士宫廷前往柯尼斯堡，在那里一直待到次年夏季普俄联军再次战败。[3] 费希特作为拿破仑战争的亲历者，他的命运一直受到战争时局的牵动；作为哲学家，他从未超然于现实世界之外，他的思考都是对现实世界的回应。弗·施莱格尔就曾评价费希特"只根据时机（aus Gelegenheit）进行哲学思考"[4]，但费希特的哲学并不仅仅停留在理论层面。不同于他所崇拜的康德，费希特追求的是通过讲学和著书立说的方式在公共领域产生影响，从而在现实中做出一番事业，同时鼓舞他人投身到现实行动之中。费希特本人在写给未婚妻的信中称自己"不愿意只是思考"，而是"要行动"，[5] 这是他对自己学者生涯的最好总结。对于法国大革命特别是拿破仑战争时期的德意志及其民众而言，最为迫切的现实问题便是旧制度与旧欧洲体系瓦解、新时代到来之际，德意志未来的走向，而在这其中最焦点的便是德意志民族的存亡问题。德意志神圣罗马帝国瓦解后，连形式上的政治实体都已不复存在的德意志民族，只剩下了语言文化上的共性。君主、贵族和普通百姓普遍没有德意志民族的概念，甚至历来被视为"德意志民族诗人"的席勒都曾讽刺道："德意志？它在何方？我找不到那个地方！"[6]

---

① Vgl. Kremer/Kilcher, 2015, S. 11.

② 梁志学，2003，第13页。

③ Breazeale, 2016, S. 5.

④ Reiß, 2006, S. 13.

⑤ 同上，S. 14.

⑥ Friedrich Schiller. *Sämtliche Werke*（*Band 1*）［M］. München：Hanser, 1962：267.

而正是由于德意志人没有统一的身份认同，使得德意志各邦国在拿破仑战争中各怀心思，君主忙于为本邦国谋求利益，最终招致帝国被拿破仑肢解，各邦也沦为法兰西帝国的附庸，德意志的政治、经济、军事和文化等全面受制于法国。这一切都被费希特看在眼里，他很清楚，德意志民族认同的缺乏招致了德意志"不自由"状态，外敌才乘虚而入，进而导致了德意志的危机。早在神圣罗马帝国瓦解前，费希特便已开始思考德意志民族与爱国主义的问题，并于1806年写出了对话体政论文《爱国主义及其对立面》（*Patriotismus，und sein Gegenteil*）。后来当拿破仑的大军压境，跟随普鲁士王室颠沛流离的费希特也清楚地看到，在军事和文化等各方面都更具有优势的法国的攻势下，德意志是如何不堪一击。作为学者，费希特胸怀的使命感和行动欲促使他必须投身到拯救民族危亡的工作中，尤其需要呼吁民众觉醒，共同参与到民族复兴运动中。费希特所要做的就是将这些年对民族复兴问题的理论探索进行总结，并将所得的成果传播给大众，这便是费希特在拿破仑战争期间的主要活动。正如贺麟评价的那样，费希特1808年3月之前的救国运动，构成了他戏剧般的一生的顶点。[①]

1807年8月，费希特返回柏林之后，恰逢普鲁士国王计划在柏林新建一所大学。费希特受邀参与柏林大学的筹备工作，这给他提供了一个绝佳的机会，将自己多年来对于民族复兴问题的思考同自己在教育方面的研究心得结合起来。在柯尼斯堡期间，费希特一直潜心研究教育问题，因为他意识到，德意志民族若要复兴，德意志的新时代要降临，势必需要对德意志下一代施行正确的教育。最终在瑞士教育家裴斯泰洛齐（Johann Heinrich Pestalozzi）的教育理念中，他发现了自己需要的方法。早在1793年至1794年费希特在瑞士度蜜月期间就已与裴氏本人相识，[②] 两人时常在一同讨论社会、政治和教育方面的问题，甚至裴氏本人的著述也从费希特

---

① 贺麟，1989，第22页。

② 同上，第29页。

那里得到了灵感与鼓励。[①] 裴氏主张对贫苦的下层民众进行普遍的教育，注重激发学子的自然感性认识，并且强调行动的重要性，这一切理念都为费希特所吸收，形成自己的民族教育理念。就这样，在民族内忧外患的背景下，加之筹建柏林大学的契机，费希特决意凭借自己哲学家和教育家的身份，以实际行动来影响德意志民众。对于古典时代以降的文人而言，在政治领域进行实践、对公众施加影响的最好方式便是雄辩术（Rhetorik）。在法国大革命的影响下，政治辩论（politische Beredsamkeit）这一政治参与形式在德意志日益受到重视，公共政治话语及政治语言也由此发生了深刻变化。在活跃的政治氛围中，除了文字出版，以口头的形式公开表达个人政治观点的行为越来越能够引发公众的兴趣。[②] 因此对于费希特而言，公开演讲（öffentliche Rede）无疑是他对公众施加影响，传播自己民族理念的最好手段。于是从 1807 年 12 月起，费希特开始每周日在柏林科学院圆形大厅发表系列演说，题目为《对德意志民族的演讲》，一直持续到 1808 年 3 月，共作十四讲。[③] 随后在 1808 年 5 月，费希特将《演讲》内容悉数出版。[④]

　　《对德意志民族的演讲》承接了费希特 1806 年在《现时代的根本特点》（*Die Grundzüge des gegenwärtigen Zeitalters*）中对于历史哲学的思考，将人类世俗生活的历史分为五个时期或状态，即：1）理性借助本能进行绝对统治的人类无辜的状态；2）要求盲目信仰和绝对服从的恶行开始的状态；3）摆脱专断、同时也摆脱合理本能和理性的恶贯满盈的状态；4）将真理作为至上的理性科学或说理开始的状态；5）人类被塑造为理性准确摹本的

---

① 参见［瑞士］裴斯泰洛齐. 裴斯泰洛齐教育论著选［M］. 夏之莲，等译. 北京：人民教育出版社，2001：12，译者夏之莲所著中译本前言。

② Vgl. Peter Philipp Riedl. *Öffentliche Rede in der Zeitenwende: Deutsche Literatur und Geschichte um 1800*［M］. Tübingen：Niemeyer，1997：32.

③ 费希特，2014，第 579 页。

④ 参见费希特，2010，第 1 页，译者梁志学所撰中文版序言。

说理完善和圣洁完满的状态。[①] 在这一历史划分的基础上，费希特进一步指明，当前的德意志正处于第三个阶段，即恶贯满盈的阶段，这一阶段的特征是"以单纯喜欢感性享受的自私自利为其一切活跃的行为的动力"[②]。费希特指出，正是这样一种普遍的时代特征，才给德意志民族招致了毁灭性打击，但也正因为如此，新的世界、新的时代也即将来临。从中可以清楚地看到，与启蒙时代的哲人一样，费希特秉承的也是乐观主义史观。但新时代若要真正到来，并为世人所享，人们绝不能被动等待，而是要真正付诸行动。行动的主体，给世界带来福祉的不是别人，正是费希特演讲的对象——"你们所有的德意志人"（Euch Deutsche insgesammt）[③]，实现的手段是对德意志民族的新一代施行完善的民族教育。由此，费希特也承袭了赫尔德的历史哲学路径，开启了自己的民族话语讨论。但与活跃于民族意识兴起早期的赫尔德不同，身处民族政治危亡时刻的费希特，他的着眼点已从分布于寰宇之内的世界民族聚焦到了德意志民族本身，他笔下的德意志民族成为新时代的缔造者；与此同时，德意志民族当下的敌人——法兰西民族，也被费希特用来衬托德意志民族的优越性。不过这是否就意味着费希特抛弃了赫尔德原本抱有的世界情怀呢？

二、世界主义：民族思想的对立面？

在开始分析费希特的民族思想之前，首先有必要探讨一个重要概念，这一概念乍看去与民族思想处于针锋相对的状态，这就是世界主义。之所以首先要探讨世界主义，是因为费希特《对德意志民族的演讲中》体现的民族思想并非如当前学界许多主流观点所认为的那样，表达了狂热的爱国主义情怀，过度宣扬了德意志民族的优越性，甚至是后来灾难性的民族沙

---

① 费希特，第四卷，2000，第441页。

② 费希特，2010，第8页。

③ 同上，第234页，以及 Fichte, 2005, S.295.

文主义的先声。历史学家梅尼克曾在他的《世界主义与民族国家》一书中对费希特爱国行为与世界主义思想内核之间的关系作出了如下总结："爱国主义是个人行为，世界主义情怀则是他的思想。前者是现象，后者是这种现象的内在精神……"[1] 虽然梅尼克这部出版于一战前的著作在某种程度上有为德意志民族主义思想辩护的嫌疑，但在费希特的问题上，他的上述论断非常具有启发意义。如上一节所述，费希特一直都是法国大革命热烈的拥护者，而"世界主义"作为启蒙主义的符号之一，正是革命理念的重要组成部分。拿破仑战争的爆发虽然激发了费希特的爱国热情以及对法国的仇恨，但这并不意味着费希特抛弃了世界主义，特别是他在去世前不久又转而反对"德意志"思想的建构[2]，因此人们很难相信《演讲》不过是费希特世界主义立场的短暂中断。费希特自始至终都是一名世界主义者，世界主义这一关键词不仅在他身上不会同民族思想形成对立，反而应当被用来作为对他民族思想的总结，这一点笔者将会在下一章进行详细论述。

　　世界主义（英文 Cosmopolitanism，德文 Kosmopolitismus），由希腊语中的"κόσμος/kosmos"（意为"宇宙、世界"）和"πολίτης/polites"（意为"一座城邦中的居民"，也就是"公民"）组合并演化而成，这两部分希腊语词合起来意思便是"世界公民"，因此在康德笔下这一概念被德语化为"Weltbürger"，世界主义也可以被翻译成"Weltbürgertum"。与自然法一样，世界主义理念起源于希腊化时代的斯多葛主义。为了在马其顿帝国后继续巩固希腊化诸城邦之间的统一，斯多葛主义反对片面的城邦爱国主义（Polis-Patriotismus），主张削弱自身的特殊意义，寻求并遵守理性和普遍的秩序，并要求对除自己以外的其他每一个人负责，而不论这些人的出身、民族或居所。[3] 由此可见，世界主义希望个人剥离自身的文

① 梅尼克，2007，第71页。

② Hans Korn. The Paradox of Fichte's Nationalism［J］. *Journal of the History of Ideas*，1949（3）：319-343，hier S.341.

③ Julian Nida-Rümelin. Zur Philosophie des Kosmopolitismus［J］. *Zeitschrift für Internationale Beziehungen*，2006（2）：231-238，hier S.231.

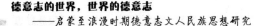
化、社会及政治立场，信仰普遍的伦理及政治原则，[①] 以"世界"而非地方为城邦（polis）或故乡，在世界范围内获得公民身份，并不带偏见地对所有人一视同仁。需要指出的是，世界主义，特别是其中温和的代表，并不会反对家族、地方社群、文化或民族所造成的特殊纽带，世界主义和地方主义（Partikularismus）并非不共戴天。[②] 由于世界主义在现实政治领域往往难以实现，因此它更多地停留在哲学伦理层面。由于以理性和普遍主义为准则，世界主义与启蒙主义存在着紧密联系，因此必然会成为后来启蒙运动所追求的目标，启蒙主义者似乎天然就是世界主义者。恰恰是在启蒙主义思潮中，世界主义中的普遍主义内涵和地方主义内涵之间的张力日益凸显，[③] 特别当人们面对那些因没有自己的故土而流散在世界各地，同时又具有排外特征的犹太人时，要求抛弃自身特殊立场的启蒙主义，实际上支持的是一种"有根基的"世界主义，即一种基于民族的普遍主义情感，[④] 也即特殊的普遍主义，这样的世界主义是不可能与民族纽带相互剥离开来。随着法国启蒙主义在欧洲的传播，启蒙主义所追求的普遍理性和秩序开始等同于法兰西民族的价值取向，法国文明被宣称具有普遍意义，于是世界主义内涵也逐渐为"法国文化模式至上"[⑤] 所渗透，在某种程度上成了法兰西民族文化的符号之一。世界主义也因此成了同时囊括普遍与特殊、世界与民族的一个矛盾体。反过来，如果从民族思想的角度看，启蒙主义及大革命背景下的民族思想早期阶段的任务主要不是对外，而是在民族内部要求打破阶级界限，实现人在权利上的平等，其基础是自然法权，因此早

---

① 同上，S.233.

② 同上，S.234.

③ Cathy S. Gelben, Sander L. Gilman. *Cosmopolitanisms and the Jews* [M]. Ann Arbor: University of Michigan Press, 2017: 10.

④ 同上，S.14.

⑤ Joseph Jurt. *Sprache*，*Literatur und nationale Identität* [M]. Berlin/Boston: De Gruyter, 2014: 52.

期的启蒙主义民族思想也具有明显的世界主义色彩；[①] 即便是在政治领域更为具体的民族国家理念，由于要求消除一切人的特殊性，使单个的人以平等权利主体的身份结合为一个更大范围的整体，因此消灭了特异性的民族国家思想与世界主义亦存在统一的一面。[②] 所以说，世界主义与民族思想无论是在诞生之初，还是在随后的发展进程中，都被捆绑在一起，难以彻底割裂开来。

随着启蒙思想在德意志得到广泛传播，特别是法国大革命推动了民族思想在欧洲的传播，德意志人开始怀着歆羡之情，希望德意志民族价值也能够与法国价值比肩，获得后者的普适性和优越性，从而实现德意志民族的普遍兴盛。世界主义中的法兰西因素在德国逐渐被德意志民族内涵所置换。只不过由于德意志政治上的衰微，以莱辛为代表的一批德意志启蒙学者大多持有一种"文化民族主义与政治世界主义相结合"[③] 的立场。而在研究领域素来被视为持反民族主义的世界主义理念的德意志古典主义文人群体，实际上也没能摆脱民族思想的影响。他们的"世界主义古典纲领"中一直贯穿着爱国主义甚至是极端爱国主义的"潜文本"，他们的世界主义理念实则暗含着对德意志价值，也即对"德意志历史使命"的鼓吹。[④] 因此，世界主义和爱国主义，或者说世界主义话语与民族话语在德意志逐渐趋同。

遵循上述传统，费希特本人曾在写于 1806 年的对话体政论文《爱国主义及其对立面》中深入探讨了爱国主义与其所谓的"对立面"，即世界

---

① Joseph Jurt，2014，S.132.

② Sibylle Tönnies. *Der westliche Universalismus. Die Denkwelt der Menschenrechte* [M]. Wiesbaden：Westdeutscher Verlag，2001：106.

③ [美]里亚·格林菲尔德. 民族主义：走向现代的五条道路[M]. 王春华，祖国霞，魏万磊，等译. 上海：上海三联书店，2010：382.

④ Conrad Wiedemann. Deutsche Klassik und nationale Identität. Eine Revision der Sonderwegs-Frage [C] //Wilhelm Voßkamp（ed.）. *Klassik im Vergleich*：*Normativität und Historizität europäischer Klassiken. DFG-Symposium 1990*. Stuttgart：Metzler，1993：541-569，hier S.543.

主义之间存在的相互依存关系。这篇文本的创作契机是：1806 年一部所谓的爱国主义期刊《柏林或普鲁士家庭之友》（*Berlin oder der preußische Hausfreund*）为了曲意逢迎普鲁士高层，发表了一些虚伪而片面的爱国主义文章，而《爱国主义及其对立面》便是对这部杂志的讽刺和反驳。在文中，费希特虚构了一名"爱国主义"市侩 A 和一位哲人 B 之间的对话，讽刺了拿破仑战争期间广泛流行于德意志的虚假的爱国主义，即刻意作出爱国主义的姿态，不分青红皂白地赞扬政府，拒绝批评坏政府的愚行，还美其名曰"形成被统治者与政府之间爱与信任的美好纽带"①。与狭隘的普鲁士爱国主义者市侩 A（实际上市侩 A 是当时典型的怀有地方主义思想的普通德国民众的化身）形成鲜明对比的是，作为费希特思想传声筒的哲人 B 深刻领悟到了普鲁士与德意志民族是唇亡齿寒的关系：

　　将普鲁士同其他德意志人分隔开的行为是不自然的……通过共同的语言，以及共同的民族性格，德意志人彼此统一，……任何一个特殊的德意志人，由于您谈论的是普鲁士，所以说普鲁士人只有通过德意志人身份方能成为普鲁士人，正如只有真正的德意志人才是真正的普鲁士人一样。②

　　与普鲁士身份与德意志身份同样存在相互依存关系的则是爱国主义与世界主义这对概念。哲人 B 认为，要定义爱国主义，首先要定义其对立面——世界主义：

　　世界主义是使人类存在的目标在全人类中得以实现的决定性意志。爱国主义是保证上述目标首先在一个民族中得以实现的意志，我们自身就是这个民族的成员，从这个民族出发，将成功实现的上述目标播散到全人类中。③

　　紧接着哲人 B 指出，世界主义并不能独立存在，而是要以爱国主义为前提："并不真正存在纯粹意义上的世界主义，而事实上，世界主义必然

---

　　① Johann Gottlieb Fichte. *Nachgelassene Schriften 1805–1807*［M］. Stuttgart/Bad Cannstatt：Frommann-Holzboog，1993：397.

　　② Fichte，1993，S.403. 本书引用的《爱国主义及其对立面》中译文皆由笔者自译，下文同。

　　③ 同上，S.399.

会变成爱国主义。"① 脱离爱国主义，也就是脱离自身所在的具体时代和民族空间的世界主义，只会成为空谈，因为

　　它（人类的目标）只能介入到最近的环境中，作为活生生的力量直接存在于这样的环境中，……一旦它脱离了最近的环境，它便会给自己的作用筑起阻拦的坝。因此每一个世界主义者都有必要借助民族的限定，成为爱国主义者；任何一个在本民族中最热烈最活跃的爱国者，都会是最活跃的世界公民。②

　　因此，要想实现世界主义，爱国主义者必须"首先按照本来的面貌理解（自己）生活的时代、活动的空间，从而理解应当通过何种特定的方式，从生活的当下出发，从自己所属的民族出发，实现人类的终极目标……"③ 而就在对世界主义进行定义时，B 便已经清晰地指出：以对自身的爱国主义为出发点，实现人类存在的终极目标的民族不是别人，正是德意志民族，因为

　　德意志人能够有这样的意愿，因为科学始于德意志人之中，并且科学是以德意志语言的形式被记录下来：人们可以相信，在这个有能力创造科学的民族中，也将蕴藏着理解被创造出的科学的最大的能力。……只有德意志人能够凭借对科学的占有，凭借自己理解时代的能力，领悟到这是人类最紧迫的目标。④

　　就这样，在费希特 1806 年的这部著作中，世界主义与爱国主义高度融合，基本上成为等价物；而世界主义的出发点和承载者正是德意志民族，只有德意志人才能成为爱国主义者，因为只有德意志人才将人类的终极目标，将世界主义视为本民族不懈追求的目标，这是其他任何一个民族都不具备的素质。后来发表于 1807 年至 1808 年的《对德意志民族的演讲》

---

① Fichte, 1993, S.399.

② 同上，S.400.

③ 同上，S.400.

④ 同上，S.404.

并非费希特对早年世界主义立场的抛弃，而是对世界主义民族思想的进一步细化，特别是实现人类终极目标具体方案的提出。费希特始终是一名世界主义者，他对德意志民族发出呼号以及他对德意志民族领导地位的宣扬并不会改变他的这一身份，因为在他身上，世界主义就是民族思想的表现形式。

三、世界主义民族思想：德意志民族作为人类的复兴者

《对德意志民族的演讲》诞生于拿破仑入侵、德意志民族陷入危亡之际，演讲使用的语言慷慨激昂，极富煽动力。虽然在费希特生前以及去世后头几年未能激起大的水花，但在德意志第二帝国成立后，德意志民族主义情绪和自信更加高涨，费希特的《演讲》得到了十分积极的接受，特别是文中深入分析了德意志民族与其他民族的差别，并且费希特也在不断强调德意志民族的"特殊历史使命"，使得该文本被蒙上了一层厚重的德意志民族至上的色彩，费希特本人因此在欧洲思想史中多被以"民族主义者"的形象示人[1]；相应地，《演讲》也常被后世誉为"德意志民族主义的圣经"[2]。但实际上，费希特本质上依然是一名哲学家，他对德意志民族行动的呼吁并非真的如同人们通过演讲标题所推断的那样，是在呼唤德意志民众在政治军事领域进行斗争，而更多的是希望他们在"精神与哲学"领域有所作为。[3]费希特的演说秉持的依然是他在法国大革命期间的启蒙世界主义立场，他笔下的"德意志"尚未沦落为后世种族主义煽动言论的工具，而是依然带有"古典人性的光芒"；而脱胎于古典哲学的《演讲》所要实

---

① Roberta Picardi. Geschichte und europäische Identität bei Fichte［C］//Christoph Binkelmann（ed.）. *Nation-Gesellschaft-Individuum. Fichtes politische Theorie der Identität*. Amsterdam/New York：Rodopi，2012：123–147，hier S. 125.

② 格林菲尔德，2010，第450页。

③ Vgl. Riedl，1997，S. 270.

现的目标，也依然是法国大革命宣扬的启蒙主义原则，即在尘世实现"理性国家"。① 然而我们不能忽视的是，费希特的《演讲》由于受制于其形式和目的，必然会为了实现在当下打动德意志民众、推动民众的行动这一现实目标，而牺牲更为深刻的哲学意图，以致于会呈现出煽动性演说的面貌；此外，文本中体现的世界主义民族思想内部也存在着张力，这不仅是因为世界主义与民族主义通常会被看作是一对矛盾体，还因为世界主义这一概念天然就是一体两面，"民族"与"世界"之间的界线并没有表面看上去那样泾渭分明。正是因为费希特的《演讲》传达出的世界主义民族思想存在着如此复杂的面貌，并且从费希特所使用的与德意志民族有关的话语所呈现出的煽动性面貌来看，他也并非那样"无辜"。因此，在民族主义高涨时期，这篇文本世界主义的一面遭到遮蔽，沦为沙文主义和种族主义的宣传工具，也算是一种历史的必然。

1. 人类新时代的要求：德意志民族新教育纲领

如本章第一节所述，费希特发表《演讲》之时，恰逢他受命参与筹建柏林大学。所以，借着这个契机，制定新的民族教育纲领，也就顺理成章地成了哲学家费希特心目中实现德意志民族复兴的途径。此外，根据费希特先前制定的世界历史五段论，拿破仑战争爆发、德意志民族遭遇惨败的时代，也即费希特生活的时代，恰好是第三个时代，也就是恶贯满盈时代的终结，人类社会站在了一个历史转折点，即将由恶转向善、由专断转向理性。费希特在《演讲》的绪论中进一步指出，人类社会之所以会恶贯满盈，德意志民族之所以遭遇危机，根本原因是利己主义（Selbstsucht）在民族成员中的泛滥。为了论证自己的观点，费希特明确以德意志帝国瓦解，各邦国在拿破仑的扶植下成立松散的莱茵邦联的事件为具体例子。而要在

---

① Friedrich Tomberg. Menschheit und Nation. Zur Genese des deutschen Nationalismus in Antwort auf die Französische Revolution [C] //Erhard Lange（ed.）. *Französische Revolution und deutsche Klassik*. Weimar: Hermann Böhlaus Nachfolger, 1989: 303–321, hier S.313.

民族成员中彻底消除利己主义的影响，费希特认为唯一的办法就是彻底革新德意志当下的教育制度。制定德意志民族新教育纲领，一方面是拯救德意志民族的需要，另一方面是人类即将进入新时代的要求。

费希特主要在第二、三、九、十和十一讲里集中探讨了德意志民族新教育的问题，其教育纲领在许多方面吸收了裴斯泰洛齐在瑞士实施的贫民教育实践中的内容，例如对于学子感性直观能力的培养以及对身体技能发展的重视，拒绝死记硬背的死板教育方法，使学生真正热爱自己学习的内容。但费希特认为，裴氏的教育实践只有一个有限的目的，那就是给予贫民的孩子"最急需的帮助"[①]，也就是解决他们的生计问题，这在身为哲学家的费希特看来是半途而废的，因此他主张德意志民族的新教育需要一个更高的目的，更重要的是要激励学生的精神活动。因此裴氏的教育理念只是德意志民族教育的第一步，费希特为此规定的第二个部分，也就是最终的部分，便是公民教育和宗教教育（bürgerliche und religiöse Erziehung）。公民教育首先需要在人的心中"培养坚定不移的善良意志"[②]，培养人们对共同体的爱，只有这样德意志民族才能生存下去，才不会与"外国人融合到一起"[③]，这就为德意志公民的培养奠定了公共精神，而这种精神既着眼于德意志民族自身，为德意志民族共同体培养公民，又体现了人类情怀，因为"善良意志"（guter Wille）本身就是人类的普遍价值取向，而公民意识更是启蒙主义的基本政治要求，即人们应当消灭利己主义，为整体做出贡献，各尽其责。尤其在第二讲最后，费希特描绘的俨然是一幅民主共和精神统治下的理想学园，每一名学子都在共同体中承担起自己的责任，为共同体的发展提出自己的改进方案，任何人都全凭自愿在作出贡献。[④] 由于天然带有启蒙主义色彩，德意志共同体可以扩大为人类共同体，

---

① 费希特，2010，第 147 页。

② 同上，第 27 页，以及 Fichte，2005，S.119.

③ 同上，第 28 页，以及同上。

④ 费希特，2010，第 38 页，以及 Fichte，2005，S.129.

德意志公民可以成长为世界公民，因为学子们接受的教育是在"以这个世界的名义"对他们提出要求。① 宗教教育作为新教育的最后一项任务，它并非且也不应当在实践领域发生作用，而应当是一种"认识"，即能使人理解自身，并使人摆脱外来束缚。而这种宗教教育目的并非只是在引导人进行纯粹的伦理生活，而是一种"把整个的人彻底和完全培养为人的技艺"，它与旧教育的区别是会关注人进一步的发展，关注人身上的"普遍人性"会发展出怎样特殊的形态。② 所以，宗教教育的关注点也是作为整体的"人"。

费希特的民族新教育纲领从总体上看主要传达了一种理念，没有提出太多具体实施方法，除了在探讨裴氏教育方法时，由于在现实中有裴氏的实践作为支撑，能够将方法具体落实，其他内容大多是抽象的阐发。通过上述对费希特教育方案的简要介绍，人们不经会有这样一种感受：费希特所谓的德意志民族新教育方案很难说是专门为德意志民族量身打造的，他提出的许多基本前提和措施体现出的也基本上是人类的普遍价值。费希特在第七讲中明确指出，基于德意志最新的国家管理艺术制定出来的教育理念，其精神绝不是"狭隘的和排外的"，而是"普遍的和属于世界公民的"（mit ... allgemeinem und weltbürgerlichem Geiste）③。因此，与其说费希特制定的是民族教育纲领，倒不如说他宣扬的是人类的新教育。《新莱茵文学报》（Neue Leipziger Literaturzeitung）的一名评论员就曾在费希特开始进行系列演讲后不久指出，或者说是给予批评，称费希特的新教育理念"太过于世界主义"，费希特所谓的民族教育"更多地符合普遍的纯粹人类教育理念，在这样的教育中，一切民族差异消失在普遍人性的冷漠中"。④ 虽然费希特在论新教育的第三讲结尾借圣经《以西结书》中关于撕裂的骸骨将再次复生的寓言，试图重回"德意志民族教育与民族复兴"这一主题，

① 同上，第 39 页，以及 S.130.
② 同上，第 44—45 页，以及 S.134–135.
③ 同上，第 109 页，以及 S.189.
④ 同上，S.72.

但这似乎更多的是在借宣教与修辞的手段，尽力将听众从自己营造的普遍人性与世界主义氛围中拉回，使他们回想起新教育的初衷。

那么，难道说费希特所谓的民族新教育真的名不副实，不带有任何民族色彩吗？显然不是。实际上，在第十讲与第十一讲里，费希特从两个方面确定了新教育纲领的民族性，那就是锁闭的商业国以及德意志国家作为新教育的实施者，只不过这里的民族主体被置换成了国家（Staat）。在谈到培养学子开展经济生产活动时，费希特重拾自己在1800年的著作《锁闭的商业国》（Der geschlossene Handelsstaat）中提出的反全球自由贸易理念，以学子构成的自给自足的"经济小国"为未来民族经济体的雏形，从而维护国家与民族在经济上的独立，进而保障全方位的独立。而在探讨新教育计划的实施时，费希特明确提出，德意志国家应当是实施新民族教育的主体，这个国家绝不是过去"教会的天授精神王国"，而是世俗国家；并且人们着眼的不应是任何"特定"德意志国家，也就是某个邦国，而应当寄希望于"整个德国"（ganz Deutschland）[①]。换言之，在实施民族新教育计划的问题上，费希特将刚分裂不久的德意志民族再次"统一"起来，并且在经济上使其与外部隔绝。更为极端的是，与裴斯泰洛齐重视家庭教育的主张不同，费希特要求国家从父母手中接管孩子，由国家安排专业教师统一实施教育，这样一来，个人与家庭的纽带就被斩断，与民族与国家之间建立起了紧密联系，对共同体的无私的爱方能成为可能。所以，在演讲接近尾声时，费希特从开头的世界主义价值体系，再一次回归到了民族的行动领域。

人们对于费希特民族新教育的世界主义"指责"，或者是"赞誉"，原因应当是新教育理念所体现出的德意志民族特征并不明晰。而从《演讲》的全文来看，事实上，费希特对德意志民族特征的论述占到了极大的篇幅，并且对德意志民族特性的分析紧跟在论述公民教育与宗教教育理念的第二讲与第三讲之后，连续占据了五讲的篇幅（第四至八讲），紧接着又开始继续探

---

① 费希特，2010，第169页，以及Fichte，2005，S.240.

讨民族新教育的问题，换言之，对德意志民族特征的论述穿插在了新教育纲领之中。所以说，费希特的新教育理念并非是真的没有强调德意志民族特性，而是德意志民族特性本身就体现出了普遍人性与世界主义色彩，呈现出"世界主义"面貌的民族新教育理念，正是与这样的民族特性相呼应。

2. 德意志民族的特点：与外族的"差异"与"共性"

对于费希特而言，要想清晰地传达出针对德意志民族的新教育理念，那么厘清德意志民族的特点便是重中之重。关于什么是民族（Volk），费希特在第八讲中，从"较高的"精神方面对民族作出了如下定义：

一个民族就是在社会中一起继续生活，不断从自身自然而然地在精神上产生出自身的人们组成的整体，这个整体服从于自己体现的神圣东西发展的某种特殊规律。这种特殊规律包含的共同性是这样的一种东西，这种东西在永恒世界里，因而也同样在尘世里，将这群人联合为一个自然的和自己组成的整体。①

由这一定义可见，民族作为一个精神而非物质上的整体，受先验存在的必然性所制约，因而民族对于费希特而言并非是某种"想象的共同体"，是人主动构建的产物，而是一种同时存在于现世和永恒之中的命运。而对于德意志民族，费希特主要是通过说明与其他日耳曼民族之间的差别来给德意志民族定性。费希特认为，德意志人与其他日耳曼民族相比最大的差别就在于德意志人是一个"本原民族"（Stammvolk/Urvolk），其本原性（Ursprünglichkeit）来源于德意志人从未离开过本民族最初定居的地方。正因为如此，德意志人能够保留并发展自己的原始语言，而其他日耳曼民族只能接受外族的语言，即罗马人的拉丁语。费希特进一步阐发了他的语言观，提出德意志人使用的是"活生生的语言"（lebendige Sprache）②的观点，而其他接受外族语言的民族（此处尤其隐射法国人）使用的则是僵

---

① 费希特，2010，第124页，以及 Fichte, 2005, S.201.

② 同上，第71页，以及 S.157.

死的语言，因为德意志人的语言贴近他们的实际生活，能够充分反映他们的感性认识，进而发展为可以指称超感性的东西，所以这种语言是有生命力的，可以为本族人所理解；而其他接受外族语言的民族，由于语言与直观相分离，"被切断了活生生的根"，所以它"向生命的回归"中断了，[①]语言的继续发展也随之中断。通过论证在两类民族中语言的差异，费希特得出结论：首先具有活生生语言的德意志民族精神文化和生命存在密切联系，因而对精神文化采取认真的态度，并且这个民族既有精神（Geist），又有心灵（Gemüt）。而语言僵死的民族精神文化与生命分道扬镳，因而把精神看作是"天才的游戏"（genialisches Spiel）。除了这些差别，费希特还进一步推论出两个民族的性格差异以及各自民族教育的区别：前者由于认真看待精神文化，因而"对一切事情都诚实、勤奋与认真"（redlicher[n] Fleiß und Ernst in allen Dingen），后者由于只看重天才的力量，因此"作风懒散，随遇而安"；又由于勤奋在精神领域具有重要意义，前一种民族认为广大民众都能够被教育，因此新教育理念能够在最广大的民族成员身上得到应用，而后一种民族由于精神与现实生活相分离，不具备感受生命的心灵，又缺乏勤奋的美德，使得有教养阶层与普通民众相分离，他们的教育无法成为真正的民族教育。[②]接着在第六讲，费希特通过讲述宗教改革时期德意志的历史，展示了德意志人及崇尚自由的帝国城市在文化艺术及科学技术方面取得的辉煌成就，以具体事例进一步表明德意志民族对精神生活的重视，以及自由精神对于精神生活的推动作用；而宗教改革的历史则说明了德意志民族对待真理以及永恒福祉的不懈追求。

通过费希特的语言观以及他对德意志民族性格的总结能够看到，他在意的并且意图向听众展示的是德意志民族不同于其他民族，特别是不同于接受了罗马人的拉丁语的"其他日耳曼民族"（很明显这指的是法兰西等操罗曼语的民族）的特殊语言及性格特征。后世特别是民族意识高涨时期

---

① 费希特，2010，第 64 页，以及 Fichte，2005，S.151.

② 同上，第 70 页，以及 S.156.

对德意志民族特性的总结套路，在此都已基本形成[①]：德意志民族是古老的"原初民族"，重视心灵；德意志语言古老而生动；德意志人严肃认真、重视荣誉、简单淳朴，且合乎自然；一切文化都发端于下层民众（Volk）；宗教改革在德意志的爆发表明德意志人是虔诚的民族；等等。凸显德意志民族的特殊性，或者更准确地说是优越性，在当时德意志遭遇惨败的这样一个历史时期，能够如同费希特在演说开篇时所说，"给已被击溃和精疲力竭的人们注入勇气和希望，给深为悲痛的人们宣示欢乐，引导他们轻松地、平安地度过陷入最大困境的时刻"。[②]但这些所谓的"特性"，又在多大程度上能与其他民族形成"差异"？这些品质是否真的是德意志民族所特有的？

如果细致考量上述德意志民族特性人们会发现，这些所谓的民族特性并不一定具有现实意义，正如部分研究者指出，哲学家费希特在总结德意志民族特性时，谈论的往往是"理想中的德意志人"[③]，这样的理想德意志人在现实中并不存在；勤奋、严肃、淳朴、虔诚、古老、自然，等等，这一切被费希特归结为"本原民族"德意志所特有的品质，可以用来形容一切优秀的民族，因此被冠以德意志之名的"本原民族"实际上是横向地吸取了历史上所有优秀民族的优点而形成的，它本身就是一个"世界主义的精英"[④]。费希特在探讨民族本原性和德意志精神的第七讲中，也一举推翻了之前对德意志民族特殊性的强调，特别是抛弃了德语对于民族身份的决定性作用，转而对德意志性（Deutschheit）有了如下定义：

---

① 举例而言，下文所列举的德意志民族的特性，基本上都出现在了作家托马斯·曼写于一战期间的政论文《一个不问政治者的看法》（1918）中，在该文中，曼竭力在德意志文化特殊性与以英法为代表的"西方文明"之间划出一条清晰的界线。参见 Thomas Mann. *Betrachtungen eines Unpolitischen* [M]. Frankfurt am Main: S. Fischer Verlag, 1974.

② 费希特，2010，第23页，以及 Fichte, 2005, S.115–116.

③ Korn, 1949, S.336.

④ Peter L. Oesterreich. Trugfiguren deutscher Dominanz. Ernst und Ironie in Fichtes Reden an die deutsche Nation [J]. *Fichte-Studien*, 2017, 44: 176–189, hier S.186.

作为区分的真正根源在于，你是信仰人本身的绝对第一位的和本原的东西，信仰自由，信仰我们类族的无限改善和永恒进步呢，还是对这一切都不信仰，……所有那些或者在生活中富于创造精神和能生产新东西的人，或者所有那些即便不能如此，也至少坚决不做无意义的事情，而留意本原生活之流是否会在什么地方感召自己的人，或者所有那些即使没有达到如此高的程度，也至少猜想到自由，不憎恨或不害怕自由，而喜爱它的人——所有这些人都是具有本原精神的人，当他们被视为一个民族的时候，他们就是一个本原民族，一个单纯的民族，即德意志人。……谁信仰精神东西，信仰这种精神东西的自由，并希望靠自由使这种精神东西永远得到发展，谁不论生在何方，说何种语言，都是我们的类族，他属于我们，并站到我们这边。谁信仰停滞不前，信仰倒退，信仰那种轮回，或是把一种僵死的自然力量提升为统治世界的舵手，谁不管生长何方，说何种语言，都是非德意志的，是与我们格格不入的；……①

这样一来，一切不满于现实、胸怀理想、锐意进取，并且崇尚自由的民族，无论出身和语言，都成了"德意志人"，德意志民族的"特性"俨然成了从世界优秀民族中抽离出的"共性"，德意志民族分明就是一个世界的民族。尤其值得玩味的是，在费希特民族思想体系中占据重要地位的民族语言与民族身份之间存在重要联系的观点，实际上也是舶来品：追寻民族语言源头的活动，最初起源于费希特口中"接受了外族语言"的"新拉丁外邦"（das neulatenische Ausland），具体而言是以意大利诗人但丁为代表的一批罗曼语学者，②后来广泛流行于德意志地区的德意志作为语言和文化民族的思想，实际上都是对但丁等人民族语言思想的发展。即使是费希特在第四讲中花费了大量篇幅论述的"Menschenfreundlichkeit""Leutseligkeit"和"Edelmut"这几个所谓的德语词（费希特意图借此驳斥时人采用法语概念而不直接使用现存的德语概念的媚外做法），也有研究者指出，这几个概念也并非纯

---

① 费希特，2010，第116—118页，以及 Fichte，2005，195–196.

② Vgl. Oesterreich，2017，S.180.

德文概念，都是从古希腊语中转借或转译而来，德语中实际上充斥着大量的转借词，但德意志人并不自知，或者说德意志人会通过强调德意志文化与古希腊文化之间的纽带，来规避这一尴尬，并在接受了罗马文化的"其他日耳曼民族"面前，借此抬高自己的地位。因此费希特的"语言纯洁主义"支撑的实际上是一个"借来的祖国"（borrowed fatherland）。[①] 与强调德意志语言及民族不同于外族的做法相比，费希特对德意志民族性格的另一番描述或许更符合历史事实：日耳曼人将"罗马的"都看作是"高贵"的同义词，并认为用日耳曼语词根构成的词是卑贱和笨拙的；而德意志人又从日耳曼祖先那里继承了这一性格特征，认为罗马的、拉丁的习俗更显高贵，德意志人的东西显得平庸。[②] 对于德意志人崇外的性格特征，费希特一方面将其看作是缺点，但同时他也能够从中看到德意志民族不乏潜力性的一面：这个容易受到远方吸引的民族摆脱了"民族虚荣心"（National-Eitelkeit），将理想"移植于遥远的国度和岛屿"，从而发展出了一种"浪漫的意识"（ein Romantischer Sinn）。[③] 德意志民族容易沉迷于异族文化，容易吸收外来事物，接受外来文化的塑造，这本身也是一种世界胸怀的体现。因此，费希特总结出的德意志民族性格是"个性"与"共性"、"民族"与"世界"的复合体，德意志民族最大的特点实际上就是能包容世界民族中最理想品质。德意志民族"特性"中的"世界共性"，既是对自身的消解，也是对自身的升华。

3."一切民族的教育者"：德意志民族的世界地位

如本章前文所述，费希特的德意志民族新教育纲领深刻体现了培育普遍人性的要求，德意志民族性本身也呈现出了世界性，不过这仅是从德意

---

① David Martyn. Borrowed Fatherland：Nationalism and Language Purism in Fichte's Addresses to the German Nation［J］. *The Germanic Review*，1997（4）：303–315.

② 费希特，2010，第 78—79 页，以及 Fichte，2005，S.163–164.

③ 同上，第 86 页，以及 S.169.

志民族的内部视角来看。费希特民族思想的世界主义倾向最后的、也是最重要的体现便是他对德意志民族在世界舞台的定位。要讨论德意志民族的世界性，必然不能忽略德意志民族与其他世界民族之间的关系。与持历史主义民族思想的赫尔德一脉相承，费希特亦对世界各族怀有人道情感，他心目中理想的德意志民族一定"不可能除了尊重自己，就不尊重各个民族和个人的独立性、坚定性以及生存的独特性"①。相应地，为了维护德意志民族的独立，同时也尊重其他民族的自我，费希特必然会反对多民族的大帝国，即拿破仑试图建立的"一统天下的君主国"：

> 精神的本质只能在个人的千差万别的层次上，在整体的各个部分中，在许多民族中表现人类的本质。只有当这些民族中的每个民族依靠它自身，根据它的特性，发展和塑造自己的时候，只有当这些民族中的每个民族的每一个人在本民族里根据民族的共同特性和具体特征，发展和塑造自己的时候，神性才会像应当那样，在其真正的明镜中显现出来；……②

所以说，由于倡导"彼此承认"的民族自决，费希特的民族思想和世界主义视角再一次发生了融合。③然而不同于赫尔德将德意志民族置于与世界民族同等的地位，费希特隐隐地将德意志民族抬到了一个更高的位置：它是"绝大多数近代欧洲民族的本原民族和一切民族的教育者（Bildnerin aller [Völker]）"④。在第十三讲中，费希特开始逐步凸显德意志民族在世界民族之林中占据的优势地位，以及与欧洲其他民族相比所具有的更为广阔的世界胸怀。首先是地理位置，德意志民族居住于"欧洲的中部"，与其他民族相隔绝，这样的位置不仅使德意志民族能够保护自身，还使他们"免于直接参与对其他世界的掠夺"⑤；而德意志民族的强大，加之他们

---

① 费希特，2010，第 195 页，以及 Fichte，2005，S.263-264.

② 同上，第 206 页，以及 S.273.

③ Peter L. Oesterreich. Aufforderung zur nationalen Selbstbestimmung. Fichtes Reden an die deutsche Nation［J］. *Zeitschrift für Philosophie Forschung*，1992（1）：44-55，hier S.54.

④ 费希特，2010，第 196 页，以及 Fichte，2005，S.264.

⑤ 费希特，2010，第 200 页，以及 Fichte，2005，S.268.

所处的中心位置，使得欧洲其他民族无法彼此靠近，也就无法在欧洲大陆上自相残杀，从而也保障了其余欧洲民族的安宁，德意志是欧洲和平"坚固的壁垒"①。而在欧洲各国彼此之间陷入混战的现时代，德意志的得救自然也就意味着欧洲的得救。此外，从历史的层面看，费希特专门提出了发轫于德意志的宗教改革运动，并且指出宗教改革的影响从德意志波及了其他国家，推动了哲学的发展；更重要的是，通过宗教方面的变革，德意志人使文化"变得神圣"②，也证明了近代以来德意志民族在人类发展方面一直以"完成者"的面貌出现。因此，在费希特看来，德意志民族对世界历史发展进程产生了深远的影响，能够为"各民族的命运（Schicksal der Völker）以及他们的绝大部分概念和意见"③奠定基础。德意志民族的命运不仅关乎自身，更关乎其他民族。德意志人衡量伟大的标准一直以来只有一个，那就是能够提出"给各民族带来福祉（Heil über die Völker bringen）的理念"④，并可以被这种理念所激励。

　　费希特的《演讲》在描画德意志人在世界民族中的地位时，展现出了浓厚的宣教风格，尤其是最后的第十四讲，无论是从语言风格上看，还是从宣扬的内容看都是如此。德意志民族的身份被不断抬高，在精神领域，德意志的名字一跃成为"一切民族中最光辉的"，甚至化身为"世界的再生者和重建者"（Wiedergebährerin und Wiederherstellerin der Welt）⑤，德意志人俨然如同旧约时代的犹太人，成了现时代的"上帝的选民"。在洋洋洒洒列举了一系列对现时代德意志人提出变革要求的群体后，在《演讲》的结尾处，费希特把目光聚焦到了世界：曾经从德意志人那里获得了宗教和文化的外国，也即在费希特看来僵死的精神文化都在德意志那里得到了继续发展的其他欧洲国家，希望能够在德意志人的领导下，"给人类建立

①　同上，第 202 页，以及 S.269.

②　同上，第 97 页，以及 S.179.

③　同上，第 200 页，以及 S.268.

④　同上，第 218 页，以及 S.283.

⑤　同上，第 225 页，以及 S.288.

公正、理性和真理的王国"①；甚至是世界上的一切时代都对德意志民族提出了要求，"拯救人的荣誉和人的存在"②，因为

> 在一切现代民族当中，正是你们极其明显地拥有人类臻于完善的萌芽，在人类臻于完善的发展的过程中已经被委以领头的重任。如果你们的这种天性自行毁灭，那么，整个人类对于从不幸的深渊中得救的一切希望就与你们一起破灭了。……如果你们沉沦，整个人类就会随之沉沦，而不存在有朝一日复兴的希望。③

　　费希特以世界对德意志民族弥赛亚式的呼唤，为《对德意志民族的演讲》作结。此时的德意志民族已不再是赫尔德笔下侧身于世界民族之列的"复数的民族"之一，也慢慢褪去了陷于危难之中的那副仓皇的面容，逐渐以世界历史的推动者、世界民族的领导者的自信面貌获得新生。费希特在德意志听众面前扮演的布道师角色，一方面适应了《演说》劝诫德意志民众开始行动的任务，也符合哲学家费希特宗教化的民族思想倾向。正如费希特所一再强调的，德意志民族在世界的领导地位并非政治上的，他并不希望德意志建立世界帝国，而是继续在精神文化领域发挥作用，他给德意志民众呈现出的是一幅现世的救赎景象，只不过救赎并非是通过激烈的政治手段实现，而是借教育和信仰等精神力量得以完成。由此可以看出，深受法国大革命影响的民主共和体制拥护者费希特，在民族话题上依然没有脱离传统，特别是费希特的《演讲》以及其他对德意志民族前途的相关思考，都是他对德意志帝国瓦解这一民族危机的回应。费希特民族思想体现出的浓厚的宗教色彩，透露出费希特对德意志帝国的强烈认同；而他口中理想的德意志民族呈现出的世界主义姿态以及救世主的光环，实际上是

---

① 费希特，2010，第 236 页，以及 Fichte, 2005, S.297.

② 同上，第 237 页，以及 S.297.

③ 同上，第 237—238 页，以及 S.298.

"古老帝国政治宗教性"传统在民族领域的延续和发展。①不愿意建立世俗政治帝国的德意志民族，最终建立的是精神领域的、领导全人类的"理性"帝国。

然而人们不能忽视的是，由于费希特有意无意地忽略了当时德意志在政治、经济和军事等现实层面尚属落后的实际情况，令德意志人肩负起了人类复兴的历史使命，充当世界民族的领导者，甚至有时不顾历史事实，刻意夸大德意志民族与其他民族之间的差异，使得德意志民族的世界地位被过分地抬高了。在《演讲》激昂地宣扬德意志民族特殊性乃至优越性的氛围中，费希特民族思想中的世界主义倾向与其说是被所谓的民族主义色彩所遮蔽，倒不如说他宣扬的世界主义的历史使命使德意志民族面对世界上的其他民族时信心大增，间接助长了德意志民族主义的膨胀。此后，德意志民族在世界发展进程中占据的领导地位，以及它所承担的历史使命，逐渐成了德意志民族思想语义场中的固定话语，德意志民族的特殊性日益被突出，优越性逐渐被放大。在这一过程中，费希特的带有世界主义倾向的民族思想扮演了不可或缺的角色。虽然费希特自始至终都是世界主义者，但他并不像某些研究者所指出的那样，是在采取一种"策略性的讽刺"，试图以民族激情为掩护，传播世界主义。②恰恰相反，在德意志民族遭遇危亡的关头，费希特所做的并且必然会做的，依然是鼓舞德意志民众的民族自信，让德意志民众相信自己在世界民族中具有独一无二的地位；只不过身为世界主义者的哲人费希特，最终不可避免地会流露出自己的世界主义情怀，并且从策略上以世界主义为旗帜，来呼唤德意志民族意识的觉醒。与费希特这样的世界主义哲人不同，同样面对危亡局面的另一些人会获得不同的体验。对于那些正与自我危机进行搏斗的作家，充满希望的大同世界正在关闭，取而代之的则是另一幅民族即将倾覆的末世景象。

---

① Vgl. Heinz Angermeier. Deutschland zwischen Reichstradition und Nationalstaat. Verfassungspolitische Konzeptionen und nationales Denken zwischen 1801 und 1815 [J]. *Zeitschrift der Savigny-Stiftung für Rechtsgeschichte: Germanistische Abteilung*, 1990（1）：19-101, hier S. 93.

② Vgl. Oesterreich, 2017, S. 187.

第五章　克莱斯特的《赫尔曼战役》及1809年政治文章：战时民族思想

一、"我愿我声如金铁"：拿破仑战争期间克莱斯特的爱国政治活动

如前文所述，席卷整个欧洲、瓦解德意志神圣罗马帝国的拿破仑战争，不仅令德意志政局动荡，还在思想界引发了阵阵风暴，德意志哲人如费希特更是身先士卒，以实际行动投身到了民族救亡的运动中，向民族发出了呼号。费希特的行为并非个例，在当时的氛围中，德意志文人对时局发表评论，甚至直接投身政治活动，都是普遍现象，他们或呼吁民族团结一致抗法，或因赞叹拿破仑的文治武功而背德亲法。海因里希·冯·克莱斯特，这位贵族出身的前普鲁士军官，后来的剧作家、小说家及诗人，也是其中的一员。目前国内学界对于克莱斯特在拿破仑战争期间的政治活动几乎没有关注，也不太注重从政治的角度对他的作品进行分析。绝大多数对克莱斯特的研究为读者呈现出的都是一位性格忧郁、敏感脆弱，甚至有些郁郁不得志的青年诗人的形象，加之他与有夫之妇一同自尽的悲剧性结局，使得他的生平被蒙上了一层浪漫化的色彩；而在克莱斯特的作品中，最受研究者关注的主题则是各种类型的无意识状态（如梦境、失语、昏迷

等），对暴力的描摹和展现，以及对各种制度及权威的反抗，这也令克莱斯特本人有了一种游离于时代潮流之外的纯粹文人的典型面貌。然而正如本书导言中所述，克莱斯特在德意志帝国建立前后成为"德意志民族神话"的一部分，甚至在第三帝国时期还被歪曲为纳粹的"建国诗人"，仅凭单一的忧郁敏感的诗人形象，克莱斯特绝不足以在后世得到这样政治化、民族化的接受。事实上，早在德意志帝国解体、莱茵邦联成立之前，克莱斯特便开始积极参与政治活动，这一过程一直持续到他 1811 年去世前不久；1806 年 10 月普鲁士在耶拿—奥尔施泰特战役中惨败后，1809 年 7 月奥地利与法国之间爆发瓦格拉姆（Wagram）战役之前，他的政治活动频率更是达到了高峰。作家克莱斯特在拿破仑战争期间从事的政治活动是不为国内研究界所熟知的另一面，而要理解克莱斯特从"忧郁诗人"到"民族诗人"身份的转变，进而理解他的民族思想，我们十分有必要了解他在战争期间，特别是戏剧《赫尔曼战役》创作前后从事的政治工作，也只有这样，作家克莱斯特的形象才会更加丰满，也有助于对他戏剧作品的进一步解读。

克莱斯特家族是古老的普鲁士贵族，家族最重要的传统职业便是军官。据统计，单是在 1806 年的耶拿—奥尔施泰特战役中，参战的姓克莱斯特的军官就有五十多个。[①] 于是毫不意外地，克莱斯特在不满十五岁的时候便被送去参军，在波茨坦步兵团第十五近卫队的第三营（一说第二营）服役。[②] 他共在这支部队里服役了七年，并在 1797 年升任少尉。[③] 可是行伍生活并不符合克莱斯特骨子里的诗人秉性，天性渴望自由的他必须摆脱普鲁士军纪的束缚。因此就像之前许多逃避兵役的文人那样（例如赫尔德、席勒等），二十岁出头的克莱斯特退役，前往故乡奥得河畔的法兰克福大

---

① Wolf Kittler. *Die Geburt des Partisanen aus dem Geist der Poesie. Heinrich von Kleist und die Strategie der Befreiungskriege* [M]. Freiburg im Braisgau：Verlag Rombach，1987：25.

② Sören Stedling. "Wie gebrechlich ist der Mensch"：Kleists Kriegstrauma [C] //Dieter Sevin，Christoph Zeller（eds.）. *Heinrich von Kleist：Style and Concept*. Berlin/Boston：De Gruyter，2013：45-58，hier S.50.

③ Hohoff，1958，S.12.

学学习数学、物理、自然法、文化史、拉丁语和经济学。然而一年后克莱斯特中断了学业，前往柏林、科布伦茨、莱比锡、德累斯顿、维尔茨堡等地游历，不过这一系列旅途的实际目的不明，也因此引发了学界的各种猜测。[1]结束游历回到柏林后，克莱斯特曾试图在普鲁士经济部谋求一个职位，可惜未果。[2]此后他也一直居无定所，没有固定的职业。到这里为止，克莱斯特所走过的人生道路似乎与人们心目中叛逆的青年诗人没什么不同：他同样是一位反抗家族传统、反抗权威的时代之子，过着四处漂泊的生活；在他的世界中只有对知识、真理和自由的追求，军事及军事活动所隶属的政治领域并非是他关心的内容。即便他曾意图在普鲁士谋求职位，也不过是为了生计。一直到拿破仑战争爆发前，克莱斯特都认为自己的主业是文学创作，也没有非常明确地表达过爱国主义或民族情感；而在 1803 年 10 月的一封致同父异母姐姐乌尔丽克的书信中，他甚至透露出了加入法国军队的念头，[3]因为当时的他有了求死的想法。[4]所以无论加入哪一方的军队，对于克莱斯特而言都不过是毁灭肉体的途径。然而这并不意味着克莱斯特本人是属于亲法派，也并不是说他对于德意志民族没有任何认同，事实上，他对法国及法兰西民族的厌恶早已有了端倪。1801 年 7 月至 11 月，克莱斯特曾前往巴黎游历，[5]并在书信中表达了对法国军队战争暴行的不满，还声称要"以一名德意志人的身份返回到我的祖国"（致阿道尔菲娜·冯·韦尔德克，1801 年 7 月 28 及 29 日于巴黎）[6]。而克莱斯特对拿破仑的敌意，早在 1802 年逗留瑞士期间便已经显现了，并且他非常担忧瑞士会变为法

---

① Breuer, 2013, S.6.

② Hohoff, 1958, S.28.

③ Vgl.Kittler, 1987, S.35.

④ Vgl.Müller-Salget, 2017, S.15.

⑤ Siegfried Schulz. *Heinrich von Kleist als politischer Publizist* [M]. Frankfurt am Main/Bern/New York/Paris: Verlag Peter Lang, 1989: 16.

⑥ Kleist, Bd.4, 1997, S.253.

国的领土。① 然而这些都只不过是一些面对时局变化文人时常会有的零星反应。真正使得克莱斯特开始关注时局的契机还是 1806 年普鲁士在耶拿战役中的惨败。

　　1806 年 10 月 24 日，也就是在耶拿—奥尔施泰特战役发生十天后，克莱斯特在给乌尔丽克的信中沉痛地控诉道："如果这个暴君建立了他的帝国，该是多么可怕啊！只有极少数人能够明白，受他统治会是怎样的厄运。我们成了被罗马人奴役的民族。"② 一个月之后，克莱斯特先于逃亡的普鲁士王室一步前往柯尼斯堡，彼时的柯尼斯堡城中挤满了逃亡的普鲁士贵族，其中不乏普鲁士政府中的核心人物，后来在普鲁士改革中扮演了重要角色的施泰因、哈登贝格和沙恩霍斯特等人也在其中。通过与当地名流的交往，克莱斯特成功与普鲁士的政治人物建立了联系。塞缪尔的研究发现，克莱斯特在 1806 年 12 月 6 日致乌尔丽克的一封信中，隐约透露出了自己正在参与某些秘密活动，这似乎说明早在柯尼斯堡时期，克莱斯特便已开始投身于爱国运动，而且也正是在这里，克莱斯特的脑海中开始有了《赫尔曼战役》内容的雏形。③1807 年 1 月底，克莱斯特又与几个同伴来到柏林。然而就在被法军占领的柏林，意图让法国当局签署护照的克莱斯特与旅伴被捕，一直被羁押到 8 月份才被释放。塞缪尔认为，种种迹象表明，克莱斯特此次旅途的目的是要完成一桩政治任务：他计划经柏林最终前往德累斯顿，以在萨克森与流亡的普鲁士爱国政治人物之间沟通关系，从而进一步与奥地利取得联系。④ 此外，早在克莱斯特还在被法国人监禁期间，亚当·米勒就曾通过书信将克莱斯特引荐给了奥地利宫廷顾问官根茨（Friedrich Gentz），后者曾允诺为克莱斯特在维也纳剧院谋一份职位。⑤

---

① Samuel，1995，S.6.

② Kleist，Bd.4，1997，S.364.

③ Vgl.Samuel，1995，S.41–42.

④ 同上，S.49.

⑤ Vgl.Otto W. Johnston. *Der deutsche Nationalmythos: Ursprung eines politischen Programms*［M］. Stuttgart：Metzler，1990：77–78.

就这样，克莱斯特也同奥地利政治高层建立了联系。

　　1807年9月，克莱斯特来到德累斯顿，在这里，他依然与当地的上层圈子保持着密切联系。萨克森首府德累斯顿与流亡普鲁士王室所在的柯尼斯堡政治氛围有很大的不同。萨克森属于在拿破仑战争中获益良多的德意志邦国，萨克森君主由选帝侯升任国王，并获得了原属于普鲁士的一部分领土，以及华沙公国。为了回报，萨克森与法国结盟，并受法国管辖，因此德累斯顿上层人士大多亲法，克莱斯特正是活跃在这样的氛围之中。这一时期的克莱斯特政治立场较为矛盾：一方面他与柯尼斯堡的普鲁士爱国者保持着联系，帮助他们筹备反法战争；另一方面他又有意出版《拿破仑法典》的德译本，以获得经济上的收益，甚至一度与当时的法国驻萨克森大使布尔戈因（Jean-François de Bourgoing）交好，后者曾试图利用克莱斯特为法国政治宣传服务。[①]由此看来，克莱斯特似乎是在迎合自己所身处的环境，从而博取当地圈子的好感。因此有论者借此推断，初来德累斯顿的克莱斯特正努力寻求当地所有群体的接受，并试图让"政治关系"服务于个人经济方面的目标，[②]所以我们可以说，此时的克莱斯特尚无坚定的政治信仰。此外还有论者认为，克莱斯特的政治活动，特别是1808年之后"突然"的政治转向，不过是现代文人常见的应时而动，践行了后来法国"介入文学"（littérature engagée）的理念。[③]换言之，克莱斯特的政治立场可以为周围环境所左右，并能根据需要作出适时调整。

　　促使克莱斯特从1808年春季末起紧锣密鼓地投身政治的是两件事，分别对应了普鲁士和奥地利两方。第一件是1808年初西班牙爆发了一系列反抗拿破仑的起义。拿破仑军队在2月份占领了西班牙大部分领土，西

[①]　Samuel，1995，S.57.

[②]　Hermann F. Weiss. Heinrich von Kleists politisches Wirken in den Jahren 1808 und 1809［C］//Fritz Martini，Walter Müller-Seidel，Bernard Zeller（eds.）. *Jahrbuch der deutschen Schillergesellschaft, 25. Jahrgang 1981*. Stuttgart：Alfred Kröner Verlag，1981：9-40，hier S.20.

[③]　Bernd Fischer. *Das Eigene und das Eigentliche：Klopstock, Herder, Fichte, Kleist*［M］. Berlin：Erich Schmidt Verlag，1995：282.

班牙国王卡洛斯四世退位。然而不久之后，西班牙王储费迪南王子也被废，于是激起了西班牙人民的反抗。1808 年夏季，法军向西班牙投降，这是拿破仑军队遭遇的首次失败。① 西班牙采取的战争策略是游击战的雏形，普鲁士军事改革家格奈泽瑙称这一战争形式为 "小战争"（kleiner Krieg）②。拿破仑之所以能在欧洲节节胜利，正是因为他实施了普遍征兵制，并且在大革命的洗礼下，现代民族思想成了法国军人普遍的信仰，法国军队是在为民族，而不是在为某个君主而战，此外拿破仑军队的行动及战术更为灵活；相比之下，德意志各邦国军队管理僵化，战术生硬，军人甚至是诸侯本人都缺乏统一的信念，在这样的情况下，要想打败拿破仑率领的法军几无可能。所以说，19 世纪初的欧洲，已由 "内阁战争"（Kabinettskrieg）时代进入了 "全民战争"（Volkskrieg）时代。然而西班牙的胜利让欧洲各国看到，以人民作为战争主体的起义运动，在反抗外敌入侵时能够释放出多么巨大的能量；"小战争"，或者用现代术语来说，"游击战" 的形式比法军的阵地战更为灵活多变，是一种能够充分调动民众力量、以保卫本国领土为目标的全面战争。西班牙起义在欧洲各国，尤其在奥地利引发了轰动。受此鼓舞，奥地利在 1808 年 3 月开始了武装备战。③ 克莱斯特也通过文字的形式对西班牙起义作出了明确回应，那就是 1809 年以西班牙语政治宣传手册《公民教理问答》为范例，撰写的政治文章《德意志人的教理问答》（*Katechismus der Deutschen*，后文简称《教理问答》）。

第二件事则发生在普鲁士爱国者阵营。1808 年 4 月（也有一说是在 1808 年 6 月），一批普鲁士爱国志士在柯尼斯堡成立了美德协会

---

① Sigrid Horstmann. *Bilder eines deutschen Helden. Heinrich von Kleists Herrmannsschlacht im literarhistorischen Kontext von Klopstocks Hermanns Schlacht und Goethes Hermann und Dorothea*［M］. Frankfurt am Main：Peter Lang，2011：46.

② Richard Samuel. Kleists，Hermannsschlacht " und der Freiherr vom Stein［C］//Fritz Martini，Walter Müller–Seidel，Bernard Zeller（eds.）. *Jahrbuch der deutschen Schillergesellschaft*，*5. Jahrgang 1961*. Stuttgart：Alfred Kröner Verlag，1961：64–101，hier S.73.

③ Samuel，1995，S.95.

（Tugendbund），除此之外还出现了许多其他有爱国主义倾向的秘密团体。虽然普鲁士改革的三位核心人物——施泰因、沙恩霍斯特和格奈泽瑙没有加入这些组织，但这些爱国团体成了后来普鲁士改革及民族解放战争的开端，深刻影响了整个普鲁士及其他德意志邦国的民族思想。克莱斯特本人没有加入美德协会，甚至还在《赫尔曼战役》中借赫尔曼之口嘲讽了美德协会光说不做，[1] 但这从侧面印证了克莱斯特了解美德协会的活动，并且也说明他更愿意以实际行动投身民族解放运动。此外，有证据表明，克莱斯特曾列席过另一个 1809 年成立的政治社团——读书与射击协会（Lesende und schießende Gesellschaft）的会议，并在会上结识了当时著名的爱国诗人及政治宣传家阿恩特（Ernst Moritz Arndt）。[2] 由此可见，1808 年之后的克莱斯特已不仅限于与普奥两国的政治人士保持社交往来，还开始真正进入这些人活跃的政治圈子，并参与政治活动。

在军事和政治上遭遇惨败的普鲁士逐渐意识到自己需要借助文人的帮助，以文字为武器，在舆论场上赢得战争，进而在现实战场上取得胜利。1807 年底，一位名叫冯·许塞尔（Heinrich von Hüser）的年轻少尉开始执行一些秘密的政治任务，包括购置武器装备、招募能够积极参与民族解放运动的军官，以及在一些饭店酒肆中物色合适的市民和受过教育的年轻人来加入普鲁士爱国者们的政治活动。[3] 许塞尔的另一项重要任务便是将施泰因等改革派政治家的书信和密函送给一些文人。他曾在回忆录中记载，参与这项活动的文人包括费希特、阿恩特、施莱尔马赫以及克莱斯特。[4] 许塞尔暗示，克莱斯特的主要任务有：在柏林与德累斯顿之间传送书信，以维护萨克森爱国群体与柏林政治高层之间的联系；探明战争时期萨克森地区的公共舆论，为民族起义计划争取更多的支持；帮助普鲁士与奥地利

① Schulz, 1989, S.44.

② Johnston, 1990, S.66.

③ Samuel, 1995, S.172.

④ Johnston, 1990, S.63.

爱国者建立联系，促成双方的合作。[1] 这也就解释了为什么 1808 年之后克莱斯特曾频繁来往于德累斯顿与柏林之间，甚至有时会特意绕路去别的地方，而没有选择最优路线前往自己的目的地，同时在书信中对自己旅途的目的往往语焉不详。无独有偶，此时的奥地利一方也有人在做同样的事情。1809 年初，奥地利外交官施塔迪翁（Johann Philipp von Stadion）开始从奥地利以及其他德意志邦国招募文人参与组建奥地利的战时宣传机构，承担起譬如撰写传单的工作。奥地利大使还亲自在德累斯顿等地物色合适的人选，弗·施莱格尔当时便服务于奥地利。[2] 正是在这一背景下，克莱斯特成了连接普鲁士、萨克森和奥地利三地爱国群体中的一个重要人物，而这一工作也给他带来了能够接触到重要情报的便利。后来，克莱斯特将这段时期获取的一些信息甚至政治计划融入了《赫尔曼战役》及 1809 年政治文章的创作中。

到了 1809 年，由于普鲁士王室积极性不高，德意志地区的反法任务逐渐落到了奥地利的肩上，法奥战争蓄势待发。受到西班牙起义的鼓舞，1809 年 4 月 8 日，奥地利军队最高统帅卡尔大公（Erzherzog Karl von Österreich-Teschen）向德意志民族发布倡议书，号召德意志人民参与奥地利的反法斗争；紧接着就在第二天，奥地利南部的蒂罗尔（Tirol）地区爆发了起义，起义军很快便占领了蒂罗尔首府因斯布鲁克，而奥地利军队也迅速占领了巴伐利亚首府慕尼黑。[3] 身在德累斯顿的克莱斯特得知奥军取得胜利的消息之后欢欣鼓舞，于是他也逐渐开始将反抗拿破仑的希望寄托在奥地利身上。1809 年 4 月 20 日，克莱斯特将自己的几首爱国诗歌附在信中寄给了奥地利作家及政治家科林（Heinrich Joseph von Collin），希望科林能够帮助他出版这些诗歌，同时还迫切地向他询问自己的《赫尔曼战役》能否在奥地利上演，由此可见，克莱斯特有意在奥地利发展自己的文学事业，同

---

① Vgl.Samuel，1995，S.175.

② Weiss，1981，S.19.

③ Samuel，1995，S.211–212.

时以奥地利为据点，发挥自己的政治影响力。他热切地说道："我愿我声
如金铁，高居哈尔茨山之巅，向山下的德意志人一首首唱出这些诗句。"①
出于对萨克森的失望，加之在奥地利政府反法决心的鼓舞下，4月底，
可能肩负着重要任务的克莱斯特与后来的"哥廷根七君子"之一达尔曼
（Friedrich Christoph Dahlmann）结伴离开德累斯顿，前往去了布拉格，很
可能是要与好友冯·普弗尔（Ernst von Pfuel）一同完成奥地利军队的军事
通讯任务，例如帮助卡尔大公率领的奥军与波希米亚地区的志愿军建立联
系。②不久后，克莱斯特一行又继续前往维也纳，然而就在他们到达之前，
拿破仑便已先行一步进入了维也纳。5月20日，克莱斯特与达尔曼到达了
位于维也纳东北部仅25公里的施托克劳（Stockerau），而就在第二天，距
离克莱斯特一行人所在地不远的阿斯彭（Aspern），法奥之间的战役打响了。
在阿斯彭战役中，拿破仑首次遭遇惨败；克莱斯特则是此次历史性一刻的
见证者，他在奥军的左翼方位目睹了此次战争的经过。③阿斯彭战役不仅
是反法阵营取得的巨大胜利，对于克莱斯特而言意味着光明即将到来。

　　阿斯彭战役之后，克莱斯特更为热烈地投身政治运动，以情报人员的
身份继续服务于军方，争取普鲁士、萨克森及北德其他邦国参战。此外，
身为文人的他更加热切地希望能以自己手中的笔为武器，为了德意志的"伟
大事业"而战。恰好在这时，组建奥地利战时宣传机构的施塔迪翁抱怨手
头缺少一份用于对外宣传的报刊，这很有可能催生了《日耳曼尼亚》的筹
备计划。④1809年6月13日，身在布拉格的克莱斯特致信当时正为奥地利
宣传机构效劳的弗·施莱格尔，称自己正在与达尔曼筹备一份名为《日耳
曼尼亚》的期刊，主题是"德意志人此刻正在谈论之事"⑤，也就是说，
这份报刊的主要目的是要服务于现实政治宣传，这也正中奥地利官方下

①　Kleist, Bd.4, 1997, S.431.

②　Vgl.Samuel, 1995, S.218–219.

③　同上，S.221.

④　Weiss, 1981, S.29.

⑤　Kleist, 1997, S.435.

怀。克莱斯特希望施莱格尔能够在施塔迪翁那里帮忙尽快促成此事。然而不久之后，7 月 5 日至 6 日奥地利军队在瓦格拉姆遭遇的惨败使得这样一份爱国刊物的出版变得尤为困难，不过克莱斯特仍然没有放弃努力。7 月 17 日，克莱斯特致信乌尔丽克，称自己已经为筹备中的刊物完成了几篇文章，并在布拉格城守备军指挥官冯·科罗弗拉特伯爵（Franz Anton Graf von Kolowrat-Liebsteinsky）家中诵读，得到了众人的一致鼓励。直到当年 9 月，施塔迪翁仍然在与奥地利外交部长的通信中提到克莱斯特的出版努力，并表示愿意帮助他向上级申请出版许可。可是，随着 1809 年 10 月 14 日法奥两国签订《美泉宫和约》（Friede von Schönbrunn），奥地利正式向法国投降，《日耳曼尼亚》的出版计划最终流产。[①] 法奥和约的签订不仅迫使奥地利彻底停止了反拿破仑的宣传攻势（1810 年 1 月，奥地利不得不销毁了所有与反拿破仑内容有关的传单[②]），也使得克莱斯特的政治出版人的职业梦想落空。对克莱斯特而言，普鲁士和奥地利政治和军事上的失败不仅意味着德意志民族的惨败，还标志着自己政治与文学抱负的落空。于是，拿破仑战争爆发后以反法爱国为人生使命的克莱斯特再一次丧失了自己的价值定位。此后的克莱斯特基本停止了密集的政治活动，也不再试图出版带有明确政治取向的文字或刊物（他在 1810 年 10 月至 1811 年 3 月之间创办的《柏林晚报》[*Berliner Abendblätter*]虽然隐藏了一定的政治思想，但该刊物在名义上仍然是一份文学报刊），这不仅因为新闻审查机制日益严苛，还因为克莱斯特已经无力再像过去一样，通过文学出版等政治宣传手段，"无论自身轻重，全身心地扑到时代的天平之上"[③]。民族政治与文学事业上的双重挫折令克莱斯特心力交瘁；两年后，精神上不堪重负的他亲手夺去了自己的生命。

---

① Heinrich von Kleist. *Werke und Briefe in 4 Bänden*（Bd.3）［M］. Berlin/Weimar：Aufbau-Verlag，1978：709.

② Weiss，1981，S.40.

③ Kleist，1997，S.431.

通过上文对克莱斯特拿破仑战争期间政治活动的梳理，人们可以看到，诗人克莱斯特其实有着政治活动家的另一面，在 1808 年至 1809 年期间创作的文学作品及论说文中，他也大量融入了自己在这一时期的所见所闻，特别是德意志民众参与抵御外敌战争的呼号。许多研究者曾通过重建克莱斯特的政治活动，为他这一时期的创作找到了不少思想及现实依据，例如塞缪尔的研究论证了《赫尔曼战役》与施泰因的活动及政治思想之间存在的紧密联系，并认为戏剧的主人公赫尔曼正是影射了施泰因以及施泰因背后的普鲁士[①]；克莱斯特的传记作者霍霍夫则认为克莱斯特笔下的赫尔曼战役代表了奥地利解放德意志民族的努力[②]；扬斯通进一步论证了克莱斯特对奥地利官方战争宣传工作的参与，同时将塞缪尔和霍霍夫两方观点加以结合，表明克莱斯特的创作体现了他对普鲁士民族建构思想与奥地利战争动员策略这两种因素的综合，[③]普奥双方的活动实际上都对克莱斯特产生了影响。无论克莱斯特的政治立场是倾向于普鲁士还是奥地利，可以肯定的一点是：在外敌入侵的背景下，亲身投入民族解放运动的克莱斯特发展出了一套与战争法则相适应的民族观。危机之中的德意志民族需要排除外敌才能实现自我建构，而为了实现这一目标，任何手段都是允许的。由于这样的民族观诞生于非常状态之下，也就必然会带有仇视外敌的色彩，从而服务于抵御外敌的战争与政治活动。克莱斯特政治宣传员的角色被融入了 1808 年至 1809 年的创作，他对民族建构的思考，对理想民族解放者的塑造，也体现在了这一时期的创作中。此外，克莱斯特性格中敏感脆弱乃至绝望的一面，与时代的危机相互交融，也在不经意间被注入了那些激昂的民族解放图景之中。

① Samuel, 1961, S.64–101.

② Hohoff, 1958, S.104.

③ Johnston, 1990, S.81.

二、赫尔曼神话：德意志民族历史的"开端"

1808 年至 1809 年间，也就是克莱斯特密集从事政治活动的这段时间里，他创作的主要作品便是五幕剧《赫尔曼战役》，此外还有为《日耳曼尼亚》出版计划所作的一批政治文章。这两部作品不仅都反映了拿破仑战争时期的政治局势、社会思潮，以及普奥两国爱国政治家及克莱斯特本人的政治理想，并且在探讨德意志民族问题的时候，两部作品用不同的文学形式反映了同样的观点，二者遥相呼应，读者可以从内容上将这两批作品相互参照。本章第一节简要介绍了克莱斯特 1809 年创作的系列政治文章《日耳曼尼亚》的出版计划，因此本节将简要梳理赫尔曼这一历史人物及历史事件赫尔曼战役在德意志的接受，以及德意志文人的创作对这一题材的加工。

赫尔曼的事迹最早出现在拉丁文史料中，当时其名字的写法是阿尔米尼乌斯（Arminius，克莱斯特所作《赫尔曼战役》中也出现过他名字的拉丁文形式），赫尔曼（Hermann）则是后来该拉丁文名字的德语化，传说此人是曾服务于罗马的切鲁西人贵族，接受过罗马教育。然而渐渐地，赫尔曼开始不满于罗马人在日耳曼地区的统治，于是在公元 9 年，他联合日耳曼各部落，在条顿堡森林突袭罗马军队，歼灭了三个罗马军团，罗马军队统帅瓦鲁斯（Varus）也因兵败而自杀身亡。关于条顿堡森林战役的记载最早见于塔西佗所作的《日耳曼尼亚志》[1]；此外，塔西佗还在《编年史》（Annales）一书中记载了赫尔曼／阿尔米尼乌斯的事迹，并称他为"日耳曼的解放者"[2]。塔西佗给予了赫尔曼很高的评价，他对赫尔曼的定性，即他挑战的绝非一个童年时期的罗马，而是一个"权力正如日中天的"[3]、

---

[1]　[古罗马]塔西佗. 阿古利可拉传 日耳曼尼亚志 [M]. 马雍，傅正元，译. 北京：商务印书馆，1985：74.

[2]　[古罗马]塔西佗. 塔西佗《编年史》（上册）[M]. 王以铸，崔妙因，译. 北京：商务印书馆，1981：133.

[3]　同上。

德意志的世界，世界的德意志
——启蒙至浪漫时期德意志文人民族思想研究

全盛时期的罗马，深刻影响了后来德意志文人对赫尔曼、乃至对德意志民族的评价。赫尔曼一开始便是以罗马帝国反抗者的身份登上历史舞台。

进入中世纪后，塔西佗的作品一度被人遗忘。直到 1455 年，《日耳曼尼亚志》的手抄本才在罗马被发现，而《编年史》则于 1505 年在德国赫克斯特（Höxter）的科尔维修道院（Kloster Corvey）被发现。①1470 年，《日耳曼尼亚志》在威尼斯首次出版；然而直到 1496 年，由恩尼亚·西尔维奥·皮科洛米尼（Enea Silvio Piccolomini），即后来的教皇庇护二世（Pius II.）在莱比锡出版的《日耳曼尼亚志》，才真正推动了德意志人对塔西佗这部作品的接受。② 德意志人文主义者开始在古希腊罗马经典作家的作品中为自己的民族身份寻找定位。塔西佗作品被重新发掘之时，正值德意志与罗马教会之间矛盾日益尖锐，宗教改革运动一触即发。在这一历史背景下，塔西佗将纯洁朴实的日耳曼人与腐化堕落的罗马人相互对照的做法，令德意志文人极为受用，也奠定了后世日耳曼/德意志将罗马/拉丁对立起来的思维模式。此时的德意志文人急需寻找到一个标杆式的日耳曼民族反抗罗马的事件及代表人物，而在《日耳曼尼亚志》中被草草带过的条顿堡森林战役，以及不久后在德意志发现的《编年史》中记载的赫尔曼/阿尔米尼乌斯事迹，正中德意志文人的下怀。

对赫尔曼形象在德意志地区的接受起到关键性作用的是人文主义者乌尔里希·冯·胡滕（Ulrich von Hutten）。1515 年，身在意大利的胡滕读到了刚出版不久的《编年史》。他很快注意到了书中描写的"第一位德意志英雄"阿尔米尼乌斯。于是，胡滕效仿古罗马时期的希腊语作家琉善（Lucian）所作的《死者的对话》，创作了对话集《阿尔米尼乌斯》。在这部作品中，亚历山大、西庇阿和汉尼拔在冥界判官米诺斯的面前争执谁是古代最伟大的英雄。阿尔米尼乌斯也加入了争吵，他将塔西佗搬出来为

---

① Horstmann，2011，S.13.

② Eduard Norden. *Die germanische Urgeschichte in Tacitus' Germania*［M］. Stuttgart/Leipzig: Teubner，1998：3.

-120-

自己说话，最终成功说服米诺斯和众英雄，获得了最伟大英雄的荣耀。[①]
胡滕的塑造使得赫尔曼获得了与古代历史上著名英雄同等的地位，德意志
民族也因为"德意志英雄"的功绩而成功跻身于世界著名民族之列。就这样，
塔西佗记载的阿尔米尼乌斯及条顿堡森林战役，被德意志人文主义者打造
成了德意志民族历史的"开端"。

　　继胡滕之后，赫尔曼 / 阿尔米尼乌斯与条顿堡森林战役成了深受德
意志文人喜爱的主题，以赫尔曼 / 阿尔米尼乌斯的事迹为题材的创作如
雨后春笋般涌现出来。三十年战争之后，也即巴洛克时期较为著名的赫
尔曼主题创作是罗恩施坦（Daniel Caspar von Lohenstein）的未完成稿《仁
慈的将领阿尔米尼乌斯或赫尔曼》（*Großmüthiger Feldherr Arminius oder
Herrmann*）。罗恩施坦的《阿尔米尼乌斯》是一部典型的巴洛克式宫廷小说，
篇幅长达 3076 页，里面囊括了"政治、爱情、英雄事迹"[②] 等多种元素。
罗恩施坦的这部作品试图通过赫尔曼的事迹展现古老的德意志历史，但他
的最终目的并不是要将赫尔曼塑造成为一个原始的部落英雄；他试图表达
的主题是巴洛克时代人们在面对难以捉摸的命运时，"对于英雄主义的理
想"，着重刻画这样一位英雄所具备的美德，也就是小说标题中的"仁慈"
（Großmut）。[③] 由此可见，虽然巴洛克时期德意志民族意识开始强化，但
这并非罗恩施坦的关注重点，他笔下的"德意志英雄"赫尔曼褪去了古代
日耳曼部落酋长的野性，俨然一位 17 世纪的宫廷贵族，他不过是巴洛克
时代推崇的人类普遍价值的承载，体现的是巴洛克时期的宫廷趣味；赫尔
曼身上的反抗精神不再被突出，而他的重要美德——仁慈，甚至与后来克
莱斯特塑造的为达目的不择手段的赫尔曼形象相抵牾。

　　随着历史进入 18 世纪，赫尔曼题材在文学史上呈现出了一个新的转向，

---

① Werner M. Doyé. Arminius［M］//Etienne François, Hagen Schulze（eds.）. *Deutsche
Erinnerungsorte*（*Bd.III*）. München: Verlag C. H. Beck, 2003: 587–602, hier S. 587.

② Kuehnemund, 1953, S.37.

③ Vgl. 同上, S.39.

具体而言，赫尔曼神话中的民族因素日渐得到凸显。1740/41 年，埃利亚斯·施莱格尔（Johann Elias Schlegel）创作了五幕悲剧《赫尔曼》。在这部剧中，日耳曼人与罗马人之间的斗争以赫尔曼兄弟阋墙的形式得到呈现，成为本剧的主题。由于这部剧创作之时，正值戈特舍德（Johann Christoph Gottsched）在德语文学领域大力倡导以法国文学为范例，而埃·施莱格尔极力反对戈特舍德的观点，因此，埃·施莱格尔的《赫尔曼战役》中的日耳曼与罗马之争完全可以影射文化领域的"德法之争"，[①] 此时的赫尔曼俨然成了德意志民族文化的捍卫者。然而这一阶段最为著名的赫尔曼题材创作还是克洛卜施托克（Friedrich Gottlieb Klopstock）的戏剧《赫尔曼三部曲》（Hermann–Trilogie）：《赫尔曼战役》（Hermanns Schlacht，1769 年）、《赫尔曼与王公们》（Hermann und die Fürsten，1784 年）和《赫尔曼之死》（Hermanns Tod，1787 年）。这三部戏剧都有一个共同的副标题——供舞台上演的"巴尔蒂特"（Bardiet），这一概念取自凯尔特语中指代吟游诗人的称谓"巴尔德"（Barde），反映了 18 世纪初德语世界对古凯尔特传说中的诗人我相的崇拜。从这一副标题可以看出，《赫尔曼三部曲》无论从形式上还是内容上都在凸显德意志的文化特性，而由于克洛卜施托克创作这一系列戏剧的时候尚不具有政治爱国主义的现实土壤，因此克洛卜施托克在《赫尔曼三部曲》中展现的爱国主义仍发轫于"诗人对母语及本土文化传统的体验"[②]，换言之，克洛卜施托克笔下的赫尔曼依然是民族文化的守护者和外来文化的抵抗者。

相比之下，克莱斯特虽然从克洛卜施托克的作品中汲取了不少灵感，但他的《赫尔曼战役》诞生于德意志民族陷入危亡之际，比起克洛卜施托克的版本，克莱斯特的《赫尔曼战役》反映了更为强烈的现实政治色彩。因此在后世赫尔曼神话的建构过程中，克莱斯特总是扮演着更为重要的角色。明克勒认为，塑造赫尔曼神话的过程中有三点重要的因素：1. 竭尽全

---

① Vgl. Kuehnemund, 1953, S.57.

② 同上，S.86.

力抵抗外敌，赢得自由；2. 德意志民族内部要团结统一；3. 骄傲的自我意识的强调，敢于在罗马权力达到巅峰之时进行对抗。[①] 这三点在克莱斯特那里都得到了绝佳的体现。每当德意志民族遭遇外敌入侵，甚至需要对付外族"假想敌"时，由上述三点因素构成的赫尔曼神话叙述模式就可以随时被改造和运用。又因为克莱斯特对这三点要素的践行最为成功，自然会被一同纳入德意志民族神话的建构中。克莱斯特选取赫尔曼题材，来反映当下德意志人民对法国入侵的抵抗，一方面诚然是在承接人文主义以降的文学传统，但另一方面，他的改编和创作超越了赫尔曼题材最初体现的文化以及伦理范畴，进入了现实政治领域，最终确定了赫尔曼民族神话的范式，这正是克莱斯特的《赫尔曼战役》在一众对赫尔曼题材的改编中能够脱颖而出的原因。克莱斯特通过《赫尔曼战役》反映出的民族思想，是德意志民族思想史上的重要典型。他通过赫尔曼题材来对自己民族思想进行文学式呈现的做法，不仅给早期德意志民族思想的流变开辟了一条新的路径，还为后世读者提供了另一种理解自己作家身份的可能：播撒"条顿人怒火"（furor teutonicus）的忧郁诗人。

三、战时民族思想："划分敌我"模式下民族的自我定位

通过前两节的分析人们可以看到，克莱斯特的政治活动以及创作在某种程度上是时代的产物，但此外人们还应当看到，这些事实同时也反映了克莱斯特作为诗人对自身价值的追求，它们客观上为理解克莱斯特提供了另一个维度。本研究认为不应当如部分研究者那样断言，将《赫尔曼战役》定义为单纯的"政治倾向剧"或"政治宣传剧"，将它看作是克莱斯特创作上的"例外情况"（Ausnahmesituation）[②]，称这部戏剧使克莱斯特"放

---

① ［德］赫尔弗里德·明克勒. 德国人和他们的神话［M］. 李维，范鸿，译. 北京：商务印书馆，2017：158.

② Fischer，1995，S.294.

弃了在其他作品中明显表现出的矛盾性"，迫使他"选择了一种对于自己的本质而言极为陌生的明晰"，①这样的评价显然是在贬低克莱斯特 1808 年至 1809 年与政治相关的文学创作的艺术价值。事实上，即便在反映民族这一看似非黑即白的问题上，克莱斯特的《赫尔曼战役》及政治文章的内涵也并非那样一目了然；同样是展现克莱斯特的战时民族思想，人们也无法仅从反动或进步这样的单一维度来对此进行评价或解读。此外人们还应当看到，克莱斯特在《赫尔曼战役》与 1809 年政治文章中同样采用了精巧的艺术手法来编排戏剧情节，塑造人物形象，并且政治文章的体裁也呈现出了纷繁的面貌。无论是戏剧人物，还是政治文章的内涵，人们甚至可以从全然相反的角度对其进行评价与解读，这在某种意义上也说明了这一时期克莱斯特的作品贯彻了他所特有的含混的创作原则。《赫尔曼战役》及 1809 年政治文章反映了克莱斯特的战时民族思想，其最大的特点是通过卡尔·施米特提出的"敌我划分"的模式（Freund–Feind–Schema）来寻求德意志民族的自我定位。因此本节将从这一视角出发，说明克莱斯特的《赫尔曼战役》及政治文章是如何通过多个角度来展现这一战时民族定位模式，并且还将兼顾这两部作品之间存在的呼应关系。

1. 战斗中的德意志民族与"绝对的敌人"

《赫尔曼战役》一开头，战败的德意志诸侯沃尔夫就在悲叹德意志惨遭奴役的命运，然而无论在故事发生的罗马帝国时期，还是在现实中的拿破仑战争时期，德意志作为统一的民族不仅并不存在，并且德意志民族形式上的象征——神圣罗马帝国，也在拿破仑的操纵下于 1806 年灭亡，因此这里的"德意志"无疑是一种时代错置（Anachronismus）。然而不同于以往的德意志文人，克莱斯特在《赫尔曼战役》和 1809 年的政治文章中对德意志民族进行定位时，很少从本体的角度给出清晰的定义，取而代之的是一种德意志民族存在的绝对信念。赫尔曼口中需要他保卫的德意志实

---

① Vgl. Breuer, 2013, S.77.

际上并不具有实体："难道我也是为我脚下的沙土而战斗吗？"①并且正如 1809 年政治文章中的《德意志人的教理问答》所言，德意志人热爱祖国，绝不是因为德意志具有其他地方所不具备的优点，而是因为天赋的德意志身份，也就是使得人们成为德意志人的"命运"，德意志人的爱国之情是无条件的。②不过与此同时，克莱斯特也借助了神圣罗马帝国灭亡前的政治地图，确定了德意志 1806 年以前的存在。至于帝国灭亡后，德意志民族需要重新找到定位，为此，克莱斯特提出的方案便是战争。正如《教理问答》中儿子所回答的那样，德意志重新诞生的起点是："从德意志人过去的皇帝弗朗茨再次奋起，重建德意志，他委任的勇敢的统帅呼吁人们为了解放国家，加入自己率领的军队那一刻。"③同样，对于席勒的讽刺："德意志？它在何方？"赫尔曼通过斩首投靠罗马、背叛德意志的乌比酋长阿里斯坦，给出了自己的回答：

　　赫尔曼

　　……

　　你会问我：日耳曼在哪儿？她何时存在？

　　是否在月亮里？在太古时代？

　　还会问各式各样戏谑的话，

　　以致使我无法回答；

　　可是现在，我向你保证，现在你

　　立刻会明白我这话的意思：

　　把他推出去斩首！④

很显然，克莱斯特笔下的赫尔曼并不想通过雄辩的文字来描述德意志，而是通过杀戮这一行动，通过对叛徒施以极刑的方式，来确定德意志的身

---

①　Kleist, Bd.2, 1987, S.520. 中文翻译参考 1961 年出版的刘德中所译《赫尔曼战役》，部分地方有改动。

②　Vgl. Kleist, Bd.3, 1990, S.480–481.

③　同上，S.480.《日耳曼尼亚》中译文皆为笔者自译，完整译文请参阅本书附录。

④　Kleist, Bd.2, 1987, S.553–554, 以及克莱斯特, 1961, 第 180 页。

份。此外，赫尔曼同样不顾战争法中规定的"优待俘虏"的义务，对于投降的罗马人亦如法炮制。所以说，叛徒与敌人之血流淌之地便是德意志民族的诞生之地，正如明克勒所言："他（克莱斯特）说，德国就存在于有战斗思想的地方，经过战斗和通过战斗，德国就会诞生。"①

相应地，在战争中诞生的德意志民族势必会有一个要在战争中与之斗争的敌人，这个敌人绝非是德意志同胞，而是外来的民族，从现实说来就是由拿破仑统治的、在欧洲范围内谋求扩张的法国，在《赫尔曼战役》中表现为奥古斯都治下的罗马帝国。施米特认为，一切政治活动及政治动机都可以被归结为敌与友的划分。②很显然，在克莱斯特那里，敌—友之间的对立关系也充分体现在了德意志民族与法国/罗马之间的关系上。通过将法国/罗马定义为敌人，德意志民族也为自己获得了稳固的身份，民族内部各成员成为友人，从而一同组成一个存在紧密联系的共同体。此外，与施米特一样，克莱斯特也区别了公敌（hostis）与私敌，也就是一般意义上的仇人（inimicus，"非朋友"）。所谓的"公敌"，绝非是为某个人所仇恨之人，而是应当由一个"斗争的"群体所认定；因此，敌人绝不是民族内部与某人不和之人，而势必是"非我族类"③，这才是政治上的敌人，是"绝对的敌人"（absoluter Feind）。譬如在《教理问答》的第四章《关于宿敌》中，克莱斯特明确指出，与儿子发生了争吵的兄弟不是敌人，他真正的敌人应当是拿破仑和他统治的法国人；人们应当忘却兄弟之间的争执，一致仇恨外敌。

而在《赫尔曼战役》中，赫尔曼对敌与友的划分，以及面对两者的不同态度，以更为极端的方式被展现出来。在赫尔曼眼中，但凡是德意志土地上的罗马人，都必须被消灭干净，无论好坏，甚至在他看来，好的罗

---

① 明克勒，2017，第163页。

② ［德］卡尔·施米特. 政治的概念［M］. 刘宗坤，朱雁冰，等译. 上海：上海人民出版社，2003：138.

③ 同上，第139页。

马人正是"最坏的"，是"该受诅咒的"，因为善良的罗马人会使赫尔曼"变得不忠心"，使他"成为德意志伟大事业（Deutschlands große Sache）的叛徒"；[1] 个人的好坏善恶与赫尔曼的民族事业无涉，他注重的只有作为群体的德意志人与罗马人之间的民族仇恨。赫尔曼的妻子图斯奈耳达则与之形成鲜明对照，在她心目中，一个人的民族身份并不重要，个人的美德才是衡量敌友的标准，因此她才会不顾一切为罗马来使温提丢斯求情，指责丈夫被对罗马人的仇恨蒙蔽了双眼。这种在战时公私不分的做法是为克莱斯特所唾弃的。在《一名年轻边区乡村贵族小姐致叔父》（Brief eins jungen märkischen Landfräuleins an ihren Onkel）的讽刺书信中，人们再次看到了图斯奈耳达的身影：克莱斯特塑造了一名单纯的德意志贵族小姐形象。这位单纯的小姐被法国军官优雅的举止蒙蔽了双眼，坚持认为他们与德意志人作战只是在忠于士兵的天职，他们的内心还是对德意志百姓表示同情的，他们的本质是高尚的。这样的故事在法国占领区时常上演，据说这封信的灵感便是克莱斯特取自身边的真实案例。然而正如赫尔曼最后以一封温提丢斯至罗马皇后莉维娅的书信，揭穿了温提丢斯对图斯奈耳达的虚情假意一般，克莱斯特也逐渐揭露了法国军官的丑恶嘴脸：这名"有教养的"军官其实已有家室，他不仅时常拈花惹草，而且他与这位贵族小姐成婚的真正目的是要骗取她的财产。克莱斯特这样塑造罗马人 / 法国人的丑恶，正是为了教育德意志民众，要求他们在战时分清敌我。写下这封书信的贵族小姐很可能最后都没有醒悟，但图斯奈耳达最终被赫尔曼所说服，成了赫尔曼在后方进行斗争的工具，用残忍的手段杀死了罗马来使，以极端暴虐的方式消弭了德意志民族内部成员中间存在的疑虑，使所有人，无论男女老幼，都一致对外，最终共同成就了德意志对罗马的胜利。

相比之下，赫尔曼对德意志同胞就要宽容得多。正如《教理问答》中所宣扬的那样，应该原谅与自己发生争执的兄弟，因为只有损害民族的外族才是真正的仇敌。为了联合一切力量摆脱罗马人对德意志的奴役，赫尔

---

[1]　Kleist，Bd.2，1987，S.515，以及克莱斯特，1961，第 117 页。

曼甘愿向与自己为敌的马博德称臣；之前不知晓赫尔曼计划的切鲁西军队，甚至敢于反抗酋长的命令，因为他们拒绝同"德意志弟兄"作战。对于那些投靠罗马人的德意志酋长，赫尔曼的态度是"宽恕吧！遗忘吧！和好吧，拥抱和相爱吧！"，"德意志人的手不去流德意志人的血"，只有罗马人的军队才是他真正的仇敌。[1] 只要那些德意志酋长幡然悔悟，愿意支持赫尔曼反抗罗马人，赫尔曼就愿意与他们和解。对于阿里斯坦那样不知悔改，执意与罗马人结盟反对祖国的叛徒，克莱斯特给他们安排的下场是死亡，而在《论拯救奥地利》（*Über die Rettung von Österreich*）一文中，克莱斯特借奥地利皇帝弗朗茨一世之口重申了这一立场："任何手持武器对抗祖国之人，一旦被抓获，都应被送上军事法庭，并判处死刑。"[2] 此时这些叛徒已不再是德意志同胞，他们的背叛使得他们成了外敌的一员，成了德意志民族的公敌，所以他们的下场应当和法国敌人一样。只有消灭了外敌和叛徒后，世界才能"在民族的意义上得到纯净"[3]。就这样，通过明确"绝对敌人"的身份，德意志同胞的内部关系得到了巩固；通过在战争中一致对外，德意志民族共同体也得到了成员的确认。

2. 争取民族自由的斗争形式：全民战争、游击战与总体战

除了确立交战双方的敌我立场，战时民族思想的另一个基本因素显然是战争本身。首先需要明确的是，并非所有战争中的敌我双方都是敌对的民族。19世纪以前，大多数战争虽然同样发生在国与国之间，然而此时的战争主体并非民族，而通常是不同的王朝或君主之间的敌对行动，战争的目的是维护王朝和君主的利益，因此被称为"内阁战争"（Kabinettskrieg）。然而随着拿破仑在法国推行普遍兵役制，并且开始在欧洲范围内谋求扩张，

---

[1] Kleist, Bd.2, 1987, S.539, 以及克莱斯特, 1961, 第155页。

[2] Kleist, Bd.3, 1990, S.503.

[3] Niels Werber. Das Recht zum Krieg. Geopolitik in Die Herrmannsschlacht [C] //Nicolas Pethes（ed.）. *Ausnahmezustand der Literatur. Neue Lektüren zu Heinrich von Kleist*. Göttingen: Wallstein Verlag, 2011: 42—60, hier S.60.

欧洲各国民族意识觉醒，许多国家意识到，要抵御拿破仑的进攻，势必要学习拿破仑，动员国内一切力量来投入战争，于是 19 世纪的战争转变为了全民战争（Volkskrieg），民族成了战争实施的主体，战争的目的也成了维护民族独立。克莱斯特的《赫尔曼战役》清晰地展现了这一转变：赫尔曼拒绝在罗马的支持下与苏维汇酋长马博德作战，进而谋求德意志的王位；相反，他的一切努力都是为了团结德意志各部落酋长，使大家团结一致驱逐罗马侵略者，保卫"德意志的伟大事业"，也就是德意志的自由。德意志民族内部各势力不应再为了"一把羊毛"①一般的小邦利益而争执，而是必须放下一切嫌隙，以一个统一民族的身份对抗敌对的外族。除了各诸侯进行联合，全民战争的另一个重要特征是调动一切民族的有生力量投入战争。除了君主的正规军，还必须依靠普通民众的力量，《赫尔曼战役》第四幕集中探讨了发动民众参与战争的问题。赫尔曼一方面在组织正面战场上的战斗，另一方面还在竭力煽动普通民众对罗马人的仇恨："如果在我离开这地方以前，/ 我不能在切鲁西人的心里激起 / 对罗马的仇恨之火，并且让它烧遍全日耳曼，/ 那么我整个的计划将要彻底失败！"②民众的参与是战争能否取得胜利的关键。于是，在少女哈莉遭到了罗马人强暴，并被父亲亲手刺死后，尸体被赫尔曼下令分割成十五份分送给十五个日耳曼部落，名义上是为了让各部族为哈莉之死复仇，实际上是为了完成赫尔曼计划中的"德意志伟大事业"。只有民众的民族仇恨被煽动起来，原本仅限于统治者之间的内阁战争才能转变为全民战争，掌握了民众力量的一方才能取得战争的胜利，赢得民族自由。为了这一目的，赫尔曼甚至"收编"了自己的妻子，将原本对罗马人怀有深切好感的图斯奈耳达也变成了罗马人的仇恨者。当赫尔曼和马博德率军在前线作战时，图斯奈耳达在后方处死了罗马使者温提丢斯。所以说赫尔曼战役是一场由全体德意志民众参与、以抵抗民族敌人为目标的全民战争。

---

① Kleist，Bd.2，1987，S.451，以及克莱斯特，1961，第 7 页。

② 同上，S.504，以及第 99 页。

正如现实中战争局势的发展走向一样，对包括克莱斯特在内的德意志爱国者启发最大的全民战争是西班牙起义，西班牙起义不仅是单纯意义上的全民战争，它还是一种根茨笔下的"小战争"，也就是游击战（Partisanenkrieg）。扩大的全民战争必然会演化为游击战。无论是西班牙起义还是赫尔曼战争，实际上都是一种游击战。施米特曾在《游击队理论》中断言，克莱斯特的《赫尔曼战役》是"所有时代最伟大的游击战作品"。[①]很显然，施米特在《赫尔曼战役》中看到了游击战的基本特征。他总结出了四个游击战的基本标准：非正规性、高度灵活性、强烈的政治责任感和依托土地的品格。[②] 赫尔曼战役的非正规性体现在参与战争的除了各酋长手下的常备军之外还有平民，这是全民战争与游击战的共性。与正规军不同，平民在作战时使用的并非常规武器，而是他们随手可以寻找到的各种工具，正如莱比锡民族大会战之前普鲁士王室建议每个公民使用斧头、干草叉、镰刀和打猎用的霰弹枪为武器。[③]《赫尔曼战役》以及在克莱斯特其他反映民族仇恨的诗歌中反复出现的武器——大棒（Keule），正是具有如此非正规的特性，罗马将领塞普梯缪斯最后就是被"双倍重量的棒槌"[④]所捶死。这一场景使人不由得想到克莱斯特在《日耳曼尼亚致她的孩子们》（*Germania an ihre Kinder*）中的诗句："拿起武器！拿起武器！/……用木棍，用大棒，/……将他打死！世俗的法庭/不会向你们询问原因！"[⑤] 除此之外，正如赫尔曼所言，相对于组织严密、装备精良的罗马军队，日耳曼军队和散兵游勇别无二致，他们从树林中冲出，"除了赤裸裸的胸膛/和简陋的武器"[⑥]，一无所有，因此整个日耳曼"正规军"也可被视为游击队战士。强烈的政治责任感主要是对德意志民族自由的追求，以及对罗马侵略者的

---

① 施米特，2003，第354—355页。

② 同上，第364页。

③ 同上，第387页。

④ Kleist, Bd.2, 1987, S.536, 以及克莱斯特，1961，第151页。

⑤ Kleist, Bd.3, 1990, S.426, S.430.

⑥ Kleist, Bd.2, 1987, S.459, 以及克莱斯特，1961，第21页。

仇恨。这种政治情感与物质利益无涉，日耳曼战士不是为了本部落酋长的利益作战，而是为了实现共同的政治目标——德意志的伟大事业。也正因为如此，赫尔曼的手下在不了解赫尔曼真实意图的情况下敢于反抗君主的命令，因为他们的德意志民族信念使得他们拒绝与德意志兄弟作战。灵活性则体现在日耳曼军队不适合于在平原上与罗马军队展开阵地战，而必须依托于条顿堡的森林、沼泽等不利的自然条件，凭借前后夹击的战术（马博德的军队在正面遭遇罗马军队，赫尔曼的军队在后方突袭，沙恩霍斯特曾制定了普奥在奥得河—维斯瓦河之间包围法军的类似战术[1]），才能战胜罗马军队。日耳曼人简陋的装备和松散的阵形，以及在森林中活动的作战特征，反而使得他们在作战时行动灵敏，而这也是历史上罗马人时常在日耳曼地区遭遇失败的原因之一。而依托于日耳曼地区的森林、沼泽等自然地理条件，更是充分体现了日耳曼军队"依托大地的特点"（tellurischer Charakter）。自浪漫主义时期起，森林就被视为德意志民族的象征，德意志民族的游击战士只有在德意志的森林中才能取得反抗外敌的胜利，这不仅符合现实的战争策略，也反映了一种诗意的象征。

随着全民战争和游击战逐渐升级并扩大化，另一种战争形式会得到预现，即总体战（totaler Krieg）。一战时期德国著名将领鲁登道夫对总体战做出了如下定义："总体战不单是军队的事，它直接涉及参战国每个人的生活和精神"[2]；其本质"需要民族的总体力量，因为总体战的目标是针对整个民族的"[3]。由此，总体战的时代要求人民必须"团结一致，为军队竭尽全力，甚至献出生命"，并且除了为战争提供人力物力之外，还应"特别强调民族的精神力量"。[4]全民战争与游击战发展到极致便是总体战，克莱斯特笔下的赫尔曼战役，以及他在政治文章中提出的战争要求，

---

① Vgl. Samuel, 1995, S.151.

② ［德］埃里希·鲁登道夫. 总体战［M］. 戴耀先，译. 北京：解放军出版社，1988：4.

③ 同上，第 11 页。

④ 鲁登道夫，1988，第 8 页。

都在预现总体战的形式。赫尔曼一方面竭力在全体日耳曼男女老幼的心中煽动起民族仇恨的怒火，将战争的范围扩大到全体日耳曼人民之中，另一方面还对各部落酋长提出了"焦土政策"的要求：

> 一句话，假使你们愿意
>
> 像我所说那样，聚集妇孺，
>
> 把他们带到威悉河的右岸，
>
> 把你们所有的金银器皿融化，
>
> 卖掉珍珠宝石，
>
> 或者把它们典押，
>
> 毁坏你们的田地，宰掉你们的牲畜，
>
> 烧掉你们的住所，
>
> 那么我就同你们合伙。①

与其他日耳曼酋长不同，赫尔曼对罗马发动战争从来不是为了保护身外的物质财富，也不是为了保全性命；他所要捍卫的是抽象的精神，即德意志的自由。要战胜罗马这样强大的敌人，势必要有破釜沉舟、牺牲一切的决心，这便是总体战最大的特点，即一切都服务于战争，服务于抽象的民族全体。克莱斯特后来在 1809 年政治文章中还多次探讨了同样的问题，关于牺牲一切力量进行战争的母题也反复出现。在《一名市长在要塞中致信下级官员》（*Schreiben eines Burgemeisters in einer Festung an einen Unterbeamten*）中，写信的官员一再强调在敌军压境的情况下，唯一的抵御办法便是使用燃烧的沥青环来烧毁挡住要塞前堤的外城。然而从议会表决结果看，市长并不愿意采用这一办法，因为一方面战争所需的沥青是丹麦政府花钱订购的物资，另一方面则是因为市长本人及许多官员的房屋正位于计划被烧毁的区域，因此市长的这封长篇大论的书信实际上是在拖延时间，以求使自己的财产避免在战争中遭受损失。通过这封书信，一个只关心个人经济利益、却罔顾战争大局的德意志市侩形象跃然纸上，这样的

---

① Kleist, Bd.2, 1987, 461, 以及克莱斯特, 1961, 第25—26页。

人正是克莱斯特不遗余力批判的。正如《教理问答》第八章《关于德意志人的教育》中所说，德意志人总是对金钱和财富"怀有无节制、不光彩的热爱"①，只醉心于追求安逸的生活，而这正是德意志遭受不幸的根源。与此相对，在《论拯救奥地利》初版中，克莱斯特表达了总体战之中政府和民众应有的态度："即使整个民族的财富都在战斗中毁于一旦，战争结束后，人民如 2000 年前从密林中走出时那般浑身赤裸。"②虽然人们在总体战中丧失了物质财富和生命，但民族的自由精神得到了庇佑，因为在克莱斯特看来，这场战争的关键不是别的，而是一个神圣的"共同体"（Gemeinschaft）③，即德意志的共同体，为了保卫这个共同体，最终必然要走向总体战。因此在最高程度的总体战中，民族得以诞生，共同精神得以塑造，哪怕克莱斯特给这个共同体呈现出的是一派末世的景象。

综上可知，克莱斯特的《赫尔曼战役》和 1809 年政治文章，通过战争的三种形式，或者战争的三个阶段：全民战争—游击战—总体战，展现了民族身份在战争中诞生和巩固的过程。因此克莱斯特的德意志民族已不再是文化的民族，而是在极端战争的洗礼之下方能得到确认的战时民族共同体；战争之后的民族存在则不在克莱斯特的考虑范围，此时的民族甚至可能已不具有民族的自然躯体，因为赫尔曼已经用火焰"将德意志像枯树林一样烧遍"④，并"一步步后退"，将"伟大祖先的土地"逐渐丢失。⑤他的民族只存在于精神中，存在于抽象的自由中，只有最大限度的战争才能让民族有所依存。

3. 民族战争中的变形：敌人与自我的"动物化"

在民族战争中明确敌我关系，不仅意味着将敌对民族进行隔绝，还意

---

① Kleist，Bd.3，1990，S.486.

② 同上，S.500.

③ 同上，S.478.

④ Kleist，Bd.2，1987，S.460，以及克莱斯特，1961，第 23 页。

⑤ 同上，以及第 24 页。

味着战争的一方必须竭尽所能贬低敌方，将"作为整体的对方"宣布为罪犯，剥夺敌人的人性，使他们成为"非人"（Unmenschen）。[1] 在克莱斯特那里，将敌人贬为非人的具体表现便是敌人形象的"动物化"，这是从价值上贬低敌人的常见策略。除了剧中俯拾皆是的对罗马的传统比喻（罗马的雄鹰、与日耳曼狗熊搏斗的罗马狮子等），满怀恨意的赫尔曼还将罗马入侵者比喻为毒虫，咒骂他们是寄生在"日耳曼躯体里的孽种"，并发誓要用"复仇的剑"将他们消灭干净。[2] 在最后与罗马军队统帅瓦鲁斯的决战中，日耳曼酋长轮番辱骂他为"地狱的恶狗"和"台伯河畔的豺狼"[3]，对罗马军队的围剿俨然成了对野兽的捕杀。而当富斯特和赫尔曼为了争夺杀死瓦鲁斯的权利而决斗时，瓦鲁斯自己也意识到，自己成了一头"长着十二个叉角的斑鹿"[4]，像猎物一般被猎人争夺。联系到戏剧开场时的狩猎场景，赫尔曼与图斯奈耳达一手导演了一出好戏，创造机会让罗马使臣温提丢斯射死发狂的野牛，"救下"图斯奈耳达，人们不由得会意识到，所谓的野牛（Ur）或许并非如部分研究者所言，是"本原民族"（Urvolk）日耳曼人的象征，[5] 而是被赫尔曼玩弄于股掌之中的罗马人，开篇的狩猎活动实际上是对动物化的罗马人的一场有计划的围猎。同样，在《德意志人战歌》（*Kriegslied der Deutschen*）一诗中，克莱斯特用几乎整首诗的篇幅，将法国敌人贬为毛熊、豹子、豺狼、狐狸、老鹰、兀鹫、毒蛇、恶龙等数种凶恶的动物，只要这些法国野兽一露面，德意志兄弟就要"拿起大棒"，将他们赶跑，[6] 甚至"将他们打死"。民族战争由此被描绘成一场日耳曼猎人对法国 / 罗马野兽的围猎。

然而在敌人被动物化的过程中，自我也没能逃脱同样的命运。首先，

---

① 施米特，2003，第435页。

② Kleist，Bd.2，1987，S.514，以及克莱斯特，1961，第114页。

③ 同上，S.548，以及第170页。

④ 同上，S.549，以及第172页。

⑤ Reeve，1987，S.28.

⑥ Kleist，Bd.3，1990，S.434.

征服者罗马人对被征服的日耳曼人也实施了贬低式的动物化手段，只不过被动物化的日耳曼人不是罗马人的敌人，而是他们的奴隶和猎物：日耳曼人像野兽一样被剥皮拔牙，失去了作为人的权利和尊严。当日耳曼人意识到自己受侮辱、受贬低的地位后，索性顺应罗马人给他们施加的"兽性"，在动物化这条道路上越走越远。将这一过程体现得最为明显的便是第五幕的雌熊场景。当得知罗马使臣温提丢斯背地里为了向罗马皇后献媚，打算将自己的头发献给皇后之后，图斯奈耳达心中原本对温提丢斯的爱慕之情立刻转化为了难以抑制的愤怒。在复仇之火的驱使下，她让饥饿的雌熊杀死了温提丢斯。在这里，"切鲁西的雌熊"实际上是图斯奈耳达本人的化身，感觉自己的尊严受到损害，因而被仇恨冲昏头脑的她也将自己动物化了："是他使我成为一头雌熊！"① 正如侍女格特鲁德所言，如果图斯奈耳达"学野蛮人那样报仇"，她自己就会"由于懊悔和伤心而垮掉"。② 这不仅仅是肉体上的垮掉，而更是精神的坍塌、人性的毁灭，因为很显然，成功复仇的图斯奈耳达并没有快乐地得到解脱，反而因为痛苦而昏倒在地。而在戏剧的末尾，面色苍白的图斯奈耳达与赫尔曼之间基本上只剩下沉默，她早已不再是先前那个天真烂漫、与赫尔曼感情甚笃的"小图斯馨"（Thuschen），取而代之的是一个肉体和精神上已全面崩塌的冷漠的"女英雄"。在这个意义上，兴斯对《赫尔曼战役》的评价——"精巧而无人性的"③——算是一语中的。所以说，在与敌人的搏斗中，同样被动物化的自我，以动物的形态在精神上与敌人同归于尽。除此之外，有些吊诡的是，原本拥有金色柔软卷发的日耳曼女子，在变成雌熊之后却有了罗马女人头

---

① Kleist，Bd.2，1987，S.540，以及克莱斯特，1961，第 157 页。

② 同上，S.540，以及第 157 页。

③ Hans-Jürgen Schings. Über einige Grausamkeiten bei Heinrich von Kleist［C］//Günter Blamberger, Ingo Breuer, Sabine Doering, Klaus Müller-Salget（eds.）. *Kleist-Jahrbuch 2008/09*. Stuttgart/Weimar: Verlag J.B.Metzler, 2009：115–137，hier S.137.

发般"又黑又硬的鬃毛"[1]，从外形上开始接近"罗马狼"的形象。[2]很显然，动物化使自我获得了敌人的特征，这不能不说是自我的一种堕落，而这一切是否可以看作是民族斗争过程中必然要付出的惨痛代价呢？然而或许在克莱斯特看来，这种必然的、但同时也充满悲剧性的代价，也就是使自我获得敌人的属性，似乎也说明，只有通过这种象征层面上的"皇权传递"（translatio imperii），使日耳曼人／德意志人获得罗马人／法国人的特征，原本松散的德意志人才能获得统一的民族躯体，[3]正如后来的德意志民族神圣罗马帝国继承罗马帝国的衣钵，从形式和文化上统一德意志民族，但同时又要在政治上牺牲自己的民族一般。总之，在克莱斯特的笔下，无论是敌人的动物化还是自我的动物化，都是德意志民族在独立斗争中必然会发生的变形，这既是不得已而为之的手段，也是不可避免的悲剧性结局。

4. 不择手段的民族战争：君主谋略、战时宣传与末世景象

在确定敌我双方，明确斗争形式，并从价值上将敌人贬低为"非人"后，如何成功实施民族战争便成了问题的关键。很显然，常规的正面作战方式并不能为政治、经济、文化和军事等各方面都占据劣势的德意志民族带来胜利。为此，克莱斯特提出的策略便是不择手段地执行战争，以完成德意志的伟大事业。在本章第2节的游击战及总体战部分，笔者已经探讨了放弃物质财富和生命对于民族战争的重要性，此外在第3节敌我的动物化部分解释了战争中人性的丧失，以及自我对敌方属性的接受，这一切都属于不择手段执行战争的范畴。在本节，笔者将重点从以下三个角度进一步揭示克莱斯特笔下民族战争的不择手段：① 作为谋略君主的赫尔曼人物形象；② 亦真亦假的战时宣传；③ 战争结束后的末世景象。

虽然戏剧以"赫尔曼（的）战役"为题，但随着情节的展开，读者不

---

① Kleist，Bd.2，1987，S.544，以及克莱斯特，1961，第164页。

② Börnchen，2005，S.283.

③ 同上，S.284.

免会发现，克莱斯特塑造的赫尔曼并非民族战争的真正执行者（在正面战场应战罗马人的是苏维汇酋长马博德，最后杀死罗马统帅瓦鲁斯的则是钦伯人酋长富斯特），他实际上是战争的总设计师，是一位精通于冷静计算的杰出的"谋略家"（Stratege），正如里德尔指出，这样的谋略家为了达成自己的目的，没有任何道德上的顾忌，[1] 因此人们可以说他是一位"马基雅维利式的"主人公[2]。作为君主，赫尔曼善于玩弄权谋，精密地操控着整个战争局势的发展，所有人都成了他实现目标的工具：他在罗马人面前假意投降，骗取敌人对自己的绝对信任；妻子图斯奈耳达成了引诱罗马使臣的一枚棋子，最后甚至罔顾她的人性，使她以"雌熊"的身份，充当在后方杀死罗马人的武器；在日耳曼酋长面前，他假意不与他们结盟，却在酋长们归顺罗马、随罗马出战时，突然将书信射入军中，煽动众人阵前倒戈；而对于民众，他扩大甚至歪曲罗马人的暴行，甚至不惜亲自扮成罗马人作恶，只为在百姓中煽动起民族仇恨。赫尔曼的演技极为精湛，在任何人面前都不表露出自己的真实面目，因为他坚信自己是孤独的，他只愿独自行动，"除了同我的神，不同任何人结盟"[3]。作为主权者（Souverän），赫尔曼让日耳曼人意识到了非常状态（Ausnahmezustand）带来的恐慌和末日绝望，但同时，他又以绝对君主的身份通过做出决断（Dezision）争取到了民族自由，缔造了统一的德意志民族。[4]

对时人心目中德意志民族刻板印象有一定了解的人会发现，赫尔曼这位"日耳曼的解放者"实际上并非人们心目中典型的德意志人。一方面，马基雅维利总结出的理想君主形象是以意大利的波吉亚家族为原型，换言之，这种善于玩弄权谋的君主形象盛行于意大利（或者说这是现代的罗马？）；另一方面，近代早期以来的德意志人典型形象是"德意志米歇尔"（der

---

① Peter Philipp Riedl. Texturen des Terrors: Politische Gewalt im Werk Heinrich von Kleists [J]. *Publications of the English Goethe Society*, 2009, 78（1-2）: 32-46, hier S.39.

② Reeve, 1987.

③ Kleist, Bd.2, 1987, S.458, 以及克莱斯特, 1961, 第 20 页。

④ 施米特, 2003, 第 6 页, 第 40 页。

teusche Michel），该形象通常被描绘成一名无知无识、没有教养的农民或市侩，与邻人法国人相比，德意志人通常被认为是胸无城府，甚至是缺乏头脑。瓦鲁斯率罗马军队进入切鲁西后，曾询问温提丢斯是否需要防备赫尔曼，温提丢斯的回答正符合罗马人，或者说正符合法国人对德意志人民族性的期待：

> 昆梯里乌斯！我两句话就可以讲明白！
>
> 他是个德意志人。
>
> 告诉你，在台伯河旁吃草的阉羊
>
> 都要比他所管辖的
>
> 全体百姓狡猾得多。[①]

赫尔曼正是利用了罗马人对德意志人的刻板印象，才能成功瞒天过海，运用谋略打赢这场战争。除了胸无城府，德意志的另一个典型民族性便是所谓的"德意志人的忠诚"（deutsche Treue）。塔西佗的《日耳曼尼亚》曾重点谈到了日耳曼妇女的美德以及战士对首领的忠诚，后来随着18世纪至19世纪史诗《尼伯龙人之歌》（*Nibelungenlied*）手稿被重新发现，史诗中宣扬的"尼伯龙人的忠诚"更是使得"忠诚的德意志人"这一印象深入人心，并且这样的观念直到20世纪之后还在产生影响。然而克莱斯特塑造的赫尔曼却与之恰恰相反，他自始至终都以一幅虚伪的面貌示人，无论是敌人还是盟友，都无法揣摩他的内心。瓦鲁斯发觉自己受骗后曾咒骂道："……赫尔曼呀！赫尔曼！／你这金发碧眼的人，／竟和布匿人一样奸诈？"[②] 这段不免有些滑稽的控诉却清楚地反映了一种普遍的看法，使读者或观众很容易注意到，赫尔曼的德意志属性可以说是荡然无存。人们甚至可以说，与剧中的部分罗马人相比（例如部分军队纪律严明，出现犯罪现象便依法处置，此外还有罗马军官奋不顾身地援救遭遇火灾的日耳曼孩童），耍手段的赫尔曼甚至算不上是光明磊落，也没有什么典型的英雄

---

① Kleist，Bd.2，1987，S.495，以及克莱斯特，1961，第83页。

② 同上，S.531，以及第142页。

气概，这一点与克莱斯特之前的克洛卜施托克等人的塑造全然不同。① 因此，克莱斯特笔下的民族英雄赫尔曼实际上并不是真正的德意志人，而帮助赫尔曼成功的大部分特质，实际上是人们普遍认为的法国人的特征，换言之，作为马基雅维利式君主及谋略家的赫尔曼，也有了敌人的特征，这一点与上一节讨论的自我的动物化如出一辙。在赫尔曼的身上，德意志人和罗马人 / 法国人的形象出现混合，自我再一次获得了敌人或"他者"的特性，自我也因此被"陌生化"（Verfremdung des Eigenen）了，甚至出现了身份的断裂。② 所以说，不仅是赫尔曼在实施民族战争时不择手段，塑造"德意志民族英雄"的作家克莱斯特也同样不择手段。为了赢得民族自由，建构民族身份，克莱斯特甚至不惜葬送民族身份，葬送民族神话中"民族英雄"赫尔曼的德意志特性。

同样不择手段的还有《赫尔曼战役》及 1809 年政治文章中的战时宣传策略，并且克莱斯特的战时宣传策略也清晰地体现了法国因素的影响。如第一节所述，舆论宣传也是反拿破仑战争的重要组成部分，不仅奥地利从全德意志范围招募文人参与舆论宣传战，普鲁士改革者也意识到了舆论的重要性。格奈泽瑙就曾总结过战时宣传的基本策略："满足思考的头脑，拉拢热忱之人，使亲法者迷途知返，令叛徒胆寒。"③《法国新闻学教程》正是战时舆论宣传的绝佳样板，无论是形式还是内容，其在德语文学史上都可谓史无前例。该文形式上以欧几里得的《几何原本》为范例，以原理、作业、答案、证明、解析等内容为线索，如同数学教师授课一般，深入剖析了战争期间法国的舆论宣传机制。文章首先揭示了一个前提：新闻艺术属于政府事务，私人禁止参与。开篇的定论便给了法国政府以当头一棒：原本提倡言论自由的新闻业，在法国却成了政府左右舆论的工具，其目的

---

① Vgl. Gesa von Essen. *Hermannsschlachten*：*Germanen- und Römerbilder in der Literatur des 18. und 19. Jahrhunderts*［M］. Göttingen：Wallstein Verlag，1998：172.

② Vgl. von Essen，1998，S.14.

③ Zit. n. Samuel，1961，S.71.

则被政府冠冕堂皇地称为"在一切时局变化中保持政局稳定"①。法国新闻业操纵舆论的基本逻辑是：利用民众的"无知"（Agnosie），将真实新闻与虚假新闻混杂在一起，好消息极力夸大（如篡改数据），坏消息则隐瞒不报，同时动用国家机器的力量封锁其他消息源头；一旦坏消息无法遮掩，就将其混杂在好消息中，使其看起来没那么显眼。具体操作时，为了使民众相信，政府会创办不同的报刊，彼此相互配合：官方的《导报》（*Le Moniteur Universel*）从不撒谎，但也回避真相；明面上的私人报刊《帝国报》（*Journal de l'Empire*）或《巴黎日报》（*Journal de Paris*），则在假新闻中掺杂真相。整个新闻界看似有着不同的声音，但实际上所有的媒体都掌控在政府的手中。本书乍一看上去是对法国虚伪的新闻机关的揭露，所以从表面上看，克莱斯特写作此文是为了讽刺法国新闻业。然而换一个角度看，由于克莱斯特将法国新闻学的奥秘抽丝剥茧般展示给了德意志的读者，那么德意志人也自然就了解了法国新闻界的宣传策略，于是他们也就有能力对敌方的宣传攻势作出防御。②除此之外，由于该文是一篇新闻学的"教程"，它清晰地展示了法国新闻学的具体运用方法，德意志读者完全可以如法炮制，"亲自运用敌方的新闻手段"③，从而在舆论场上战胜敌人。后来奥地利的实践也证明当时德意志地区普遍要求引入法国宣传手段为自己服务。因此，《法国新闻学教程》也反映了克莱斯特战时新闻宣传策略中夹杂的法国元素：为了获得舆论场上的胜利，愿意动用任何手段的克莱斯特再次借用了法国敌人的武器来为自己所用。

《赫尔曼战役》中由赫尔曼主导的战时宣传便是对《法国新闻学教程》原理的绝佳运用。第三幕开头描绘了瓦鲁斯率领的罗马军队进入切鲁西的场景。罗马人沿途烧杀抢掠，给赫尔曼的百姓造成了巨大灾难。然而身为

---

① Kleist, Bd.3, 1990, S.462.

② Marcus Twellmann. Was das Volk nicht weiß ...Politische Agnotologie nach Kleist［C］//Günter Blamberger, Ingo Breuer, Klaus Müller–Salget（eds.）. *Kleist–Jahrbuch 2010*. Stuttgart/Weimar: Verlag J. B. Metzler, 2010：181–201, hier S. 188.

③ 同上，S.191.

切鲁西酋长的赫尔曼不仅丝毫没有表露出悲愤的心情，反而违背常理地"暗喜"[①]。正如他后来所言，"我要一些为我做好事的拉丁人做什么？"[②] 在民族战争中，百姓受到的伤害恰恰是赫尔曼所希望的，甚至如果罗马人不作恶，他还要"在条顿堡的每个角落放火"[③]，并且他实际上也这样做了，而且是假扮罗马人放的火。此时罗马人做下的暴行算是正中赫尔曼的下怀。不过对于不择手段投身战争的赫尔曼而言，罗马人已经犯下的罪孽还不够严重，他甚至命令手下人夸大罗马人的罪行：被烧毁的三个村落变成了七个；原本只有母子俩被杀害，传出的消息却是父亲也一同被活埋；罗马人砍倒了神圣的橡树，到赫尔曼那里就变成了罗马人强迫日耳曼人跪拜罗马人的神。[④] 结合上文人们可以看到，这样夸大宣传真实消息，并在真相中混杂虚假消息的做法，与《法国新闻学教程》的要求如出一辙。为了得到胜利，毁灭自己的家园也在所不惜，因此歪曲事实、虚假宣传，在赫尔曼看来不仅完全可以接受，甚至是十分必要的手段。

　　赫尔曼不择手段的战时宣传还体现在哈莉被肢解、尸块被分送给日耳曼的十五个部落的情节中，而这一段历来被研究者看作是《赫尔曼战役》中最为残酷的场景，集中体现了该剧的暴力元素。被强暴的哈莉被肢解的情节实际上取自《旧约·士师记》第 19 章第 29 节[⑤]：一个利未人带着自己的妾在便雅悯人的城市基比亚过夜时，城里的恶棍将他的妾轮奸致死；于是利未人将妾的尸体切成十二块送给了以色列的十二个部落，呼唤以色列各部族为自己复仇。两段情节不同的地方是，《圣经》中由妾之死引发的战争是以色列人内部的战争，而《赫尔曼战役》中的哈莉唤醒的是日耳曼人对罗马人的复仇。但无论是利未人还是赫尔曼，他们实施战争动员的工具都是妇女被肢解的血淋淋的尸块。正如在戏剧的结尾，沃尔夫明确指

---

① Kleist，Bd.2，1987，S.481，以及克莱斯特，1961，第 59 页。

② 同上，S.504.

③ 同上，S.505，以及第 101 页。

④ 同上，S.481–483，以及第 59—61 页。

⑤ Barbara Vinken. *Bestien：Kleist und die Deutschen*［M］. Berlin：Merve Verlag，2011：57.

出："那个被污辱的被你割成小块／分送给所有部落的闺女哈莉，／成了祖国的象征，激怒了我们的民族，／使他们不甘再忍受屈辱。"[1] 于是，和图斯奈耳达的动物化一样，在战争的宣传中，女性再一次被工具化，并且形式更为残酷：如果说图斯奈耳达还只是精神上破碎，那么服务于战争动员的被污辱的哈莉就是在肉体上被撕碎。被肢解的少女成为"被肢解的德意志"的象征，成了统一国家的"建国神话"[2]。一个民族或国家建立在破碎的尸体上，无论如何都会使人有种不寒而栗的感觉，因为只要民族想到自己的诞生，就会联想到战争中的血腥与残酷，就会想到战争宣传的"非常状态"，战时的非常状态也由此成了常规状态，[3] 使和平时代的民族永远无法摆脱被肢解被侮辱的创伤，以至于永远无法摆脱仇恨。由此可知，《赫尔曼战役》很难说是一部政治宣传剧（Propagandastück），因为克莱斯特将战时宣传策略都毫无保留地展示在了观众的面前，使得观众了解了宣传机制的奥秘，从而无法再被简单操控；此外从接受的角度看，克莱斯特不择手段的战争策略展现出的欺骗性和残酷性，极有可能引发观众的不适，所以该剧并不能真正达到宣传目的。因此，与其说《赫尔曼战役》是政治宣传剧，不如说它实际上是在教人如何宣传，是一部宣传"教育剧"[4]。

无论是克莱斯特，还是他笔下的赫尔曼，他们的奋斗都是为了在民族战争中获胜。然而即使是赢得了战争的胜利，战后的世界所呈现出的似乎都是一番末世的景象；为了赢得胜利，克莱斯特或赫尔曼不惜葬送了正常的秩序和人类取得的一切文明成就。赫尔曼从未描绘过日耳曼民族战胜之后充满希望的未来，相反，早在战争发动之前，他的脑海中浮现的就都是

---

① Kleist, Bd.2, 1987, S.551, 以及克莱斯特，1961，第 176 页。

② Werber, 2006, S.169.

③ Riedl, 2009, S.46.

④ Peter Horn. Die Nation und ihr Gründungsmythos. Figurationen des Anderen und des Selbst in Kleists, Die Hermannsschlacht " [C] //Peter Ensberg, Hans-Jochen Marquardt（eds.）. *Politik-Öffentlichkeit-Moral*: *Kleist und die Folgen*. Stuttgart: Verlag Hans-Dieter Heinz/Akademischer Verlag Stuttgart, 2002: 119-134, hier S.125.

末日般的景象：

> 我要发动一场战争，
> 它的火焰将把德意志
> 像枯树林一样烧遍，
> 火势直冲九天！[①]
> ……
> 如果我……
> 在沃坦神橡树的阴影下，
> 同最后几个战友，
> 在国界的石碑旁光荣牺牲，
> 那我将凯旋，
> 连马略和苏拉也从来没有那样凯旋！[②]

上述宣言展现的不只是总体战中牺牲一切的决心，更是伴随着胜利而来的毁灭景象，因为实现"凯旋"的前提并非是消灭敌人，亦非在战争中有所斩获，而是只有自我"牺牲"，方意味着"凯旋"。其他日耳曼酋长都把这一点看在眼里：日耳曼人要想反抗罗马，无论胜利与否，最终都将遭受毁灭的结局。战斗结束后的条顿堡变成了一片废墟，但赫尔曼对此并不关心；哪怕是赢得了胜利，他也不愿意就此终结战争，而是要继续追击敌人，甚至直捣罗马，并让子子孙孙都继续战斗的事业。最后定格的画面，"只剩下一面黑旗 / 在荒芜的废墟上空飘扬"[③]：这显然不是常规的充满重生希望的胜利景象。即便这片废墟是日耳曼人灭亡罗马之后的残余，但由此可见，赫尔曼眼中所看到的战后世界尽是满目疮痍，正如《拯救奥地利》初稿中所描绘的同样的画面：整个民族财富都毁于一旦，人民如原始人般

---

① Kleist, Bd.2, 1987, S.460, 以及克莱斯特, 1961, 第 23 页。

② 同上，S.461, 以及第 24 页。

③ 同上，S.554, 以及第 181 页。

赤身裸体，人类文明丧失殆尽。[①]诚然，《赫尔曼战役》中提及了战后召开全体酋长会议，商议战后建立统一德意志国家的事，赫尔曼也表达了世界民族大同的希望："将来有一天整个人类 / 统一在一个王室之下, / 由一个德意志人，不列颠人，高卢人 / 或者随便什么人做君主都可以, / 但千万不要那个拉丁人！他除了自己这个民族以外，不了解和尊重其他任何民族"[②]，但赫尔曼的心思很快转向了新一轮的民族战争，而世界大同的愿景暂时只能存在于吟唱诗人的歌声中；对于赫尔曼而言，敌人、战争和毁灭才是当下，才是现实。诚然，克莱斯特与其他经典作家一样，也继承了德意志文人的思想传统，也怀有一定的世界主义理念：在《在这场战争中什么最重要？》一文中，克莱斯特笔下的德意志共同体并无意于征服和权欲，她臣服于兄弟民族组成的"世界政权"[③]；她从各民族那里汲取美好，并给其他民族以回报，甚至会愿意奋不顾身地护卫受殖民之苦的海岛民族；但德意志共同体光辉灿烂的存在，总是被覆盖了一层阴霾——"她只能通过让太阳都黯然失色的血液，被带入坟茔"。正如取得胜利的赫尔曼，他的身后飘扬着象征死亡的黑色旗帜，伴随着如同橡树般生机勃勃的德意志共同体的，也同样是鲜血与牺牲。德意志民族诞生于敌人和叛徒的鲜血泼洒之地，德意志祖国以被污辱、被肢解的少女为象征，各个德意志部族通过少女血淋淋的尸首被连结成一个统一的共同体，这既是战争必然会带来的末世景象，也是诗人克莱斯特在绝望的战局中对民族未来之不祥预感的无意流露。

随着 1809 年 10 月奥地利的战败，克莱斯特的政治希望破灭，文学抱负受挫，他的精神也渐渐开始垮塌，最后在死亡中寻找到了归宿。克莱斯特笔下的德意志民族生于战争，壮大于战争，却在战争后的世界中无所适从，正如战争结束后的诗人一般，虽然依旧怀有拥抱世界的希望，但在心

---

① Vgl. Kleist, Bd.3, 1990, S.500.

② Kleist, Bd.2, 1987, S.459, 克莱斯特, 1961, 第 22 页。

③ Kleist, Bd.3, 1990, S.478.

中之晦暗的笼罩下逐渐开始找不到自己的价值，于是只能将自己定格在绝望与极端的敌意之中，最终与世界一同走向毁灭。对于一百多年后带领德意志民族走向灾难深渊的民族社会主义党而言，描绘出如此末世景象的诗人正适合在战时被用来鼓动民众为了"德意志的伟大事业"而勇于牺牲，战争、敌意与不择手段成了德意志民族的固定注脚，哪怕这些注脚原本是附着在被拿破仑铁蹄践踏得四分五裂的德意志的名称之上。克莱斯特没能亲眼看见两年后的莱比锡民族大会战，但即便他等到了那一天，内心也不会因此而平静。正如他对战后未来的晦暗描绘，战争的胜利并没有带来民族统一的希望，德意志民族依旧四分五裂。在拿破仑战争结束后的数十年里，关于德意志民族的讨论仍未终结，即便赶走了外国侵略者，德意志各邦之间依然存在隔阂，原本被外部危机掩盖的内部问题被摆上了台面，其中的意识形态斗争也日益得到凸显。如果说早先主导民族概念大讨论的主要是信仰新教的文人，那么随着浪漫派的核心人物开始登上思想史舞台，被新教民族思想所遮蔽的另一种思潮——天主教文人对民族这一话题的思考，逐渐进入人们的视野，并以一股暗流的形式，一同参与到民族话语的建构之中。

第六章 艾兴多夫的《德意志文学史》：普世教会民族思想

一、罗马教会还是德意志民族：1848 年前后德意志的宗教格局

1815 年拿破仑战败后，普、奥、俄等战胜国召开维也纳会议，结为神圣同盟，意图让欧洲恢复旧秩序。由于昔日德意志民族共同的敌人拿破仑大势已去，德意志民族统一的议题似乎可以被摆上日程，但事实上民族统一的愿望并没能实现；相反，由于德意志各邦国重新恢复势力，因而它们并不愿意失去主权，为此，各邦以奥地利为首，组成了松散的德意志邦联(der Deutsche Bund)。然而在邦联中奥地利并非一家独大，普鲁士作为神圣同盟成员及欧洲强国之一，一直在与奥地利争夺邦联内的领导权，例如在普鲁士的牵头下，1834 年德意志关税同盟（Deutscher Zollverein）成立，共有38 个德意志邦国加入这一组织，由此，德意志大部分地区开始结为一个彼此联系紧密的经济共同体。然而奥地利却被排除在了关税同盟之外，并且直到 1850 年，北德各邦国都在反对奥地利加入该同盟，奥地利本土的工

商业主也大多不赞成自己国家成为该组织的成员。① 由此可见，在普鲁士的挤压之下，奥地利在邦联内的地位岌岌可危。

普鲁士与奥地利在德意志邦联内的争端一方面是两大政治势力之间的争权夺利，还有一个重要维度便是不同信仰之间的对立。众所周知，昔日头戴神圣罗马帝国皇冠的哈布斯堡家族统治的奥地利信仰的是天主教，普鲁士则信仰新教（其中王室信仰加尔文宗，百姓大多信仰路德宗）；而在德意志邦联范围内，北部各邦国大多信仰新教，西南德地区则多信仰天主教，于是整个德意志被撕裂为新教与天主教两大信仰阵营，分别以普鲁士和奥地利为领导。截至 1848 年，在德意志邦联中天主教徒人口占大多数：天主教徒人口数为 2400 万，新教徒则为 2100 万，剩余的是犹太人及其他小众教派。天主教群体之所以会成为多数，主要是因为奥地利的人口被计入在里面；若是除去奥地利，新教徒便会在德意志邦联中成为主流：新教徒人数为 2070 万，天主教徒人数为 1200 万。② 由于奥地利与德意志邦联之间的关系总是若即若离，因此从总体上看，新教势力在邦联中占据了绝对的优势。不过，地域、邦国与信仰的对应并不是绝对的。虽然根据 1555 年《奥格斯堡宗教和约》的规定，各邦国有权决定自己臣民的信仰，然而随着历史进程的不断发展，尤其是经过了 18 世纪下半叶至 19 世纪上半叶这一动荡的时代，原神圣罗马帝国境内的版图一再发生变化，不仅各邦国有的吞并他人、有的被吞并，还有不少原本并非属于帝国的领土被某些德意志邦国所占领，这就使得到了 19 世纪上半叶，德意志邦联内部的宗教格局变得十分复杂。

上述现象在普鲁士体现得尤为明显。经过多年的战争与领土兼并，以

---

① Arnold Suppan. "Germans" in the Habsburg Empire：Language，Imperial Ideology，National Identity，and Assimilation［C］//Charles W. Ingrao，Franz A.J.Szabo（eds.）. *The Germans and the East*. West Lafayette：Purdue University Press，2008：147–190，hier S.158.

② Vgl. Jörg Jochen Müller. Germanistik–eine Form bürgerlicher Opposition［C］//Jörg Jochen Müller（ed.）. *Germanistik und deutsche Nation 1806–1848*. Stuttgart/Weimar：Verlag J.B.Metzler，2000：5–112，hier S.27.

新教作为国内信仰主流的普鲁士获得了大片信仰天主教的地区：首先是通过三次西里西亚战争（1740—1742 年，1744—1745 年，1756—1763 年，其中第三次西里西亚战争又称七年战争），普鲁士真正控制了西里西亚地区；接着到了 18 世纪后三十年，普鲁士又参与了对波兰的三次瓜分（1772—1795 年）[①]，此后的波兰也在 1848 年爆发了反对普鲁士统治的起义；维也纳会议之后，由于普鲁士丧失了在东部，也即波兰地区的一部分领土，因此作为补偿，它获得了位于原帝国西部的威斯特法伦和莱茵兰，[②] 而这两处领土是传统的天主教地区，并且一直到 19 世纪中叶，威斯特法伦和莱茵兰都因其不同的教派背景被视为普鲁士国内的不稳定因素，代表性事件便是 1837 年的科隆事件，在此次事件中，普鲁士政府逮捕了反对不同教派通婚的科隆大主教冯·德罗斯特－菲舍林（Clemens August von Droste-Vischering），从而引发了天主教群体的激烈对抗，并加剧了普鲁士统治下的莱茵地区天主教徒与新教徒之间在信仰问题上的对立情绪。[③] 由此人们可以看出，无论是对于德意志邦联还是对于普鲁士，宗教对立都是一个巨大的难题和挑战。

正如前文所述，原本在拿破仑战争结束后，业已瓦解的德意志民族神圣罗马帝国理应重获新生，德意志民族的外部敌人——法国已经被驱逐出去，实现德意志民族统一、建立德意志民族国家的诉求也自然要被提上日程。然而一直到 1848 年革命结束，德意志民族统一依旧未能实现，究其原因主要有以下几个方面：

1. 德意志邦联内部政治派系众多，双方矛盾难以调和：谋求德意志民

---

① Stephan Scholz. *Der deutsche Katholizismus und Polen（1830–1849）：Identitätsbildung zwischen konfessioneller Solidarität und antirevolutionärer Abgrenzung*［M］. Osnabrück：fibre Verlag，2005：18.

② Johannes Willms. *Nationalismus ohne Nation. Deutsche Geschichte von 1789 bis 1914*［M］. Düsseldorf：Classen Verlag，1983：27.

③ Vgl. Stan M. Landry. *Ecumenism，Memory，and German Nationalism，1817–1917*［M］. Syracuse：Syracuse University Press，2014：31–32.

族统一的政治活动家往往在政治立场上属于自由派，他们在要求建立统一的民族国家的同时，还会要求实施政治改革，例如建立议会和修订宪法，甚至许多民族主义者本身就是法国大革命的热烈拥护者；与此相反，与自由派相对立的保守派多怀有小邦爱国主义思想，因此他们会竭力谋求保持小邦分立的现状。1815 年维也纳会议召开后，欧洲进入复辟时代，与自由主义有着天然联系的民族主义思潮也随之失去影响力，内部也开始分崩离析。①

　　2. 德意志各邦国要么有着自身的利益考量，要么惧怕民族国家的建立会抹杀本国的独立性，因此各方势力都对民族统一的积极性不高：对于德意志邦联名义上的领导者奥地利而言，事实上，早在宗教改革开始之后，特别是在 1648 年《威斯特伐利亚条约》签订之后，由于神圣罗马帝国作为一个政治实体日益名存实亡，哈布斯堡王朝的皇帝也渐渐开始不关注帝国事务，逐渐退守奥地利哈布斯堡家族的世袭领地②，相应地，它也就不会对德意志邦联有太大的热情；对于普鲁士而言，虽然它有强烈的意愿成为邦联内的领导，但只要奥地利依然在邦联中有一席之地，那么普鲁士便必然要接受奥地利的领导，并且普鲁士自视为欧洲强国，绝不会甘愿同其他德意志邦国平起平坐，③因此普鲁士也成了阻扰民族国家理念实现的重要因素；以前莱茵邦联成员为主要代表的其他德意志邦国则尽力在普奥两大势力斗争的夹缝中生存，为了维护自身的政治独立，它们不愿意真正接受由任何一方领导的民族统一运动，于是这些邦国逐渐形成与普奥相抗衡的第三个德意志。这样一来，在邦联层面就有普、奥、德意志其他诸邦这三股力量在阻碍德意志民族的统一进程。

---

① Vgl. Willms，1983，S.111，113.

② Kronenberg，2013，S.66. 尤其需要指出的是，广义的奥地利哈布斯堡家族的世袭领地除了包括今天除萨尔茨堡之外的奥地利核心地区以及波西米亚等只属于神圣罗马帝国的领土之外，还包括一些帝国疆界之外的地区，如匈牙利、加利西亚、意大利部分占领区和尼德兰。由此可见，奥地利的许多重要利益区并不在原德意志民族神圣罗马帝国境内，因此对于它而言，维持多民族的奥地利比关注自己在德意志邦联中的地位要重要得多。

③ 同上，S.120–121.

3. 由前文可知，由于德意志邦联内部在宗教领域被分为以普鲁士为首的新教与以奥地利为首的天主教这两大对立的阵营，加之德意志邦联的第二股重要势力同时也是欧洲强国的普鲁士国内亦存在着教派纷争的局面，因此无论在邦联层面还是普鲁士国家内部都因为新教与天主教之间的教派对立而存在着不稳定因素，德意志民族融合和民族国家建构也在一定程度上受到了阻碍。

就本章论题而言，笔者将不再对前两个阻碍德意志民族统一的因素作进一步探讨，而是将研究视角重点投放到第三个因素，即邦联内，特别是普鲁士内部新教与天主教的教派对立与德意志民族统一问题的关系上。这样做首先是因为本章要探讨的天主教文人艾兴多夫的民族思想与教派对立的政治格局有着直接关系。正如有研究者敏锐地指出，要研究艾兴多夫这样的浪漫派文人，"识别其宗派所属"，"对于了解掌握其思想走向和流变不可或缺"。[①] 其次是因为进入 19 世纪以来，特别是到了 19 世纪 30 年代之后，宗教与民族日益交织在一起，逐渐成了两个相互联系、相互影响的因素，同时宗教各派系的主张和行动在涉及德意志民族的时候呈现出截然相反的发展趋势，从而形成了教派立场与民族思想交相辉映的复杂局面。具体而言，有的宗教派别支持德意志民族统一，这主要是新教派别，并且人们也可以清楚地看到，鼓吹民族统一的大多为拥有新教背景的人士。与之相反，由于神圣罗马帝国瓦解，天主教在帝国境内原有的优势地位荡然无存，加之世俗化程度日益加剧，教会也渐渐被迫依附于世俗君主，再加上与新教各派别相比，天主教原本就更加倾向于普世性特征而非民族特征，无论是对民族语言的重视程度还是同本地世俗君主之间联系的密切程度，天主教神职人员都远不如新教神职人员。[②] 在这一背景下，德意志境内的天主教会开始出现了心向罗马教会的倾向，民族离心力也由此产生。然而

---

① 谷裕. 德国浪漫派的改宗问题初探——兼论其审美动机和政治诉求[J]. 安徽大学学报（哲学社会科学版），2020（4）：42-49，此处第 44 页。

② Möller, 1989, S.330.

我们决不能因此简单地断言新教派别就是支持民族统一，而天主教派一味心向罗马，反对民族统一，因为从宗教史的发展来看，天主教对德意志民族问题的看法远比我们想象的要复杂得多。

首先我们需要厘清一个事实：在天主教派内部并非只有反民族统一思潮，并且恰好相反，天主教本身也并非铁板一块，甚至直到19世纪30年代以前都不存在一个具有统一思想的天主教派，[①] 因此针对德意志民族问题，天主教内各派系也有着不同的看法，自然也就存在着支持德意志民族统一的天主教人士，这些人甚至一度发起了一系列促进民族统一的运动。早在18世纪与19世纪之交，为了与德意志民族统一诉求相适应，教会内部出现了谋求脱离罗马教会的控制、建立独立的德意志民族教会的思潮（虽然该思潮在当时并非主流），代表人物有美因茨大主教冯·达尔贝格（Karl Theodor von Dalberg），[②] 而需要注意的是，美因茨所在的莱茵兰正是传统的天主教地区，而美因茨大主教曾是神圣罗马帝国七大选帝侯之一。后来到了1844年，特里尔大教堂展示基督圣袍供信徒瞻仰，引发了巨大轰动，信徒纷纷前往特里尔朝圣，旧式的天主教民间信仰形式再次兴起，并且特里尔教会的行为获得了罗马教廷的高度认可。这引发了天主教内部一些具有启蒙倾向的教会人士的不满，在这些人看来，特里尔圣袍朝圣运动是蒙昧之举，并且带有民族离心倾向。于是为了抵制旧信仰形式的复兴，摆脱罗马教廷对德意志教会的控制，天主教派内部出现了一场极端的，并且不久后开始投身政治实践的脱离教会运动——德意志天主教运动（Deutschkatholizismus）。[③] 德意志天主教运动的发起人是来自西里西亚地区布雷斯劳的天主教神甫约翰内斯·龙格（Johannes Ronge），该运动除

---

① Scholz, 2005, S. 49.

② Alfred Riemen. Eichendorffs Verhältnis zum Katholizismus in der Restaurationszeit [C] // Stiftung Haus Oberschlesien, Landschaftsverband Rheinland, Rheinisches Museumsamt, Eichendorff-Gesellschaft（eds.）. *Joseph Freiherr von Eichendorff（1788–1857）：Leben, Werk, Wirkung.* Köln：Rheinland-Verlag, 1983：49–58, hier S. 50.

③ Lutz, 1985, S.215–216.

了继续主张建立德意志民族教会，摆脱罗马教会影响之外，还具有民主倾向，因此德意志天主教运动曾一度被视为调和教派矛盾、进而帮助德意志民族走上政治统一关键性一步的一项解决方案。[①] 从宏观上看，上文所述19世纪初的建立德意志民族教会运动和19世纪中叶的德意志天主教运动实际上是同一个大规模运动的两个小高潮。面对德意志宗教分立导致民族分裂的这样一个局面，部分教会人士，包括天主教人士开始试图通过一种折衷主义原则，调和德意志境内分裂的各教派，从而在形式上实现教派统一，这就是所谓的基督教合一运动（Ecumenism），或根据这一运动概念的词源学内涵（希腊语"oikoumene"意为"普世的"/ "universal"、"全世界的"），也可译为"普世教会合一运动"。[②] 基督教合一运动代表了19世纪初期至1848年革命前后部分天主教人士为了支持德意志民族统一所做出的努力。

然而上述运动的发展引发了正统教会人士的不满，在他们看来，以建立德意志民族教会及发起德意志天主教运动为特征的基督教合一运动破坏了正统罗马天主教信仰。于是在18世纪和19世纪之交，德意志天主教派出现了心向罗马教会的倾向，特别是到了19世纪30年代之后，在科隆事件和特里尔圣袍朝圣运动的推动下，民间传统天主教信仰复兴，因而德意志天主教派日益呈现出"越山化"（Ultramontanisierung）[③]的特征，越山派也逐渐成为德意志地区天主教中的主导力量。所谓"越山派"或"越山主义"（Ultramontanismus），顾名思义便是"越过"（ultra-）"阿尔卑斯山"（mons），也即将目光望向阿尔卑斯山脉以南的罗马教廷。由于越山派运动超越了单个的国家及民族边界，向罗马教廷看齐，因此该运动具有超民族、超国家的特征，并在整个欧洲范围编织成了一张关系网络，因此借用形容19世纪中叶以后的国际工人运动的"赤色国际"这一概念，越山主

[①] Lutz, 1985, S.216.

[②] Vgl. Landry, 2014, S.XVI.

[③] Scholz, 2005, S.43.

义运动又被称为"黑色国际"（Schwarze Internationale）[1]。而在国家理念方面，越山主义要求教会独立于国家，而不是教会被置于国家的管理之下、受国家干预，因此诸如发生在普鲁士的科隆事件这样的政府插手教会事务的举动便是越山派的重点斗争对象。[2]由此可见，从总体上看，越山派具有一定的反民族、反国家特征。然而我们必须指出的是，正如天主教派本身那样，越山主义绝非一味地反德意志民族和德意志民族国家，越山主义者对于民族和国家问题有着自己的理解。在国家问题上，越山主义者并不排斥国家，恰恰相反，他们理想中教会与国家之间的关系是相互促进、相互补充、彼此平等的；[3]在德意志民族问题上，越山主义者绝不期盼民族的未来被葬送，他们希望自己能够不辜负上帝赋予本民族的使命，只不过对于德意志越山主义者而言，民族的噩梦是信仰的分裂，民族的灾难是神圣罗马帝国的灭亡。[4]总之，在德意志越山派那里，德意志民族问题永远同正统宗教信仰及教会捆绑在一起，二者绝不是非此即彼、水火不容的关系，只不过具体到普鲁士问题上，由于国家与教会之间的关系无法得到调和，越山派在普鲁士会表现出更为激烈的反国家倾向，但这并不意味着他们反对德意志民族，因为一方面普鲁士并非德意志民族的代言人，我们没有必要因为越山派反普鲁士国家就认为他们彻头彻尾地反民族；另一方面在当时民族国家尚未建立的历史背景下，民族更多地仍是一个抽象的概念而非政治实体，它的内涵要比国家丰富得多，范畴也要比国家广大得多，不同的群体完全可以按照自己的理解给予民族不同的定义。综上可知，对以艾兴多夫为代表的具有一定越山主义倾向的天主教人士所怀有的民族思想进行探究有其正当性，并且由于学界对天主教人士，特别是对于越山派所持有的民族观普遍怀有误解，厘清这一问题同样十分必要。

---

[1] Scholz, 2005, S.24. 所谓黑色，指代的是天主教神职人员身着的黑色僧袍。

[2] 同上，S.62.

[3] 同上。

[4] 同上，S.195.

二、天主教官员在新教普鲁士：艾兴多夫的仕途与德意志问题政论文

　　由上节内容可知，普鲁士是一个控制了大片天主教领地、拥有众多信仰天主教的臣民的新教国家。对于天主教势力而言，摆脱以新教信仰为主导的普鲁士国家的控制是维护自身信仰自由的必要手段。反过来，对于普鲁士国家当局而言，在治理国家的过程中，如何让天主教领地及信仰天主教的臣民融入以新教信仰为主的普鲁士国家，并接受普鲁士国家的管辖，也是普鲁士当局难以回避的一个问题。无论是西部的天主教地区威斯特法伦和莱茵兰，还是东边的天主教地区西里西亚及前波兰领土，都在同普鲁士国家不断地斗争，意图谋求自身的自由，而普鲁士政府也在动用软硬等多种手段，意图强化对这些地区的控制。在这一过程中，有一个特殊的群体需要引起我们的注意，那就是在普鲁士政府中任职的天主教官员，这些身处信仰与国家的夹缝之中的人要不断调和个人的宗教信仰与职业发展之间的关系，或规避、或化解自身信仰与所在国家之间存在的矛盾。本章的研究对象艾兴多夫正是这样一位信仰天主教的普鲁士官员，当他在面对个人信仰与普鲁士国家之间的冲突时，他选择的解决手段便是宣扬统一的德意志民族。

　　艾兴多夫家族是古老的信仰天主教的贵族世家，家族历史可以追溯到11世纪。艾兴多夫于1788年3月出生在上西里西亚拉蒂博尔（Ratibor，即今天波兰的拉齐布日）附近的卢博维茨宫殿（Schloss Lubowitz），[①]该宫殿是艾兴多夫父亲购置的产业，这片产业所在的地区原属奥地利，1742年西里西亚的大部分被割让给了普鲁士，艾兴多夫的故乡也因此成了普鲁士的一部分。在艾兴多夫出生的时候，西里西亚地区虽说已被普鲁士统治多

---

　　① Hermann Korte. *Joseph von Eichendorff* [M]. Reinbek bei Hamburg: Rowohlt Taschenbuch Verlag，2000：7.

年，却依然能够感受到哈布斯堡王朝在各方面的影响力。① 此外从信仰的角度看，信奉天主教的艾兴多夫家族属于普鲁士的少数派，而正如前文所言，普鲁士国家与其后来得到的信仰天主教的领地之间一直以来存在着紧张关系，因而至少在宗教层面上很难说艾兴多夫家族会同普鲁士产生太多亲和力。然而人们还需要注意的一点是，即使西里西亚作为天主教地区以及前波兰领土会时刻与普鲁士政府保持着张力，可这一地区同时还是数十年后主张教派合一的德意志天主教运动的发源地，因此教派分立、地方与中央的对抗并不一定是绝对的。另外值得一提的是，艾兴多夫家的仆人中有不少是波兰人，因此艾兴多夫与哥哥威廉自幼便能说流利的波兰语，甚至于波兰语和德语同样都是艾兴多夫兄弟的"母语"。②1801 年，十三岁的艾兴多夫与哥哥离开家乡前往布雷斯劳的天主教文理中学接受教育，③由此可见，少年时期的艾兴多夫总体上是在一种天主教的氛围中长大。1805 年，为了学习法律④，艾兴多夫转入新教重镇哈勒大学学习，然而随着拿破仑战争的爆发，哈勒于 1806 年被法军所占领，哈勒大学也随之被关闭，当时恰好回乡探亲的艾兴多夫没有办法回到哈勒继续学业，于是他和哥哥威廉只得再次转学前往海德堡。⑤ 在海德堡期间，艾兴多夫结识了在海德堡大学任教的约瑟夫·格勒斯（Joseph Görres），并时常去旁听格勒斯开设美学和艺术史课程。格勒斯在法国大革命期间曾是坚定的共和主

---

① Reinhard Siegert. *Die Staatsidee Joseph von Eichendorffs und ihre geistigen Grundlagen* [M]. Paderborn/München/Wien/Zürich: Ferdinand Schöningh, 2008: 69.

② Korte, 2000, S.16.

③ 同上，S.17.

④ 此时的艾兴多夫家族由于父亲经营不善濒临破产，出身贵族的艾兴多夫兄弟为了维持家中生计，只得选择市民家庭的孩子常见的教育与职业路径，即学习法律，以便于今后能谋得一份政府官员的工作。关于贵族出身的艾兴多夫的市民教育及职业路径选择参见 Wolfgang Frühwald. Der Regierungsrat Joseph von Eichendorff [J]. *Internationales Archiv für Sozialgeschichte der deutschen Literatur*, 1979, 4（1）: 37–67, hier S.37–39.

⑤ Vgl. Hartwig Schultz. *Joseph von Eichendorff. Eine Biographie* [M]. Frankfurt am Main/Leipzig: Insel Verlag, 2007: 71–74.

义者和革命派，但他随后逐渐对革命失去了信心，后来改宗天主教，并成为政治天主教派的缔造者，^①更重要的是，在 1837 年反映天主教会与普鲁士国家对抗关系的科隆事件中，格勒斯扮演了天主教派急先锋的角色，他于 1838 年发表的檄文《阿塔纳修斯》（*Athanasius*）鼓吹了教会应独立于国家的立场。^②与格勒斯多年保持师生及友谊关系的艾兴多夫也自然具有类似的倾向。综上所述，从艾兴多夫的身世及早年的教育及交往经历看，在面对以新教信仰为主的中央国家的时候，艾兴多夫受到了一定的离心主义思潮影响，他与普鲁士政府的关系也就难免有些若即若离。

然而浓烈的宗教情感以及对正统天主教会的支持立场不可能完全左右艾兴多夫的思想及行动方向。一方面，家道中落的艾兴多夫唯一的出路便是走市民阶层出身的年轻人的职业路径，在政府谋求一份官职。当然，最初的艾兴多夫更愿意前往信仰天主教的奥地利或巴伐利亚这样的南德邦国而非普鲁士任职，^③但却因为种种原因没能如愿，最终还是留在了新教普鲁士担任官员。另一方面，如同任何一个生于 18 世纪末、与法国大革命一同成长起来并亲历了拿破仑战争的青年一样，艾兴多夫也受到了德意志民族解放思想的感召，投身到战争之中。1813 年 4 月 5 日，原本与威廉一同在维也纳的艾兴多夫在好友菲利普·法伊特（Philipp Veit）的陪同下准备前往布雷斯劳加入反拿破仑入侵的吕措志愿军（Lützowsches Freikorps），可惜到得太迟了；后来艾兴多夫又在莱比锡附近追上了志愿军，然而却没能

---

① Fritz Peter Knapp. Der Beitrag von Joseph Görres zum Mittelalterbild der Heidelberger Romantik [C] //Friedrich Strack（ed.）. *200 Jahre Heidelberger Romantik*. Berlin/Heidelberg：Springer，2008：265–280，hier S. 265.

② Scholz，2005，S. 62

③ Alfred Riemen. Das Schwert von 1813. Die deutsche Gesellschaft der Restaurationszeit in Eichendorffs Dichtung [C] //Wilhelm Gössmann，Klaus–Hinrich Roth（eds.）. *Poetisierung–Politisierung：Deutschlandbilder in der Literatur bis 1848*. Paderborn/München/Wien/Zürich：Ferdinand Schöningh，1994：109–136，hier S.127.

来得及投身战斗。① 在此之后，艾兴多夫又多次尝试加入不同的部队：先是打算前往西里西亚的普鲁士大本营投奔作家富凯（Friedrich de la Motte Fouqué），后又意图加入布拉格的奥地利战时后备军，然而所有努力均告失败；最终在一位叔父的帮助下，艾兴多夫进入西里西亚的战时后备军，担任军队教习，只是他一直没有机会真正参与战事，连著名的莱比锡民族大会战也只能以后方部队成员的身份经历。②1815 年 3 月拿破仑复辟之后，新婚宴尔的艾兴多夫再次受到民族热情的感召，试图加入布吕歇尔（Gebhard Leberecht von Blücher）的军队，并于 5 月 4 日在布吕歇尔的大营中见到了格奈泽瑙，随后还为格奈泽瑙的战时后备军步兵团招募新兵。③ 虽然艾兴多夫投身正面战场的努力屡屡受挫，但他在拿破仑战争期间一直身处军营之中，因此他并非民族解放战争的局外人；他不断谋求入伍，一方面是为了解决生计问题，另一方面也是为了追求英雄主义，特别是当他在晚年回忆起自己的早年经历时，会刻意强化自己在战争中的参与度，从而将自己塑造成民族神话的一部分。通过艾兴多夫的参军经历可以看出，艾兴多夫绝非一位全身心沉浸在诗歌中的彻头彻尾的文学家，也绝非与新教国家保持距离的天主教少数派，而是不断地在同时代、国家与战争发生互动，特别是他在德意志民族解放战争中与普鲁士国家的关系逐渐开始变得紧密起来，这为他后来在普鲁士政府的职业生涯初步打下了基础。

战争结束后，艾兴多夫正式开启了他在普鲁士的职业生涯。艾兴多夫首先在 1816 年成功申请上布雷斯劳的候补官员一职，但此时的他还没有资格领取薪水，因此他为了获得收入和更为稳定的职位，又在两年后报名参加高一等级的官员考核。④ 为了通过此次考试，艾兴多夫根据考试委员

① Vgl. Christoph Jürgensen. *Federkrieg. Autorschaft im Zeichen der Befreiungskriege* [M]. Stuttgart: J. B. Metzler Verlag, 2018: 4–5.

② 同上，S.241–242.

③ 同上，S.244.

④ Vgl. Hans Pörnbacher. *Joseph Freiherr von Eichendorff als Beamter* [M]. Dortmund: Ostdeutsche Forschungsstelle des Landes Nordrhein–Westfalen，1964: 15–17.

会出具的命题，撰写了他第一篇重要的政论文——《论剥夺德意志主教及修道院自治权的结果》（*Über die Folgen von der Aufhebung der Landeshoheit der Bischöfe und der Klöster in Deutschland*，后文简称《结果》）。这篇文章诞生的时候，普鲁士正在加紧对教会的控制，进一步推动教会的世俗化，考试委员会给身为天主教徒的艾兴多夫出这样一个题目，正是为了考验他是否适合在普鲁士政府任职。通过《结果》一文，艾兴多夫巧妙地化解了这一难题，他既没有背弃自己的天主教信仰，也没有违背国家的教会世俗化意志，而他实现这一和解的手段便是诉诸历史。艾兴多夫一方面批评了世俗化运动的破坏性，另一方面却又看到其积极的一面，承认逝去的事物，也即教会过去至高无上的地位已无法挽回，[①] 当下人们的任务是"无畏地将新的事物敏锐地收入眼底，如果有虚伪之处，则要在科学的土壤上与之斗争"，"荣耀归于上帝，我等则应当警醒、谦卑，并虔诚而忠诚地勤勤恳恳。"[②] 上帝是历史进程的主宰，新旧事物在历史的作用下发生交替，只有承认历史的作用，教会方能摆脱世俗化运动的不利影响，重获新生。

《结果》作为艾兴多夫的第一篇政论文，同时也是一份重要的公文，似乎奠定了他此后同普鲁士国家之间的关系。在艾兴多夫的整个官僚生涯中，出于职业发展的需要，他一直小心地在信仰与国家之间谋求平衡，力求达至一种合题；而文中体现出的艾兴多夫寻求和解的手段——历史，后来逐渐同一个与国家有着天然联系的因素——民族产生了交织，德意志民族，或者说历史中的德意志民族，成为艾兴多夫调和天主教信仰与普鲁士国家之间张力的黏合剂。1820 年 12 月，艾兴多夫接到任命，以政府顾问的身份负责西普鲁士及但泽政府天主教监理事务，[③] 他的顶头上司是特奥多尔·冯·舍恩（Theodor von Schön），此人是普鲁士重要的改革派政治

---

① Pörnbacher, 1964, S.18.

② Joseph von Eichendorff. *Werke in 6 Bänden（Bd.5）*［M］. Frankfurt am Main：Deutscher Klassiker Verlag, 1993：510.

③ Pörnbacher, 1964, S.21.

家，信仰新教，对天主教一直持有怀疑态度。舍恩与艾兴多夫之间的关系历来引起了众多学者的关注，部分研究者认为二人保持着超越了教派纷争的终身友谊，而另一些研究者则认为两者的关系因为政见不同事实上一直貌合神离。但不管怎么说，舍恩对艾兴多夫的态度总体上是赏识的，他十分看重艾兴多夫文学方面的天赋，将他的文学创作实践视为一位"高级普鲁士官员能力的证明"[1]，也懂得如何让艾兴多夫的文学才能为自己的政治目标所用。在舍恩的帮助下，艾兴多夫的历史剧《玛利亚堡的最后一个英雄》（*Der letzte Held von Marienburg*）得以于 1830 年在柯尼斯堡出版。[2]这部作品之所以能够得到舍恩的支持，与舍恩在西普鲁士的一项野心勃勃的、带有普鲁士民族主义色彩的施工计划——前德意志骑士团总部所在地玛利亚堡（Marienburg）的重建有关，而这一计划还促成艾兴多夫在 1844年撰写了另一篇重要的涉及德意志民族问题的政论文——《玛利亚堡德意志骑士团宫殿的重建》（*Die Wiederherstellung des Schlosses der Deutschen Ordensritter zu Marienburg*，后文简称《重建》），这一点笔者将在后文作进一步探讨。

　　1831 年 10 月，艾兴多夫调任普鲁士首都柏林，进入外事部任职，[3]这样一来，他同以施泰因等改革派为代表的普鲁士政治核心人物的关系又更进了一步，但他一直同改革派（舍恩也是其中一员）主张的以普鲁士为领导的地方民族主义保持着一定的距离，因为艾兴多夫主张的是具有大一统色彩的、同时强调正统基督教信仰的德意志民族思想，而这样的民族思想在信仰天主教的西南德地区乃至奥地利都很有市场，普鲁士民族主义和天主教保守派主张的德意志民族思想，再加上产生于法国大革命时期的自由主义民族思想，数股民族思潮使得德意志民族的统一难以实施。然而几年后，一起事件直接促使不同的民族思潮首次结为同盟，那就是 1840 年

---

[1]　Frühwald, 1979, S.45.

[2]　同上，S.48.

[3]　Pörnbacher, 1964, S.34.

的莱茵危机。[1]1840 年，法国宣称莱茵河为法国的天然边界，主张莱茵河左岸应为法国领土，此举令德意志人真切感受到了来自法国的威胁，法德两国之间也差点因此爆发战争。莱茵危机再一次唤醒了德意志人的民族意识，使包括普鲁士甚至是奥地利的整个德意志重新回归到了拿破仑战争时期德意志民族空前团结的局面，而这正中艾兴多夫的下怀。[2] 莱茵危机之所以会唤起德意志各邦及各政治派别，特别是具有离心倾向的西南德天主教地区的民族意识，有一个重要的原因便是坐落在科隆的大教堂重新进入了人们的视野。科隆大教堂的所在地恰恰位于法国要求获得的莱茵河左岸地区，这一地区既是普鲁士领土，同时也是传统的天主教地区。科隆大教堂的修建始于 1248 年，历经数次施工，却因为种种原因一直未能完工。而此刻，这座未完成的宏伟大教堂有被外敌夺走的危险。对于艾兴多夫来说，莱茵危机可以浓缩为科隆大教堂的危机，在他看来，革命是反基督教的行为，而法国作为大革命的发源地正是德意志民族斗争的对象，也正因为如此，在以艾兴多夫为代表的天主教信众，特别是生活在德意志西部的天主教徒眼中，科隆大教堂成了德意志民族与基督教的双重象征。[3] 所以，在这样的背景下，德意志各界纷纷提出将科隆大教堂建设完工的诉求，并且该计划也得到了普鲁士国王腓特烈·威廉四世（Friedrich Wilhelm IV）和巴伐利亚国王的公开支持，各地也如雨后春笋一般涌现了数个大教堂建设协会（Dombauvereine）：1840 年 11 月科隆成立了第一家协会；1842 年 2 月，柏林协会成立，[4] 艾兴多夫正是柏林大教堂建设协会创始人兼主席团成员之一。大教堂建设协会的宗旨是呼吁德意志各界人士参与支持科隆大教堂的建设工作，特别是为工程募集资金。为了配合柏林大教堂建设

①　Lutz, 1985, S.120.

②　Riemen, 1994, S.128.

③　Vgl. Stiftung Haus Oberschlesien, Landschaftsverband Rheinland, Rheinisches Museumsamt, Eichendorff–Gesellschaft（eds.）. *Joseph Freiherr von Eichendorff（1788–1857）：Leben–Werk–Wirkung*［M］. Köln：Rheinland–Verlag, 1983：58.

④　Eichendorff, Bd.5, 1993, S.1167.

协会的成立，艾兴多夫还在《普鲁士国家汇报》（*Allgemeine Preußische Staatszeitung*）第 92 号上刊载了题为《柏林科隆大教堂建设协会》的宣言，并附上了一份对科隆大教堂建设工作的简要历史回顾。《柏林科隆大教堂建设协会》一文充分体现了艾兴多夫宗教思想与民族思想的高度融合。在该文中，艾兴多夫回顾了科隆大教堂修建的艰难历程，仿佛在记叙德意志民族苦难的历史：种种形式的"内部反目"（innere Zerwürfnisse aller Art）[①]，也即爆发于德意志民族内部的一场场内战、德意志民族的不和，使得大教堂的修建和维护举步维艰；法国大革命及拿破仑战争期间，神圣的宗教场所居然被法军用作粮草库，建筑好比德意志民族神圣的躯体，遭受了巨大的损害；然而比战争的破坏还要糟糕的是，18 世纪最后三十余年的建筑艺术品味转向了所谓的"更为雅致的意大利建筑风格"，使得本就不多的资金大都被用在了"不恰当的装饰上"，导致整座建筑的维护缺乏资金，[②] 换言之，异族文化的入侵更是危害到了德意志民族存在的根本。因此，到了 19 世纪初，如同瓦解的德意志帝国、分崩离析的德意志民族一样，科隆大教堂这座"孕育了德意志艺术家精神"的"德意志建筑艺术最为庄严的纪念碑"，"有了垮塌为一片废墟的危险"。[③] 所幸战争结束后，在德意志诸君主领导下的德意志各族人民的呼求下，普鲁士国王腓特烈·威廉三世（Friedrich Wilhelm III）将"庇佑的双眼转向了科隆大教堂"，重启大教堂的施工；而被誉为"王座上的浪漫主义者"（Romantiker auf dem Thron）的腓特烈·威廉四世更是明智地决定按照中世纪时期的最初方案来完成大教堂的建设，回归古老的基督教传统。艾兴多夫热烈地指出了科隆大教堂的建设将会成为德意志民族重新联合的一大契机：

　　它们（德意志诸城市）向欧洲其他的民族证明，当需要执行关乎共同

---

　　① Eichendorff, Bd.5, 1993, S.684. 以下《柏林科隆大教堂建设协会》中的中文引文皆为笔者自译，全文参见附录。

　　② 同上，S.685.

　　③ 同上，S.681.

的祖国的想法之时，所有德意志人都会将自己看作是一个庞大部落的一员。当欧洲的和平遭遇到了威胁的时候，德意志民族的这种统一与和睦得到了最为生动的确证……如今又意图通过完成一座庄严的基督教神殿来重新证明自己。①

　　由此可见，在艾兴多夫的眼中，科隆大教堂象征着德意志地区宗教及政治统一，同时也象征着德意志民族的团结协作，无论是对于教会还是德意志民族，完成科隆大教堂的建设工作都是一项使命，而愿意承担起科隆大教堂庇护人角色的普鲁士也就成了德意志民族乃至教会事实上的领导者（哪怕这一点并非教会所乐见的）。此外，艾兴多夫还在文中不断地将科隆大教堂与"德意志"这一概念组合在一起，使"德意志民族"与"基督教兄弟"这两个主体并行，德意志民族与基督教会逐渐以大教堂为中心，融为一体，大教堂亦不再是号令整个欧洲乃至世界的教会的所有物，而是专属于"德意志的"神殿：

　　这是在德意志的土地上扩建一件艺术作品！在德意志的语言响起的地方，德意志民族的各个部族都会聚集在一起，为德意志民族的和睦及基督教的兄弟之爱缔造一座新的纪念碑，这座纪念碑装饰着通力协作的民族各部落的纪念符号，宣告着德意志那庄严的意志：这座神殿要永远地耸立在德意志的土地上，接受着德意志的庇佑。②

　　无独有偶，在位于普鲁士疆域中最西端的科隆大教堂成为德意志民族与基督教会统一双重象征的同时，坐落于普鲁士最东部西里西亚地区的另一处建筑也获得了同等的功能，那就是位于西普鲁士的玛利亚堡。玛利亚堡坐落在但泽东南方向约45公里、柯尼斯堡西南方向约120公里处，由德意志骑士团于1274年开始建设，并于1276年完工，德意志骑士团繁盛时期这里一直是骑士团的主要据点、骑士团团长驻扎的地方。然而一次次的战火使得玛利亚堡遭受了与科隆大教堂同等的命运，成了一片废墟；

---

　　① Eichendorff, Bd.5, 1993, S.682.

　　② 同上，S.682–683.

1772 年普鲁士瓜分波兰，从而从波兰人手中获得玛利亚堡后，玛利亚堡非但没能得到合理的修缮，反而遭到了更为严重的破坏，腓特烈二世甚至将其用作了兵营。[1] 直到 19 世纪初，这座城堡才逐渐得到普鲁士官方重视。这时的普鲁士开始认识到，德意志骑士团的东部殖民行动是普鲁士后来壮大为强国的前提（因为德意志骑士团的领土后来大多为普鲁士所接管），而玛利亚堡作为德意志骑士团团长驻地正是德意志人在东部对抗斯拉夫人的据点，因此，玛利亚堡成了"德意志—普鲁士权力及伟大的象征"[2]，由此，玛利亚堡开始被纳入普鲁士国家历史体系之中。这也是为什么时任西普鲁士地方长官的舍恩会积极推进玛利亚堡重建的重要原因，他的目的是要将玛利亚堡打造成普鲁士建国神话乃至德意志民族神话的承载。玛利亚堡的重建工作不仅符合普鲁士的国家利益，还受到了具有浪漫主义倾向的文人欢迎。玛利亚堡始建于中世纪，承载着德意志乃至欧洲中古时代的历史，而这段时期是浪漫派文人眼中宗教氛围浓厚、欧洲内部和谐统一的黄金时代，浪漫派文人对中世纪欧洲的热情能够在对玛利亚堡的追忆与重建中得到表达；此外，由于德意志骑士团本身是中世纪天主教会下属的军事组织，是教会的守护者，承担了西方教会抗击所谓的"斯拉夫异教徒"的工作，玛利亚堡也就获得了重要的宗教维度（这一点从玛利亚堡的命名中也可窥见一斑，因为"玛利亚"即圣母之名），成了浪漫派文人宗教情怀的寄托。因此，无论在普鲁士政府还是浪漫派文人的眼中，位于普鲁士西部的玛利亚堡都与东部的科隆大教堂一样，成了基督教会与德意志民族统一的符号。到了 19 世纪上半叶，德意志逐渐将自己视为抵御"东方"斯拉夫人的桥头堡，并且在这一时期，连德意志越山主义者都在强调德意志人的天然领导权，突出德意志人在东南欧地区的文化使命，[3] 因此位于普鲁士东部的玛利亚堡在精神上的重要性得到了进一步凸显。正是在这样的背景下，以舍恩为代表的普鲁士政府

---

[1] Eichendorff, Bd.5, 1993, S.1174.

[2] 同上。

[3] Vgl. Scholz, 2005, S.370.

重建玛利亚堡的计划与出身天主教、并在普鲁士政府任职的浪漫派文人艾兴多夫的理念一拍即合。艾兴多夫在西普鲁士任职期间一直关注并参与到玛利亚堡的重建工作中，除了在文学上通过历史剧《玛利亚堡的最后一个英雄》对这座历史遗迹进行追忆，他还在舍恩的授意和支持下，于1842年准备开始撰写这座城堡的历史，即《玛利亚堡德意志骑士团宫殿的重建》，并于1844年在柯尼斯堡出版，期间舍恩帮助艾兴多夫争取到了普鲁士国王的经费支持以及前往玛利亚堡的休假权。

在《重建》一文中，艾兴多夫基本沿用了《柏林科隆大教堂建设协会》的写作模式，在叙述玛利亚堡在当代的重建工作之前，以时间为线索，重点追忆了玛利亚堡自中世纪落成起经历过的数百年风风雨雨，以及德意志骑士团的兴衰，在历史中呈现作为基督教与德意志民族双重象征的玛利亚堡的立体形象。与《柏林科隆大教堂建设协会》不同的是，在《重建》一文中，艾兴多夫逐渐开始同普鲁士政府的理念，特别是同普鲁士地方爱国主义保持距离。以舍恩为代表的普鲁士当局重建玛利亚堡，支持艾兴多夫撰写玛利亚堡重建历史的目的是要将这座具有天主教背景的骑士团城堡纳入普鲁士建国神话的系统中，他们需要尽可能地强调德意志骑士团的东部殖民史，以及普鲁士对德骑士团遗产的继承；而艾兴多夫在《重建》中却多次批评普鲁士在对待玛利亚堡时遵循的"功利主义原则"（Utilitätssystem）[1]，同时他在转述舍恩等普鲁士官员君主立宪的理念——玛利亚堡应当像"古英格兰的威斯敏斯特大教堂，国王是那里的守护人，民族中的所有贵胄在那里宾至如归"[2]——的同时，又在尽可能地将相对狭隘的普鲁士爱国主义及王室至上理念，同自己自解放战争以来就一直秉持的德意志民族统一思想结合起来：

　　每个认真对待此事的人，每座城市、每个团体、每个家庭，或者视情况而定，由多个主体一起，可以负担起建设这件作品的某一个特定部分的

---

① Eichendorff, Bd.5, 1993, S.750.

② 同上，S.762. 以下对《重建》一文的引用皆为笔者自译。

开销，如一个房间，一个穹顶，一根立柱或一扇窗户，并允许通过在建筑上添加铭文、纹章或其他相应的徽记的方式来告诉后人自己曾光荣地参与到这项工作中。……①

只有国王将玛利亚堡看作是一座真正的民族杰作守护起来，使它免遭时代的厄运，他的民众忠诚地围绕在他的身边，每一个普鲁士人都亲自协助、参与建设，并认识到自己是一个伟大社群的一分子，古老的玛利亚堡才会以迅雷不及掩耳之势拔地而起。②

甚至在叙述 1772 年普鲁士瓜分波兰、进而接管玛利亚堡的历史时，艾兴多夫仍不忘乘机夹带自己的真实立场：为了向普鲁士国王表示敬意，玛利亚堡发行了一枚纪念币，正面印有普鲁士国王腓特烈二世胸像，背面是国王接受西普鲁士地图的场景；但与此同时，纪念币上却刻有一条显得不那么和谐的铭文——"玛利亚堡的忠诚献给重新统一的帝国"（Regno redintegrato fides praestita Mariaeburgi）③，这里所指的"帝国"显然并非普鲁士，而是德意志民族神圣罗马帝国。但即便如此，在艾兴多夫看来，玛利亚堡所在的西普鲁士地区被并入普鲁士王国依然是一件幸事，因为一方面西普鲁士终于能够同早已归属普鲁士王国的"部落亲族"（stammverwandt）东普鲁士地区重新统一，另一方面艾兴多夫在叙述波兰统治西普鲁士的这段历史时，使用了一个 19 世纪中叶德意志地区借以贬低波兰的常用概念来概括这一历史阶段，即波兰之混乱（die polnische Wirtschaft）④，从而同普鲁士统治时代，特别是解放战争之后玛利亚堡的兴盛形成对照。换言之，艾兴多夫在《重建》一文中既流露出对普鲁士政府狭隘地方主义的不满态度甚至是离心倾向，又怀有对普鲁士领导德意志统一、推动民族兴盛的期待。

---

① Eichendorff, Bd.5, 1993, S.762.

② 同上，S.762-763.

③ 同上，S.747.

④ 同上，S.726.

从《柏林科隆大教堂建设协会》和《玛利亚堡德意志骑士团宫殿的重建》二篇涉及德意志民族问题的政论文中，人们可以看出信仰天主教的普鲁士官员艾兴多夫在普鲁士面临的两难处境以及暧昧态度。借受上级委托撰写这两篇政论文的契机，艾兴多夫也在试图调和自己与政府当局和上级领导之间在宗教信仰及政治立场问题上怀有的不同理念，而他选择的解决方案便是诉诸历史和民族，以历史上黄金时代的德意志民族和未来可能会实现的统一的德意志民族为桥梁，沟通信仰与现实政治。科隆大教堂与玛利亚堡这两座分别矗立在普鲁士东西两端的天主教建筑若是想要被纳入新教普鲁士的国家体系之中，就需要使它们成为德意志民族共同的记忆；反过来，进入德意志民族记忆的科隆大教堂与玛利亚堡为德意志民族的特性注入了宗教色彩，使普鲁士主导下的德意志统一进程中出现了一丝不和谐之音。出于对自身仕途发展的考量，天主教官员艾兴多夫受普鲁士政府之命撰写的两篇涉及德意志问题的政论文仍在尽力调和自身信仰与国家意志之间的冲突，而在相对自由的文学领域，艾兴多夫终于能够真正表达自己将天主教信仰融入德意志民族性的理念，只不过他依然沿袭了《柏林科隆大教堂建设协会》和《玛利亚堡德意志骑士团宫殿的重建》的路径，通过回溯历史中拥有共同信仰的德意志民族，在文学的历史中揭示德意志民族的共同精神和文化记忆，从精神上为未来的德意志民族统一指明方向。

三、德意志民族的精神发展史：1848 年前后的文学史书写

随着拿破仑战争的结束，德意志民族统一运动在政治领域暂时偃旗息鼓，并逐渐转向了精神领域。不少德意志文人见民族统一政治诉求难以实现，于是便选择了一条精神的道路，那就是在文化的历史中寻找德意志民族的身影，在文化领域缔造德意志民族的神话。18 世纪下半叶至 19 世纪初，以歌德和席勒为代表的德意志文学高峰时代的来临，使得德意志人的民族自豪感油然而生，因为德意志文化的兴盛也意味着德意志民族的繁荣期即将来临。此外，18 世纪下半叶至 19 世纪初一系列中世纪文学作品手稿的

发现、编撰和出版，以及对古代德意志民间故事、童话及传说的搜集，也为德意志文人在历史中追溯本民族的源头提供了材料支撑：早在 18 世纪中叶，瑞士语文学者博德默尔（Johann Jakob Bodmer）和布莱丁格（Johann Jakob Breitinger）就已经编辑出版了中世纪宫廷抒情诗集《马奈塞手抄本》（*Manessische Handschriften*）；[①]1807 年，后来成为柏林大学第一位古德意志文学教授的冯·德尔·哈根（Friedrich Heinrich von der Hagen）编辑出版了中世纪史诗《尼伯龙人之歌》；[②]卡尔·拉赫曼（Karl Lachmann）于 19 世纪 20 至 30 年代先后出版的瓦尔特·冯·德尔·福格尔魏德（Walther von der Vogelweide）等中世纪诗人的历史校勘本成了后世中世纪文学研究的权威底本；紧随赫尔德《民歌集》的脚步，又有了格勒斯搜集出版的《德意志民间故事书》（*Die teutschen Volksbücher*，1807 年）和布伦塔诺与阿尔尼姆出版的民歌集《男童的奇异号角》（*Des Knaben Wunderhorn*，1805—1808 年），而最重要的莫过于格林兄弟搜集出版的《儿童与家庭童话》（*Kinder- und Hausmärchen*，1812—1815 年）。[③]德意志文学的高峰，加上同一时期发掘出的德意志古代文学宝藏，促成了一个新兴学科——日耳曼学的诞生，该学科是 19 世纪上半叶历史意识及民族意识双重作用下的产物。1846 年 9 月 24 日至 26 日，法兰克福召开第一届日耳曼学学者大会，负责向学界发出邀请的十八人委员会由六名法学家、六名历史学家和六名语文学家组成，会议的主要倡议人也被分别列在上述三个学科之下，[④]

---

① Gisela Brinkler-Gabler. Wissenschaftlich-poetische Mittelalterrezeption in der Romantik［C］// Ernst Ribbat（ed.）. *Romantik*：*ein literaturwissenschaftliches Studienbuch*. Königstein im Taunus：Athenäum Verlag，1979：80-97，hier S.81.

② Vgl. Kremer/Kilcher，2015，S.74.

③ 同上。

④ 在会议的主要倡议人中，法学家有莱舍尔（August Ludwig Reyscher）、米特迈耶（Carl Joseph Anton Mittermaier）和贝泽勒（Georg Beseler），历史学家有阿恩特、达尔曼、格维努斯和兰克（Leopold von Ranke），语文学家有格林兄弟、拉赫曼和乌兰德（Leopold Uhland）。Vgl. Müller，2000，S.5.

由此可见，日耳曼学在初创时期主要涉及的学科是法律、历史和语文学，文学研究尚没能成为一个独立学科。然而上述三个学科的主要研究对象基本都是用所谓日耳曼语言或者说德语写成的文本，这些文本从广义上说也可以算是文学作品，学者们在进行研究的时候采用的也大多是语文学的、文本细读的研究方法，因此文学研究学科从实践的角度看也在逐渐成形；除此之外，从日耳曼学学者大会的成员构成也可以看到，即便是对于法学家和语文学家而言，历史视角也是必不可少的，许多法学家和语文学家本身的研究对象正是古代日耳曼人的法律和文学作品。由此，语文学或文学研究与历史视角开始在日耳曼学学科领域内紧密结合起来，从中脱胎出一个新的学科分支——文学史（Literaturgeschichte）。

虽然对历史上作家及文学作品的介绍早在18世纪下半叶便已经存在，但真正意义上的受历史意识主导的德意志文学史书写始于19世纪中叶。1830年七月革命之后至1848年革命之前，由于政治局势复杂，德意志民族的未来尚不明朗，人们开始试图从历史中寻找德意志民族的未来；与此同时，由于当时并未形成统一的德意志民族，作为政治史的德意志民族历史尚不存在，因此对历史的兴趣便落在了语言、文学和哲学等思想领域，[①]从而为文学史书写的繁盛准备好了土壤。在现实政治环境局促的情况下，文学史书写成了政治运动的等价物乃至替代品，从而获得了政治意义，特别是在德意志问题上，对德意志民族文学史的重建成了民族认同的纲领。[②]1801年到1804年，也即在法国大革命逐渐进入尾声、紧接着拿破仑战争爆发的背景下，奥·威·施莱格尔（August Wilhelm Schlegel）在柏林作题为"论美文学与艺术"（Über schöne Literatur und Kunst）的系列讲座。在讲座中，奥·威·施莱格尔将德意志文学抬高到了与古希腊罗马时代文

---

① Vgl. Karl-Heinz Götze. Die Entstehung der deutschen Literaturwissenschaft als Literaturgeschichte〔C〕//Jörg Jochen Müller（ed.）. *Germanistik und deutsche Nation 1806-1848*. Stuttgart/Weimar：Verlag J.B.Metzler，2000：167-226，hier S.197.

② Fohrmann，1989，S.98.

学与中世纪罗曼国家文学比肩的地位，由此开启了 19 世纪带有德意志民族意识的德意志民族文学史书写进程；除此之外，由于奥·威·施莱格尔的文学史叙述继承了赫尔德的民族理念，也即民歌是民族精神的体现，因此他的"论美文学与艺术"系列讲座与赫尔德一同为后来有计划的、以呈现本民族之伟大为己任的民族文学史书写提供了历史主义及民族特性等理论基础。① 而随着拿破仑战争结束，欧洲旧秩序得到重建，德意志民族统一运动被德意志各邦国视为不稳定因素：1819 年 3 月 23 日，剧作家科策布（August Friedrich Ferdinand von Kotzebue）被爱国学生刺杀后，德意志邦联在奥地利的主导下通过《卡尔斯巴德决议》（Karlsbader Beschlüsse），取缔爱国青年社团，镇压民族统一运动。在这样的政治背景下，19 世纪 20 年代之后的文学史书写更加具有了乌托邦色彩，它们把目光转向由基督教统一的中世纪欧洲，将中世纪视为信仰和民族统一的时代，② 而这一视角也是德意志浪漫主义的代表性史观，对统一的中世纪黄金时代的追忆与德意志中古文学作品的发掘和复兴在文学史中被有机地结合起来。此后，文学史书写真正成了德意志民族统一运动在精神领域的体现，各种文学史著作也随之大量涌现。通常被放在德意志民族文学史书写开端的是沃尔夫冈·门策尔（Wolfgang Menzel）于 1828 年撰写的《德意志文学》（*Die deutsche Literatur*）。在这部文学史中，门策尔同样将德意志民族的伟大及特性同民族文化联系在了一起，因此该著作在德意志民族文学书写领域具有一定的范式作用。③

19 世纪 30 年代之后到 1848 年革命前夕，由于政治局势的影响，德意志民族文学史的写作越来越受到多种意识形态的影响，怀有不同政治倾向的作者撰写的文学史著作亦存在不同的立场。这一时期最重要的文学史

---

① Andreas Schumann. *Nation und Literaturgeschichte：Romantik-Rezeption im deutschen Kaiserreich zwischen Utopie und Apologie*［M］. München：Iudicium-Verlag，1991：31.

② 同上，S.33.

③ 同上，S.33-34.

便是格维努斯（Georg Gottfried Gervinus）于 1835 年至 1842 年撰写的五卷本鸿篇巨制《德意志人的民族文学史》（*Geschichte der poetischen National-Literatur der Deutschen*）。格维努斯本人是自由主义者及民主主义者，他在政治上坚决主张国家及社会的"市民化"，认为"市民化"是历史的真正目标，并将市民阶层的理想视为"能够在历史中实现的真正的人的化身"①，但同时他也反对革命，拒绝一切极端行为，② 因此他属于温和的自由派。在这样一种政治立场的影响下，格维努斯的文学史书写自然也就成了"市民政治的媒介"③。由于格维努斯秉持的是"道德化的、国家政治的"④ 历史写作立场，因此他的文学史并不注重文学作品的美学价值，甚至不愿意进行美学上的评判，而是更加关注作品中体现出的与文学本身无关的政治伦理，关注作家的政治取向，以作品是否"符合时代"（Zeitgemäßheit）来衡量作品的价值。⑤ 此外，文学作品中体现出的民族因素也是格维努斯的关注对象，在他看来，自己的文学史著作应当成为德意志民族的"家庭读物"⑥，该书的目的是"帮助理解民族精神和民族特性"，"在民族性的发展中对其进行描绘"⑦；文学应当是"民族教育的工具"，因为民族文学无处不在，所有德意志人都或多或少地参与到了民族文学的生产或接受中，因此文学作品能够充分地反映德意志民族性。⑧ 格维努斯的"民族文学反映民族精神"理念依旧遵循了赫尔德以降的传统民族文学观及民族史观，这也是

---

① Michael Ansel. *Gervinus' Geschichte der poetischen National-Literatur der Deutschen*: *Nationbildung auf literaturgeschichtlicher Grundlage* [M]. Frankfurt am Main/Bern/New York/Paris: Verlag Peter Lang, 1990: 99.

② 同上，S. 102.

③ Götze, 2000, S. 212.

④ Hans-Egon Hass. Eichendorff als Literarhistoriker [J]. *Jahrbuch für Ästhetik und allgemeine Kunstwissenschaft*, 1952-1954, 2: 103-177, hier S.107.

⑤ Vgl. Götze, 2000, S.225.

⑥ 同上，S.218.

⑦ Ansel, 1990, S.128.

⑧ 同上，S.182.

1848 年前后各政治派别文学史书写都秉持的基本立场。然而属于自由民主派的格维努斯所撰写的文学史最大的特点是：由于格维努斯支持国家与社会的"市民化"，因此他会根据作品是否符合市民的价值取向来评价文学作品，他理想中的德意志民族文学反映的德意志民族特性应当与市民阶层的价值取向相符，甚至他还更进一步，将德意志民族特性与"普遍的世界主义价值"相结合，进而得出结论：德意志民族是多么接近普遍的人性。[①]即使格维努斯强调，"民族"概念不能同承载民族文学的阶层，也即市民阶层等同，而是超越于一切承载起民族文学的群体而存在，[②]但他评价民族文学的标准依旧以市民价值为导向，其他阶层在民族文学的发展过程中或者是失语的，或者为格维努斯所批判。因此，格维努斯的民族文学史书写传达的是自由民主主义市民阶层的政治诉求和民族期待，他理想中的德意志民族实质上是作为社会中层群体的市民阶层的化身，进而将德意志市民阶层视为全人类的代言人。

而在政治局势复杂、各派系都以民族文学史书写为政治武器的 19 世纪中叶，有自由民主派的文学史书写，就势必会有传统保守力量的文学史与之相抗衡。当时文学史书写存在两个基本立场，它们分别是：① 以市民阶层价值为意识形态指导，使美学实践适应政治实践的文学史书写，其最终的政治目的是要按照市民阶层利益改造国家，这种书写模式的代表人物是格维努斯；② 符合所谓的"封建反动阶层"，也即保守派利益的基督教文学史书写。[③] 后一种书写模式试图在德意志民族文学史中发掘

---

① G. G. Gervinus. *Historische Schriften* ［M］. Karlsruhe：Friedrich Wilhelm Hasper，1838：218.

② Vgl. Jürgen Fohrmann. Geschichte der deutschen Literaturgeschichtsschreibung zwischen Aufklärung und Kaiserreich ［C］//Jürgen Fohrmann，Wilhelm Voßkamp（eds.）. *Wissenschaftsgeschichte der Germanistik im 19. Jahrhundert*. Stuttgart/Weimar：Verlag J. B. Metzler，1994：576–604，hier S.590.

③ Vgl. Götze，2000，S.180.

"宗教内在的历史"①，鼓吹放弃"生活的表象"（也即放弃投身现实的政治活动），回归"自己的内心最深处"（即宗教信仰），②从而借民族文学史在德意志民众中传播基督教伦理，表达教会保守派的反自由及反民主理念，德意志民族文学史从而成了一部美学化的基督—新教信仰史。这种文学史书写立场的代表人物及作品是新教神学家维尔马尔（August Friedrich Christian Vilmar）的《德意志民族文学史讲稿》（*Vorlesungen über die Geschichte der deutschen National-Literatur*，1843—1845 年）和格尔策（Heinrich Gelzer）的《伦理及宗教视角下的德意志民族新文学》（*Die neuere Deutsche National-Literatur nach ihren ethischen und religiösen Gesichtspunkten*，1841 年）。维尔马尔和格尔策都是站在保守教会的立场上撰写的文学史，只不过他们都属于新教派别，这在当时的德意志算是主流，无论在公众中还是研究界都产生了巨大的影响，③特别是维尔马尔的文学史曾再版二十六次，④他的文学史叙述将基督教与日耳曼传统相结合，⑤因而能够在德意志地区产生极大的影响力。

新教保守派文学史书写是主流，格维努斯的自由派文学史书写则被视为政治上最为激进，但除此之外必然还存在其他类型的文学史书写与之争锋相对，那就是天主教派的民族文学史书写。艾兴多夫曾在摘抄簿中对格维努斯的文学史大加嘲讽："格维努斯是位患了疑心病的写作匠，应该以学者的身份继续待在他那些条条框框中，因为他丝毫不理解诗。他只会总结诗人的思想。他称我为反浪漫主义者，并且他似乎只把我看成是剧作家，

---

① Reinhard Behm. Aspekte reaktionärer Literaturgeschichtsschreibung des Vormärz. Dargestellt am Beispiel Vilmars und Gelzers［C］//Jörg Jochen Müller（ed.）. *Germanistik und deutsche Nation 1806-1848*. Stuttgart/Weimar: Verlag J.B.Metzler，2000：227-271，hier S.232.

② 同上，S.235.

③ Joachim J. Scholz. Zur germanistischen Ideologiekritik in Joseph von Eichendorffs Literaturgeschichtsschreibung［J］. *Aurora*，1988，48：85-108，hier S.86.

④ Hass，1952-1954，S.109.

⑤ Behm，2000，S.240.

而对我的诗歌一无所知。"① 从这段评价中我们可以看到，艾兴多夫对于格维努斯文学史最大的不满在于，格维努斯没有从美学的角度正确评判文学作品的价值，只关注作者通过作品展现出的思想。此外，格维努斯在文学史中展现出的自由主义政治立场以及他用来评价文学作品优劣的市民价值取向必然也不被属于保守派的艾兴多夫所接受。而对于新教派别的文学史书写，天主教派别虽然认可他们在文学史中展现出的宗教意识，但他们依然认为天主教派有必要从本教派的角度撰写一部自己的民族文学史。因此，1844 年 12 月，天主教越山派代表人物雅尔克（Karl Ernst Jarcke）致信艾兴多夫，要求他"以格尔策的方式"撰写一部德意志文学史，只不过没有格尔策文学史中体现出的"虔敬主义"。② 正因为如此，艾兴多夫逐步开始考虑自己的文学史写作计划。人们可以从艾兴多夫的写作动机看到，艾兴多夫想要写出一部与格尔策文学史风格类似的作品，只不过基本立场是天主教信仰，因此艾兴多夫的文学史在很大程度上参照了格尔策的书写模式，甚至有观点认为，艾兴多夫的文学史实际上是格尔策文学史的天主教版本，二者的本质差别仅仅在于教派立场不同。③ 但实际上，艾兴多夫背离了主流的对德意志文学的评价模式，即将德意志民族文化的发展进程总结为不断向上发展，并将逐渐走向繁荣。艾兴多夫反对文化不断向上、从而呈现线性发展趋势的神话，主张文学的发展是一个"同时性的、平行的"发展过程。④ 就文学发展的趋势而言，艾兴多夫认为德意志民族文学史上出现了多个高峰，无论在当代与古代，无论在什么地区，都涌现出了同样优秀的民族文学。这样一来，艾兴多夫就否认了当时将 18 世纪文学经典化的做法，将目光更多地转向了古老的中世纪文学和当下具有一定反自由主义倾向且带有复古特征的浪漫派文学。艾兴多夫会得出这样一个背离主

---

① Zit. n. Schultz, 2007, S.274.

② 同上，S.270.

③ Scholz, 1988, S.7.

④ 同上，S.107.

流观点的结论，一方面可能是因为 1848 年前后不安定的政治局势，特别
是后来风起云涌的革命运动对保守的艾兴多夫产生了一定的影响，另一方
面或许是由于天主教派在当时的德意志地区，尤其是普鲁士所处的边缘地
位，使得艾兴多夫必然会提出针锋相对的观点。因此，艾兴多夫的德意志
民族文学史作品给出的是天主教群体心目中理想的民族文学形态，传达的
是天主教派的民族文学观，其意图是要挑战当时德意志最为主流以及最为
激进的民族文学书写，最终通过天主教德意志民族文学史书写构建出天主
教群体心目中理想的德意志民族形象。

四、普世教会民族思想：以宗教为集体纽带的"大"德意志民族

早在 19 世纪 30 年代，诗人艾兴多夫便已经开始投身文学评论领域，
撰写德意志文学史著作，而他尤为关注的是差不多与他同一时代的浪漫主
义文学运动，并且他自己也是浪漫主义文学在晚期的重要代表之一。正如
前文所述，虽然艾兴多夫持天主教信仰，在政治立场上也同意与领导德意
志地区的新教普鲁士保持着一定的距离，但浪漫主义运动展现出的天然的
民族意识在艾兴多夫的文学创作及文学思考中得到了充分的体现。奥地利
文学史家科施（Wilhelm Kosch）曾这样评价艾兴多夫身上体现出的德意志
民族性：

他（指艾兴多夫——笔者注）不仅是德意志诗人中最受欢迎的，还是
最德意志的。他最为纯粹地反映了德意志民族古老精神；德意志的信、望、
爱，德意志心性，正直的德意志男性的自豪感，德意志人内在的对自然的
热爱、童真、渴望。——引自《艾兴多夫全集》第一卷前言，1923 年。[1]

科施对艾兴多夫文学作品中体现的所谓德意志民族精神的定性尚有
待商榷，但艾兴多夫对于德意志民族历史的关照已经在本章第二节得到了

---

[1] Zit. n. Korte, 2000, S.150.

深入探讨并得到了验证，而 1857 年出版的《德意志文学史》更是晚年的艾兴多夫对于自己在德意志民族文学史问题方面的思考的一个总结。正如艾兴多夫在《德意志文学史》引言中指出："民族的立场，也即根据一种文学与它所属民族之精神的一致程度来欣赏文学，能够更加触及事物的本质。"[①] 换言之，艾兴多夫的《德意志文学史》除了包含天主教派倾向之外，还包含了民族这一重要维度。文学对于民族的意义，被艾兴多夫总结为："理念是其（即民族——笔者注）刀剑，文学是其战场。"[②] 通过对德意志历史从古至今的文学现象进行评述，艾兴多夫从天主教信徒的立场出发，对德意志民族进行了一番不同于其他普鲁士新教人士的思索。成书于 1848 年革命之后的《德意志文学史》中展现出的艾兴多夫的民族观既不赞同普鲁士政府当局在德意志地区谋求排他性的绝对领导权，也反对自由民主派秉持的具有个人主义和革命倾向的民族意识；相反，它是一种以宗教、具体而言是以正统天主教会为民族之集体纽带的"大"德意志民族观，也即一种普世教会的民族思想。然而这样一种普世教会民族思想并非以某个官方机构或是学者文人为主体，而是以大众或曰人民（Volk）为主体，并且它追求的绝不是一种整齐划一的、一元论的德意志民族，而是一种多元化的民族主体，其"大"德意志性体现出的是民族主体的大以及民族特性范畴的大，因而是教会普世理念影响下的德意志民族观。

1. 民族文学的永恒中心：宗教性

"一切诗只不过是民族内在历史的表达，仿佛民族内在历史的灵魂之体，而民族的内在历史是宗教；因此，一个民族的文学只能在各民族各个时期宗教立场的背景下方能得到评价和理解。"[③] 在《德意志文学史》全篇中，宗教性（Religiösität）这一概念贯穿始终。在艾兴多夫看来，文学

---

① Eichendorff, 1970, S.19. 以下对《德意志文学史》的中文引用皆为笔者自译。

② 同上，S.5.

③ 同上，S.101.

的历史无非是"持续性地有节奏地远离和再次返回那个宗教的中心"①，是一种"神秘的向心力和离心力，天堂的预知与尘世的沉重之间一场持续的斗争"②。历史上的德意志文学作品总是与宗教处于持续不断的互动关系之中，而作品是否体现出了正统天主教信仰、是否包含浓烈的宗教情感就成了艾兴多夫评价文学作品的标准。然而抛开一些因为信仰问题而得不到艾兴多夫积极评价的文学时期（例如宗教改革时期的文学）不谈，就德意志民族而言，艾兴多夫认为，欧洲诸民族中最细致、内心世界最为丰富、最为宁静沉思的德意志人的民族性中体现出的宗教性无人能及：

> 日耳曼诸族才是充分认识到基督教之庄严，并让基督教在世界历史上发挥其影响力的民族，……虽然在十字军东征中，英格兰人与法兰西人遥遥领先，但德意志人最终赶上大部队之后，当十字军东征在英格兰人和法兰西人那里变得越来越政治化时，是德意志人最为忠诚地保住了这些斗争原初的宗教特性。③

为了从根源上论证德意志民族性中包含着其他任何民族都无可比拟的宗教性，艾兴多夫甚至将德意志民族宗教虔诚的历史向前追溯到了异教时代的古日耳曼人。在列举了自由意识（Freiheitsgefühl）、忠诚（Treue）、荣誉（Ehre）、精神之爱（geistige Liebe）以及对自然的情感（Naturgefühl）等一系列德意志民族特性，也即早期德意志民族文学产生的具体原因后，艾兴多夫将这一系列具体原因都归结为宗教这一总的根源，并且在艾兴多夫看来，日耳曼原始宗教虽然也属于自然宗教，崇拜"太阳、火与水"，但它不同于希腊人和罗马人的宗教，它更具有超验性特征（das Übersinnliche）。通过对比古希腊罗马神话中的主神宙斯/朱庇特与日耳曼信仰中的主神沃坦，艾兴多夫指出，神话中的具体情节代表了民族信仰的伦理基础，由于古希腊罗马诸神在性情方面反复无常，因此古希腊罗马人的信仰几乎可以说是

---

① Eichendorff, 1970, S.21.

② 同上，S.22.

③ 同上，S.5.

"幼稚的宗教尝试"；相比之下，日耳曼传说中的诸神之父沃坦却是"不义之行最高的判官和复仇者"，代表了"古日耳曼人永恒正义的理念"，①而他们想象中的英灵殿则代表了一种对彼岸世界的愉快的信念及向往。在这样一种原始宗教的影响下，古日耳曼人很早就树立了对永生的坚定信仰，因此在战争中，日耳曼民族必然会富有英雄气概，视死如归。艾兴多夫还进一步指出，北欧神话集《埃达》里的诸神传说及英雄史诗给人以一种悲凉而深沉的感受，这种悲壮的氛围加上神话传达给日耳曼人的崇尚正义及信仰永生等信念，一同表明了古日耳曼民族对"神的真理的预知"，暗示了"基督教产生的影响"，哪怕这种影响"无法在历史上得到证明"。②艾兴多夫在这里显然没有考虑宗教发展的历史现实，而是片面地将古代日耳曼人的信仰与基督教对应，其目的是为了证明从先祖的时代起，宗教性就已经是塑造德意志民族性的根本力量了。除此之外，艾兴多夫还指出，虽然南方诸民族，也就是所谓的罗曼民族早在日耳曼人之前就已经接受了基督教信仰，但他认为，基督教在拜占庭成了"服务于世俗国家利益的宫闱之事"；而在罗马，"多民族及多信仰的庞大混杂"，以及"学者们殚精竭虑地用哲学的方式，通过新柏拉图主义来重新解读并复兴古代神话"，这些做法对基督教造成了多重破坏性乃至瓦解性的影响。③因此，欧洲的基督教化也被艾兴多夫归结为日耳曼诸族的贡献。通过这样一种对比，艾兴多夫赋予了日耳曼民族更早于其他欧洲民族的宗教渊源，并且这种宗教渊源较之于其他民族要来得更加纯粹。

　　在接下来的内容中，艾兴多夫继续以基督教信仰为线索，来勾勒整个德意志民族的文学发展历程。随着基督教化程度的加深，德意志民族文学的宗教程度逐渐加深，其中的异教元素也逐步让位于基督教元素。从日耳曼人的基督教化到 10 世纪之前的数个世纪被艾兴多夫视为过渡期，而在

---

① Eichendorff, 1970, S.32.

② 同上，S.32.

③ 同上，S.34.

此之后一直到宗教改革之前的这段时间里，也就是现代学界认为的中世纪时期，德意志文学被艾兴多夫分成了两大类别：基督教文学与世俗文学。按照艾兴多夫的理解，正是德意志民族这种根深蒂固的宗教性，孕育了在他看来真正具有德意志特性的、以天主教精神为背景的中世纪文学，并由此建立德意志民族文学的正统。① 在这里，艾兴多夫提出了一个关键性的、并且深刻影响到了后世对浪漫文学的认知的观点：基督教文学超验、奇异、神秘及象征的特征，正是浪漫主义区别于其他思潮的根本特征，换言之，基督教文学基本代表了浪漫文学的面貌。艾兴多夫又顺势将浪漫文学与古典文学进行了对比：古典文学如雕塑一般僵死，并且是感性的、有限的；浪漫文学就像抽象的绘画一般神秘、生动，超越感官和尘世，并且浪漫主义的艺术中还包含了对尘世之美的不完满和易逝的深切沉痛，其本质是"永不满足的、充满预知的渴望和永无止境的可臻完善性"②。深受弗·施莱格尔文学史观影响的艾兴多夫也认为，虽然"浪漫主义"（das Romantische）一词来源于"罗曼的"（das Romanische），但法兰西人和意大利人等罗曼民族对浪漫主义运动的参与度极少，促成浪漫主义之生成的主要是日耳曼诸族，换言之，浪漫主义本质上是"德意志的"，并且"浪漫主义"这一概念也已经进入了"民族意识"之中。③ 结合上述艾兴多夫对浪漫文学的定性，或者用艾兴多夫自己的话来说，"'基督教的'无疑是浪漫主义最为合适的名称"④（此处艾兴多夫有所保留，指出"基督教的"这一定性过于宽泛）。人们可以由此推导：浪漫的德意志本质上也是"基督教的"。这一结论可以在艾兴多夫文学史的"基督教文学"章节得到进一步验证。18 世纪末 19 世纪初重新发现或者流传下来的许多中世纪传说与史诗，都被艾兴多夫列为基督教文学，例如加洛林传说系统，也即与查

---

① 陈曦，2020，第 56 页。

② Eichendorff，1970，S.42.

③ 同上，S.49.

④ 同上。

理大帝有关的传说被认为是带有十字军东征的色彩，而该传说系统后来衰落的原因被艾兴多夫总结为大量"来自东方奇特的魔法、童话和寓言"[①]的渗透，也就是说，非本民族的以及异教元素的影响使得这一文学题材逐渐消亡。另一个基督教文学领域的重要作品是《尼伯龙人之歌》。《尼伯龙人之歌》在18世纪被重新发现之后逐渐被视为德意志民族史诗，19世纪之后甚至被认为充分体现了德意志民族的精神。艾兴多夫正确地看到了《尼伯龙人之歌》介乎原始异教神话色彩与基督教元素之间的特征，并且他还进一步指出，原始尼伯龙人传说中诸如怪兽等自然力量给人类带来的恐惧，在18世纪发掘出的《尼伯龙人之歌》手抄本中转变成了人类内心的恶念，人的内心世界愈渐得到关注；结局中整个家族最终毁灭，就好比基督教来临之际整个异教世界走向陨落，因此整部尼伯龙人的悲剧正说明了基督教信仰降临与壮大，映照出了德意志民族从异教时代到基督教时代的过渡。而在论述中世纪宫廷抒情诗的起源时，艾兴多夫极力反对格维努斯等人的观点，即骑士文化的重要组成部分——为贵妇效忠（Frauendienst）产生的原因是男性因为不断获取财富而倍感压力，因而渴望得到家庭的慰藉；艾兴多夫的观点是，为贵妇效忠以及崇拜妇女的文化实际上发源于"基督教的，也就是对尘世之美的更加理想化的看法"[②]，是对妇女这个抽象群体的崇拜，这种情感同对最高理想中的精神之美，也就是圣母玛利亚的崇拜联系在了一起，进而被投射到了尘世的妇女身上。换言之，宫廷抒情诗中歌颂的"高贵情爱"是一种宗教之爱，而艾兴多夫还进一步强调，这种带有宗教理想色彩的、更高程度的精神之爱是"德意志之爱"（deutsche Minne），在其他的语言中都找不到对应。在中世纪抒情诗歌的评述部分，艾兴多夫特别将法国的吟游诗人与德意志诗人做了一番对比，从而揭示出精神与信仰滋养下德意志诗歌的"深刻"：

---

① Eichendorff, 1970, S.53.

② 同上，S.70.

法国吟游诗人的抒情诗或许更丰富、更精巧、更灵活且更多样；相反，德意志抒情诗则在很大程度上更深入、更纯洁、更内在、更自然且沉思。我们基本上能在吟游诗人的身上发现今天法国人身上令我们生厌或着迷（这全凭个人看法）的所有特征：民族虚荣心、过度地自吹自擂、轻浮、辩证的奇技淫巧以及极多的政治性。但因为诗歌即为心灵史，因此在这里起决定作用的并非那依然在表面上光耀夺目、富丽堂皇的外表，而是只有深刻，而这种深刻无疑在德意志一方。①

浪漫的中世纪德意志基督教文学是艾兴多夫心目中的理想，特别是史诗作者埃申巴赫的沃尔夫拉姆（Wolfram von Eschenbach）的作品，由于主要处理的是基督教圣杯题材，更是被艾兴多夫视为任何其他文学都难以企及的史诗之巅峰。在沃尔夫拉姆的映衬下，中世纪文学中的世俗文学就遭到了艾兴多夫的贬斥，连德意志民族文学中的艺术瑰宝也不例外。例如斯特拉斯堡的戈特弗里德（Gottfried von Straßburg）创作的史诗《特里斯坦与伊索尔德》被艾兴多夫指责为"对宗教、美德、荣誉以及一切使生命伟大而高贵的事物的毁灭"，因为这部作品探讨的并非宗教问题，颠覆了伦理道德，违背了基督教的信仰，"展示了一个全然颠倒的世界"。②

如果说艾兴多夫对中世纪世俗文学的不满是因为这些文学违背了基督教伦理道德，那么他对宗教改革时期的文学的抨击则是因为宗教改革运动分裂了传统的信仰。在18世纪之后的历史叙事中，宗教改革运动成了德意志民族真正开始摆脱罗马教会控制的起点，此后的德意志各邦国诸侯有权利自主决定本国臣民的宗教信仰，因此宗教改革逐渐被视为德意志民族意识兴起的一个重要标志，宗教改革的领导者马丁·路德亦被视为德意志民族的象征，并与宗教改革一起在后世成为德意志民族神话。在某种意义上，德意志宗教改革运动可以被看作是德意志民族"反抗罗马"、在信仰上为本民族争取独立地位的一次斗争，也正因为如此，宗教改革历来在

---

① Eichendorff, 1970, S.68.

② 同上，S.80.

德意志人的历史书写中被认为具有积极作用。此外，借用本书第三章中提及的平森对虔敬主义运动与民族思想之间关系的论述，宗教改革对正统教会信仰的抨击，使人们背离天主教信仰中的形式主义，更多地转向内心世界，其内心化的倾向使人们更加清楚地认识到了单个的人和单个的族群，所以从客观的角度讲，宗教改革的确促进了德意志民族意识的觉醒。然而同样撰写德意志民族文学史的艾兴多夫却对宗教改革运动有如下消极的评价："宗教改革有一条贯穿其所有变化的红线：它通过将研究置于教会权威之上，将个人置于教义之上，从而把主观性的革命性解放提升为自己的原则，……"[①] 诚然，艾兴多夫主要是出于自己天主教信仰的立场才会对宗教改革作出消极评价，但从本书的论题出发，也就是在民族的框架下，也可以对艾兴多夫的反宗教改革倾向作出一定的解释。早在 1799 年的演讲稿《基督世界或欧罗巴》（*Die Christenheit oder Europa*）中，浪漫派的重要代表人物诺瓦利斯便已指出，宗教改革引发的教会分裂不仅损害了信仰和文化的统一，还撕裂了统一的欧洲。诺瓦利斯的观点被大多数浪漫主义者所接受，后来亦有多名浪漫派文人改宗天主教。承接诺瓦利斯的观点，艾兴多夫在《德意志文学史》中进一步指出，宗教改革不仅分裂了欧洲，造成了信仰的剧变，还给德意志民族造成了不可磨灭的损害，那就是将当下与德意志民族的伟大历史割裂开来，使民族历史发生了断裂。在他看来，宗教改革否定了德意志民族的伟大传统，破坏了灿烂的文化。此外，与那些主张宗教改革促进了德意志民族意识的崛起，将宗教改革视为德意志民族的神话的人不同，艾兴多夫坚信宗教改革造成了德意志民族的分裂，进而给德意志民族文学的发展造成了毁灭性打击：

　　相反，在德意志，宗教改革令伟大的过去变得声名狼藉，它将圣母玛利亚崇拜、圣人的英雄形象、外部的装饰从礼拜仪式中去除，一句话：将一切可以用诗来进行描述的东西统统去除，最终将民族分裂为两个族群，

---

① Eichendorff, 1970, S.100.

突然之间，这两个族群变得彼此陌生，甚至彼此仇视。①

　　除去宗教改革的分裂作用之外，艾兴多夫还将宗教改革之后的新教文学体现出的主观主义视为破坏民族文学的另一个因素。宗教改革之后的新教文学抛弃了客观性，也就是"强大的超越凡尘的世界"，而是在表达作家的主观感受，主观主义使文学不再关注正统宗教信仰这一客观真理，而只注重人自己主观的内心。这种非宗教性的主观主义使得文人脱离实际，一心要将其他民族的文学题材与形式，例如古希腊的六音步诗行引入德意志文学中（正如克洛卜施托克在宗教长诗《弥赛亚》中所做的那样），殊不知这些外来元素从来都不可能真正成为"德意志的"。这就造成这类原本相当具有基督教色彩的作品"从未真正地、充满活力地进入到民族中间"②，从而丧失了真正的宗教性。主观主义不仅使得文学丧失了民族性，还让人过度关注自身，从而忽视民族这一集体；个人化的主观主义不再是德意志民族意识兴起的先决条件，反而成了破坏以宗教形式存在的民族集体的力量。艾兴多夫以天主教信仰为依托，反个人主义与主观主义的倾向表明，脱胎于个体意识的德意志民族思潮逐渐出现了集体主义转向。

　　在艾兴多夫看来，宗教改革以及由此引发的主观主义倾向让德意志民族文学的发展走上了歪路，因此基于这一立场，在此之后出现的"现代宗教哲学的文学"，即启蒙主义文学也不被艾兴多夫所看好，而被绝大多数德意志人以及主流文学史书写视为德意志文学之高峰的古典主义文学，则因其非民族的"世界主义风气"（Weltbürgerei）和非正统信仰的"世界虔诚"（Weltfrömmigkeit）同样遭到艾兴多夫拒绝。那么，艾兴多夫是否认为德意志民族文学在未来能够复兴？如果说宗教改革之后一直到 18 世纪这段历来被视为德意志文学重获新生的文学史阶段被艾兴多夫看作是民族文学的衰败期，那么在他心目中能够宣告德意志民族文学重现辉煌的，却是被歌德这位德意志文学之"奥林匹斯山上的宙斯"称为"病态"的浪漫主义

---

① Eichendorff, 1970, S.149.

② 同上，S.106.

文学。"直到新近的浪漫主义才完成了这项重要的功绩，让这个古老的英雄世界重获昔日的地位、重现民族之风采。"① 在当代，将浪漫主义看作是一场德意志的运动算是学界的一项共识，然而在艾兴多夫所处的时代情况却大有不同，当时有不少人会因为浪漫主义体现出的普遍性而攻击浪漫派破坏了德意志的天性，并且人们还指责浪漫派一味鼓吹天主教信仰中关注内在灵魂、忽略外在的寂静派（Quietismus），而不关注当下的重大问题。艾兴多夫驳斥了上述攻击，因为他清楚地看到了浪漫派对德意志民族古老文化的发掘，以及他们对拿破仑时期民族政治危机的深切关注：

> 不正是那些寂静派的浪漫主义者，重新开启了德意志民族文学古老的传说集，指点着那些古堡幽灵，在各个地方默默地唤醒德意志的意识和德意志的权利，让人们追忆起当下急需的美德？或者你们已经忘记了那些阳刚的控诉以及强有力的歌声，而弗里德里希·施莱格尔却以此不断催促人们从道德败坏中回头，并且这些控诉和歌声就像一支看不见的军队，穿过所有人的心灵？这一切都发生在这样一个时代，在这个时代，拿破仑将他的刀剑高悬在德意志上空，在这个时代，重要的不再是对欧洲充满厌倦之情的诗人那懒洋洋的漫步，只为了用夸夸其谈来换取报刊上的赞美，而是为了生命的严肃而将生命投入其中。当此时此刻终于要开始行动的时候，格勒斯、施特芬斯、申肯多夫、劳默尔和其他一些最优秀的人挺身而出，率领着在浪漫主义中成长起来的青年人，他们没有老于世故地一味空谈，而是解放了祖国。②

在《新近的浪漫主义》章节，艾兴多夫意图揭示的正是浪漫派文学在德意志民族形成过程中扮演的角色，在这部书中，他对浪漫主义文学作品及作家的评论直接采用了 1847 年完成的《论德意志浪漫新文学之伦理及宗教意义》（*Über die ethische und religiöse Bedeutung der neueren romantischen Poesie in Deutschland*），这一部分内容在《德意志文学史》中占了最大篇幅。

---

① Eichendorff, 1970, S.103.

② 同上，S.284–288.

从该文的原标题可以看出，艾兴多夫主要关注的是浪漫派作家在作品中体现出的宗教情怀，而事实上，作品中的宗教性以及作者的宗教理念构成了艾兴多夫本章民族文学史书写的基本维度，这一点尤为清晰地体现在艾兴多夫对诺瓦利斯的评论中。艾兴多夫关注的并非诺瓦利斯的文学作品，而是充分展现了诺瓦利斯宗教思想的《基督世界或欧罗巴》。艾兴多夫对诺瓦利斯宗教思想的总结深刻影响了后世对诺瓦利斯宗教政治立场的认知，并且艾兴多夫对诺瓦利斯文本的引用更加强调了宗教信仰（这种信仰在诺瓦利斯那里总体是正统天主教、反新教信仰的，但有时又是超越一切宗教形式的更高级的信仰①）对民族乃至欧洲产生的黏合剂作用，只不过艾兴多夫更加注重的是信仰对德意志民族而非欧洲诸族的统一作用。正如艾兴多夫在之前的内容中指出，宗教信仰才是促进民族统一、文化繁荣的前提条件，使德意志人真正摆脱对外国的模仿的内在驱动力：

　　这就出现了众所周知的德意志对外国的模仿，在18世纪，这种行为不知所措地时而扑向英国，时而扑向西班牙和法国，最乐于做的便是扑向法国古典主义，可笑的是，人们说服了模仿外国的德意志人，视法国古典主义为真正的经典，并将它出借给德意志人。人们通常会怀着骄傲的自信，将这种做法称为兼容并包（Universalität），我们也因此端坐在世界文学的中心，天生就是要将世界文学种种片面的表现调和与沟通。只不过在此之后，我们自身务必形成一个中心，在这个中心里，朝着四周散射开的半径汇聚为共同的美的神性。我们自己首先必须是一个民族，换言之，是一个稳固的、兄弟般的信仰、礼俗和思维方式之方阵，……②

　　纵观艾兴多夫的《德意志文学史》，宗教性一直是民族文学史书写及文学作品评价的基本尺度，艾兴多夫之所以会突出宗教信仰对德意志民族的重要意义，是因为他认为宗教，特别是宗教改革之前的正统天主教信仰对分裂的民族、断裂的传统具有强大的黏合作用，并且由于正统信仰注重

---

①　Eichendorff, 1970, S.300, S.307.

②　同上，S.189–190.

非个人主义的集体以及非主观主义的超验世界，使得真正的德意志民族特性能够在信仰中得到反映甚至强化。而从另一个角度看，宗教对于民族的统一作用还体现出了艾兴多夫对集体的重视，这种集体并非是整齐划一的一元体，而是一种多样性，这是艾兴多夫对德意志民族文化以及特性的另一个期待，也是作为天主教文人的艾兴多夫在反抗普鲁士政治领导地位以及主流新教文学史书写时祭出的一件重要武器。

2. 民族文学的多重奏：多样性

德意志民族以宗教性为民族统一的圆心，这就意味着德意志这个"最为深刻、最为内在且最为沉思"的民族必然会专注于内心，回归到个体化的自我之中，这种回归个体的趋向与反对主观主义、推崇集体的立场并不冲突，因为这里的个体化的自我并非是原子化的单独的个人，而是"类似于单个的部落"，这种回归自我的方向也并非主观化的单数的"我"，而是"回归到我们自身"[1]，也即一个具有内在个性的小型集体。对个性化的小集体的崇尚背后是一种对于大集体内部存在的多样性的推崇。艾兴多夫认为，隐修式的个人化特性必将导向"最大的多样性"[2]，德意志的政体清楚地体现了这样一种多样性：

在法国，王朝政治将自由的贵族驯服为宫廷，抹杀了各省的独特面貌；在英国，宗教改革几乎令所有的一切都变得整齐划一。相反，在德意志，特殊联邦体制贯穿于整个历史之中。在最初的最初，每一个古萨克森人都独自一人坐在自己的庭院中，没有城市；到了中世纪，数不胜数的小国成群涌现，就像拥有自己专属的光芒和轨道的星球，围绕着皇帝这颗居中的太阳。上有帝王行宫，下有众多小型都城，再下有素朴的骑士城堡，这一切都是怎样纷繁多样的形态；接着是帝国城市那五彩斑斓的生活，最后是

---

① Eichendorff, 1970, S.6.

② 同上，S.6.

依然还在一直持续下去的天主教与新教的混杂！①

从上文可见，在艾兴多夫看来，内心化的德意志民族必然走向多样性，德意志之所以未能形成以一个王朝、一个宫廷或一个大都市为中心的统一的民族国家，正是因为多样化的民族性在发生作用，而不统一的政局在艾兴多夫眼中并非德意志民族的劣势，恰恰相反，多样性带来的小邦分立格局使德意志地区成为如众星璀璨的太阳系一般绚丽的事物，其内在的丰富程度远非英法等统一民族国家所能比拟。就诗人艾兴多夫更加关注的论题而言，德意志民族的多样性特征还体现在文学上，而文学多样性的表征形式除了不同地域都存在各自文学特色之外，还体现在文学题材及作家风格的多变上，整个德意志民族文学的面貌仿佛一曲音调丰富的多重奏，"几乎一直在混乱的边缘游走"。②德意志文学之所以会呈现出如此丰富多彩的面貌，除了政局不统一导致各地文学极具地域特色之外，另一个重要原因是德意志民族乐于模仿，甚至不惜"牺牲自己的爱国主义和民族感受"，追求世界主义情怀：

我们想要得到整个真理，而我们显然既不能在自己身上，也不能在与我们同根的亲族中寻找到足够清晰的整个真理，因此，我们会扑向任何一处闪耀着光芒的地方，扑向过去，扑向异邦，而当我们看到自己犯了错，又或者发现自己总是不能充分得到满足时，我们又立刻将它们抛弃。由此，一代又一代的人自然时常会在笨拙而可笑的东施效颦中湮灭，犹如我们文学的历史，时而身着罗马人的长跑，时而穿着哐当作响的骑士甲胄，后来又穿上阿卡迪亚的牧人服，或是顶着发髻、佩着钢刀昂首阔步，这一点已经得到了足够的证明。可是谁会在征战的途中以及世界的混战中去寻找丢失的弹药套呢？从每一次对外国、对种种时代的入侵中，都会有一些战利品为我们所保留下来，毫无疑问，这样一来，我们在艺术和科学领域逐渐赢得了一笔丰厚的财富和一个全方位的眼界，与我们同存于世的任何一个

---

① Eichendorff, 1970, S.6–7.

② 同上，S.7.

民族都无法与我们相比。我们几乎是所有有教养民族的精神继承人。①

虽然盲目模仿古代和外国，抛弃民族特色而去追求世界主义的行为并不被艾兴多夫所认可，但他依然承认，这种借助模仿塑造出所谓"世界主义"的无特色民族的做法，客观上帮助德意志民族形成了最为鲜明的民族特色——多样性。德意志人无差别地吸收和包容世界优秀文化，使这些文化纷纷在德意志民族身上留下不可磨灭的印记，最终使得德意志民族呈现出多样的色彩；对于整体性真理的追求，使得德意志民族继承了世界优秀民族的不同精神财富，成为世界文化最为丰富的集合。

正因为德意志文学具有最大程度的多样性，所以艾兴多夫认为，在对德意志文学史进行书写时不应当想方设法让整个文学呈现出一种封闭的面貌，强行按照时间顺序和地域分布来给作品进行分类，而应该将各种作品划分为数个风格相近的群体，力求从多个视角出发，呈现出作品不同的价值和形态。在他看来，用一个普遍的艺术理论来衡量作品的价值，依照通行的美学规则来"制造"文学，用当代的标准来评价过去的文学，这就违背了德意志文学的多样性特征，因此这些做法都是"非历史的"。由此看来，艾兴多夫主张德意志文学多样性及多样性的德意志民族特性似乎继承了赫尔德的历史主义民族观，然而人们需要看到的是，赫尔德和艾兴多夫主张的民族历史性有着不同的前提。赫尔德秉持的历史主义民族思想的出发点是，德意志民族与历史上的民族以及同时代的世界民族拥有同等的地位，从整体上看，赫尔德认为德意志民族与他族应当和平共处。艾兴多夫则不同，一方面艾兴多夫总体上关注的是德意志民族本身的问题，他在德意志问题上的历史立场总体上与其他民族无涉（虽然艾兴多夫在行文过程中会多次拿法国、西班牙、意大利等罗曼民族或英国来同德意志民族作比），而另一方面人们则可以通过艾兴多夫对于"多样性"的进一步说明得到某种启示。虽然艾兴多夫认为德意志民族文学面貌几近混乱无序，但他依然试着为德意志民族文学总结了一个基本特征，那就是无休止的"斗争"（das

---

① Eichendorff，1970，S.6.

Ringen），并且因为每个人都在孤独地为自己斗争，因此"彻底的差异（die totale Verschiedenheit）便是典型而民族的内容"①。这种所谓的"斗争"实际上是德意志民族内部多种不同文学之间的并存与竞争，若是更进一步，则也可以理解为小邦分立的德意志内部多个政治乃至宗教势力彼此之间的争斗，以致于德意志的政局也如同它的文学一般，"在混乱/无政府状态（Anarchie）的边缘游走"②，从而没能形成统一的面貌，也没有共同的中心。结合艾兴多夫本人的生平，人们可以看到，这种"斗争"的对象从文化上看是主流新教的文学以及文学史书写，从政治上看是谋求牢牢掌控广大天主教地区的普鲁士政府当局；"多样性"不仅可以用来形容德意志历史上丰富多彩的文学及文化，还应当用来指涉无统一政治中心的德意志政体。艾兴多夫对德意志民族多样性的推崇，实则反映了他对谋求国内政治文化一体化，甚至企图领导整个德意志民族的普鲁士当局的不满，同时还反映了艾兴多夫对于德意志民族未来的设想与期待：德意志民族不应当脱离其自古以来的多样性传统，而应该通过继续保有其丰富性，来塑造德意志民族真正的特色，从而让自身成为世界文化最为丰富的集合。艾兴多夫对于多样性的推崇除了存在于时间、地域和信仰层面，还充分体现在了阶层方面，这就引出了艾兴多夫对德意志民族特性的第三个总结——大众性。

3. 民族文学作为抵抗权威的力量：大众性

因此，世上没有任何一个地方，除了在西班牙，大众性元素会如此勇猛地同学者的艺术创作、学者诗反过来又同教会、浪漫主义又同缺乏诗意的理性扭打得如此持久，就像在德意志那样，在这里，整片土地被变幻无常的失败带来的废墟所覆盖，被击杀之人的幽灵和被击溃的辎重脚夫仍久久地在胜利者中间游荡，而这些胜利者不久后又将成为战败者。③

---

① Eichendorff, 1970, S.20.

② 同上，S.7.

③ 同上，S.7–8.

　　正如上一节所述，德意志民族文学以及民族性中体现出的多样性会以斗争的形式呈现出来。在上述引文中提到的三种斗争形式中，教会与反教会学者之间的斗争已经在第一小节"宗教性"中有所涉及，浪漫主义与理性主义之间的斗争则暂不被列入本研究的讨论范围中；而第一种斗争形式，也即大众文学与学者文学之间的斗争，实际上表明了艾兴多夫对德意志民族文学及民族性的又一个总结，那就是大众性（Volkstümlichkeit）。

　　在谈到民族文学的"大众性"的时候，人们很容易联想到赫尔德的"民歌"思想，事实上，艾兴多夫的确继承了赫尔德的民歌理念，进一步宣扬了民间文学或曰大众文学（Volkspoesie）的重要意义。作为诗人，艾兴多夫在文学创作方面充分践行了民歌创作，他在早期接受史上曾一度被视为"大众"（popular/volkstümlich）作家，① 他的诗作由于风格清新质朴和朗朗上口，优美且符合德意志民族审美的自然意象俯拾皆是，因而时常被谱写成歌曲广为传唱。到了纳粹统治时期，因为要进一步发扬光大德意志民族文化，打造出德意志民族光辉灿烂的形象，许多经典作家都被包装成了"民族诗人"，而艾兴多夫的作品因为能够反映所谓的"德意志民族气质"，容易获得德国普通百姓的认同，所以完美地符合了时代的需求，正如研究者克勒在纳粹上台后曾这样指出："艾兴多夫的诗很快就变成了民族的歌，直到今天依然还在生动地唱响：清凉谷地中的磨坊，高山之巅沙沙作响的森林，星光灿烂的夏夜——这一切都是深深印刻在德意志民族心灵上的画面，他们会在这些画面中重新接收到古老的财富。"② 也正因为如此，艾兴多夫也就摇身一变，成了一位"民族的作家"（Volks-Dichter）。除了文学创作实践，艾兴多夫的《德意志文学史》还在理论上大加推崇大众文学的搜集和创作，这一点充分反映在艾兴多夫对宗教改革之后文学的抨击

---

① Vgl. Judith Purver.Der deutscheste der deutschen Dichter：Aspects of Eichendorff Reception 1918–1945［J］. *German Life and Letters*，1989，42（3）：296–311，hier S. 297.

② Oskar Köhler. *Eichendorff und seine Freunde*：*Ideen um die deutsche Nation*［M］. Freiburg im Breisgau，Herder–Verlag，1937：11.

以及对浪漫主义文学的推崇上。艾兴多夫宣扬的大众的民族文学针对的是宗教改革之后产生的学者文学，或曰"学者诗"（Gelehrtenpoesie），在他看来，这种脱胎于教派分裂的学者文学与大众之间存在不可磨灭的鸿沟，最终造成了中世纪晚期德意志民族文学的衰落，甚至割裂了民族文学与德意志民族：

> 如今我们大概知道中世纪文学也已经了解了古典时代并且会用多种方式对其进行利用，但目的只是为了将其基督教化。同样我们知道，高雅的宫廷抒情诗对于大多数大众是陌生的，但即便不是在调式方面，它最内在的核心以及本质仍处处与大众的信仰、想象和传统存在生动的联系，这些贵族诗人最不可能以学者的身份摆出狂妄自大的架势，因为他们的主要代表，如埃申巴赫的沃尔夫拉姆和利希滕施泰因的乌尔里希（Ulrich von Lichtenstein）众所周知甚至都不懂得读写。可如今，在突然之间，一道至今依然无法被逾越的鸿沟在大众和诗人中间断裂开来，在德意志的中心被人为地推起了一座异教徒的帕纳塞斯山，有学问的诗人带着同样的鄙夷从山上望向下方的大众，大众则向上看着那些诗人，甚至会完全冷漠地从山边擦身而过。①

艾兴多夫通过上述文字指出宗教改革除了分裂信仰之外，还创造出了一个傲然独立于大众的学者群体以及一种无法为大众所理解的学者文学（此处艾兴多夫以追求内容的博学、进而导致形式上混乱冗长的巴洛克文学为例），因此将统一的具有大众特质的民族文学割裂，使民族文学变得衰落和无序，并将统一的德意志民族割裂为只说拉丁语的学者和操母语的大众这两个互不理解的对立群体；而他在论证沃尔夫拉姆和乌尔里希等中世纪贵族诗人的气质与作品都具有大众性时，仿佛说的正是自己：虽然出身贵族阶层，却因为与普罗大众拥有同一种朴素的天主教信仰，传承同一种古老的历史传统，对世界怀有同一种想象，所以贵族与大众存在天然的亲缘关系，甚至贵族在本质上就是大众（Volk），他们共同承载德意志民

---

① Eichendorff，1970，S.102.

族古老的信仰与传统。

　　《德意志文学史》中宣扬的民族文学大众性还反映在艾兴多夫对浪漫主义文学的推崇以及对浪漫文人众生相的描绘中。众所周知，浪漫主义文人的一项重要的文学活动便是搜集民歌、民间童话与传说，除了格林兄弟整理出版的《儿童与家庭童话》和阿尔尼姆及布伦塔诺出版的《男童的奇异号角》外，艾兴多夫的导师格勒斯也曾在拿破仑占领和奴役德意志期间出版民间传说集——《德意志民间故事书》，"让古老而虔诚的传说和民族的英雄形象，如同在一面奇妙的魔镜中一般，在前途一片渺茫的当代身边擦身而过"①。值得注意的是，被艾兴多夫誉为"真正的浪漫诗人"之一的却是以搜集民歌集《男童的奇异号角》之功绩而著称的阿尔尼姆（Achim von Arnim），而艾兴多夫在论证阿尔尼姆浪漫文人身份时关注的正是他在拿破仑战争中展现出的民族热情和对德意志民间文学传统的关怀：

　　　　思想发生病变的时代已被喂食了种种极度相克的药物，只能在让人恢复精力的空气浴中，在故乡的山巅之上方能痊愈；首先必须让礼俗自我重建，从内而外，逐步生成，它是救世良方唯一的基础。在这个意义上，为了在民众中间重新唤醒这种思乡之情，唤醒那种真正的建筑艺术的思想，他（指阿尔尼姆）开始了《男童的奇异号角》的工作，让曲调集中在德意志，从而加深了几乎销声匿迹的赫尔德民族声音的乐响。他还在同样的意义上，大胆地将对远古时代的伟大记忆、古老的传说和故事与当代编织在一起，使得当代追忆起前者，因为"只有不重视自己的民族，他这样说道，才会轻蔑地对待自己先祖的骸骨"。②

　　艾兴多夫对浪漫派文人大众性的展示还体现在他对另一位"真正的浪漫诗人"蒂克（Ludwig Tieck）的民间童话（Volksmärchen）观念的论述，以及他对于与阿尔尼姆一同出版《男童的奇异号角》的布伦塔诺（Clemens Brentano）创作的艺术童话（Kunstmärchen）中体现的艺术性和大众性兼备

---

①　Eichendorff, 1970, S.329.

②　同上，S.334–335.

的剖析之中，对此笔者在这里不再展开。总而言之，大众性首先是艾兴多夫对于德意志民族文学特性的总结，它既是艾兴多夫本人在进行文学创作时践行的原则与信念，也是作为黄金时代的中世纪的德意志古老文学共同的生命力；大众性的丧失意味着民族文学的衰败和民族文学承载者——民族或曰大众的撕裂，而它的复苏更是德意志当代文学得以复兴的信号。

然而事实上，大众性在艾兴多夫那里不仅体现在文学方面，还体现在了宗教及政治方面。在艾兴多夫看来，所谓的学者文学与大众文学之间的对立，实质上反映出了以新教学者为主导的普鲁士官方主流文化，同普鲁士西部及东部领地信仰天主教的广大民众存在的矛盾关系。由于政府层面的压制，与普鲁士境内信仰新教的大部分地区相比，普鲁士西部及东部的天主教领地的民众受教育程度相对较低，天主教信仰由于注重仪式，也时常被新教徒视为迷信和无知，并且天主教徒在普鲁士政府担任官职或在大学中获得教职的机会也较为渺茫，所以普鲁士的天主教徒在文化上缺乏话语权，进而导致自身在宗教和政治上成了弱势群体。由此可见，艾兴多夫笔下占据文化优势地位的所谓"学者"实际上指的是新教学者，并且这一群体尤以市民阶层成员为主，他们是市民阶层文化的代言人，同时在政治和宗教上还是普鲁士官僚体系的左膀右臂。反过来，由于天主教信徒在普鲁士多集中在文化教育程度较低的下层民众及地区，并且在1837年科隆事件的影响下，天主教地区及教会势力对普鲁士政府的离心倾向更加显著，天主教在普鲁士愈渐成为一种盛行于民间的信仰，而普鲁士的天主教会也逐渐获得了民间组织的特征。在信仰天主教的并且出身贵族阶层的艾兴多夫看来，新教学者实质上代表了普鲁士官方意识形态，与信仰天主教的大众形成对立，而贵族（当然这里的贵族事实上指的是信仰天主教的贵族）也被艾兴多夫算在了大众群体之中，与下层民众一同被看作是同新教学者及普鲁士官方竞争的文化、宗教及政治力量。不过需要指出的是，在普鲁士的新教领地有不少民众也受到了天主教热情的感召，被天主教文化所吸引，许多原本信仰新教的浪漫派文人，如施莱格尔兄弟、格勒斯等，到了后期都改宗天主教。在前文提到的科隆大教堂的修建计划也得到了一部分信仰新教的普鲁士贵族及高级官员的支持，而1840年登基的"王座上的浪漫主义者"普鲁士国王腓特烈·威廉四世也对天主教怀有好感。当然，正如本章第二节所述，普鲁士新教上层人士主要是出于民族热忱才支持科隆大教堂的修建工作，不过这也从侧面证明了艾兴多夫的信念，即当代德意志文学将在正统信仰复苏的作用下走向复兴，而天主教运动作为一场大众的运动，最终将自下而上地影响到整个德意志地区，使得各个阶层的德意志人（特别是在如普鲁士这样的新教德意志邦国中）最终能够重新接受这种宗教改革之后在大多数德意志地区仅仅局限于下层民众中的信仰，从而使得分裂的德意志民族最终走向统一。在这个意义上，德语中的"大众"与"民族"在词源上的共通性得以彰显，也验证了包括艾兴多夫在内的大多数浪漫派文人所秉持的观点：民间文学（Volkspoesie）才是真正的德意志民族文学，大众（das Volk）才是德意志民族（das Deutsche Volk）真正的载体，"大众"与"民族"最终合流，成了具有统一文化、统一信仰、统一政治理念的各阶层联合的共同体。

4. 普世教会的民族：天主教价值观与德意志民族性的合题

本章试图通过艾兴多夫《德意志文学史》中对理想德意志民族文学的总结和要求，勾勒出艾兴多夫的民族观：宗教性、多样性和大众性是艾兴多夫对德意志民族性的概括与展望。上述德意志民族性的三个维度事实上都汇聚成了"普世教会"的民族理念。从词源上看，天主教会（katholische Kirche）本意就是"普世教会"（universale Kirche），它本身便是普遍性的充分体现。这样一种普世性并非现今人们常说的普世价值，后者更多的是一种一元论，译为"普适价值"应更加准确；普世性则包含的是多元主义内涵，强调的是全面性、普遍性和包孕性，这样的普世教会拥有包容一切的能力，这一点从艾兴多夫对中世纪德意志丰富多彩的民族文学和政治文化状况的总结和歌颂便可见一斑。正如本章的文本分析部分所指出的那样，艾兴多夫，或者说浪漫派心目中的中世纪图景，无论民族文学还是民族性格，都以天主教会的普世理念为准绳，不仅能够呈现出多样化的色彩，还用宗教普世性的纽带将包括人民大众的各阶层联结为一个统一的族群，使具有多样性文化、涵盖了各个阶层的德意志民族统一在普世教会的旗帜之下。

此外，如同赫尔德一样，艾兴多夫的民族思想同样是通过历史理念得到展现，此外艾兴多夫无疑接受了赫尔德的民歌以及民族精神理念，并且这二者的民族思想都带有一定的普世性色彩，然而普世性在这二者的民族思想体系中扮演了不同的角色。哈斯的观点在某种意义上说明了二者理念上存在的差别，他认为，在赫尔德那里，分立的个人最终"消解在了人性的概念中"，而在艾兴多夫那里，基督教会的普世性则"如穹顶一般笼罩在诸民族的特性之上"，将民族特性囊括在了教会的普世性之中，因而艾兴多夫在"德意志民族情感的深处看到的是一种普世性的趋向"。[①] 然而我们并不能因此认为艾兴多夫的民族观是"以跨民族原则为基础"[②]，恰恰相反，艾兴多夫的普世教会民族观是以德意志民族为探讨对象，在他的论证之下，天主教会的普世价值观与德意志民族观交织在了一起，甚至在某种意义上艾兴多夫也是在试图将天主教普世理念纳入德意志民族性的范畴，使天主教属性成为德意志民族性的内核，从而证明德意志民族具有类似于普世教会的包容性。从艾兴多夫的生平和政治理念以及《德意志文学史》中我们可以清楚地看到，艾兴多夫在对抗新教文学史书写模式的同时，也努力在天主教普世性与德意志独特民族属性中寻找合题，他的普世教会民族思想也是两种元素的有机融合。无论是用德意志民族性来给天主教会注入新的力量，还是用天主教信仰来将德意志民族融合在一起，艾兴多夫的普世教会民族思想都扩大了德意志民族的边界，丰富了德意志民族的内涵，他将德意志民族性总结为普世和多样的做法，在间接意义上呼应了具有普遍意义的世界主义理念。但由于艾兴多夫明确拒绝了那种消除一切民族差异的世界主义，而是更加强调民族的特殊性甚至是德意志民族在某些

---

① Hass，1952–1954，S.129.

② 同上。

方面体现出的优越性，因此艾兴多夫的普世教会民族思想不再具有天主教会的世界野心，而是只希望德意志自成为一个小型的、包罗万象的"世界"。德意志看似不再关心世界，可事实上德意志却逐渐将世界等同于自身，这既是一种消极回归自身的遁世，但同时又是一种怀着世界野心的出世。

第七章 结语：作为民族的德意志与世界之间的张力

18 世纪下半叶至 19 世纪上半叶，由于外部世界在政治、宗教及文化等方面发生了剧变，特别是当法国大革命席卷了整个欧洲、拿破仑的征服之战冲击了欧洲的旧秩序时，德意志也被迫做出了改变：在以法国为代表的外族因素的影响下，原本松散的德意志各邦开始真正获得了政治意义上的民族认同感。在这一过程中，针对德意志民族的身份以及德意志民族在世界民族中应有的位置等问题，一部分德意志文学家及思想家提出了自己的看法，他们推动了德意志民族思想的早期形塑。从 18 世纪下半叶到 19 世纪中叶这一时间段恰好是近代欧洲在各个领域的转型期，从思想史的角度看，这段时间正是德国启蒙时代晚期至浪漫主义思潮趋向终结的时代。产生于这一时期的德意志民族思想也就自然带有社会转型时期的特征，因此会呈现出纷繁复杂的面貌，以至于单个人的民族思想有时会带有些许矛盾的色彩。

正是在这一背景下，本书以赫尔德、费希特、克莱斯特和艾兴多夫在 1784 年至 1857 年撰写的探讨民族的文学及思想论著为文本，分别论析了上述四名文学家及思想家的民族思想，力求以他们的思想为线索，勾勒出德意志民族早期形塑期的面貌。通过本书的研究人们可以看到，活跃于 18 世纪末至 19 世纪上半叶，也就是启蒙时代晚期至浪漫主义时代终结的四名德意志文人，在探讨与德意志民族有关的问题时受到了时代的深刻影响，从启蒙到浪漫主义的思潮也给他们的民族思想打下了深刻的烙印；从 1784 年的赫尔德，到 1808 年的费希特，再到 1808 年和 1809 年的克莱斯特，最后到 1857 年的艾兴多夫，他们的民族思想经历了一个从启蒙主义的世界胸怀到浪漫主义的关注本体，从望向远方的外部世界到沉湎于自身所在的内部世界的流变过程，原本世界的、历史的眼光，逐渐变成了一种有些排他的、甚至略带自恋的情绪。具体到每一个文人的民族思想上，本研究得出了以下结论：

一、赫尔德持有的是一种历史主义的民族思想。集德意志爱国者和弱势民族的同情者二重身份于一体的赫尔德虽然逐渐开始注意并强调德意志民族的文化价值及政治意义，但这主要是因为法国文化在德意志占据了强势地位，因此赫尔德需要为德意志民族争取平等之权利。此外受到浪漫的历史主义立场影响的赫尔德更加关注的是以复数形式存在的世界民族，德意志民族也毫无例外的是世界诸民族中的一分子，与世界诸民族具有同等的地位和价值。但与此同时，由于在赫尔德的民族立场中还保有启蒙自然法立场的残余，这就使得他在评价世界民族时依然遵循着隐含的标准，也即作为人类发展的终极目标的人性。另外，赫尔德将民族进行生物学类比，把民族与国家看作是自然有机体的做法可以被视为 19 世纪末 20 世纪初产生的地缘政治学话语的雏形，他将民族等同于植物等自然生物体的类比模式为地缘政治学所吸收，原本呈现出纷繁多样之整体性的民族自然有机体逐渐被压缩成单一的自然地理空间，原本是哲人诗意的想象，却最终以话语的形式被现实政治考量所用。

二、费希特持有的是一种世界主义的民族思想。在拿破仑入侵、德意志民族陷入危难的历史背景下，爱国者费希特却并没有将世界主义看作是爱国主义的对立面，而是认为世界主义就是民族思想的表现形式。为了拯救德意志民族于危难之中，费希特将世界主义情怀融入了自己理想中的德意志民族性之中，同时提出了德意志民族新教育的纲领。费希特认为自己提出的德意志民族新教育纲领一方面能让德意志民族摆脱外族奴役，实现本民族的复兴；另一方面业已复兴的德意志民族又会成为世界的领导者，在谋求爱国主义的过程中实现真正意义上的世界主义。然而值得注意的是，费希特对德意志优秀民族性的总结并不完全具有现实性，所谓的"德意志民族的特性"实际上可以被认为是世界优秀民族的共性，不过这也从侧面印证了费希特民族思想中存在的世界主义立场。此外，费希特对德意志世界主义情怀凸显以及世界领导地位的强调也推动了德意志民族主义的勃兴，在费希特的影响下，德意志民族在世界发展进程中占据的领导地位，以及它所承担的历史使命，逐渐成了德意志民族思想语义场中的固定话语。

三、克莱斯特持有的是一种战时民族思想。同样面对拿破仑战争，一直与自我、与身边的世界斗争的克莱斯特却在战争中塑造德意志民族的存在。战争期间，他一边开展爱国政治活动，一边以文字为武器，在"划分敌我"的模式下对德意志民族进行自我定位。在民族战争的背景下，克莱斯特使古老的赫尔曼神话成了真正的德意志民族神话，将战斗中的德意志民族与"绝对的敌人"对立起来，要求德意志人以战争的形式争取民族自由，甚至不惜让自身在战争中变成"非人"，无论君主谋略还是新闻宣传，都沦为了实行民族战争的手段，最终为德意志民族营造了一幅末世的景象。德意志人虽然在战争中确立了自我，排除了他者，但他们面对的却是战争后的满目疮痍，战争、敌意与不择手段也成了德意志民族的固定注脚。

四、艾兴多夫持有的是一种普世教会的民族思想。作为在普鲁士政府任职的天主教文人，同样具有反抗精神的艾兴多夫所怀有的民族思想反映了他在新教普鲁士政府与天主教信仰的夹缝中寻求合题的努力，他的职业生涯与政治文化活动（如宣传科隆大教堂的修建、记录玛利亚堡的历史）以及德意志问题政论文反映了天主教文人不同于普鲁士当局与新教群体的民族思想。艾兴多夫撰写的德意志民族文学史是天主教文人用来与新教民族文学史书写传统相对抗的武器，其秉持的普世教会民族思想主张的理想中的德意志文学应当具有永恒的宗教性、层次丰富的多样性以及抵抗权威的大众性，天主教会的普世价值观与德意志民族观从而交织在了一起，天主教普世理念被纳入了德意志民族性的范畴，成了德意志民族性的内核，使得德意志民族成了一个具有无限边界、内涵丰富且包罗万象的实体。在某种意义上，艾兴多夫的民族思想似乎已不再同外部世界发生联系，只聚焦于德意志民族内部，又或者换个角度看，艾兴多夫心目中的理想德意志民族已然成了一个将外部世界囊括于自身之中的集合体，在看似只关注自身的艾兴多夫民族思想的背后实则隐藏着一种世界野心。

　　除上述认识之外，在对赫尔德、费希特、克莱斯特和艾兴多夫这四位德意志文人的民族思想的分析过程中，本书进一步发现，在上述四名文人的民族思想中呈现出的德意志民族都与另一个更为广阔的主体——世界存在着紧密的互动关系，世界在他们看来有时是与德意志民族无涉甚至是对立的外部范畴，有时又是将德意志民族包孕在其中的一个整体：赫尔德的历史主义民族思想强调的是复数的民族，德意志民族也被放在世界民族之列进行考察，即便要强调德意志民族的价值，也是为了抵御法兰西民族的强势地位及反历史主义的民族文化观，因此赫尔德思想中的德意志民族可以被总结为"世界中的德意志"，与世界诸民族并立存在，具有同等的价值；费希特的世界主义民族思想则强调的是德意志民族对于世界复兴的引领作用，世界优秀民族的特性都被费希特列为德意志民族的特有的民族性，德意志民族在世界诸民族中占据着领导者的地位，因此费希特思想中的德意志民族应被总结为"德意志的世界"；对于一直与外部世界进行斗争的克莱斯特，德意志民族只有在反抗性的战争中方能得到定义，而反抗的对象正是不同于自身的他者，也即被视为"绝对的敌人"的外族，德意志民族看似与世界上的其他民族难以兼容，甚至经过了战争重获自由的德意志人面对的也不再是一个欣欣向荣的正常世界，而是已然被毁于一旦的末世景象，因此克莱斯特的战时民族思想中的德意志民族与世界的关系应当是"德意志反世界"；而普鲁士官员兼天主教文人艾兴多夫秉持的普世教会民族思想则试图用普遍的宗教性、层次丰富的多元性和跨越阶层的大众性来定义德意志民族，加之在艾兴多夫民族思想背后充当信仰基础的天主教及其教会所具有的普世性，使得德意志民族成了一个如整个世界一般包罗万象的主体，而外族或者说外部世界已然不再是艾兴多夫民族思想关注的重点，这是因为德意志已经成了世界的化身，因此在艾兴多夫那里，德意志与世界之间的关系实质上是"德意志即世界"。

纵观从赫尔德到艾兴多夫这四名先后活跃于 18 世纪下半叶至 19 世纪上半叶的德意志文人，他们的民族思想虽然主要聚焦的是本民族，但事实上无论在谁那里，德意志民族还是一再地触碰着范围更为广阔的世界，与周遭的民族发生着互动，因为一个民族要想象自我、定义自我，就势必要以他者为参照系，而不同文人民族思想上的差别仅仅在于这个民族想要同他者、同更加广阔的世界保持着怎样的关系。从赫尔德到艾兴多夫，德意志文人民族思想中的德意志民族与世界之间的张力越来越显著，原本被包孕在世界中的德意志逐渐开始从世界中脱离，先是站在了世界领导者之位，接着又开始与世界形成对立，而到了最后虽然看似成了世界的等价物，实则是在将世界同化、吞噬，使世界消散在了德意志民族庞大的熔炉之中。随着德意志的历史进入了 19 世纪的下半程，再高歌猛进地走进了战火纷飞的 20 世纪，德意志民族俨然不再是一百多年前的那个需要在世界上谋求与其他强大民族平起平坐之地位的弱势民族，德意志的世界眼光依旧，然而却已经不再满足于与众民族同步，其世界野心愈见凸显。本研究对德意志民族早期形塑期的探查力求呈现的是德意志民族世界眼光乃至野心产生和膨胀的孕育和发展的史前阶段，由于篇幅和研究重点的关系，本研究暂且先在这里停下脚步，德意志民族思想在 19 世纪中叶之后的后续发展是一个更大的话题，还有待今后更多的研究者共同探讨。

附录 A 1809 年政治文章
——日耳曼尼亚 ①

克莱斯特 撰 曾 悦 译

萨克森国王起驾离开德累斯顿 ②

对于萨克森人的国度而言，最为灾难性的日子之一便是国王陛下起驾离开德累斯顿的那一天。这一天，无论在何种意义上都是灰暗而悲恸的，自然的天空及政治的天空都是如此，阴云密布。

萨克森在单独签订《波森和约》③后加入了莱茵邦联④，所以当奥地利

---

① 全文译自 Heinrich von Kleist. *Sämtliche Werke und Briefe in 4 Bänden*（*Bd.3*）［M］. Frankfurt am Main：Deutscher Klassiker Verlag，1990：455–503. 中译文所作注释部分参考了该版德文注释。所有文章基本按照成文的时间顺序进行编排。

② 本文大约成文于 1809 年 4 月 16 日至 29 日期间，即萨克森国王出逃后及克莱斯特本人离开德累斯顿前。该文可能原计划在萨克森的报纸上发表。

③ 1806 年 12 月 11 日，萨克森选帝侯腓特烈·奥古斯特三世与拿破仑媾和，加入莱茵邦联，作为回报，拿破仑将选帝侯升格为萨克森国王，腓特烈·奥古斯特三世成为第一代萨克森国王腓特烈·奥古斯特一世。

④ 莱茵邦联（Rheinbund）：1806 年 7 月 12 日，德意志西南部的 16 个前神圣罗马帝国邦国在拿破仑的主导下成立了松散的邦联，受拿破仑保护，该政治实体一直持续到 1813 年。莱茵邦联的成立最终导致神圣罗马帝国灭亡。

与法国之间爆发战争时①，人们似乎毫不怀疑萨克森会支持哪一方。可是，萨克森君主与奥地利皇室的亲属关系却让群众喊出了响亮的声音，国王胸中的高尚情怀再次将天平有力地压向了另一方：他的唇舌坚定地在刀鞘中铮铮作响，但首先还需要有第三个力量来给他以决定性的助推。

可想而知，冯·布尔戈因阁下②正不遗余力地为自己的主子法国皇帝尽快争取国王。三月底在波希米亚爆发的运动被描述得仿佛同萨克森被占领一般严重。人们欺骗当时正身在华沙的国王，称返回过于危险；众人纷纷传言边境四处都是散兵游勇，并且这些人的目的就好像是要搞突然袭击，抓住尊贵的国王充当人质，好逼迫他脱离莱茵邦联。

假使奥地利皇帝弗朗茨高尚的心会允许这样的事情发生的话，那么在这样危急的情况下，国王心里是怎么想的就不得而知了。巴约讷事件③最终擦亮了拿破仑盟友的双眼：只有对接下来日子的恐惧，才能教会他们忍受今日的耻辱。只需要一个机会，国王就能再次摆脱那座迷宫，而他是被一切鬼怪中最危险者所引入其中的。军队流散在各驻地的局面给了国王一个有效的方法来挽救自己的门面，从而能在未受到命运垂青而遭遇不幸的情况下，在胜利者面前保全自己。

此时并没有一个奥地利军人出现在萨克森的土地上。国王别无选择，只得相信冯·布尔戈因阁下的担忧有其道理，并在冯·布尔戈因阁下的强烈建议下召集部队。是的，德累斯顿必须作好防御准备，就好像敌人真的打到了家门口一般；人们升起了吊桥，在城墙上架起了大炮。

---

① 1809 年 4 月 9 日，奥地利对法国宣战，随后奥地利和普鲁士等国组成第五次反法同盟。

② 让－弗朗索瓦·德·布尔戈因（Jean-François de Bourgoing），时任法国驻萨克森大使，曾试图资助克莱斯特。

③ 1808 年 5 月，拿破仑将西班牙国王卡洛斯四世及其子费迪南诱骗至法国南部城市巴约讷，强迫他们放弃西班牙王位。随后拿破仑将自己的哥哥约瑟夫·波拿巴扶上西班牙王位。此举引发了西班牙反拿破仑战争。

不久，贝尔纳多特元帅[1]的到来改变了这一局面。

从表面上看，似乎最聪明的人都有些困惑了，萨克森仿佛真的要变成战场了，要么就是担心萨克森会遭到奥地利方面的进攻（虽说这让人难以置信），要么至少是法国联军将从这里出发进攻波希米亚。国防机构现在正全速运转。元帅骑马检阅防御工事，大型广场都被售出，道路两旁的植被都被砍伐一空，以便建设新广场，防爆墙则被拉到了旧广场上。

这样一来，人们很快就看出，贝尔纳多特阁下的全部任务就是要将部队全部撤出萨克森，并将部队带往法兰西帝国，对拿破仑来说它们在那儿会有比在这里更大的用途。

人们不得不承认，他们要的这些手段符合法国的政策。建议国王将原本用于保卫自己国土的军队从萨克森撤出，在遥远的地方为了他人的利益实施进攻，这样做未免有些鲁莽，国王当时内心也是这么想的。人们必须更加小心谨慎地对付国王，得将他的头脑搅乱，得试着通过事态的严重性来拉拢他。德累斯顿危机已经成了召集军队的一个借口；现在需要一个军队危机，来将军队调离。

由此，在战争爆发前后，突然出现了一名信使。民众聚集在了元帅的住所前，谣言四起：法国人在纽伦堡附近遭遇了一场惨败，被迫撤回到纽伦堡。一名军官，元帅的随从之一，带着战败的急报，全速赶往了宫殿。元帅拒绝为一名计划经过霍夫[2]前往纽伦堡的旅客签发护照。他一脸沮丧地说，这名旅客只能取道莱比锡，因为霍夫地区已经不再被法军所占领了。市民和士兵们为法军的失败尽情欢呼雀跃，而法国探子就在四周窃听。据说，援军速度再快也无济于事，军队后方已经被切断，国王被迫履行自己的义务。

---

① 让－巴蒂斯特·贝尔纳多特（Jean Baptiste Bernadotte），拿破仑时期著名将领，1804 年被封为法兰西第一帝国元帅，1818 年后继位成为瑞典国王卡尔十四世·约翰。他于 1809 年 3 月 22 日到达德累斯顿，接管了主要由萨克森部队组成的德意志第九军团。

② 霍夫（Hof），巴伐利亚东北部一城市。

要是国王知道纽伦堡失利纯属一场骗局（不久后事情就真相大白了），那么毫无疑问，国王必定会坚持不让军队撤离萨克森。然而元帅坚决要求立刻率军出发援救法军，同时国王想到，若是延误战机，拿破仑必定会报仇雪恨，最终做决策的是这些因素：哪怕还有部分警告的声音，国王还是签署了出兵的命令。

在不到两天的时间里，整个德累斯顿就没有了一兵一卒。由于撤离速度太快，部分军械库只得听天由命：多座加农炮和臼炮在部队业已开拔后才被装船运走，还有大批各类战争物资统统被留了下来。

在骚乱中，人们得知，国王陛下本人已经决定全家一同离开。

没有什么比这一不同寻常的决定更能传播恐慌情绪了。奥地利皇帝弗朗茨这时已经向法国宣战，战书中明确宣称奥地利只有拿破仑一个敌人。众所周知，奥地利军队已经在巴伐利亚集结，准备在那里会一会这名世界的宿敌，随后又有消息传来，肯定在波希米亚边境没有一兵一卒能够对在德累斯顿的国王构成威胁。

同时，令人十分不安的是，人们还得知了另外一些事情，这使人们想到了西班牙最近发生的事①，想到西班牙摄政那不幸的命运。人们得知，国王陛下与贝尔纳多特元帅之间并未达成良好共识。后者一到达德累斯顿后，就和国王一样不见踪影，毫不遵守任何规矩，拒绝国王兄弟们②的接见。直到第三天，他才派出一名信使前来致歉，并称自己若是能从公务中抽出身来的话，会在接下来的某一天来访。

另一件事引发了更多的担忧。贝尔纳多特阁下在国王从华沙返回后便逼迫国王扩充军队。陛下表示，作为莱茵邦联成员，萨克森有义务贡献的兵力一个都不会少；但若还要增加兵力，在当前国家已经元气大伤的情况下无法做到，因为国库已经没钱了。元帅厚颜无耻地回答：查查看就清楚

---

① 即巴约讷事件。

② 即萨克森国王的弟弟安东王子和马克西米利安王子。

了，我会去检查国库。① 国王敏感的神经——人们添油加醋地说——因为这番极为失礼的话，而受到了强烈的刺激。他背过身去，激动地对元帅说，不是别人，而是他才是这片土地的主人，而他将向皇帝，他的盟友，报告此次不愉快，随后便将元帅打发走了。

　　然而此番激烈的争论促使国王本人离开，也提出了一个问题，那就是陛下要去往何方。陛下自然是愿意留在德累斯顿的，此时的德累斯顿正是远离喧嚣的一片宁静之地。元帅则表达了自己强烈的担忧，他解释称，如果自己没有提前将尊贵的国王陛下安顿好就离开德累斯顿，那么皇帝，他的主人，绝不会原谅他（指元帅）。他建议：国王可以前往埃尔福特。国王激动而固执地说（也许在这一非常时刻，他想到了萨瓦里将军②）自己绝不离开自己的国土。但他为了避免激怒法国，最终决定，如果人们认为他在这里不安全的话，那就将都城迁往维滕堡。元帅竭力向国王表明，在德意志北方局势不稳固的情况下，在维滕堡会让他再次陷入危险的境地。他恳求国王，至少先朝着埃尔福特的方向走，一直走到萨克森边境，前往魏森费尔斯。只是看上去国王比害怕接近奥地利人，他所谓的敌人的军队，还要更害怕接近自己的盟友。他也坚定地拒绝了这一建议，但为了结束此次谈判，他决定暂时逗留在莱比锡。

　　所有的这一切，带着某种歪曲和夸大，被不停地口口相传，给民众的心中灌注了对元帅的愤恨；这种愤恨，还通过元帅的个人行为，以某种方式，得到加剧。贝尔纳多特阁下身为法兰西帝国诸侯，认为自己在布吕尔宫生活奢侈，并让城市承担费用是符合规矩的，甚至大大超出了王室开支（例如他每天需要 80 寻木材）。多年以来一直居住在这座宽敞建筑顶楼的天主教僧侣，他们给孩子们上早课时不幸地打搅到了元帅早晨的安眠，元帅便丝毫不考虑什么别的措施，而是采取警告，或是撒沙土和米糠的方

---

① 原文为法语。

② 安尼·让·马里·雷尼·萨瓦里（Anne-Jean-Marie-René Savary），拿破仑时期著名将领，洛维戈公爵，正是此人劝说西班牙国王卡洛斯四世及其子费迪南前往巴约讷，从而导致巴约讷事件。

式，来逼迫他们安静：如果僧侣们不停课，他就把他们安置到别的地方去。贝尔纳多特阁下在离开德累斯顿前，还以战事需要为名，向市长提了一个关于钱的十分模棱两可的要求。这个要求虽然被坚决驳回，但在要求被驳回后，贝尔纳多特阁下便同提交这份要求的代表闹翻了，并且——这听起来令人难以置信，仿佛就是一则不值一提的谣言一般——根据某些就此事的调查结果，他在盛怒之中将几件家具和一些昂贵的器皿砸碎了。民众对他只有反感。后来，当他率领着自己的随从出现在易北河畔的山上，视察火炮装船时，民众内心的痛苦变得如此强烈，以致于诅咒和谩骂突然在他四周响起。元帅很幸运，或者说他很聪明，没有听懂这些咒骂，他掉转马头，用马刺踢了一下马，跑了回去。

　　国王启程的那个早晨也在这时来临了；这是阴沉的一天，下着雨，刮着风，一道悲伤的光照着那悲伤的亮相！大批大批的民众聚集在宫殿前。国母王后陛下首先现身，她登上马车，大声抽泣着；跟在她身后的是公主，手中捏着手帕；国王本人，默默地向民众致意后，哭泣了。所有帽子，仿佛是偷偷达成了默契一般，都被抛向了空中。人们了解在启程之际民众会产生的想法，于是安排了一队骑兵，以便控制住民众。然而痛苦还是压倒了冷静，所有人都在默默压抑自己内心的悲痛。当马车过桥的时候，恰好出现了一支出殡的队伍，他们缓慢而凄凉的步伐挡住了国王的马车，大批送葬人使马车无法前进。这一非比寻常的意外给人们造成了无以言表的震动；仿佛是死神亲自降临，为了警告这个不幸的家庭而挡住他们的去路。如果民众在这一决定性的时刻能够鼓足勇气（有些人内心中正涌动着这番决心）拦住马车，说出所有人心中激荡着的那个愿望——因为在这样令人沉痛的情况下，似乎只有臣民方能拯救君主：这样，毫无疑问正遭受恐怖预感撕裂的陛下会如何决定就尚未可知了。——可是民众沉默了；国王离开了。

　　这辆马车会驶往何处？是驶往莱比锡，还是驶往魏森费尔斯，还是驶往埃尔福特，抑或驶向更远的地方：答案藏在神明的心中！——如果被国王称为敌人的弗朗茨胜利了，那他就有福了！如果是拿破仑胜利了，那他可能就不太容易找到回德累斯顿的路了：莱比锡，或魏森费尔斯，或埃尔福特，或者不管国王留在哪儿，只要西方帝国 ① 建成——那里可能会（如果此地是法国领地，那么就有双倍的可能）成为他的巴约讷！

法国新闻学教程 ②

导论
一

新闻学本身是一门正直而无害的艺术，它告诉民众世界上发生的事情。新闻学是一件彻头彻尾的私事，政府的一切目的，不管人们意图以什么为名，都与它无涉。若是仔细阅读法国报刊，人们会发现，它们完全是依照自己的原则撰写而成，人们可以将这一体系命名为"法国新闻学"。在本教程中，我们将试图按照巴黎秘密档案中的内容，来阐明这一体系的构思方法。

解析
二

法国新闻学是使民众相信政府心目中的好事的一门艺术。

三

该艺术仅为政府的事务，私人的一切参与，哪怕是在私人书信中就每日事件表达观点，都被禁止。

---

① 此处影射拿破仑企图沿袭西罗马帝国和神圣罗马帝国的传统，重建一个法兰西统治下的西方大帝国的野心。

② 本文最迟可能成文于 1809 年 4 月，影射的是法国报刊对西班牙独立战争的报道。

四

其目的是在一切时局变化中保持政局稳定，不顾当前任何形式的诱惑，也要将人们控制起来，使他们默默地臣服。

两则最高定理

五

百姓不知气不急。

六

凡事说三遍即成真。

注释

七

上述定理也可被称为"塔列朗①定理"。因为就算这些定理并非由塔列朗发明，如同数学定理并非由欧几里得发明的那样；他也是第一个将这些定理按照一个特定且前后逻辑一致的体系加以运用之人。

作业

八

请编辑一批报刊，要求：一、这些报刊要歪曲世上发生的一切事；二、同时具有相当的可信度。

完成作业所需的原理

说真话的意思首先是，完全说真话，只说真话。

---

① 夏尔·莫里斯·德·塔列朗－佩里戈尔（Charles Maurice de Talleyrand-Périgord），法国政治家，曾担任拿破仑政府外长，并领导《总汇导报》（*Le Moniteur Universel*）。

答案

编辑两份报纸，其中一份从不撒谎，另一份会说真话：这样就完成了作业。

证明

因为其中一份报纸从不撒谎，另一份说真话，所以满足第二个要求。又因为第一份对真相保持沉默，而第二份加入捏造的内容，所以由此可证，正如每个人都会承认的那样，也满足了第一个要求。

解析
九

那份从不撒谎，却对真相保持沉默的报纸，叫作《导报》①，以官方形式发行；另一份说真话，但有时会加入弥天大谎的叫作《帝国报》②，又或者叫《巴黎日报》③，以纯私人业务的形式发行。

新闻学分类
十

法国新闻学分为：一、真实新闻传播学；二、虚假新闻传播学。每种新闻都需要专门的传播模式，下文将对此进行处理。

---

①　即前文注释中的《总汇导报》，创立于 1789 年法国大革命爆发后，1799 年成为法国官方报纸。

②　《帝国报》（*Journal de l'Empire*），1805 年之前名叫《辩论与法令报》。

③　《巴黎日报》（*Journal de Paris*），创办于 1777 年，是法国历史最为悠久的日报。

第一章　真实新闻

条目一：好消息

原理

十一

美术家的手工，令人赞赏。[①]

证明

这条原理的证明方法十分清楚。证明方法存在于太阳中，尤其当它升起时；存在于埃及金字塔中；存在于彼得大教堂内；存在于拉斐尔的圣母中；存在于许许多多其他神明和人类的杰出作品中。

注释

十二

这是真的，而事实上：人们可能会认为，法国新闻学中并不存在这条原理。

但如果仔细阅读这些报纸，人们便会承认自己发现了这条原理。所以，为了保证体系的完整，我们也需要在此对它进行一番阐释。

推论

十三

不过上述原理严格意义上说只适用于《导报》，并且也只适用于《导报》中极为重要的好消息。对于次一级重要的好消息，《导报》只能略微赞赏。而《帝国报》和《巴黎日报》——则会使出吃奶的劲大肆吹捧。

---

① 这句话出自《旧约·德训篇》第 9 章第 24 节。

作业
十四

请向民众传达一则好消息。

答案

例如，这条消息是敌人的惨败，他们丢弃了火炮、辎重和弹药，还被驱赶到了沼泽地里：把这句话说出来，在句子后面打上一个句号（参见十一）。如果这是一场纯粹的战斗，没有多少斩获的话：那么《导报》便会在每个数字后面添上一个零，《帝国报》则会添上三个零，随后让信使把报纸发往世界各地。

注释
十五

此处并不需要撒谎，只需要将战场上找到的伤者同样囚禁起来。这样就有了两类战果[1]，良心也因此得到了拯救。

条目二：坏消息
原理
十六

赢得时间，便赢得一切。

注释
十七

这条原理与基本定理一样，清晰明了，无须证明，因此法国人的皇帝

---

[1] 这两类战果指的是，己方既俘虏了敌军又打伤了若干人，但由于伤者也成了俘虏，所以俘虏中包括伤者人数，而伤者中也包括俘虏人数，俘虏和伤员被重复计算，数字被夸大。

也将其纳入了基本定理中。自然地，他将这条原理作为向民众隐瞒坏消息的技巧来使用，接下来我们将对此进行探讨。

推论

十八

从严格意义上说，这条原理也只适用于《帝国报》和《巴黎日报》，并且只适用于危险和令人绝望的那一类坏消息。如果是可以忍受的坏消息，《导报》就能坦率地承认。而对此，《帝国报》和《巴黎日报》的态度就仿佛这没什么可说的。

作业

十九

请对民众隐瞒一则坏消息。

答案

解题思路很简单。在国家范围内，所有的报刊都一言不发，噤若寒蝉。

谈到这些事情的信件被收缴；阻拦旅客前行，禁止在烟店酒馆内谈论此事；在境外，同样查抄敢于谈论此事的报刊；拘留、流放和枪毙出版商；在这家刊物安插新负责人：通过间接的方式，例如发布官方公告，或用直接的方式，如派出特别分遣队。

注释

二十

正如我们会看到的那样，上述答案作用是有限的；迟早会真相大白。要是不想令报刊丧失可信度，就必须具备告知民众坏消息的技巧。那么这一技巧的基础是什么呢？

原理

二十一

魔鬼不会让骗子倒霉。

注释

二十二

这条原理也很清楚，如果要证明的话反而会让它变得混乱，因此我们不打算继续深入探讨，而是直接开始运用。

作业

二十三

请向民众传达一则坏消息。

答案

要对此保持沉默（参见五），直到局势发生变化（参见十六）。在这之前用好消息取悦民众，用过去的，或用现有的真实消息皆可，例如马伦哥战役①，或者波斯沙赫使团的来访②，或者黎凡特咖啡运达③，或是在各种物资都匮乏的时候说一些编造的内容：直至局势变化，都不要停止前述做法（参见二十一），取得的任何成绩，无论大小，都要大事宣传一番（参见十四）；再在这些内容的结尾处附上一条坏消息即可。

---

①　马伦哥（Marengo）战役（1800 年 6 月 14 日）发生于第二次反法同盟期间，在此次战役中，拿破仑作为法兰西共和国第一执政，击败了奥地利，取得了拿破仑军事生涯最重要的一次胜利。

②　1807 年波斯沙赫（即国王）派遣使团来访法国，与拿破仑签订了盟约。

③　1806 年起，拿破仑对英国实施大陆封锁政策，导致许多来自东方的货物也无法到达欧洲大陆，从而使得欧洲大陆出现一定程度的物资短缺。黎凡特（Levante）指的是地中海东部地区，包括叙利亚、黎巴嫩等地。

注释
二十四

此处原本还包含有原理（此处文本缺失）：给孩子看光，他便停止哭泣，因为前述解题过程部分也基于这一原理。只是由于篇幅所限，并且因其一目了然，因此我们通常不会展开论述这一原理。

推论
二十五

按照答案要求，完全沉默，在许多情况下并不可能，因为每日战报的日期，例如当战败后大本营后撤时，会暴露事实。在这种情况下，可以将每日战报的日期倒回去一些，或者在写日期时故意印刷错误，再或者干脆去掉日期。责任就落到排字工人或校对人员头上了。

（结尾缺失）

讽刺书信 [①]

一名莱茵邦联军官致友人的信

凭我的荣誉起誓，我出色的朋友，您错了。如果真如您相信的那样，耶拿战役 [②] 改变了我的政治原则，那我就是个混蛋了。让我们再像 1806 年那个美好的夏天那样，再举行一次爱国宴会吧（我建议在塔罗内厅，那里有新鲜的牡蛎，而且他家的勃艮第葡萄酒是最棒的）。那么你就会看到，我还像以前那样，依然是德意志人热情的追随者。我承认，表象与我的实

---

① 第一封书信大约完成于 1809 年 4 月 27 日以后，第四封信则成文于 4 月 25 日以后，其他两封信成文时间要更早。

② 耶拿—奥尔施泰特（Jena-Auerstedt）战役（1806 年 10 月），第四次反法同盟期间爆发于法国同普鲁士及其盟友之间的战斗，最终以普鲁士军队惨败告终。

际不符。在《提尔西特和约》① 签订后，国王 ② 将我提拔为上校，为帝国元帅兼奥尔施泰特公爵 ③ 所用（我曾有机会为他服务过几次）。人们给我颁发了法国荣誉军团十字勋章，这枚勋章，你明白，我没办法不带着它出席公共场合；不然我会令国王（我无私地为他效劳）蒙羞。

可接下来呢？难道您认为，这些微不足道的事会使我看不到德意志人为之战斗的伟大事业？绝不可能！您就等着，让现在正向帝国挺进的卡尔大公 ④ 胜利吧，让德意志人应大公的要求发动大规模起义吧！到时候您就会看到，我会如何选择。

难道人们必须告别，投到奥地利人旗帜下，从而在此时此刻为祖国效力？绝不是！一个内心正直的德意志人，哪怕在法国人的阵营，是的，在拿破仑的大本营，也能为自己的同胞效劳。这能使多少肉类粮草免于被征用，可以减轻多少因军队驻扎带来的苦楚？

我对您抱着最为诚挚的友谊。……

附言：

此处附上信使刚刚送来的第一份法军每日战报 ⑤，有些被淋湿了。您对此怎么说？奥地利军队彻底被摧毁，所有军团被歼灭，三名大公死在了战场上！——这可恶的命运！我已经想上战场了。我听说，蒙特斯基阁下 ⑥ 现在

---

① 法国击败第四次反法同盟中的普鲁士和俄国后，三方于 1807 年 7 月在提尔西特（Tilsit，今俄罗斯苏维埃茨克）签订和约。普鲁士因此失去了一半的领土，统治中心迁至东普鲁士。

② 影射的是萨克森国王。

③ 指时任法国陆军大元帅的路易 – 尼古拉·达武（Louis-Nicolas Davout），此人因在耶拿—奥尔施泰特战役中立下战功而被封为奥尔施泰特公爵，后来成为华沙公国总督。

④ 即奥皇弗朗茨之弟，拿破仑战争时期著名将领。

⑤ 指 1809 年 4 月 21 日刊登的关于 4 月 19 至 20 日发生在坦恩（Thann）和阿本斯贝格（Abensberg）的战斗，法军战胜。

⑥ 安布罗西 – 安纳托尔 – 奥古斯汀·德·蒙特斯基 – 费森扎克（Ambroise-Anatole-Augustine de Montesquiou-Fésensac），拿破仑特使，其父曾为法国驻德累斯顿大使。

将这份战报带给了国王^①，陛下为此赏给了他一个鼻烟盒，估计最便宜也得值 2000 杜卡特^②。……

一名年轻边区乡村贵族小姐致叔父

我最尊敬的叔父大人：

作为晚辈，在您面前我内心涌动着义务感，它驱使着我向您汇报，本月 8 号，我已同年轻的勒法^③先生，驻扎在 P 城^④我们家中的法国第九龙骑兵团上尉，定下婚约。

我知道尊敬的叔父您对此会怎么想。只要战争还在继续，对于本地的女儿同法国军人的结合，您过去都时常激烈而愤恨地表示反对。在此，我认为您完全错了。要感受其中通常存在的令人受伤的一面，我不需要变成罗马女人或斯巴达女人^⑤。这些男人是我们的敌人；我要说的是，我们兄弟和亲族的血沾在了他们的衣服上。正如您正确地认识到，如果人们要投身另一方，而那一方的目标正是要践踏我们自己人，想尽一切办法毁灭他们，那么投身对方的行为就是在同自己人断绝关系。

可这些男人，我恳求您想想，难道他们是此刻在法国人和德意志人之间爆发的这场不幸战争的始作俑者？难道他们不是在忠于士兵的天职，盲目执行必须执行的法令，自己却时常不清楚自己为之拿起武器的战争的起因？是的，难道他们中间就没有个别人，在拿破仑重新率军涌入德意志帝国时，厌恶这狂暴的军队，就没有人在那些可怜的百姓成为被掠夺、被奴役的目标后，发自内心地对他们表示遗憾和同情吗？

---

① 1809 年 4 月 25 日，蒙特斯基将坦恩和阿本斯贝格的战报带给了在莱比锡的萨克森国王，27 日该战报被译成德语刊登在卡塞尔的《威斯特法伦导报》上。

② 杜卡特（Dukaten）是当时欧洲范围内流通的一种金币。

③ 原文为"Lefat"，"le fat"在法语中是"花花公子"的意思。

④ 影射的是波茨坦（Potzdam）。

⑤ 人们普遍认为罗马女性和斯巴达女性十分爱国。

　　请原谅，我最尊敬、最亲爱的叔父！我仿佛看到您面颊上已经浮现出了不满的红晕！我知道，您不相信，不相信他们会有这种感受；您认为这是撒旦用诡计施的障眼法，以便能够博得那些正在被他们押上刑场的可怜的战争受害者的好感。是啊，如果您心里真有这种激烈的想法的话，您是不可能同他们和解的。您认为，这些人明知神意制定的律法，却还是胆敢用如此卑鄙而恶毒的方式伤人，他们只配得上您双倍的复仇。

　　只是，如果我提出的观点不足以让正在保卫祖国的男人们放下武器，因为当发生战斗的时候，他们不可能去细究，是正在向自己进攻的那些人，还是自己，对战争负有责任：那么对于一个姑娘来说，我最尊敬的叔父，事情就不一样了；一个可怜、柔弱的姑娘，在宁静中与他相处数月，发现自己的意识已经被他那讨人喜欢的出身和教养所影响，很遗憾，正如人们所知的那样，当心灵已经对一件事情做出决定时，她已经听不到自己的理智了。

　　在此我给您附上一份证明，这是勒法先生在我母亲的要求下从军团长官处开具的。您可以从中看到，来自他所在军团的一名中士称他已经婚配的说法，纯属卑鄙无耻的诽谤。勒法先生几天前亲自去了一趟 B 城①，按照形式要求，让他的上校出具了这份包含相反声明内容的证明。

　　总之，我要对您说，当地对这名年轻人持有的不好看法，深深刺痛了我的心。我有最充分的理由认为，我所感受到的他对我怀有的激情真真切切，可人们竟敢揣测这份激情的背后隐藏着最令人不齿的目的。没错，我那鲁莽的兄弟竟然做得那么过分，他肯定地说，他的军团长官，那名上校，早就不在 B 城了。……

　　……我请求您，您现在就在 B 城，请代我探查一番，然后好好训斥一下我的兄弟竟敢如此胡说。

　　我不否认，他和宫里侍女之间的事不久前传到了我母亲的耳朵里，这件事会让我对他道德品质产生一些不安。我那天不在 P 城，所以我完全无法判断人们关于这件捏造出来的蠢事的传闻。但是当我回来后，他泪流满

---

　　①　此处影射柏林（Berlin）。

面地扑到了我的床上，向我证明他的爱不可分割，他的证言如此恳切，使我认定这整个传闻纯属一个可笑的谎言，我在最为深切的悔恨的驱使下，开始不得不相信，现在必须首先要缔结婚姻的纽带，而在这之前我们还从来没有谈过此事。……要不是这样，您的劳拉还是同过去一样无忧无虑、内心平静！

总之，我最尊敬、最亲爱的叔父，救救我吧！

若一切依照我的愿望发展，八天后婚礼就要举行了。

同时，勒法先生希望，婚礼的准备工作（我亲爱的母亲此刻正在悉心思考如何操办）最好不要那么大张旗鼓地进行，除非您能好心，将祖父去世后我获得的那份遗产（您作为我的监护人一直在好心地打理着这份遗产）移交给他。现在我已成年，因此没有什么可以阻止这一愿望的实现，并且我也对此表示支持，满怀柔情地向您提出请求，希望能尽快实现这一愿望，否则婚礼将会推迟，造成不愉快。我对您怀有最深切的敬重和爱。……

一名市长在要塞中致信下级官员

尊敬的 F 少将阁下，当地卫戍部队指挥得到消息，敌人距要塞只有三英里（即 4.83 千米）了，他亲自率领一支精悍的龙骑兵分遣队来到了市政厅，想要 3000 个沥青环^①，用来烧毁挡住了要塞前堤的外城。

在这种局势下，本城的议会明白这一决定的英明之处，在押走了几名持反对意见的成员后，便在全体大会上研究了此事，最终以三票多数对两票少数（同往常一样，我一票算作两票，少将阁下一票代表三票），毫不犹豫地批准了所要求的沥青环。

现在问题来了，我们把这事交给您，请您考虑一下：

1. 要制造 3000 个沥青环，需要多少沥青和硫磺来充当必备的原料？

2. 以上数量的燃料，能否在相应的时间搜集到位？

---

① 沥青环（Pechkranz），一种运用于中世纪和近代的武器，首先用稻草结成环状，然后浸透沥青，从而可以引燃，用于火攻。

据我们所知，商人 M 处有大量沥青和硫磺的库存，地址是外城 N，P 巷 139 号。

然而这批物资是因为丹麦政府预定才囤积起来的，并且因为我们同他们有联系，已经拿到了订单，还按市场价向商人 M 支付了 3000 弗罗林 [1]。

按照委托，我们同意给您上述数量的原料，以及为了立刻将物资运往港口附近空地所需的其他物资，对于商人 M，则送给他上好的政府公债，并批给他六辆以上的马车及通行证，同时我们决定，为了烧毁外城，将不再关心属于丹麦政府的这批财产。

与此同时，您要召集全体下级警官，细致搜查所有贩卖或加工这批燃料的商贩和手艺人的地窖和店铺，以便能按照少将阁下的意思，即刻制作出沥青环，用于给要塞前堤扫清障碍。

此刻危险已然逼近，没有什么比奉献一切更重要，我们要不惧任何牺牲，为国家坚守住这片对于取得胜利至关重要的阵地。少将阁下说，如果他们位于市集的宫殿就在前堤前方，那他们第一个就会烧毁它，然后去要塞入口底下过夜。

由于我们的房屋，包括市长和您，下级官员的房屋，就是这种情况，它们在外城 Q 处，加上花园和副楼，挡住了前堤的一大部分：因此现在全看您的搜寻结果了，一切都仰仗您就此事提交的汇报，看我们是不是要给其他人做出表率，首先将沥青环扔到我们的房顶上。

致以亲切的问候。

---

① 弗罗林（Florin），一种金币的名称。

一个关心政治的贝舌来人 ① 评一篇纽伦堡报刊文章的信

请允许我，贝舌来表兄，用不久前一个德意志人教给我的混乱语言，向你汇报一篇该国报纸上的文章，如果我没有记错的话，文章刊登在《纽伦堡通讯》②上，这份报纸是由一位在冰岛去过咖啡馆的格陵兰人带来的。

报刊文章中有以下奇怪的内容：

"对雷根斯堡附近发生的自由之战③起决定性作用的不只有法国人，更多地还有德意志人自己。

勇敢的巴伐利亚王储④率领莱茵邦联军队，抢先攻破奥地利的阵型。战役当晚，拿破仑皇帝在战场上拥抱了他，并称他为德意志人的英雄。"

我向你保证，贝舌来表兄，我走出了家门，登上了太阳炙烤着的沙丘，盯着我的鼻尖，就这样过了一个又一个小时：但我还是没有办法搞清楚这篇报道的意思。它抹去了所有我过去认为自己知道的事，现在我的大脑就像一张白纸一样，整件事情的始末得重新整理一番。

我请你告诉我，

1. 在 1805 年摧毁德意志帝国的是奥地利皇帝吗？

---

① 贝舌来人（Pescherä，法语 Pecherais），南美火地岛原住民，该名称源于法国探险家布干维尔（Louis-Antoine Bougainvilles）于 1772 年出版的游记《环球航行》。布干维尔将火地岛土著命名为"贝舌来"，因为他从当地人语言中反复听到这个词汇，人们也因此认为他们只会说这个词。克莱斯特在法兰克福时的老师温施（Christian Ernst Wünsch）曾在自己的著作中介绍过贝舌来人，并将其同格陵兰人和爱斯基摩人进行比较，这也是为什么克莱斯特将原本生活在南半球的贝舌来人转移到了北方。

② 根据下文的报道内容，可考证出，此处指的可能是 1809 年 4 月 25 日刊登在纽伦堡报纸《德意志往来通讯》（*Korrespondenten von und für Deutschland*）上的一篇文章。

③ 1809 年 4 月 19 日和 20 日，在位于因戈尔施塔特和雷根斯堡之间的坦恩和阿本斯贝格先后爆发了战斗，取得胜利的都是法军。参见《讽刺书信一》的相关注释。

④ 指路德维希王子，也即后来的巴伐利亚国王路德维希一世（1825—1848 年）。

2. 枪毙出版商帕尔姆①的也是他吗，就因为帕尔姆就这一暴行出版发行了一篇无礼的文字？

3. 通过阴谋诡计分裂德意志诸侯，以便按照恺撒的规则来统治不和的诸侯之人，是奥地利皇帝吗？

4. 在未宣战的情况下，将黑森选帝侯驱逐出自己国土，随后让和自己有亲戚关系的助手——他叫什么名字来着？——坐上黑森王位的②，是奥地利皇帝吗？

5. 毫无感激之情，借不义之战，将第一个为其荣誉奠基的普鲁士国王③打倒在地，甚至在和约签订后，还要恶狠狠地用脚踩住国王脖子的，也是奥地利皇帝吗？

6. 反之，因战局不利而元气大伤，从而在对手的命令下，被迫卸下德意志皇冠的，是拿破仑皇帝吗？

7. 怀着一颗破碎的心，眼看着普鲁士这德意志最后一根支柱的垮塌，若不是《提尔西特和约》已经签订，定会不顾自己已溃不成军，仍要急忙赶来营救普鲁士的，是拿破仑皇帝吗？

8. 在自己的领土内，为受到蒙骗而从自己国家逃出的黑森选帝侯，提供一块蔽身之所的，是拿破仑皇帝吗？

9. 最后，对悲叹中的德意志人所受的苦楚表示怜悯，因此率领全体青年人，如大地之子安泰一般，从跌倒中站起，拯救祖国的，是拿破仑皇帝吗？

贝舌来表兄，请原谅我问的这些问题吧！

当一个欧洲人读到这篇文章的时候，毫无疑问，他会知道自己对此应该怎么看。但对于一个贝舌来人，正如你所看到的，他会有各种各样的疑问，

---

① 1806 年春，纽伦堡出版商帕尔姆（Johann Philipp Palm）刊发了一份攻击拿破仑在巴伐利亚暴行的小册子，名为《深受屈辱的德意志》，帕尔姆也因此被法国人逮捕，并于 1806 年 8 月 26 日被枪毙。

② 《提尔西特和约》签订后，黑森被并入了新成立的威斯特法伦王国，拿破仑安排自己的弟弟哲罗姆·波拿巴坐上威斯特法伦王位，黑森选帝侯威廉一世则流亡布拉格。

③ 普鲁士国王腓特烈·威廉三世是第一个正式承认拿破仑皇位的君主。

就是我向你列举的那些。

众所周知，我们用"贝舌来"表达一切我们感受和思考的内容，表达得十分清楚，世界上其他语言都无法与我们相比。例如，当我们想说，现在是白天，那我们会说"贝舌来"；而如果我们想说，现在是黑夜，那我们就说"贝舌来"。如果我们想表达，这个人很正直，那我们会说"贝舌来"；而如果我们要断言，他是个骗子，我们会说"贝舌来"。简而言之，"贝舌来"可以表达出一切现象，正因为如此，由于它能表达一切，所以也可以表达任何单个含义。

要是纽伦堡的报刊编辑能用贝舌来人的语言写作就好了！那么你可以想象一下，文章就会叫作：贝舌来。这样一来，你的表弟我就不会有任何一瞬间对文章的内容表示不满了。那么，文章读出来就是这么个意思，特别清晰准确：

"赢得这场战争，将德意志帝国交给拿破仑的，不仅是法国人，主要还是值得同情的德意志人自己。人品败坏的巴伐利亚王储率领莱茵邦联军队，抢先攻破他们的解放者，勇敢的奥地利人的阵型。

您是德意志人的英雄！一切压迫者中最为阴险狡诈者这样对他喊道；但他在心中默默地说：你就是个叛徒。等我把你用完后，你就该滚蛋了！"

在这场战争中什么最重要？ ①

通常在业已发生的战争中关键的事情，是否在广阔的世界里也很重要？重要的是不是一位年轻有为诸侯的荣誉，他在美好夏夜的氤氲中梦想着桂冠？② 或者是照顾一位情妇敏感的情绪，只因为她那受本国统治者认可的魅力，在别国宫廷受到了质疑？③ 重要的是不是这样一场战役，它同

---

① 本文大约写于 1809 年 5 月 21 至 22 日阿斯彭（Aspern）战役前。

② 此处影射克莱斯特的戏剧《洪堡亲王》开篇场景。

③ 据说普鲁士国王腓特烈二世曾讥讽过法王路易十五的情妇蓬帕杜夫人，使得法国决定插手七年战争。

西班牙王位继承战 ① 一样，打起来就像是在下一盘棋，而在战争中，没有一颗心在剧烈地跳动，没有激情澎湃，没有肌肉在被侮辱的毒箭射中后，会阵阵抽动？重要的是不是当春天来临时，双方走上战场，只是为了扛着飘扬的旗帜彼此会面、打斗一番，要么胜利，要么再次退守到冬季营地内？重要的是不是割让一块偏僻的土地，是不是为了争夺一项权利，是不是为了索取赔款，还是为了一些可以用金钱来衡量的东西，这些东西今天拥有，明天失去，后天又失而复得？

　　重要的是一个共同体，她 ② 的根系分出数千条，好似一棵橡树，扎入了时间的土壤；她的树梢令德性和伦理黯然失色，触及云朵的银边；她的存在因与地球年龄的三分之一相等而神圣。一个共同体，她同权欲和征服的精神无涉，同任何一个共同体一样，有存在的价值，值得被宽容；她从来无法只念着自己的声望，她必须同时想着其他所有居住在地球上的共同体的声望和福祉；她最为恢宏恣意的想法是，受诗人和智者的指引，在想象的双翅的托举下，臣服于一个世界政权，这个政权通过自由选举产生，由所有兄弟民族共同组成。重要的是一个共同体，她的真诚和坦率对敌对友都毫不动摇，在邻人的机智 ③ 中都变成了谚语 ④；她超然于各种质疑之上，

----

① 1770 年，西班牙国王卡洛斯二世去世，哈布斯堡家族西班牙一支绝嗣，法国波旁王朝与奥地利哈布斯堡王朝为争夺西班牙王位，双方发动了一场波及欧洲大部分国家的战争，史称西班牙王位继承战争，时间为 1701 至 1714 年，这是一场各国王室争权夺利的战争，是各方力量之间的博弈。这与克莱斯特写作此文时西班牙正在发生的反拿破仑独立战争形成鲜明对照。

② “共同体”一词德语原文“Gemeinschaft”是阴性，带有女性色彩，影射“德意志共同体”，而德意志民族的象征是一位名为日耳曼尼亚的少女，故此处宜采用表示女性的“她”作为代词。

③ 邻人指以法国为代表的罗曼民族。自人文主义时期起，就有了“德意志的正直”和“罗曼人的机智”这样一组关于民族性的对立。

④ 德语中有一个惯用语叫作“德意志米歇尔”（der teusche Michel），常以一位无知无识的憨厚农民或市侩形象示人，这一形象被认为表现出了德意志人普遍存在的缺乏学识和教养的气质。

就像那枚真戒指的拥有者①，她就是最爱所有人的那一个；她的纯洁，即使在当下依然如故，当外人嘲笑甚至讥讽她时，她却悄悄地唤起了属于共同体的人的情感，此人只需呼唤自己的名字，哪怕在世界上最遥远的地方，都能寻找到信仰。一个共同体，在她的胸中从未有过哪怕一丝丝傲慢，她就像一位可人儿，直到今天，都无法相信自己的美好；她四处翩飞，不知疲倦，如同一只蜜蜂一般，将一切她认为好的都收集起来，就好像她从未与生俱来地拥有任何美好事物一般；尽管如此，众神依然在她的母体中（如果可以这样说的话！）保存着人类的原像，这原像比在其他任何共同体中都更为纯洁。一个共同体，她在与他人的相互效劳中，对人类毫无保留；她从各民族、兄弟和邻人那里获得的每一种和平的艺术，都会以另一种形式予以返还；她在时代的尖塔上，一直是最为精明强干的那一个：是的，她为这座尖塔立下了基石，或许还注定是放上最后一块岩石的那一个。重要的是一个共同体，她诞下了莱布尼茨和古登堡②；在这个共同体中，一

---

① 影射莱辛戏剧《智者纳旦》中的戒指寓言：父亲有一枚祖传的戒指，拥有它的人能获得世人和神的爱，并能掌管整个家族。三兄弟因为同样受父亲的喜爱，于是父亲命人做了两枚一模一样的戒指，与真戒指一同分给三个儿子。由于无法判断哪枚戒指是真的，三兄弟必须努力行善事，向世人证明自己才是真正戒指的所有人。此处的戒指象征着世界三大宗教。克莱斯特借用了这一典故，说明德意志共同体在世界民族中亦以"真戒指"所有人自居。

② 莱布尼茨（Gottfried Wilhelm Leibnitz），启蒙时期德国著名哲学家及科学家，与牛顿同时独立发明了微积分，被认为是那个时代的全才。古登堡（Johannes Gensfleisch zur Laden zum Gutenberg），于15世纪改进了活字印刷术，推动了欧洲的媒介革命，从此印刷书籍开始在欧洲范围内流行起来，为识字率的提高奠定了基础。以下都是克莱斯特列举的影响了历史进程的德意志名人。

位格里凯 ① 给大气称重，契恩豪斯 ② 操纵了太阳的光芒，开普勒 ③ 绘出了天体的轨道；一个共同体，她拥有如春日繁花那般众多的响亮的名字；她养育了胡滕和济金根 ④，路德和梅兰希通 ⑤，约瑟夫和腓特烈 ⑥；在这个共同体中，生活着庙宇的美化者，丢勒和克拉纳赫 ⑦，克洛卜施托克 ⑧ 在这里歌颂着拯救者的胜利。因此，重要的是一个属于全人类的共同体；她会冲上前来保护南太平洋的野蛮人，如果她知道他们的存在的话；一个共同体，她的存在离不开德意志的心胸，她只能通过让太阳都黯然失色的血液，被带入坟茔。

---

① 奥托·冯·格里凯（Otto von Guerike），物理学家及工程师，曾任马格德堡（又译马德堡）市长，在任期间组织进行了著名的"马德堡半球实验"，证明了真空的存在，还发现了空气的重量及其性质，并发明了抽气泵。

② 契恩豪斯（Ehrenfried Walther von Tschirnhaus），数学家、物理学家及哲学家，他曾专注于研究透镜，制造出了能够反射太阳光融化玻璃的大型透镜。

③ 开普勒（Johannes Kepler），天文学家、数学家及物理学家，发现了行星运动的三大定律，即"开普勒定律"。

④ 胡滕（Ulrich von Hutten），文艺复兴时期德意志人文主义者及作家。济金根（Franz von Sickingen），帝国骑士，支持宗教改革及教会领地世俗化，曾率领下层骑士发动起义，同时主张削弱诸侯，巩固皇权。

⑤ 马丁·路德（Martin Luther），德国宗教改革家，梅兰希通（Philipp Melanchthon）是路德之友，亦为宗教改革家和人文主义者。

⑥ 约瑟夫即奥地利皇帝约瑟夫二世，他被认为是开明专制的杰出代表；腓特烈即普鲁士的腓特烈二世，又称腓特烈大王。

⑦ 丢勒（Albrecht Dürer）和克拉纳赫（Lucas Cranach），文艺复兴时期德意志著名的画家、木版及铜版画家。

⑧ 克洛卜施托克（Friedrich Gottlieb Klopstock），18 世纪德意志诗人，曾创作宗教长诗《弥赛亚》。

德意志人的教理问答 ①

第一章　关于德意志

问：说吧，孩子，你是谁？

答：我是一个德意志人。

问：一个德意志人？你开玩笑吧！你生在迈森，而迈森所属的那片土地叫作萨克森！

答：我的确生在迈森，迈森所属的那片土地是叫作萨克森。可是我的祖国，那片萨克森所属的土地，是德意志，所以父亲，你的儿子是一个德意志人。

问：你在做梦吧！我可不知道萨克森所属的什么地方，除非是莱茵邦联。你说的德意志，我在哪才能找到？它在哪儿？

答：就在这儿，父亲。——你别把我搞糊涂了。

问：哪儿？

答：在地图上。

问：没错，在地图上！——这幅地图是 1805 年的。——你不知道 1805 年签订《普雷斯堡和约》② 的时候发生了什么事吗？

答：拿破仑，那个科西嘉皇帝，在和约签订后暴力摧毁了德意志。

问：那现在呢？它还存在吗？

答：当然！——你都问我些什么啊！

---

① 文章副标题为"仿照西班牙语教理问答而作，供老少使用"。本文由克莱斯特仿照出版于 1808 年的西班牙语《公民教理问答暨西班牙人义务、关于自由的实际知识及对敌人的描述》写成，该书是为了响应和支持西班牙反拿破仑独立战争而出版。视西班牙独立战争为榜样的奥地利引入该书，1809 年 4 月本文被译成德语，在维也纳出版。

② 《普雷斯堡和约》(Friede von Preßburg)：1805 年 12 月 2 日，拿破仑在奥斯特里茨(Austerlitz，今捷克境内)击败俄奥联军，奥地利与法国于 12 月 26 日在普雷斯堡(今斯洛伐克首都布拉迪斯拉发)签订和约，第三次反法同盟宣告失败；次年 8 月，神圣罗马帝国解体。

问：从什么时候开始存在？

答：从德意志人过去的皇帝弗朗茨二世^①再次奋起，重建德意志，他委任的勇敢的统帅^②呼吁人民为了解放国家，加入自己率领的军队那一刻，德意志就存在。

第二章　关于爱国

问：你爱你的祖国，不是吗，我的儿子？

答：是的，我的父亲，我爱。

问：你为什么爱它？

答：因为它是我的祖国。

问：你的意思是说，因为上帝赐予了它丰饶的果实，因为众多精美的艺术品装点了它，因为说不尽名字的英雄、政治家和智者令它光辉灿烂？

答：不，父亲；你在误导我。

问：我在误导你？

答：因为就像你教给我的那样，罗马和埃及三角洲所拥有的果实、精美艺术品以及其他壮美之物，都比德意志所有的要多得多。可即便如此，如果你儿子的命运要求他生活在那些地方，他会感到伤心，而且他永远不会像现在爱德意志那样爱那些地方。

问：那么你为什么爱德意志？

答：父亲，我已经和你说过了！

问：你已经和我说过了？

答：因为它是我的祖国。

---

① 哈布斯堡的弗朗茨是神圣罗马帝国的末代皇帝，即弗朗茨二世。帝国灭亡后，弗朗茨成为奥地利帝国第一任皇帝，改称弗朗茨一世。

② 指奥地利的卡尔大公。

第三章　关于祖国的灭亡

问：你的祖国最近发生了什么事？

答：法国人的皇帝拿破仑在和约签订过程中摧毁了它，还奴役了居住在这片土地上的众多人民。

问：他为什么这么做？

答：我不知道。

问：你不知道吗？

答：因为他是个恶人。

问：儿子，我要对你说：拿破仑宣称，他被德意志人侮辱了。

答：不，父亲，他没有。

问：为什么没有？

答：德意志人从来没有侮辱过他。

问：你了解战争爆发的根源吗？

答：一点都不了解。

问：为什么不？

答：因为这问题太宽泛、涉及面太广了。

问：那么你从哪儿推断出德意志人所做的事是正义的呢？

答：因为奥地利皇帝弗朗茨保证了。

问：他在哪儿保证了？

答：在他弟弟卡尔大公对民族发出的呼吁中保证了。

问：那么，如果有两种说法，一种来自科西嘉皇帝拿破仑，另一种来自奥地利皇帝弗朗茨，你相信哪一种？

答：相信奥地利皇帝弗朗茨的。

问：为什么？

答：因为他更诚实。

第四章　关于宿敌

问：儿子，谁是你的敌人？

答：拿破仑，只要他还是法国人的皇帝。

问：除此之外你就没有讨厌的人了吗？

答：没有了，全世界都没有。

问：如果我没搞错的话，昨天你从学校回来和别人绝交了，哪怕这样也没有吗？

答：我吗，父亲？——和谁？

问：和你兄弟。你自己告诉我的。

答：是的，和我兄弟！他没按照我的要求给我的鸟喂食。

问：也就是说，如果你兄弟做了这事，那他才是你的敌人，而不是科西嘉人拿破仑和他统治的法国人了？

答：不是这样的，父亲！——你在说些什么呀！

问：我在说些什么？

答：我不知道该怎么回答了。

问：现在成年德意志人只有做什么事情的时间？

答：重建毁灭的帝国。

问：那孩子呢？

答：为成年人的成功而祈祷。

问：如果帝国重建，那你打算怎么对待没有帮你喂鸟的兄弟？

答：如果我没忘记这事的话，我会骂他。

问：他是你的兄弟，所以更好的做法是什么呢？

答：原谅他。

第五章　关于重建德意志

问：告诉我，儿子，如果一个外来征服者毁灭了一个帝国，是否有人，不管他是谁，有权利重建它？

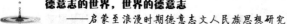

问：那你说，谁有这样的权利？

答：任何一个上帝赐予其两种品质，即坚定的决心和完成这事的力量的人都有权利。

问：真的吗？——你能向我证明你有这些品质吗？

答：不能，父亲，别让我做这事。

问：那么由我来向你证明一下。

答：我也不要你做这事，父亲。

问：为什么？

答：因为这显而易见啊。

问：好吧！——那现在在德意志，谁有力量和坚定的决心，同时还有重建祖国的权利？

答：德意志人过去的皇帝弗朗茨二世。

第六章 关于德意志对法国的战争

问：儿子，是谁挑起了这场战争？

答：是德意志人过去的皇帝弗朗茨二世。

问：真的吗？——你为什么相信这个说法？

答：因为弗朗茨派自己的弟弟卡尔大公率军前往帝国，攻击了驻守在雷根斯堡附近的法国人[①]。

问：也就是说，如果我拿着武器站在你身边，伺机谋杀你，而你在我采取行动之前拿起棍子，要将我打倒在地，在这种情况下是你挑起争端了？

答：不是这样，父亲。我之前都说了些什么啊！

问：那么是谁挑起了战争？

答：是法国人的皇帝拿破仑。

---

① 此处指 1809 年 4 月 18 至 19 日卡尔大公率军进攻驻扎在雷根斯堡附近的法军。

第七章　关于对拿破仑的赞美

问：你怎么看待科西嘉人拿破仑，那个著名的法国人的皇帝？

答：请原谅，父亲，这个问题你已经问过我了。

问：我已经问过你了？——那你用我教给你的话再说一遍。

答：我认为他是个可憎的人，是一切恶的开端、善的终结，是用一切人类语言都不足以控诉的罪人，连天使在最后的审判日控诉他时都会无法呼吸的罪人。

问：你见过他吗？

答：从没见过，父亲。

问：你会怎么想象他？

答：我会把他想象成一个从地狱中逃出的弑父的幽灵，他四处游荡，在自然的圣殿中撼动所有支撑殿堂的柱子。

问：你什么时候自己私底下背诵了这些话？

答：昨晚我上床睡觉的时候，还有今天早上我起床的时候。

问：你什么时候会再复习这些话？

答：今晚上床睡觉的时候，还有明早起床的时候。

问：不过人们说，拿破仑也有许多美德。他是凭借老谋深算和无所畏惧来实现征服世界的大业，尤其在大会战那天，他是一名杰出的将领。

答：是的，父亲，人们确实这么说。

问：这不只是说说，他是这样的人。

答：那好吧，他是这样的人。

问：你不认为他因为这些特质应该得到赞美和尊重吗？

答：你在开玩笑吧，父亲。

问：为什么不？

答：因为这就好比一个人在摔跤的时候把我扔在了粪土里，又用脚踩了我的脸，我还赞美他在摔跤时展现出来的技巧，这是懦夫的行为。

问：那德意志人中有谁会赞美拿破仑？

答：比如那些最高级的统帅，还有战争艺术方面的行家。

问：还有这些人，他们什么时候会这么做？

答：当他们被消灭的时候。

第八章 关于德意志人的教育

问：儿子，神意让德意志人被科西嘉人拿破仑如此激烈地从安宁中唤醒，祂的用意是什么？

答：我不知道。

问：你不知道？

答：是的，父亲。

问：我也不知道。我只是随便推测一番。如果我说对了，那很好；如果说得不对，那也没有什么损失。——你会批评这种行为吗？

答：绝不会，父亲。

问：或许你认为，德意志人正如当前情况所表明的那样，已经达到了一切美德、一切福祉和一切荣耀的顶峰？

答：绝不是这样，父亲。

问：或者至少德意志人正走在达到这一顶峰的正确道路上？

答：不，父亲，这也不对。

问：我曾和你讨论过怎样的恶习？

答：恶习？

问：是的，生活在当下的一代人身上的恶习。

答：你和我说过，德意志人的理性在一些敏锐的导师的影响下受到了过度的刺激。他们在所感所为时都要进行反思，认为自己的机智能够做成一切事情，而不再看重古老神秘的心灵的力量。

问：你不觉得，你向我描述的这一恶习，也能部分在考问你教理的父亲身上看到吗？

答：能，父亲。

问：德意志人对什么怀有无节制、不光彩的热爱？

答：对金钱和财富，他们从事商业和交流，额头上大汗淋漓，让人心生同情，他们认为，安宁、舒适、无忧无虑的生活便是这世上值得追求的一切。

问：那么这个时代的不幸为什么会降临到他们身上，摧毁他们的茅屋，蹂躏他们的田地？

答：为了让他们彻底轻视这些财富，激励他们追寻上帝赐予人类的更高的乃至最高的财富。

问：什么是人类的最高财富？

答：上帝、祖国、皇帝、自由、爱与忠诚、美、科学与艺术。

第九章　附加之问

问：告诉我，儿子，爱人者将去往何方？是上天堂还是下地狱？

答：上天堂。

问：憎恨者呢？

答：下地狱。

问：那么那些既不爱人、也不憎恨的人将去往何方呢？

答：既不爱人、也不憎恨的人？

问：是的！——你忘了那则绝妙的寓言了吗？

答：没有，父亲。

问：所以呢？这类人将去哪？

答：这类人要下到最深最底层的第七层地狱。

第十章　关于德意志的体制

问：谁是德意志人的主人？

答：你教过我，德意志人没有主人。

问：德意志人没有主人？你误会我的意思了。比如说，你的主人是萨克森国王。

答：萨克森国王？

问：是的，萨克森国王！

答：父亲，这位高贵的先生还在为祖国服务的时候是我的主人。当他回过头来重新履行自己服务祖国的义务时，他一定又会变成我的主人。但是现在因为他受到被买通的坏谋士的蛊惑，与帝国的敌人结盟，所以他对于萨克森人中的正直者而言不再是主人了，你的儿子虽然内心痛苦，也不再服从于他。

问：萨克森人真是不幸的族群。——萨克森人是唯一的，还是说在德意志仍有许许多多没有主人的族群？

答：还有许多，我亲爱的父亲。

（第十章结尾、第十一章及第十二章开头没有保存下来）

第十二章

……只要见到他们就将其杀死。

问：他命令所有人还是单个人做这件事？

答：他命令了所有人、每一个人。

问：但是当单个人拿起武器时，不是往往只会走向灭亡吗？

答：是的，父亲，的确如此。

问：所以说最好还是等一等，直到一群人聚集在一起后再加入他们？

答：不对，父亲。

问：为什么不对？

答：你这么问肯定是在开玩笑。

问：说吧！

答：因为如果每个人都这么想的话，就不会有一群人聚集起来可以供他们加入了。

问：必然如此。——每个个人的义务是什么？

答：直接响应皇帝的号令，拿起武器，像高尚的蒂罗尔人 ① 那样，给他人树立榜样，只要见到法国人就将他们杀死。

第十三章　关于自愿捐赠

问：上帝赐予了财富的人，还要为当下的战争发展做些什么？

答：他应该交出一切可以失去的东西来承担战争的费用。

问：人可以失去什么？

答：除了喂养他的水和面包，遮蔽他身体的衣衫，一切都可以失去。

问：你能列出多少理由来鼓励人们自愿捐赠？

答：两个理由。一个不会带来太多收入，另一个在不盲目打击人们的情况下，会让战争的执行者变得富有。

问：不会带来太多收入的是什么理由？

答：在金钱和财富能够换来的东西面前，金钱和财富毫无价值。

问：那在不盲目打击人们的情况下让战争执行者变得富有的理由是什么？

答：法国人会夺走他们的财富。

第十四章　关于最高级政府官员

问：儿子，你不觉得，忠诚地服务于奥地利皇帝和真正的德意志君主的政府官员正处在一个危险的境地吗？

答：当然，父亲。

问：为什么？

答：因为科西嘉皇帝来后会因为他们的忠诚狠狠地惩罚他们。

问：也就是说，对于一个身居国家要职的人而言，聪明的做法就是节制一些，哪怕政府命令他们，也不积极参与激烈的治国措施。

答：呃，父亲，你在说什么啊！

---

① 1809 年 4 月，神圣罗马帝国南部的蒂罗尔地区（Tirol）爆发了反拿破仑起义。

问：怎么！——不是这样吗？

答：这简直卑鄙无耻。

问：为什么？

答：因为这种人不再是自己君主的国家公仆，而已经变成了科西嘉皇帝的臣仆，就好像在食科西嘉皇帝的俸禄一样，服务于他的目的。

第十五章　关于叛国罪

问：儿子，不服从卡尔大公对民族发布的征兵命令的人，甚至胆敢通过各种言行反对这一命令的人，他们犯下了什么罪行？

答：犯的是叛国罪，我的父亲。

问：为什么？

答：因为他会腐化自己所属的族群。

问：有人在不幸的命运的驱使下走到叛逆的旗帜下，与法国人结盟，奴役祖国，这种人应该怎么办呢？

答：他必须羞红着脸扔掉武器，转投奥地利人的旗帜。

问：如果他不这么做，而是紧紧地攥着武器，那他应得的下场是什么？

答：死亡，我的父亲。

问：唯有什么才能拯救他免于死亡？

答：奥地利皇帝，德意志人的监护人、救主和重塑者弗朗茨的恩典。

第十六章　结语

问：不过，告诉我，儿子，如果为了德意志自由拿起武器的高尚的奥地利皇帝没能解放祖国，他会不会因为进行了战争而背负整个世界的诅咒？

答：不会的，父亲。

问：为什么不会？

答：因为上帝是军队的最高首领，而非是皇帝，而且能否按照意愿赢得战役并非取决于皇帝或他弟弟卡尔大公的力量。

问：即便没有达到战争的目的，让数千人的鲜血白白流淌，城市和乡村都毁于一旦，也是如此？

答：也是如此，父亲。

问：什么，也是如此！——那么也就是说，如果一切都毁灭了，没有人，包括妇女儿童，能够存活下来，你也还是赞同战争？

答：是的，父亲。

问：为什么？

答：因为上帝喜爱人们为了自由而死。

问：那什么是上帝所憎恶的事？

答：是奴隶活了下来。

《日耳曼尼亚》导言①

这份杂志应当成为德意志自由的第一缕气息。三年来②，正直的德意志人在法国人的压迫下叹息不已，而这份杂志会说出尘封在他们心中许久的那些话：一切担忧，一切希望，一切苦难和一切幸福。

我们需要一个如当下这样的时代，从而使面前的这份刊物有存在的意义。只要国家尚未采取行动，对于每一个将这份报刊的话视为建议的德意志人而言，要想同自己的兄弟说话，这份杂志都是草率的，不会有什么用途。此时报刊发出的声音或者会完全在荒漠中消散，或者——更糟糕的情况是——只会使人们的情绪高涨，却又在接下来的一刻，让人们陷入那如深夜一般的冷漠和绝望中。

可现在，奥地利皇帝正率领着一支勇武之师，为了自己臣民的利益，更为宽宏大量的是，他还为了受到压迫的、但目前仍不知感恩的德意志的福祉，打响了战争。

---

① 本文大约写于 1809 年 5 月 21 至 22 日阿斯彭战役之后。

② 指 1806 年 10 月普鲁士在耶拿—奥尔施泰特战役遭遇惨败之后的这段时间。

被奥皇任命为军队统帅的皇弟①，显示出了神明般的力量，他以一种崇高而感人的方式，引领着这一事业朝着目标发展。他以英雄般不屈不挠的精神，承受着自己遭遇的不幸，在决定胜负的关键性时刻，战胜了不可战胜者。②——并且他的谦虚，在我们所生活的这个时代，极为罕见。

是时候向德意志人说明，要配得上为他们付出的高贵的监护人③，他们自己需要做什么，要么现在说，要么永远都不说：这项工作就由我们，在兴趣的驱使下、试图施加好的影响的我们，通过一页页《日耳曼尼亚》来完成。

在高高的山岩上，她④矗立在那儿，朝着下方的山谷隆隆地唱着战歌！噢，她是要歌唱你，祖国，歌唱你的神圣和壮美；可是，何等不幸的乌云正向你的上空袭来！若战神怒号，她，滚烫的面颊绯红，便会下山，加入奋战者的行列，鼓舞他们的士气，将英勇无畏、坚忍不拔和蔑视死亡的精神注入他们的胸怀；——若是赢得了胜利，她便唤来这片土地的少女，她们会向阵亡者俯下身去，从他们的伤口中吮吸鲜血。愿每个感到自己负有使命之人，都能以这种方式对祖国……

（下文缺失）

评恩斯特·莫里茨·阿恩特的《时代精神》⑤

"同胞们！幸运或不幸的同胞们——我应当如何称呼你们？你们不愿意聆听，或是不能聆听。无忧无虑而不可思议的盲目，使你们闭目塞听。噢，

---

① 指奥皇弗朗茨的弟弟卡尔大公。

② 影射奥军在阿斯彭战役击败了法军。

③ 指奥皇弗朗茨一世。

④ 指德意志的拟人化象征日耳曼尼亚女神，这也是克莱斯特筹办的杂志的名称。此处克莱斯特一语双关，以"她"既指代自己要创办的杂志，又指代德意志民族的守护神。

⑤ 本文大约成文于1809年春季，具体时间不详。阿恩特（Ernst Moritz Arndt），德国作家、历史学家，爱国主义者，曾担任波恩大学校长。

如果你们的双脚之间有预言，你们会以多么快的速度逃走啊！因为在你们中间酝酿着火焰，这火焰不久便会以火山之势喷薄而出，一切都将被掩埋在灰烬和熔岩中。不可思议的盲目，它无法发觉，恐怖而闻所未闻之事已经逼近，业已成熟，连曾孙一辈在谈论它的时候都浑身战栗，如同在谈论阿特柔斯的餐桌[①]，以及巴黎和南特的血色婚礼[②]一般！何等的变化正在逼近！是的，你们身处这种变化中，却毫无察觉，还认为发生的不过是寻常之事，也就是什么都没发生，而你们已经受制于此了！"——《时代精神》第 13 页。

我已经不止一次听到别人批评这些话太夸张了。人们说，这些话会引起某种虚假的恐慌，而这并不会刺激人们，反而会令人疲软松懈。他们说，人们会朝四周看去，看地面是否真的会在人类的踩踏下裂开；如果人们看到塔楼和房屋的山墙依旧屹立不倒，那他们便会松一口气，就好像从一场噩梦中醒来一样。其中隐藏着的真实，会被人们斥为虚妄，并倾向于将这本书中的整个预言看作是谣言。

噢，说这话的你啊，在我看来，你就像一个苏拉时代的希腊人[③]；或者，就像一个提图斯时期的以色列人[④]。

什么！这个强大的犹太人的国度会灭亡？耶路撒冷，这座上帝之城，它被真正的天使用城垛和高墙守护着，竟会化为尘土？猫头鹰和雄鹰会栖身在这所罗门圣殿的废墟中？死神会掳走所有人，妇女儿童会被铁链拴住

---

① 阿特柔斯（Atreus）是古希腊神话中迈锡尼国王阿伽门农的父亲，他曾杀死兄弟的儿子，将其做成菜端给兄弟吃。

② "巴黎血色婚礼"指圣巴托罗缪之夜。1572 年 8 月 24 日圣巴托罗缪节，信仰新教的纳瓦拉国王亨利与信仰天主教的瓦鲁瓦家族的玛格丽特成婚，但在新婚之夜，巴黎的天主教徒突然对城中的胡格诺教徒进行了大屠杀。"南特血色婚礼"指的是 1793 年法国大革命期间，反革命者在南特被集中处死，由于男男女女被成双成对地捆在一起投入卢瓦尔河，因而被戏称为"婚礼"。

③ 苏拉（Lucius Cornelius Sulla），罗马军事统帅，公元 86 年攻占雅典，并将城市洗劫一空。

④ 提图斯（Titus Flavius Vespasianus），罗马皇帝（公元 79—81 年），公元 70 年率军镇压犹太人起义，并摧毁了耶路撒冷，从此犹太民族流散在各地。

拖走，后代会流散在世界各地，千年复千年，永远凄苦、落魄，正如这名亚拿尼亚[1]所预言的那样，过着奴隶的生活？

天哪！

园丁的条件[2]

一则寓言

一名园丁对自己的主人说：我只在这片灌木和篱笆内为你服务。当溪水涌来，并淹没你的蔬果园时，我会拿起锄和铲，把溪流截断，来保卫园子。但在水流到来之前，就走到这片区域之外，同浪花搏斗：这你就不能要求你的仆人干了。

主人一言不发。

连续三年春天，洪水毁掉了这片土地。园丁为了控制从四面八方涌进来的水流，忙得满头大汗；就算园丁成功堵住了洪水，一整年的收获还是毁于一旦。

第四年春天来临时，园丁拿起了锄和铲，走向了旷野。

你去哪儿？主人问他。

我去野外，他回答道，去祸害的发源地。我在这里筑起泥土围墙，以堵住奔涌而来的洪水，但丝毫不起作用；而在源头，我只要踏上一脚就能把水堵住。

奥地利的战时后备军！你们为什么只想在境内战斗呢？

---

① 亚拿尼亚（Ananias），犹太大祭司。据犹太史书记载，公元66年犹太战争爆发后，亚拿尼亚因被认为亲罗马帝国而被犹太人处死。

② 本文大约写于1809年6月。本文创作的背景是：1808年6月9日，奥皇决定建立战时后备军，主要用于在本国领土范围内御敌。随着局势发展，奥地利官方开始试图将战时后备军运用到奥地利领土以外的战场上，特别是企图在阿斯彭战役后将后备军力投放到巴伐利亚和萨克森，这一计划遭到了反对。克莱斯特撰写这篇寓言正是为了支持奥地利官方的这一决定。

论拯救奥地利①（终稿）

一　引言

任何一种大范围的严重危机，当人们要应对它的时候，有那么一刻，国家会获得一种民主的表象。一股正在威胁城市的火焰，不去灭火，反而任由其蔓延，因为害怕人们为了尽力救援而聚集在一起，使警察难以控制：这种想法很疯狂，只可能出现在暴君的脑子里，绝不会出现在正直而富有美德的统治者心里。

二

只要这场不幸的战争还在继续，我们就会因为自己采取的措施，一直蹒跚在当前局势之后。如果我们有今天那样努力的话，那我们三个月前就会胜利，而如果我们有三个月后那样努力的话（如果到那时候确实会努力的话），那我们现在就会胜利。任何人都会同意，要想拯救这个时代，必须发生最为极端的事情：但实际上，[坦率地说，]②人们认为在这种情况下可以发生的仍是最微不足道的事。

三

在普鲁士，以及其他一些北德邦国，法国人在引入自己的制度后，有机会充分释放自己的贪欲、荒唐、狡诈和卑鄙，因此普鲁士这些国家更明白要怎么对付这些人。由于许多明智的领主因法国人征饷而破产，所以他们估计，如果当初将自己的村庄点燃，赶走自己的牲畜，损失会比现在还小。

---

①　该文目前保存下来的有两个版本，内容有较大的改动，因此译者将两版悉数译出。本文约写于奥地利 1809 年 7 月 5 至 6 日兵败瓦格拉姆（Wagram）之后。

②　方括号中的内容是克莱斯特在手稿中删去或是修改掉的内容。

[三]四①

我将用简短的句子，不进行任何的原因推导，来说明面对这种局面，奥地利作为国家还能以什么方式得到拯救。也许有一个不安分的头脑的我，能够得到人们的尊敬和容忍；但当下一场战役，无论在科莫恩还是在佩斯②，或者不管在哪，打响并且失败后，我便能够在波希米亚宣布成立一个不可分割的共和国，而不会遭到攻击了。

[四]五　民族力量的源泉

首先奥地利政府必须说服自己，自己推行的战争既不是为了荣耀也不是为了独立，甚至不是为了保住自己的皇冠，这一目的，正如明摆着的那样，不过是低下的、次一级的目标，战争是为了上帝、自由、法律和道义，是为了改良相当腐化和堕落的一代，简而言之是为了超越一切价值的财富，如遇敌人侵犯，那就要不惜一切代价去保卫它，无论要付出多少。

六

只要这个基本原则确立，那么无论这个民族是否[具备坚定的意志]被赋予坚定的意志，能够以<同等的>③……无私来支持政府的措施，就不重要了；重要的是政府要以自身为前提，对民众做出确定的要求，借助民众的力量，随意调用各种可以想到的方法，为了让民众听从政府的安排，要让政府的精神得到应有的尊重。

---

① 在第一稿中，这一段原本放在第三段，但后来被删去，又重新写了一段作为第三段，即终稿中的第三段。到了终稿，克莱斯特将原本划去的第三段又改为第四段，并划去这一段上面的序号"3"。本文初稿的中译文保留了原来的顺序。

② 科莫恩（Komorn），是今天匈牙利城市科马罗姆（Komárom）和斯洛伐克城市科马尔诺（Komárom）的合称。1809年7月15日至8月22日，奥地利皇帝在此地设立军营。佩斯（Pest）即今天捷克首都布达佩斯的东部城区，当时有多个奥地利政府机关逃到此地。

③ 尖括号中的内容是克莱斯特作品编者所加。

六 <七> 针对德意志的措施

人们已通过号召，不断地尝试让德意志站起来，让它的民众与奥地利结盟,武装起来反对共同的敌人。可当部分爆发过起义的地区①走向毁灭时，这样的号召依然没有起到什么作用。若这样的情况能够维持骚乱，那么本身还不算太坏，但它解决不了人们为自己定下的整个任务。只有唯一的一段话，能够在德意志帝国，尤其在帝国北部，唤起普遍的、大规模的且激烈的民族起义——以下是这段话。

七 <八> 号召②

我，弗朗茨一世③，奥地利皇帝，凭借我的意志，以及上帝的帮助，作为德意志人的重塑者和临时统治者，做出了如下决定：

1. 自决议发布之日起，德意志帝国即重新存在。

2. 所有 16 至 60 岁的德意志人应拿起武器，将法国人驱逐出国土。

3. 任何手持武器对抗祖国之人，一旦被抓获，都应被送上军事法庭，并判处死刑。

4. 战争结束后，[帝国贵族] 各阶层应被召集起来，在普遍的帝国议会上，为帝国订立一部最为适合的宪法。

颁布于某地某日

弗朗茨（印）

---

① 这里指的是威斯特法伦和蒂罗尔地区爆发的起义。

② 这份号召是克莱斯特以奥地利皇帝的口吻所作，目的是要敦促奥地利官方发表一番类似的宣言。

③ 即神圣罗马帝国灭亡之前的弗朗茨二世，1806 年帝国灭亡后改称弗朗茨一世。

论拯救奥地利诸国（初稿）

一　引言

任何一种大范围的严重危机，当人们要应对它的时候，有那么一刻，国家会获得一种民主的表象。当火灾或洪水威胁到一座城市时，人们[警察]会容忍这样的情况，即一切能够行动的力量[阶层]，无论老幼，无论贫富，[无论贵贱]，都可以赶来救援。因为害怕众人为了尽力救援而聚集在一起，使市长难以控制，所以不去解决祸害，反而任由其肆虐：这种想法疯狂到了极点，只可能出现在暴君的脑子里，绝不会出现在正直而富有美德的统治者心里。

二

只要这场不幸的战争还在继续，我们就会因为自己采取的措施，一直蹒跚在当前局势之后。如果我们有今天那样努力的话，那我们三个月前就会胜利，而如果我们有三个月后那样努力的话（如果到那时候确实会努力的话），那我们现在就会胜利。任何人都会同意，要想拯救这个时代，必须发生最为极端的事情。但是国家理解的这类事情是——设立一支80人或10万人的战时后备军，对民众发出爱国号召，以及制作一份以民众捐赠的名义同意[自愿]缴费的目录。

三

（我将用简短的句子，不进行任何的原因推导，来说明面对这种局面，奥地利作为国家还能以什么方式得到拯救。也许有一个不安分的头脑的我，能够得到人们的尊敬和容忍；但当下一场战役，无论在科莫恩还是在佩斯，或者不管在哪，打响并且失败后，我便能够在波希米亚宣布成立一个不可分割的共和国，而不会遭到攻击了。）

在普鲁士，以及一些其他北德邦国，法国人有机会充分释放自己的贪欲、荒唐、狡诈和卑鄙，因此普鲁士这些国家更明白这意味着什么。由于许多明智的领主因法国人征饷而破产，所以他们表示，如果当初将自己的村庄点燃，赶走自己的牲畜，所失去的会比现在还少。

四　民族力量的源泉

如果要拯救奥地利，那么首先政府必须说服自己，自己推行的战争既不是为了荣耀也不是为了独立，甚至不是为了保住自己的皇冠，这一目的，正如明摆着的那样，不过是低下的、次一级的目标，战争是为了上帝、自由、法律和道义，是为了改良相当腐化和堕落的一代，简而言之是为了超越一切价值的财富，如遇敌人侵犯，那就要不惜一切代价去保卫它，无论要付出多少。——保卫这些财富是在组织一场圣战，或者是一场为了全人类的战争。

五

政府必须承认这些财富是自己和民众唯一的珍宝，必须不惜一切代价，无论要付出多少，去保卫它，还要明白，如果最高的神明将胜利赠予我们，那绝不能为了哪怕一滴眼泪的缘故将其出卖掉，即使整个民族的财富都在战斗中毁于一旦，战争结束后，人民如 2000 年前从密林中走出时那般浑身赤裸。

六　针对德意志的措施

人们已通过号召，不断地尝试让德意志站起来，让它的民众与奥地利结盟，武装起来反对共同的敌人。可当部分爆发过起义的地区走向毁灭时，这样的号召依然没有起到什么作用。若这样的情况能够维持骚乱，那么本身还不算太坏，但它解决不了人们为自己定下的整个任务。只有唯一的一段话，能够在德意志帝国，尤其在帝国北部，唤起普遍的、大规模的且激烈的民族起义——以下是这段话。

七 号召

我，弗朗茨一世，奥地利皇帝，凭借我的意志，以及上帝的帮助，作为德意志人的重塑者和临时统治者，做出了如下决定：

1. 自决议发布之日起，德意志帝国即重新存在。

2. 所有 16 至 60 岁的德意志人应拿起武器，将法国人驱逐出国土。

3. 任何手持武器对抗祖国之人，一旦被抓获，都应被送上军事法庭，并判处死刑。

4. 战争结束后应召开帝国议会，在经过多数表决后，由帝国诸侯订立一部国家宪法。

颁布于某地某日

弗朗茨（印）

附录 B　科隆大教堂柏林建设协会^①

艾兴多夫　撰　曾　悦　译

对社会各界参与的呼吁

德意志建筑艺术卓越的思想孕育了德意志艺术家的精神，几个世纪以来，这样的思想都在鼓舞着许许多多的人，它最为庄严的纪念碑，由于即将瓦解德意志祖国的纽带、葬送德意志之伟大的时代不作美，如今以尚未完工的状态矗立在莱茵河的岸边。浸淫在这件作品中的理念响亮地宣扬着它的创造者的荣耀，只是在后来的世代中只有极少数人还能听到那些组成神殿的岩石那意味深长的话语，并且当统一的德意志对于某些人而言已是彻底破碎时，这座壮丽的、暗幽幽地促使外乡人追忆起昔日的伟大的建筑，也有了垮塌为一片废墟的危险。然而，在德意志各族人民在他们君主的领导下，为了完成一项伟大的功绩，为了夺回自己的自由和独立而再一次联合在一起之后，随着重生的德意志人的力量一同苏醒的还有德意志的生命，以及对远古的德意志人在文学和艺术中所创造出的事物的爱。那个呼吁自

---

　　① 本文译自 Joseph von Eichendorff. *Werke in 6 Bänden*（*Bd.5*）[M]. Frankfurt am Main：Deutscher Klassiker Verlag, 1993：681-688. 中译文所作注释参考了该版德文注释。本文首次于1842 年 4 月 3 日刊登于《普鲁士国家汇报》（*Allgemeine Preußische Staatszeitung*）第 92 号。

己的民众为德意志的福祉而战的高贵的国王①，在重建和平后不久，便立刻将自己庇佑的双眼转向了科隆大教堂，将它从丧服中解放出来，通过修建完成它的圣坛，重新赋予它往日的美，这种美使得越来越多富有洞察力的欣赏者汇聚在它的周围，并逐渐在他们心中唤起完成这座建筑的大胆想法。长期以来，这样的想法只能被小心翼翼地表达出来，因为人们意识到，这件艺术品只能通过一个完整的、在无拘无束的爱中勠力同心的德意志的统一，方能以崇高的伟大形象拔地而起。于是，众人的目光便落在了一个人的身上，此人曾多次表达自己对这项崇高工作的热情：国王腓特烈·威廉四世提出了重大意见，他不再支持迄今为止一直遵循的重建计划，而是主张根据最初的规划完成这座建筑。陛下以君王的慷慨大方，按照相应的标准在迄今为止每年所需要用到的资金的基础上增加投入，而针对最先意图呼吁德意志人参与这份美好的事业的协会，他还极为仁慈地承担起了协会的保护工作，此后便没有人再会去怀疑这桩夙愿是否能够实现了。另一位热爱艺术的德意志国王②也立刻宣布自己和国中的民众乐意参与此事，而自从在我们的城市中，同样在那位最高的保护人的庇护之下，诞生了一个科隆大教堂建设协会起，③越来越多的德意志城市加入了这个伟大的联盟中，它们向欧洲其他的民族证明，当需要执行关乎共同的祖国的想法之时，所有德意志人都会将自己看作是一个庞大部落的一员。近期，当欧洲的和平遭遇到了威胁的时候，德意志民族的这种统一与和睦得到了最为生动的确证；它通过自由贸易交往这一共同的纽带被联系得愈渐紧密，通过郑重搜集其历史纪念物的方式被宣扬出去，如今又意图通过完成一座庄严的基督教神殿来重新证明自己。

---

① 指普鲁士国王腓特烈·威廉三世。

② 指巴伐利亚国王路德维希一世。

③ 在腓特烈·威廉四世的庇护之下，最初在 1840 年 11 月，科隆建立了第一个大教堂建设协会，接着在 1842 年 2 月 17 日，柏林也成立了科隆大教堂建设协会，艾兴多夫是柏林协会的初创成员之一。

　　那就这样开始吧！这是在德意志的土地上扩建一件艺术作品！在德意志的语言响起的地方，德意志民族的各个部族都会聚集在一起，为德意志民族的和睦及基督教的兄弟之爱缔造一座新的纪念碑，这座纪念碑装饰着通力协作的民族各部落的纪念符号，宣告着德意志那庄严的意志：这座神殿要永远地耸立在德意志的土地上，接受着德意志的庇佑。

　　现在我们邀请本城和本省的居民参与这项工作，他们乐于接受召唤，去支持高贵的事业，并且在这一契机下他们会证明自己已经受过多次考验的对祖国的情怀，证明自己是如何将自己的景仰之情献给这些艺术作品，在需要的地方成为激励他人的典范。与此同时，我们还对所有有意加入我们协会的人作出同样的呼吁。

　　怀着充分的信任，我们出版了这份获得最高批准的协会章程，外加一份简短的科隆大教堂从首次奠基直至今天的历史发展概况，并再次重申，任何捐赠，哪怕是最微不足道的数额，也会被心怀感激地接受。我们需要许许多多的岩石，直至这座建筑彻底完工；哪怕有人每年只能帮助我们将一块岩石运往现场，也可以自视为这件伟大作品的共同完成人，而整个德意志民族对这件作品的参与度越广泛，这件作品也会以越壮丽的姿态重生。

柏林，1842 年 3 月 29 日

　　科隆大教堂柏林建设协会主席团：冯·奥尔费斯、科蒂姆、布吕格曼、克诺布劳赫、冯·科洛姆布、冯·科尔内留斯、冯·艾兴多夫、冯·哈勒姆、克劳斯尼克、劳赫、施特雷克富斯。

科隆大教堂从首次奠基直至今天的简要历史发展概况

现在的科隆大教堂首次奠基是在 1248 年 8 月 14 日，奠基人是大主教霍赫施塔登伯爵康拉德①。根据保留至今的原始施工图纸，这座用方石修建的建筑基座长 500 英尺（即 152.4 米），中殿和圣坛处宽 180 英尺（即 54.86 米），十字形耳堂的两翼处宽 290 英尺（即 88.39 米），从地面到屋脊处高 200 多英尺（即 60.96 米），除正大门外，还有两座高度超过 500 英尺的塔楼被保存下来。

在接下来的时代，由于内部出现了种种形式的反目，这座建筑的命运已经开始不那么顺遂了，不过到了 1322 年，也就是首次奠基后的七十四年，高大的圣坛于 9 月 27 日正式落成，这座圣坛的长度占了整座建筑的约五分之二；在西侧，圣坛被一面轻巧的山墙围住，这座山墙计划在十字形耳堂和正厅穹顶完工之后被再次拆除。

十字形耳堂的立柱修完了侧廊的柱头，通往十字形耳堂在北边的侧翼的门也已建好，中殿和塔楼也已开工，特别是南边的塔楼，1437 年已经修完了第三层，塔中因此可以安装上新的钟；这座塔楼也是那座顶着起重机的塔楼，而这座起重机数百年来已经成了科隆的象征。北边的塔楼则维持了最初的设计，只有 27 英尺（即 8.23 米）高。到了 16 世纪，中殿继续修到了侧廊的柱头那么高，北边配殿被配上了穹顶，并装饰有彩绘窗。在此之后工程就没有继续进展了，并且直到 18 世纪初，人们似乎也只做了很少的工作，甚至可能没有采取任何措施来维护现有的建筑；不过人们对已经完成的部分也给予了一定的关心，当然只在很有限的、但也算差强人意的程度上，并且也绝不是只出于关心建筑本身的目的。1735 年，三扇位于管风琴上方的山墙窗中的两扇被围上了墙；1739 年至 1742 年间，多处可能会垮塌，从而威胁到房顶和穹顶的塔楼尖顶得到了修缮，或者被完全拆除，而在 1748 年至 1751 年和 1788 年至 1790 年也进行了类似的修补工作。

---

① 霍赫施塔登伯爵康拉德（Konrad Graf von Hochstaden），1238 年至 1261 年担任科隆大主教。

与几乎所有古老的德意志教堂一样，对于科隆大教堂而言，18 世纪最后三十余年最为糟糕的便是当时的品位转向了所谓的更为雅致的意大利建筑风格，这样的品位使得人们将可供支配的少量资金大多用在了极不恰当的装饰上，而没有投入到维护现有的建筑中。后来，随着法国军队的入侵，一段艰难的时刻到来了，1796 年至 1797 年间，大教堂被用作粮草库。在随后的整个法国占领期间，只为最急需的房顶修缮工程列支了一笔预算，并且该项施工所必要的钱款由本城财政以及从大教堂财务中划拨的津贴承担，这就导致一直到 1813 年，大教堂被用作库房期间造成的大部分屋顶和窗户的破损都没能得到修复。

这就是当莱茵兰与普鲁士王国联合时①围绕这座艺术性极高的巍峨的德意志建筑作品所发生的事情。没过多久，国王便决定支持各机构的想法，尽可能地保留现有的建筑；在国王亲自介入之后，并且经过了多次调研（开展这一系列调研的是我们已故的申克尔②，他投入了大量的精力，并且展现出了深刻的专业知识），人们才知道应该将这座建筑修缮和扩建到何种程度。

已故的国王陛下同意为重建那座高大的圣坛拨付数笔可观的资金，因此这座圣坛可以算得上是他的功绩。有了这批资金，外加大教堂税的收入，以及在大主教区进行的募捐，共计 35 万帝国塔勒（其中超过三分之二的金额由国库承担），人们得以重建圣坛最初的恢宏，外加教堂的一些其他部分，这项工作整体一直持续到 1840 年底。这项顺利完成的工作证明了迄今为止执行该工程的大师们的知识和审慎，以及他们出色的职业素养，这些因素使人们有理由对国王期待已久、同时又于今年 1 月 12 日下令继续的工程满怀希望，该工程依据的是申克尔的设计，并且该设计精准承继

---

① 拿破仑战争结束后，维也纳会议召开。1815 年，位于前帝国西部的天主教地区莱茵兰（也即科隆所在的地区）被划给了普鲁士。

② 卡尔·弗里德里希·申克尔（Karl Friedrich Schinkel，1781–1841），普鲁士建筑师，曾主导普鲁士首都柏林城的设计。他在 1837 年为科隆大教堂的重建工程提交了一份低成本的设计草案。

了原始的规划。一份由王室工程监察员茨维尔纳先生制定的、有待从细节上进行落实的成本核算预估了要完成这份设计所需的开支，根据这份设计，十字形耳堂的左右两翼和前殿的围墙将被修到圣坛的高度，穹顶完工后也是如此，花费总计 120 万帝国塔勒；由于必须将墙垛和飞券相连接，因此又额外制定了一项特别预算，正如同修建圣坛所需花费一样，需要额外支出 80 万帝国塔勒，也就是总共需要 200 万塔勒；要继续修建并完成塔楼最终还需要 300 万塔勒。要筹集起这笔资金对于拥有 4000 万居民的统一的德意志的集体意识而言并不难，有了这笔资金，这座壮丽的建筑便会以完整的规模、没有一丝一毫的短少或遗漏，按照原初的规划（据称这份规划草案在十分机缘巧合的情况下再次被发现[①]），在近期真正竣工！为了实现这一计划，国王陛下不仅于去年 11 月 6 日通过颁布内阁最高指令，屈尊为 1842 年额外拨付了一笔金额为 5 万帝国塔勒的津贴，最重要的是还同意在接下来的数年里，根据可供施工支配的资金情况的不同，每年提供一笔 3 万至 5 万帝国塔勒的补助金，这显示了陛下的好意，陛下借此期望个人及各协会为了这一目标而表现出的参与度能够继续发扬下去。

这一期望将不会被辜负：为了支持这样一个神圣的目标，维护祖国的最高荣誉，德意志各地响起了最为整齐划一的洪亮声音；各个地方都成立了协会，它们充满干劲，热心地承担起相应的事务。这些协会的任务很简单：募集资金，恰当地实施管理，并待筹集的钱款金额较大后将其送往负责教堂修建工作的机构。假使这些费用足够修建整个建筑的某些独立的部件，例如一座带有装饰的飞券，那么也就没有什么能够阻止人们通过某种方式将这样一个部件（如果这是人们心之所愿，或是怀着某种实用主义的心态而被确定下来的话）命名为某笔特别捐赠资助的成果了。

若是所有这些协会的共同努力能够取得巨大成功，那么很快人们便能够确信的是，即便是完成塔楼的工作都不会落到我们后辈的手中。

---

① 1814 年和 1816 年，科隆大教堂的原始施工草图分别在达姆施塔特和巴黎被发现。

　　签名表被存放在博物馆大楼看门人、总指挥办公室及主席团成员处，各成员的住所在下文中列出。与此相应，捐赠收据以及协会募捐入账卡片也会被保存在上述地方。

　　政府枢密顾问布吕格曼，教学园大街 5 号；

　　冯·科洛姆布少将，司令部大楼；

　　冯·科尔内留斯主任，伦内大街 2 号；

　　政府高级枢密顾问冯·艾兴多夫，蒂尔加滕大街 5 号；

　　政府高级枢密顾问冯·哈勒姆，新林荫道 7 号；

　　城市长老克诺布劳赫，邮政大街 23 号；

　　政府高级枢密顾问科蒂姆，教学园大街 5 号；

　　克劳斯尼克市长，疗养大街 52 号；

　　冯·奥尔费斯总干事，康提安大街 5 号；

　　劳赫教授，王室库房；

　　政府高级枢密顾问施特雷克富斯，克劳森大街 37 号。

参考文献

A. 原始文献

[1] Freiherr Joseph von Eichendorff. *Geschichte der poetischen Literatur Deutschlands* [M] . Regensburg：Verlag Josef Habbel，1970.

[2] Heinrich von Kleist. *Sämtliche Werke und Briefe in 4 Bänden* [M] . Frankfurt am Main：Deutscher Klassiker Verlag，1987-1997.

[3] Heinrich von Kleist. *Werke und Briefe in 4 Bänden* [M] . Berlin/ Weimar：Aufbau-Verlag，1978.

[4] Johann Gottfried Herder. *Herders Werke in 5 Bänden* (Bd.1) [M] . Berlin/Weimar：Aufbau-Verlag Berlin und Weimar，1982.

[5] Johann Gottfried Herder. *Werke in 10 Bänden* [M] . Frankfurt am Main：Deutscher Klassiker Verlag，1985-2000.

[6] Johann Gottlieb Fichte. *Nachgelassene Schriften 1805-1807* [M] . Stuttgart/Bad Cannstatt：Frommann-Holzboog，1993.

[7] Johann Gottlieb Fichte. *Werke 1808-1812* [M] . Stuttgart/Bad Cannstatt：Frommann-Holzboog，2005.

[8] Joseph von Eichendorff. *Werke in 6 Bänden* (*Bd.5*) [M] . Frankfurt am Main：Deutscher Klassiker Verlag，1993.

[9] Joseph von Eichendorff. *Werke in 6 Bänden* (*Bd.6*) [M] . Frankfurt

am Main：Deutscher Klassiker Verlag，1990.

［10］费希特. 对德意志民族的演讲［M］. 梁志学，沈真，李理，译. 北京：商务印书馆，2010.

［11］费希特. 费希特文集. 第5卷［M］. 梁志学，译. 北京：商务印书馆，2014.

［12］费希特. 费希特著作选集. 五卷本（第一至四卷）［M］. 梁志学，主编. 北京：商务印书馆，1990—2006.

［13］克莱斯特. 赫尔曼战役［M］. 刘德中，译. 上海：上海文艺出版社，1961.

［14］约翰·哥特弗里特·赫尔德. 赫尔德美学文选［M］. 张玉能，译. 上海：同济大学出版社，2007.

B. 研究文献

a. 西文文献

［1］Alfred Riemen. "Das Schwert von 1813". Die deutsche Gesellschaft der Restaurationszeit in Eichendorffs Dichtung［C］//Wilhelm Gössmann, Klaus-Hinrich Roth（eds.）. *Poetisierung–Politisierung*：*Deutschlandbilder in der Literatur bis 1848*. Paderborn/München/Wien/Zürich：Ferdinand Schöningh，1994：109-136.

［2］Alfred Riemen. Eichendorffs Verhältnis zum Katholizismus in der Restaurationszeit［C］//Stiftung Haus Oberschlesien, Landschaftsverband Rheinland, Rheinisches Museumsamt, Eichendorff-Gesellschaft（eds.）. *Joseph Freiherr von Eichendorff（1788-1857）*：*Leben–Werk–Wirkung*. Köln：Rheinland-Verlag，1983：49-58.

［3］Andreas Schumann. *Nation und Literaturgeschichte*：*Romantik-Rezeption im deutschen Kaiserreich zwischen Utopie und Apologie*［M］.München：

Iudicium—Verlag，1991.

［4］Arnold Suppan. "Germans" in the Habsburg Empire：Language，Imperial Ideology，National Identity，and Assimilation ［C］//Charles W.Ingrao，Franz A. J. Szabo（eds.）．*The Germans and the East*. West Lafayette：Purdue University Press，2008：147-190.

［5］Barbara Vinken. Bestien. *Kleist und die Deutschen* ［M］．Berlin：Merve Verlag，2011.

［6］Bernd Fischer. *Das Eigene und das Eigentliche*：*Klopstock，Herder，Fichte，Kleist* ［M］．Berlin：Erich Schmidt Verlag，1995.

［7］Carl Hinrichs. Der Hallesche Pietismus als politisch—soziale Reformbewegung des 18. Jahrhunderts ［C］//Otto Büsch，Wolfgang Neugebauer（eds.）．*Moderne Preußische Geschichte*：*1648-1947*；*eine Anthologie*（*Bd.3*）．Berlin/New York：de Gruyter，1981：1294-1306.

［8］Cathy S，Gelben，Sander L. Gilman. *Cosmopolitanisms and the Jews* ［M］．Ann Arbor：University of Michigan Press，2017.

［9］Christoph Jürgensen. Federkrieg. *Autorschaft im Zeichen der Befreiungskriege* ［M］．Stuttgart：J. B. Metzler Verlag，2018.

［10］Claudia Benthien，Hans Rudolf Velten. *Germanistik als Kulturwissenschaft. Eine Einführung in neue Theoriekonzepte* ［M］．Reinbek：Rowohlt Taschenbuch Verlag，2002.

［11］Conrad Wiedemann. Deutsche Klassik und nationale Identität. Eine Revision der Sonderwegs—Frage ［C］//Wilhelm Voßkamp（ed.）．*Klassik im Vergleich*：*Normativität und Historizität europäischer Klassiken*. DFG—Symposium 1990. Stuttgart：Metzler，1993：541-569.

［12］Cristiana Senigaglia. Der Begriff der Nation am Scheideweg：Fichtes Reden und ihre Bedeutung ［C］//Christoph Binkelmann（ed.）．*Nation—Gesellschaft—Individuum*. *Fichtes politische Theorie der Identität*.

Amsterdam/New York: Rodopi, 2012: 69–86.

[13] Curt Hohoff. *Heinrich von Kleist mit Selbstzeugnissen und Bilddokumenten* [M] . Hamburg/März: Rowohlt Taschenbuch Verlag, 1958.

[14] Daniel Breazeale, Tom Rockmore (eds.) . *Fichtes Addresses to the German Nation reconsidered* [C] . Albany: State University of New York Press, 2016.

[15] David Aram Kaiser. *Romanticism, Aesthetics, and Nationalism* [M] . Cambridge: Cambridge University Press, 1999.

[16] David James. *Fichte's Social and Political Philosophy: Property and Virtue* [M] . Cambridge: Cambridge University Press, 2011.

[17] David Martyn. Borrowed Fatherland: Nationalism and Language Purism in Fichte's Addresses to the German Nation [J] . *The Germanic Review*, 1997 (4) : 303–315.

[18] *Der Große Brockhaus (Bd.15, 23)* [Z] . Wiesbaden: F. A. Brockhaus, 1983.

[19] Detlef Kremer, Andreas B. Kilcher. *Romantik* [M] . Stuttgart: Verlag J. B. Metzler, 2015.

[20] Dirk Richter. *Nation als Form* [M] . Wiesbaden: Springer, 1996.

[21] Dominic Eggel, Andre Liebich, Deborah Mancini–Griffoli. Was Herder a Nationalist? [J] . *The Review of Politics*, 2007, 69: 48–78.

[22] Donald R. Kelley. *Fortunes of History: historical inquiry from Herder to Huizinga* [M] . New Haven/London: Yale University Press, 2003.

[23] Eduard Norden. *Die germanische Urgeschichte in Tacitus' Germania* [M] . Stuttgart/Leipzig: Teubner, 1998.

[24] Elie Kedourie. *Nationalism* [M] . Oxford: Blackwell, 1998.

[25] Etienne François, Hagen Schulze (eds.) . *Deutsche Erinnerungsorte (3 Bände)* [M] . München: Verlag C. H. Beck, 2003.

[26] Eva Horn. Herrmanns "Lektionen". Strategische Führung in Kleists

Herrmannsschlacht［C］//Günter Blamberger, Ingo Breuer, Klaus Müller-Salget（eds.）. *Kleist-Jahrbuch 2011*. Stuttgart/Weimar: Verlag J. B. Metzler, 2011: 66-90.

［27］Franz Mehring. *Zur deutschen Geschichte von der Zeit der Französischen Revolution bis zum Vormärz*（1789 bis 1847）［M］. Berlin: Dietz Verlag, 1965.

［28］Frederick M, Barnard. *Herder on Nationality, Humanity, and History* ［M］. Montreal/Kingston McGill-Queen's University Press, 2003.

［29］Friedrich Döppe, Johann Gottfried Herder. *Sein Leben in Bildern*［M］. Leipzig: VEB Bibliographisches Institut Leipzig, 1953.

［30］Friedrich Schiller. *Sämtliche Werke（Band 1）*［M］. München: Hanser, 1962.

［31］Friedrich Tomberg. Menschheit und Nation. Zur Genese des deutschen Nationalismus in Antwort auf die Französische Revolution［C］// Erhard Lange（ed.）. *Französische Revolution und deutsche Klassik*. Weimar: Hermann Böhlaus Nachfolger, 1989: 303-321.

［32］Friedrich Wilhelm Kantzenbach. *Herder*［M］. Reinbek bei Hamburg: Rowohlt Verlag, 1970.

［33］Fritz Peter Knapp. Der Beitrag von Joseph Görres zum Mittelalterbild der Heidelberger Romantik［C］//Friedrich Strack（ed.）. *200 Jahre Heidelberger Romantik*. Berlin/Heidelberg: Springer, 2008: 265-280.

［34］G. G. Gervinus. *Historische Schriften*［M］. Karlsruhe: Friedrich Wilhelm Hasper, 1838.

［35］Gerhard Oestreich. Calvinismus, Neustoizismus und Preußentum［C］//Otto Büsch, Wolfgang Neugebauer（eds.）. *Moderne Preußische Geschichte: 1648-1947; eine Anthologie（Bd.3）*. Berlin/New York: de Gruyter, 1981: 1268-1293.

[36] Gerhard Steiner. *Georg Forster* [M] . Stuttgart: Metzler, 1977.

[37] Gert Ueding. *Klassik und Romantik. Deutsche Literatur im Zeitalter der Französischen Revolution 1789–1815* [M] . München/Wien: Carl Hanser Verlag, 1987.

[38] Gesa von Essen. *Hermannsschlachten: Germanen– und Römerbilder in der Literatur des 18. und 19. Jahrhunderts* [M] . Göttingen: Wallstein Verlag, 1998.

[39] Gisela Brinkler–Gabler. Wissenschaftlich–poetische Mittelalterrezeption in der Romantik [C] //Ernst Ribbat (ed.) . *Romantik: ein literaturwissenschaftliches Studienbuch*. Königstein im Taunus: Athenäum Verlag, 1979: 80–97.

[40] Günter Arnold. *Johann Gottfried Herder* [M] . Leipzig: VEB Bibliographisches Institut Leipzig, 1988.

[41] Hans Blom, John Christian Laursen, Luisa Simonutti. *Monarchisms in the Age of Enlightenment: Liberty, Patriotism, and the Common Good* [C] . Toronto/Buffalo/London: University of Toronto Press, 2007.

[42] Hans Korn. The Paradox of Fichte's Nationalism [J] . *Journal of the History of Ideas*, 1949 (3) : 319–343.

[43] Hans Pörnbacher. *Joseph Freiherr von Eichendorff als Beamter* [M] . Dortmund: Ostdeutsche Forschungsstelle des Landes Nordrhein–Westfalen, 1964.

[44] Hans–Egon Hass. Eichendorff als Literarhistoriker [J] . *Jahrbuch für Ästhetik und allgemeine Kunstwissenschaft*, 1952–1954, 2: 103–177.

[45] Hans–Jürgen Schings. Über einige Grausamkeiten bei Heinrich von Kleist [C] //Günter Blamberger, Ingo Breuer, Sabine Doering, Klaus Müller–Salget (eds.) . *Kleist–Jahrbuch 2008/09*. Stuttgart/Weimar:

Verlag J. B. Metzler, 2009: 115-137.

[46] Harald Kleinschmidt. Mechanismus und Biologismus im Militärwesen des 17. und 18. Jahrhunderts: Bewegungen–Ordnungen–Wahrnehmungen [C] //Daniel Hohrath, Klaus Gerteis (eds.). *Die Kriegskunst im Lichte der Vernunft: Militär und Aufklärung im 18.* Jahrhundert Teil I. Hamburg: Felix Meiner Verlag, 1999: 51-73.

[47] Hartwig Schultz. Joseph von Eichendorff. *Eine Biographie* [M]. Frankfurt am Main/Leipzig: Insel Verlag, 2007.

[48] Heinrich Lutz. *Zwischen Habsburg und Preußen: Deutschland 1815-1866* [M]. Berlin: Siedler Verlag, 1985.

[49] Heinz Angermeier. Deutschland zwischen Reichstradition und Nationalstaat. Verfassungspolitische Konzeptionen und nationales Denken zwischen 1801 und 1815 [J]. *Zeitschrift der Savigny-Stiftung für Rechtsgeschichte: Germanistische Abteilung*, 1990 (1): 19-101.

[50] Helmut Peitsch. *Georg Forster: Deutsche "Antheilnahme" an der europäischen Expansion über die Welt* [M]. Berlin/Boston: De Gruyter, 2017.

[51] Helmut Schanze. *Romantik-Handbuch* [M]. Stuttgart: Alfred Kröner Verlag, 1994.

[52] Hermann F. Weiss. Heinrich von Kleists politisches Wirken in den Jahren 1808 und 1809 [C] //Fritz Martini, Walter Müller–Seidel, Bernard Zeller (eds.). *Jahrbuch der deutschen Schillergesellschaft, 25. Jahrgang 1981.* Stuttgart: Alfred Kröner Verlag, 1981: 9-40.

[53] Hermann Korte. *Joseph von Eichendorff* [M]. Reinbek bei Hamburg: Rowohlt Taschenbuch Verlag, 2000.

[54] Horst Möller. *Fürstenstaat oder Bürgernation: Deutschland 1763-1815* [M]. Berlin: Siedler Verlag, 1989.

[55] Ingo Breuer. *Kleist-Handbuch. Leben-Werk-Wirkung* [M]. Stuttgart/

Weimar: Verlag J.B.Metzler, 2013.

[56] Jacob Grimm, Wilhelm Grimm. *Deutsches Wörterbuch* (*Bd.13, 26*) [Z] . München: Deutscher Taschenbuch Verlag, 1984.

[57] Jeffrey L. Sammons. Rethinking Kleist's Hermannsschlacht [C] //Alexej Ugrinsky (ed.) . *Heinrich von Kleist–Studien/Heinrich von Kleist Studies*. Berlin: Erich Schmidt Verlag, 1981: 33–40.

[58] Joachim J. Scholz. Zur germanistischen Ideologiekritik in Joseph von Eichendorffs Literaturgeschichtsschreibung [J] . *Aurora*, 1988, 48: 85–108.

[59] Johannes Willms. *Nationalismus ohne Nation. Deutsche Geschichte von 1789 bis 1914* [M] . Düsseldorf: Classen Verlag, 1983.

[60] Jörg Jochen Müller. Germanistik–eine Form bürgerlicher Opposition [C] //Jörg Jochen Müller (ed.) . *Germanistik und deutsche Nation 1806–1848*. Stuttgart/Weimar: Verlag J.B.Metzler, 2000: 5–112.

[61] Joseph Jurt. *Sprache, Literatur und nationale Identität* [M] . Berlin/ Boston: De Gruyter, 2014.

[62] Judith Purver. Der deutscheste der deutschen Dichter: Aspects of Eichendorff Reception 1918–1945 [J] . *German Life and Letters*, 1989, 42 (3) : 296–311.

[63] Julian Nida–Rümelin. Zur Philosophie des Kosmopolitismus [J] . *Zeitschrift für Internationale Beziehungen*, 2006 (2) : 231–238.

[64] Juliane Fiedler. *Konstruktion und Fiktion der Nation. Literatur aus Deutschland, Österreich und der Schweiz in der zweiten Hälfte des 19. Jahrhunderts* [M] . Wiesbaden: J.B.Metzler, 2018.

[65] Jürgen Fohrmann. *Das Projekt der Deutschen Literaturgeschichte: Entstehung und Scheitern einer nationalen Poesiegeschichtsschreibung zwischen Humanismus und Deutschem Kaiserreich* [M] . Stuttgart: Metzler, 1989.

［66］Jürgen Fohrmann. Geschichte der deutschen Literaturgeschichtsschreibung zwischen Aufklärung und Kaiserreich ［C］//Jürgen Fohrmann, Wilhelm Voßkamp（eds.）. *Wissenschaftsgeschichte der Germanistik im 19. Jahrhundert*. Stuttgart/Weimar: Verlag J. B. Metzler, 1994: 576–604.

［67］Karl-Heinz Götze. Die Entstehung der deutschen Literaturwissenschaft als Literaturgeschichte ［C］//Jörg Jochen Müller（ed.）. *Germanistik und deutsche Nation 1806–1848*. Stuttgart/Weimar: Verlag J.B.Metzler, 2000: 167–226.

［68］Klaus Müller-Salget. *Kleist und die Folgen*［M］. Stuttgart: J.B. Metzler, 2017.

［69］Koppel S. Pinson. *Pietism as a Factor in the Rise of German Nationalism*［M］. New York: Columbia University Press, 1934.

［70］Lawrence Ryan. Die "vaterländische Umkehr" in der Hermannsschlacht ［C］//Walter Hinderer（ed.）. *Kleists Dramen: neue Interpretationen*. Stuttgart: Reclam, 1981: 188–212.

［71］Maike Oergel. *Culture and Identity. Historicity in German Literature and Thought 1770–1815*［M］. Berlin/New York: Walter de Gruyter, 2006.

［72］Marcus Twellmann. Was das Volk nicht weiß … Politische Agnotologie nach Kleist ［C］//Günter Blamberger, Ingo Breuer, Klaus Müller-Salget（eds.）. *Kleist-Jahrbuch 2010*. Stuttgart/Weimar: Verlag J.B.Metzler, 2010: 181–201.

［73］Martin Maurach. Vom Kosmopolitismus zum Nationalismus? Der Freimaurer und Vorsitzende der Kleist-Gesellschaft 1933–1945, Georg Minde-Pouet, und das Kleist-Bild des Nationalsozialismus ［C］// Günter Blamberger, Ingo Breuer, Sabine Doering, Klaus Müller-Salget（eds.）. *Kleist-Jahrbuch 2008/09*. Stuttgart/Weimar: Verlag J.B.Metzler,

2009: 373-389.

[74] Michael Ansel.G.G. *Gervinus' Geschichte der poetischen National-Literatur der Deutschen: Nationbildung auf literaturgeschichtlicher Grundlage* [M].Frankfurt am Main/Bern/New York/Paris: Verlag Peter Lang, 1990.

[75] Michael Neumann. "Und sehn, ob uns der Zufall etwas beut". Kleists Kasuistik der Ermächtigung im Drama Die Hermannsschlacht [C] // Günter Blamberger, Ingo Breuer, Sabine Doering, Klaus Müller-Salget (eds.). *Kleist-Jahrbuch 2006*. Stuttgart/Weimar: Verlag J.B.Metzler, 2006: 137-156.

[76] Niels Werber. Das Recht zum Krieg. Geopolitik in Die Herrmannsschlacht [C] //Nicolas Pethes (ed.). *Ausnahmezustand der Literatur. Neue Lektüren zu Heinrich von Kleist*. Göttingen: Wallstein Verlag, 2011: 42-60.

[77] Niels Werber. Kleists "Sendung des Dritten Reichs". Zur Rezeption von Heinrich von Kleists Hermannsschlacht im Nationalsozialismus [C] // Günter Blamberger, Ingo Breuer, Sabine Doering, Klaus Müller-Salget (eds.). *Kleist-Jahrbuch 2006*. Stuttgart/Weimar: Verlag J.B.Metzler, 2006: 157-170.

[78] Oskar Köhler. *Eichendorff und seine Freunde: Ideen um die deutsche Nation* [M]. Freiburg im Breisgau, Herder-Verlag, 1937.

[79] Otto Brunner, Werner Conze, Reinhart Koselleck. *Geschichtliche Grundbegriffe: historisches Lexikon zur politisch-sozialen Sprache in Deutschland (Bd.7)* [Z]. Stuttgart: Klett-Cotta, 1992.

[80] Otto W. Johnston. *Der deutsche Nationalmythos: Ursprung eines politischen Programms* [M]. Stuttgart: Metzler, 1990.

[81] Peter Horn. Die Nation und ihr Gründungsmythos. Figurationen des Anderen und des Selbst in Kleists "Die Hermannsschlacht" [C] //Peter

Ensberg, Hans-Jochen Marquardt（eds.）. *Politik-Öffentlichkeit -Moral*: *Kleist und die Folgen*. Stuttgart: Verlag Hans-Dieter Heinz/Akademischer Verlag Stuttgart, 2002: 119–134.

[82] Peter L. Oesterreich. Aufforderung zur nationalen Selbstbestimmung. Fichtes Reden an die deutsche Nation [J]. *Zeitschrift für Philosophie Forschung*, 1992（1）: 44–55.

[83] Peter L. Oesterreich. Trugfiguren deutscher Dominanz. Ernst und Ironie in Fichtes Reden an die deutsche Nation [J]. *Fichte-Studien*, 2017, 44: 176–189.

[84] Peter Philipp Riedl. *Öffentliche Rede in der Zeitenwende*: *Deutsche Literatur und Geschichte um 1800* [M]. Tübingen: Niemeyer, 1997.

[85] Peter Philipp Riedl. Texturen des Terrors: Politische Gewalt im Werk Heinrich von Kleists [J]. *Publications of the English Goethe Society*, 2009, 78（1–2）: 32–46.

[86] Regine Otto. Von deutscher Art und Kunst. Aspekte, Wirkungen und Probleme eines ästhetischen Programms [C] //Walter Dietze, Peter Goldammer（eds.）. *Impulse. Aufsätze, Quellen, Berichte zur deutschen Klassik und Romantik（Folge 1）*. Berlin/Weimar: Aufbau-Verlag, 1978: 67–88.

[87] Reinhard Behm. Aspekte reaktionärer Literaturgeschichtsschreibung des Vormärz. Dargestellt am Beispiel Vilmars und Gelzers [C] //Jörg Jochen Müller（ed.）. *Germanistik und deutsche Nation 1806–1848*. Stuttgart/Weimar: Verlag J. B. Metzler, 2000: 227–271.

[88] Reinhard Siegert. *Die Staatsidee Joseph von Eichendorffs und ihre geistigen Grundlagen* [M]. Paderborn/München/Wien/Zürich: Ferdinand Schöningh, 2008.

[89] Richard Kuehnemund. *Arminius or the Rise of a National Symbol in*

Literature ［M］． Chapel Hill：The University of North Carolina Press，
1953.

［90］Richard Samuel. *Heinrich von Kleists Teilnahme an den politischen
Bewegungen der Jahre 1805–1809* ［M］． Übers．v．Wolfgang Barthel.
Frankfurt an der Oder：Kleist–Gedenk– und Forschungsstätte，1995.

［91］Richard Samuel. Kleists "Hermannsschlacht" und der Freiherr vom Stein
［C］//Fritz Martini，Walter Müller–Seidel，Bernard Zeller（eds.）．
Jahrbuch der deutschen Schillergesellschaft，*5．Jahrgang 1961*. Stuttgart：
Alfred Kröner Verlag，1961：64–101.

［92］Roberta Picardi. Geschichte und europäische Identität bei Fichte ［C］//
Christoph Binkelmann（ed.）． *Nation–Gesellschaft–Individuum.Fichtes
politische Theorie der Identität*. Amsterdam/New York：Rodopi，
2012：123–147.

［93］Rudolf Haym. *Herder*（*2 Bände*）［M］． Berlin：Aufbau–Verlag
Berlin，1954.

［94］Sibylle Tönnies. *Der westliche Universalismus．Die Denkwelt der
Menschenrechte* ［M］． Wiesbaden：Westdeutscher Verlag，2001.

［95］Siegfried Schulz. *Heinrich von Kleist als politischer Publizist* ［M］．
Frankfurt am Main/Bern/New York/Paris：Verlag Peter Lang，1989.

［96］Sigrid Horstmann. *Bilder eines deutschen Helden．Heinrich von
Kleists Herrmannsschlacht im literarhistorischen Kontext von Klopstocks
Hermanns Schlacht und Goethes Hermann und Dorothea* ［M］．
Frankfurt am Main：Peter Lang，2011.

［97］Sören Stedling. "Wie gebrechlich ist der Mensch"：Kleists Kriegstrauma
［C］//Dieter Sevin，Christoph Zeller（eds.）． *Heinrich von Kleist：Style
and Concept*. Berlin/Boston：De Gruyter，2013：45–58.

［98］Stan M. Landry. *Ecumenism，Memory，and German Nationalism，
1817–1917* ［M］． Syracuse：Syracuse University Press，2014.

［99］Stefan Börnchen. Translatio imperii. Politische Formeln und hybride Metaphern in Heinrich von Kleists Hermannsschlacht［C］//Günter Blamberger, Ingo Breuer, Sabine Doering, Klaus Müller-Salget（eds.）. *Kleist-Jahrbuch 2005*. Stuttgart/Weimar：Verlag J.B.Metzler，2005：267-284.

［100］Stefan Reiß. *Fichtes Reden an die deutsche Nation oder：Vom Ich zum Wir*［M］. Berlin：Akademie Verlag，2006.

［101］Steffen Mau，Nadine M. Schöneck. *Handwörterbuch zur Gesellschaft Deutschlands*［M］. Wiesbaden：Springer VS，2013.

［102］Stephan Scholz. *Der deutsche Katholizismus und Polen（1830-1849）：Identitätsbildung zwischen konfessioneller Solidarität und antirevolutionärer Abgrenzung*［M］. Osnabrück：fibre Verlag，2005.

［103］Stiftung Haus Oberschlesien，Landschaftsverband Rheinland，Rheinisches Museumsamt，Eichendorff-Gesellschaft. *Joseph Freiherr von Eichendorff（1788-1857）：Leben-Werk-Wirkung*［M］. Köln：Rheinland-Verlag，1983.

［104］Thomas Mann. *Betrachtungen eines Unpolitischen*［M］. Frankfurt am Main：S. Fischer Verlag，1974.

［105］Ulrich Scheuner. Der Staatsgedanke Preußens［C］//Otto Büsch，Wolfgang Neugebauer（eds.）. *Moderne Preußische Geschichte：1648-1947; eine Anthologie（Bd.1）*. Berlin/New York：de Gruyter，1981：26-72.

［106］Volker Kronenberg. *Patriotismus in Deutschland. Perspektiven für eine weltoffene Nation*［M］. Wiesbaden：Springer VS，2013.

［107］William C. Reeve. *In Pursuit of Power：Heinrich von Kleist's Machiavellian Protagonists*［M］. Toronto/Buffalo/London：University of Toronto Press，1987.

［108］Wolfgang Frühwald. Der Regierungsrat Joseph von Eichendorff［J］. *Internationales Archiv für Sozialgeschichte der deutschen Literatur*, 1979, 4（1）: 37-67.

b. 中文文献

［1］本尼迪克特·安德森. 想象的共同体：民族主义的起源与散布［M］. 吴叡人，译. 上海：上海人民出版社，2011.

［2］伊莉莎·玛丽安·巴特勒. 希腊对德意志的暴政：论希腊艺术与诗歌对德意志伟大作家的影响［M］. 林国荣，译. 北京：社会科学文献出版社，2017.

［3］罗伯特·M·伯恩斯，休·雷蒙-皮卡德. 历史哲学：从启蒙到后现代性［M］. 张佳羽，译. 北京：北京师范大学出版社，2008.

［4］以赛亚·伯林. 启蒙的三个批评者［M］. 马寅卯，郑想，译. 南京：译林出版社，2014.

［5］卡·波普尔. 历史主义的贫困［M］. 何林，赵平，译. 北京：社会科学文献出版社，1987.

［6］布莱克波恩. 牛津哲学词典［Z］. 上海：上海外语教育出版社，2000.

［7］陈曦. 重构德意志文学史——艾兴多夫《德意志文学史》与19世纪德意志的宗派问题［J］. 安徽大学学报（哲学社会科学版），2020（4）: 50-57.

［8］陈曦. 文学史书写中意识形态的对垒——评晚期浪漫派诗人艾兴多夫的《德意志文学史》（1857）［J］. 比较文学与世界文学，2014（2）: 114-123.

［9］方维规. "鞍型期"与概念史——兼论东亚转型期概念研究［J］. 东亚观念史集刊，2011（1）: 85-116.

［10］伏尔泰. 风俗论（上册）［M］. 梁守锵，译. 北京：商务印书馆，2000.

［11］迈克尔·L·弗雷泽. 同情的启蒙：18 世纪与当代的正义和道德情感［M］. 胡靖，译. 南京：译林出版社，2016.

［12］厄内斯特·盖尔纳. 民族与民族主义［M］. 韩红，译. 北京：中央编译出版社，2002.

［13］里亚·格林菲尔德. 民族主义：走向现代的五条道路［M］. 王春华，祖国霞，魏万磊，等译. 上海：上海三联书店，2010.

［14］阿·符·古留加. 赫尔德［M］. 侯鸿勋，译. 上海：上海人民出版社，1985.

［15］谷裕. 德国浪漫派的改宗问题初探——兼论其审美动机和政治诉求［J］. 安徽大学学报（哲学社会科学版），2020（4）：42-49.

［16］贺麟. 德国三大哲人歌德、黑格尔、费希特的爱国主义［M］. 北京：商务印书馆，1989.

［17］霍布斯. 利维坦［M］. 黎思复，黎廷弼，译. 北京：商务印书馆，1986.

［18］埃里克·霍布斯鲍姆. 民族与民族主义［M］. 李金梅，译. 上海：上海人民出版社，2000.

［19］詹姆斯·保罗·吉. 话语分析导论：理论与方法［M］. 杨炳钧，译. 重庆：重庆大学出版社，2011.

［20］卡岑巴赫. 赫尔德传［M］. 任立，译. 北京：商务印书馆，1993.

［21］E·卡西勒. 启蒙哲学［M］. 顾伟铭，杨光仲，郑楚宣，译. 济南：山东人民出版社，1988.

［22］唐纳德·R·凯利. 多面的历史：从希罗多德到赫尔德的历史探询［M］. 陈恒，宋立洪，译. 北京：生活·读书·新知三联书店，2003.

［23］康德. 历史理性批判文集［M］. 何兆武，译. 北京：商务印书馆，1996.

［24］柯林武德. 历史的观念［M］. 何兆武，张文杰，译. 北京：商务印书馆，1997.

［25］厄内斯特·勒南，陈玉瑶. 国族是什么？［J］. 世界民族，2014（1）：59–69.

［26］李宏图. 西欧近代民族主义思潮研究——从启蒙运动到拿破仑时代［M］. 上海：上海社会科学院出版社，1997.

［27］李秋零. 德国哲人视野中的历史［M］. 北京：中国人民大学出版社，2011.

［28］梁志学. 费希特柏林时期的体系演变［M］. 北京：中国社会科学出版社，2003.

［29］刘小枫. 以美为鉴［M］. 北京：华夏出版社，2017.

［30］刘新利. 德意志历史上的民族与宗教［M］. 北京：商务印书馆，2009.

［31］埃里希·鲁登道夫. 总体战［M］. 戴耀先，译. 北京：解放军出版社，1988.

［32］弗里德里希·梅尼克. 历史主义的兴起［M］. 陆月宏，译. 南京：译林出版社，2009.

［33］弗里德里希·梅尼克. 世界主义与民族国家［M］. 孟钟捷，译. 上海：上海三联书店，2007.

［34］孟德斯鸠. 论法的精神［M］. 张雁深，译. 北京：商务印书馆，1995.

［35］赫尔弗里德·明克勒. 德国人和他们的神话［M］. 李维，范鸿，译. 北京：商务印书馆，2017.

［36］杰弗里·帕克. 地缘政治学：过去、现在和未来［M］. 刘从德，译. 北京：新华出版社，2003.

［37］裴斯泰洛齐. 裴斯泰洛齐教育论著选［M］. 夏之莲，等译. 北京：人民教育出版社，2001.

［38］乔治·萨拜因. 政治学说史［M］. 邓正来，译. 上海：上海人民出版社，2008.

［39］吕迪格尔·萨弗兰斯基. 荣耀与丑闻：反思德国浪漫主义［M］.

卫茂平，译. 上海：上海人民出版社，2014.

[40] 施勒格尔. 雅典娜神殿断片集［M］. 李伯杰，译. 北京：生活·读书·新知三联书店，2003.

[41] 卡尔·施米特. 政治的概念［M］. 宗坤，等译. 上海：上海人民出版社，2003.

[42] 塔西佗. 阿古利可拉传. 日耳曼尼亚志［M］. 马雍，傅正元，译. 北京：商务印书馆，1985.

[43] 塔西佗. 塔西佗《编年史》（上册）［M］. 王以铸，崔妙因，译. 北京：商务印书馆，1981.

[44] 毛里齐奥·维罗里. 关于爱国：论爱国主义与民族主义［M］. 潘亚玲，译. 上海：上海人民出版社，2016.

[45] 夏引业. "国族"概念辨析［J］. 中央民族大学学报（哲学社会科学版），2018（1）：31-38.

[46] 姚小平. 洪堡特——人文研究和语言研究［M］. 北京：外语教学与研究出版社，1995.

[47] 叶礼庭. 血缘与归属：探寻新民族主义之旅［M］. 成起宏，译. 北京：中央编译出版社，2017.

[48] 格奥尔格·G·伊格尔斯. 德国的历史观：从赫尔德到当代历史思想的民族传统［M］. 彭刚，顾杭，译. 南京：译林出版社，2014.

[49] 格奥尔格·伊格尔斯. 历史主义的由来及其含义［J］. 王晴佳，译. 史学理论研究，1998（1）：71-88，113.

[50] 张云雷. 为战争立法：格劳秀斯国际关系哲理研究［M］. 北京：中央编译出版社，2017.

[51] 赵蕾莲. 论克莱斯特戏剧的现代性［M］. 哈尔滨：黑龙江教育出版社，2007.